L'HOMME SANS NOM

Jack Beaumont est un pseudonyme. Pilote de chasse dans l'Armée de l'air puis espion au sein de la DGSE, l'auteur vit aujourd'hui en Australie, à Sydney. Pour son premier thriller, il s'est inspiré de son expérience sur le terrain, donnant à son intrigue un réalisme rarement atteint dans les romans d'espionnage.

JACK BEAUMONT

# *L'Homme sans nom*

TRADUIT DE L'ANGLAIS (AUSTRALIE) PAR ÉRIC BETSCH

MICHEL LAFON

*Titre original :*
THE FRENCHMAN


ISBN : 978-2-253-24282-6 – 1re publication LGF

*À ma femme et mes enfants*

## Amin

Sur l'estrade, l'expert remercia le présentateur, indiquant ainsi la fin de son exposé sur les propergols solides. La lumière rétablie, Amin, comme deux cents autres scientifiques et ingénieurs, se leva et se dirigea vers la grande porte tout juste ouverte de la salle de conférence de l'hôtel Pan Pacific de Singapour. Alors qu'il atteignait la sortie, un Australien au visage rougeaud, ingénieur en systèmes radar, s'approcha de lui. S'il avait croisé John Vaughan au cours d'autres congrès, Amin, malgré la bienveillance du natif du Queensland, avait toujours gardé ses distances, s'efforçant de limiter ses contacts sociaux.

— La vache, tu as pigé quelque chose, mon pote ? lâcha John en secouant la tête. Moi, j'ai été largué la plupart du temps.

— Le monde des fusées est minuscule, dit Amin en rigolant.

— Tu es partant pour une bière avec un peu d'avance sur l'heure de l'apéro ? Les gars ont repéré un bar qui supplie qu'on s'affale dessus.

Amin consulta sa montre :

— Désolé, j'ai du boulot à terminer.

Il prit l'ascenseur et regagna sa chambre au huitième étage, puis il verrouilla la porte et tira les rideaux, se privant de la vue sur la marina. Il extirpa ensuite un téléphone à carte prépayée de sa valise à roulettes. Il était 13 h 59 ; il ne restait plus qu'une minute avant son appel quotidien. Il inséra la batterie et la carte SIM dans le Samsung acheté à l'aéroport Changi. À 14 heures précises, il sélectionna « Dan », prénom perdu au milieu de nombreux contacts fictifs, et pressa la touche verte.

Il s'agissait en réalité du Colonel, le chef du service au sein duquel était développé le projet d'Amin. Cet homme au cou de taureau et aux cheveux argentés n'avait jamais porté le moindre uniforme militaire ; la veille du vingt-sixième anniversaire du jeune homme, il s'était présenté à lui et lui avait fait une proposition : « Servez-vous de votre doctorat pour aider le Pakistan à construire des missiles ; vous serez mieux payé que vos collègues et travaillerez au plus haut niveau dans les meilleurs laboratoires. » Amin avait vu dans cette offre un cadeau d'anniversaire idéal, malgré la contrepartie : il lui était interdit de parler à quiconque de sa profession, et sa vie était contrôlée par l'ISI[1], le service de renseignement pakistanais. Comme tout bon fonctionnaire de ce pays, Amin n'aurait pas osé demander s'il était surveillé par l'ISI mais il n'avait rien eu à faire pour l'apprendre. Alors qu'il travaillait depuis six mois sur un projet de développement de missile, certains ingénieurs lui avaient confié que ses communications

1. L'*Inter-Services Intelligence* (Direction pour le renseignement inter-services) est la branche principale des renseignements pakistanais.

téléphoniques et ses consultations Internet étaient probablement suivies, ainsi que ses interactions avec ses amis. Ce n'était là qu'un prix modique à payer, aux yeux d'Amin. Il voyageait et portait d'élégants costumes et des montres de prix, sans oublier le salaire plus que généreux – son père, haut fonctionnaire au ministère des Finances, avait dû travailler trente ans pour toucher une rémunération comparable à celle qu'Amin avait atteinte depuis un moment déjà, avant même ses vingt-neuf ans.

Ce n'est qu'après avoir croisé le chemin d'Anita qu'il s'était interrogé sur ce compromis. Il avait signalé sa relation avec elle à sa hiérarchie, comme cela était exigé pour tous les fonctionnaires affectés à des tâches classifiées, mais le Colonel lui avait donné l'impression d'être déjà au fait de l'existence de sa nouvelle compagne. Amin avait expliqué à cette dernière qu'il travaillait dans un laboratoire de recherche universitaire en banlieue de Rawalpindi, sans lui préciser la nature de ses travaux. Anita étant quant à elle employée au MERC, une unité scientifique classifiée. Dès les premiers temps de leur relation, ils avaient conclu un accord tacite : « On ne parle pas boulot. » Un jour, après avoir bu un peu trop de vin, Amin, songeant au fait que le Colonel semblait peu inquiet à propos d'Anita, se demanda si ce n'était pas parce qu'il faisait bien plus que simplement épier leurs échanges au téléphone et sur les réseaux sociaux. Sa petite amie était devenue son épouse et il était devenu de plus en plus pesant de devoir lui mentir pour respecter leur arrangement.

Ses soupçons concernant le Colonel se vérifièrent peu de temps après, quand celui-ci lui montra des photos d'Anita datant de l'époque de l'université, avec ses amis occidentaux, ou encore quand il lui confia que le père de sa femme était secrètement un alcoolique. Quand Amin était tourmenté par des envies d'ailleurs, le Colonel lui assenait un brutal rappel de sa vie : « Vous avez choisi un job qu'on ne peut pas quitter ; vous êtes assez intelligent pour le comprendre, j'imagine ? »

En effet, songeait Amin, assis sur le lit de sa chambre d'hôtel, attendant que la communication avec Islamabad soit établie ; il était assez intelligent pour l'avoir compris.

La voix posée du Colonel le tira de sa rêverie :

— Amin. Quelles sont les nouvelles ?

Amin était habitué à ces échanges. Quand il était en déplacement, il passait tous les jours cet appel, qui généralement n'excédait pas vingt secondes. Si le Colonel ne l'interrogeait qu'occasionnellement sur un point précis tel que les stabilisateurs gyroscopiques ou les systèmes de guidage par satellite, il lui demandait toujours qui lui avait adressé la parole et ce qu'il avait répondu.

— Un ingénieur australien, John Vaughan, répondit Amin, après l'inévitable question. Il m'a proposé de prendre un verre ; j'ai décliné l'invitation.

Juste après que le Colonel eut raccroché, l'iPhone d'Amin bourdonna sur le bureau en bois verni – il l'avait mis en mode vibreur pour assister à la conférence. Il consulta l'écran ; c'était Anita.

— Bonjour, mon amour, dit-il, enjoué.

Depuis qu'il était marié, il était de plus en plus sujet au mal du pays. Entendre la voix de sa femme était toujours une source d'apaisement et de joie.

— Il faut que tu rentres, Amin, je t'en prie ! Il y a urgence !

— Calme-toi. Que se passe-t-il ?

— Maman est malade ! répondit Anita d'une voix chargée d'une terreur évidente.

La belle-mère d'Amin avait une santé de fer, à tel point qu'apprendre qu'elle souffrait d'un rhume aurait été un choc pour toute la famille.

— Je prends le vol de 14 heures demain. Une table ronde est prévue ce soir.

— Non ! Maman ne passera peut-être pas la nuit, il faut que tu rentres immédiatement ! Je ne peux pas t'en dire plus, mais je t'en prie, fais ce que je te dis !

— D'accord, d'accord, céda Amin, percevant la panique de sa femme.

— Il y a un vol à Changi ce soir à 18 heures, ajouta Anita, qui criait presque. Je t'ai pris un billet et je te l'ai envoyé par e-mail. Ne rate pas cet avion, Amin !

Amin fronça les sourcils. Étudiante en sciences grâce à une bourse, Anita avait décroché son doctorat au Royaume-Uni avant de rejoindre les meilleurs scientifiques pakistanais au MERC. Elle n'avait pas pour habitude de hurler, ne perdait que très rarement son calme et surtout était d'une prudence extrême quant à ses finances. Acheter un billet d'avion pour son époux alors que celui-ci avait déjà une place réservée par le gouvernement sur un autre vol le lendemain n'était pas du tout son genre. Amin comprit donc qu'il se passait quelque chose de très grave. Il baissa les yeux sur sa montre :

— Je vais essayer d'attraper ce vol, promit-il. Ne t'inquiète pas.

— Ne te contente pas d'essayer, monte dans cet avion ! J'ai besoin de toi ici.

Anita raccrocha sur ces mots.

Jamais Amin n'avait entendu son épouse s'exprimer de la sorte. Il téléchargea le billet reçu *via* l'e-mail d'Anita. Il était 14 h 10. Il ouvrit ensuite sa messagerie Proton Mail, depuis son ordinateur, dans laquelle l'attendait un message de Marcus Aubrac :

« On se retrouve pour un verre ? »

Aubrac était un consultant en aérospatiale français dont il avait fait la connaissance à Vienne, lors d'un congrès similaire dont Amin gardait un souvenir très précis. Il s'était tenu dans un grand hôtel modernisé ayant conservé son aura impériale. Leurs chemins s'étaient croisés par hasard au buffet du petit déjeuner ; ils avaient échangé quelques civilités et s'étaient installés à la même table. Ils s'étaient par la suite revus lors d'autres séminaires et avaient bu quelques verres dans des bars. Marcus n'avait jamais réclamé quoi que ce soit ; bien au contraire, le Français avait de lui-même lâché quelques informations sur les systèmes de guidage israéliens et l'informatique quantique de la défense antimissile russe. Amin appréciait la maîtrise et l'expérience qu'avait Aubrac de la technologie des missiles, ce à quoi il fallait ajouter qu'ils étaient tous deux pères. Amin s'était probablement un peu trop attardé, le regard peut-être un peu trop rêveur, sur les avantages dont aurait bénéficié son fils Javed en Europe, car un après-midi, dans un bar bruxellois, Marcus lui avait demandé sans détour jusqu'où il était prêt à aller pour jouir d'une nouvelle vie à Paris. En cet instant charnière, Amin laissa passer un long silence avant de réagir :

— Je suppose que tu ne poses pas cette question que pour la forme ?

Marcus expliqua qu'il travaillait en fait pour le gouvernement français et était en mesure d'offrir la citoyenneté française et de nouvelles identités à Amin et sa famille.

— Que me demande la France en échange ? s'enquit Amin.

La réponse fut brève : tenir Aubrac au courant des avancées de son travail dans le développement des missiles, ainsi que de tout autre renseignement dont il aurait vent.

Au cours des deux semaines suivantes, ils mirent en place un accord, détaillant la chronologie future, les opportunités d'emploi à Paris et la sécurité des familles d'Anita et d'Amin. Ils fixèrent toute une série de rencontres, systématiquement lors de congrès internationaux et toujours l'après-midi du dernier jour. Aubrac conseilla à Amin de se servir d'un mobile à carte prépayée et d'ouvrir un compte sur une messagerie électronique cryptée comme Proton Mail. Il lui expliqua en outre comment effacer l'historique de son ordinateur portable – toujours sept fois – afin d'éviter que l'existence de son compte Proton Mail ne soit découverte par les fouineurs du labo dans lequel il travaillait.

Les deux hommes devinrent proches avec le temps, échangeant anecdotes à propos de leurs épouses et de leurs enfants, évoquant la pression inhérente à leur profession et les éternels désagréments dus à la politique. Amin se doutait que Marcus ne s'appelait pas vraiment Aubrac, cependant les détails de sa vie, même s'ils étaient parsemés de faux noms, semblaient authentiques.

Le Français était doté d'un charisme certain ; âgé d'environ trente-cinq ans, c'était un homme séduisant au visage légèrement hâlé et aux cheveux châtain clair. Une carrure d'athlète se devinait sous son costume à la coupe impeccable. Il faisait un mètre quatre-vingts et se mouvait avec souplesse et agilité. S'il l'avait aperçu dans un endroit public quelconque, Amin aurait sans doute vu en Marcus un joueur de tennis professionnel déguisé en employé de bureau.

Détournant le regard du message d'Aubrac, Amin se saisit de son mobile à carte et envoya un texto au numéro indiqué dans l'e-mail. Le Français répondit aussitôt :

*Au pub Queen's Inglish, 14 h 30.*

Amin ferma le site Proton Mail, effaça son historique et s'effondra sur le lit, l'estomac noué et un pouls déchaîné qu'il sentait marteler jusque dans ses tempes. Quelque chose de plus grave qu'un problème de santé de sa belle-mère s'était-il produit ?

Aubrac lui avait inculqué quelques réflexes comportementaux de base afin d'éviter d'être percé à jour par les services secrets pakistanais, le premier d'entre eux étant de rester calme, de ne jamais réagir comme quelqu'un se croyant suivi. Amin resta donc quelques minutes allongé à fixer le plafond, respirant lentement par le nez, jusqu'à dissipation totale de cet accès de panique. Puis il se leva et remisa ses effets dans sa valise, attrapa son blazer et se dirigea vers les ascenseurs, tirant son bagage à roulettes.

Il entra dans le pub – situé à seulement un pâté de maisons de l'hôtel Pan Pacific, vers le sud-est – quelques secondes avant 14 h 30 et se posta au bout du bar. Une vingtaine de clients se désaltéraient mais Aubrac était invisible, ce qui n'avait rien d'inhabituel, le Français ayant tendance à le rejoindre plutôt qu'à l'attendre. Amin commanda une limonade. La boisson n'était pas encore servie lorsque Aubrac fit son apparition, tout sourire, comme d'habitude, en costume gris clair et sans cravate.

— *Bonjour*[1] Amin, lança-t-il avec affection, ses yeux pâles plissés par son sourire.

Amin lui serra la main, s'efforçant d'éprouver la même décontraction.

Tandis qu'ils s'installaient à une table, Amin se rendit compte qu'il ne savait toujours pas quoi dire à son contact. Ses pensées dérivèrent sur l'accord conclu avec Paris – deux années de transmission de données sur le développement du missile à longue portée RA'AD II, après quoi Amin et sa famille recevraient de nouvelles identités et des passeports français. Il ne restait plus que cinq mois avant le terme de ces deux ans, qui devaient offrir à Javed le plus beau cadeau qui soit, à savoir grandir dans un pays riche européen. En se rendant au bar, Amin avait envisagé de demander à Aubrac l'aide des services secrets français ; ceux-ci étaient-ils en mesure de régler le problème qu'il pressentait ? Or il était incapable d'aborder la question, craignant que cela n'incite Aubrac à rompre toute relation avec lui. Les services français n'étaient pas réputés pour leur sensiblerie. Il n'avait d'autre choix que de regagner le Pakistan par le

1. Les mots ou expressions en italique sont en français dans le texte original.

vol du soir et découvrir par lui-même ce qu'il se passait chez lui.

— Je rentre au Pakistan en urgence, dit Amin, qui trouva la force d'afficher un sourire plein de regrets. Ma belle-mère est gravement malade ; je dois être à Changi dans une heure.

Aubrac jeta un bref regard sur sa montre :

— La famille avant tout, mon ami.

Tandis que le Français commandait une bière à la barmaid, Amin remarqua une jolie jeune femme installée au bar, occupée à dévorer Aubrac d'un regard qui ne nécessitait aucun interprète. Comme toujours, ce dernier fit mine de ne pas s'en apercevoir.

— Tu as des infos intéressantes pour moi ? demanda-t-il à Amin, qui secoua la tête.

— Les charges et compositions des nouveaux combustibles sont encore tenues secrètes ; les ingénieurs responsables des tests sont aux commandes pour encore quelque temps ; j'aurai accès à la télémétrie d'ici deux ou trois semaines.

— C'est malin de séparer les équipes de développement de celles chargées des tests, approuva Aubrac.

Esquivant le regard de son ami, Amin se leva. Voyant Aubrac hésiter, il le crut sur le point de lui demander s'il n'avait aucun souci particulier, mais le Français se contenta d'une réplique plus classique :

— Il est temps de nous dire au revoir, Amin.

— En effet, mon ami, confirma Amin, la gorge nouée par l'émotion.

— On se retrouve au congrès de Paris ?

Amin acquiesça et serra ses deux mains sur celle de son contact :

— Au revoir, Marcus.

Ils se séparèrent avec le sourire mais, après deux pas pesants, Amin se retourna :

— *Adieu*, mon ami.

Ainsi salua-t-il cet homme qui avait eu connaissance de ses peurs et ambitions les plus intimes, sans jamais lui révéler sa véritable identité. Ils échangèrent un regard plus long que d'ordinaire, puis Amin sortit du pub, tirant sa valise à roulettes, et retrouva le soleil de Singapour.

L'avion se posa à l'aéroport international d'Islamabad peu après 2 heures du matin. En proie à une étrange nausée, Amin récupéra sa valise et se dirigea vers la station de taxis. Durant le vol, il n'avait cessé de penser à l'appel téléphonique de sa femme. Il lui semblait peu probable que Mina, sa belle-mère, ait été frappée d'un mal quelconque… Ce devait être autre chose. Une file interminable s'était formée à l'extérieur du terminal bondé ; alors qu'il s'y insérait, derrière un homme d'affaires en sueur, Amin vit une Nissan Maxima noire se garer sur l'aire réservée aux taxis. Un individu solidement charpenté descendit du siège passager ; Amin le connaissait sous le nom de Johnny – c'était un des hommes du Colonel.

— Le Colonel nous a chargés de vous récupérer, allons-y, dit-il en souriant malgré sa posture menaçante.

Il s'empara de la valise d'Amin, et le chauffeur ouvrit de l'intérieur la portière arrière. Après avoir déposé la valise dans le coffre, Johnny s'installa avec Amin sur la banquette arrière. La Nissan accéléra dans la circulation, l'habitacle baigné d'une forte odeur d'après-rasage américain.

— Où allons-nous ? demanda Amin, quand le véhicule se fut extirpé du terminal. À l'hôpital ?

— Plus tard, répondit Johnny, qui alluma une cigarette et abaissa sa vitre de quelques centimètres. Le Colonel veut d'abord bavarder avec vous.

Ils filaient vers l'est, sans doute à destination de la base aérienne Nur Khan, où étaient situés les laboratoires du programme de recherche sur les missiles, ainsi que le bureau du Colonel. Alors qu'ils approchaient de l'ouest de Rawalpindi, le chauffeur s'engagea sur une bretelle d'accès passant sous l'autoroute qui les projeta vers la banlieue sud de la mégapole tentaculaire.

— Je croyais que nous allions voir le Colonel, s'étonna Amin. Il n'est pas à Nur Khan, cette nuit ?

Johnny haussa les épaules et alluma une deuxième cigarette. Ils délaissèrent la route principale et suivirent une rue faiblement éclairée bordée sur sa gauche d'une clôture de haute sécurité. Il n'y avait que des véhicules de patrouille en vue.

Sur le point de se plaindre qu'ils étaient certainement perdus, Amin aperçut dans le lointain un poste de contrôle qui lui fit reconnaître l'endroit. Il y avait conduit Anita, un jour, alors que sa voiture était au garage. Il l'avait déposée à cette guérite, puis les gardiens avaient fait venir une voiturette de golf, qui l'avait emmenée. Malgré son niveau d'accréditation, Amin n'était pas autorisé à entrer dans cette enceinte.

Il sentit de la bile lui brûler l'estomac au moment où ils franchirent le poste de contrôle. Tout cela n'était pas normal.

— Que faisons-nous ici ? lâcha-t-il, regardant avec attention autour de lui. Nous sommes au MERC, c'est ça ?

— Le MERC ? répéta Johnny, toujours souriant. Je ne vois pas du tout de quoi vous parlez.

La Nissan s'immobilisa à la hauteur d'un immense bâtiment blanc et, après être sortis de la voiture, ses passagers furent accueillis au portique latéral par un homme en civil – un membre de l'ISI, devina Amin. L'agent le fouilla avant de le guider vers un ascenseur.

— On descend ? s'étonna-t-il, respirant si difficilement qu'il craignait presque de perdre connaissance.

La gorge sèche, il avait en outre conscience des perles de sueur qui se multipliaient sur son front.

Johnny et l'agent de l'ISI ignorèrent sa question.

La cabine se figea au niveau B5. Amin en sortit le premier et, suivant les instructions de son guide, tourna à droite. Les murs de béton étaient d'un vert pâle auquel l'éclairage au néon faiblard donnait un aspect putride, et une odeur d'humidité et d'eau de Javel imprégnait le couloir. Dans son dos, Amin entendit un agent se racler la gorge et actionner la poignée d'une porte. Tel un automate perdu dans un rêve, Amin se retourna et le suivit.

À peine entré dans la pièce faiblement éclairée, il fut empoigné par deux brutes qui le jetèrent sur une chaise métallique à laquelle ils attachèrent ses chevilles et ses avant-bras.

— Hé ! protesta-t-il en se débattant. La situation était limpide : tout était terminé pour lui.

Tout en essayant de se dégager de ses liens, il regarda autour de lui. La pièce était noyée dans un mélange d'odeurs de nettoyants industriels et de fumée de cigarette. Installé à un bureau en bois, le Colonel fumait en silence. Quatre chaises étaient disposées en losange.

Face à lui, Anita était elle aussi attachée à sa chaise, du chatterton sur la bouche. Javed était assis à côté d'elle et le dévisageait.

— Pourquoi ma famille est ici ? s'écria Amin d'une voix aiguë et terrifiée.

Le Colonel souffla de la fumée par le nez :

— Peut-être devrions-nous en effet tenter de répondre à cette question.

Amin secoua la tête, comme pour chasser la cruelle réalité – il avait tenté sa chance avec ce démon français, et il avait perdu.

— C'est moi que vous voulez, et je suis là, insista-t-il. Laissez-les partir. Javed n'a que sept ans, c'est encore un enfant !

— Les petits garçons deviennent un jour des hommes, laissa platement tomber le Colonel. Ils développent parfois toutes sortes de haines à l'encontre de leur propre pays, surtout quand leur père est bavard. Bavard et bien payé, pas vrai, Amin ?

Les pensées embrouillées et n'inspirant plus que de façon saccadée, Amin sentait la panique fondre sur lui.

Obéissant à un signe du Colonel, la brute en chemise noire qui avait jeté Amin sur la chaise s'approcha d'une table, dans le dos d'Anita, et alluma une lampe, dévoilant une perceuse sans fil. « Chemise noire » se saisit de l'outil et se plaça face à Anita. La malheureuse écarquilla les yeux de terreur lorsqu'il pressa la détente afin d'évaluer la vitesse de rotation de la mèche, produisant un bruit strident.

— Qui est ce Français ? demanda le Colonel, tandis que la perceuse s'apaisait.

— Je ne sais pas, répondit Amin en secouant la tête.

S'il avait déjà imaginé la scène en cas de capture, jamais il n'avait réfléchi à ce qu'il dirait en cette occasion.

— Vous ne savez pas ? dit en souriant le Colonel. Vous ne savez pas qui est cet homme ou vous ne savez pas à qui je fais allusion ? Vous ne connaissez aucun Français, peut-être ?

Amin ouvrit la bouche mais aucun son n'en sortit.

— Je vais vous aider, poursuivit le Colonel. Il est grand, châtain clair, séduisant, et il porte d'élégants costumes. Il s'exprime en anglais avec un accent français.

— Aubrac, souffla Amin. Marcus Aubrac, de Paris.

— Dans quelle branche travaille-t-il ?

— L'aérospatiale. Plutôt du côté des finances, des investissements, mais il est bien informé. Son regard se posa sur les yeux d'Anita, exorbités sous l'effet de la terreur. Ma femme ignore tout de lui.

Le Colonel se leva, lâcha sa cigarette et l'écrasa sur le sol en béton, puis il s'approcha d'Amin :

— Que vous a-t-il demandé ?

— Pas grand-chose…

Le Colonel adressa un signe de la tête à son homme de main, qui fit tourner la mèche de la perceuse à vitesse maximale avant de l'enfoncer dans le pied nu d'Anita. Celle-ci se cambra violemment lorsque la pointe de l'outil ressortit par la plante du pied en crachant sang et chair. La brute dégagea aussitôt son instrument de torture. Amin tira violemment sur ses liens tout en considérant Javed, qui, le visage baigné de larmes, portait un regard accusateur sur son père.

— Arrêtez, je vous en prie ! supplia Amin. Je vais tout vous dire.

Le Colonel regagna son bureau et alluma une nouvelle cigarette sans se soucier du sang d'Anita qui coulait sur le béton.

— Je vous écoute.

— J'ai décrit à Aubrac les charges de combustible, et je lui ai révélé le poids et la portée du RA'AD II.

— Et la télémétrie des essais ?

Amin secoua la tête :

— Je n'ai pas pu en télécharger les données. J'en ai tout de même mémorisé les rapports de tests, et je pense que ça a suffi pour que les Français procèdent à une rétro-ingénierie.

— Comment vous contactait-il ?

— Par la messagerie Proton Mail.

— Et ensuite ?

— Il me donnait un numéro de mobile à carte prépayée à appeler – jamais le même.

Le Colonel hocha la tête.

— Et ensuite ?

— Nous nous retrouvions dans un bar ou un café, toujours l'après-midi du dernier jour du congrès.

— Que lui avez-vous dit à propos du projet ?

Amin hésita un instant, pas tout à fait certain de ce à quoi le Colonel faisait allusion.

À la suite d'un nouveau signe de la tête de son chef, la brute ralluma sa perceuse et en plongea la mèche dans la cheville gauche d'Anita, qui perdit connaissance avant même que la pointe n'ait traversé l'articulation. Un autre individu l'aspergea d'un seau d'eau, ce qui lui fit reprendre conscience et retrouver sa souffrance. Chemise noire, quant à lui, retira la perceuse de la cheville de sa victime et pressa de nouveau sur la détente de l'outil.

— Qu'est-ce que vous voulez savoir, exactement ? hurla Amin.

— Avez-vous évoqué la raison de l'extension de la portée des missiles ?

— Oui. Je lui ai expliqué que l'objectif était de frapper Tel Aviv.

Le Colonel s'appuya sur ses avant-bras et regarda son prisonnier droit dans les yeux :

— Depuis quel endroit ?

Amin n'était plus qu'un mort en sursis, c'était évident, tout comme sa femme et son fils.

La brute s'attaqua à la rotule d'Anita, qui se cambra de nouveau sur sa chaise, ses hurlements assourdis par le chatterton sur sa bouche. Amin sentit alors une odeur d'intestins – ceux de Javed, qui avait perdu tout contrôle de lui-même.

— Lui avez-vous décrit votre lieu de travail ? insista le Colonel.

— Oui… Ils savent tout à propos de la base Nur Khan.

— Et concernant le bâtiment dans lequel nous nous trouvons ? Votre contact vous a-t-il interrogé à ce propos ?

La lèvre supérieure tremblante, Amin n'avait plus la force de regarder son fils. Et le Colonel d'ajouter :

— Les Français le désignent-ils autrement que par son appellation officielle, à savoir le siège de la Société agrochimique pakistanaise ?

Amin déglutit péniblement avant de répondre :

— Ils l'appellent le MERC.

— Je vois… lâcha le Colonel, le visage déformé par un rictus de déception.

Son regard resta encore de longues secondes fixé sur Amin, dans un silence uniquement troublé par les cris de panique étouffés d'un garçonnet de sept ans, puis il adressa un nouveau signe à l'homme en chemise noire. Celui-ci s'approcha d'Anita et plongea profondément la mèche de la perceuse en rotation maximale entre les yeux de la prisonnière. Le sang gicla brièvement et ruissela sur le joli visage d'Anita. Ses membres furent un instant agités de soubresauts, puis la vie la déserta, ses traits figés en une ultime grimace d'agonie.

Amin sanglotait sans retenue, incapable de poser le regard sur son épouse morte. Il tourna la tête vers son fils, dont les yeux noirs écarquillés exprimaient autant d'effroi que d'incrédulité. Obéissant à un nouveau signe du Colonel, Chemise noire se positionna face à Javed et brandit la perceuse.

— Non ! hurla Amin, quand la mèche plongea dans le pied gauche de l'enfant et disparut dans sa chair, éjectant peau, os et sang de tous côtés. Demandez-moi ce que vous voulez ! Je vous dis la vérité ! Je vous en prie !

Le Colonel leva brièvement la main pour signifier à Chemise noire de cesser la torture.

— Les Français sont donc au fait que notre missile est conçu pour atteindre Tel Aviv, mais savent-ils d'où il doit être tiré ?

Amin inspira profondément :

— Ils savent qu'il peut être tiré depuis l'Iran.

Le Colonel plongea son regard dans celui d'Amin :

— Vous avez révélé à votre contact français que nous collaborons avec les Iraniens ?

Amin acquiesça.

— Très bien, Amin. Nous avançons enfin.

Il avisa la brute, qui braqua sa perceuse sur la rotule de Javed.

## Paris

Percevant une présence dans la pièce, Alec de Payns leva les yeux de son écran.

— Le patron vous demande, lui dit la secrétaire de Dominique Briffaut, depuis le seuil de la pièce.

De Payns délaissa son ordinateur et suivit cette femme d'âge mûr dans le couloir, jusqu'à l'ascenseur. Quand ils parvinrent au bureau de Briffaut, elle lui ouvrit la porte.

— Lisez ça, lâcha le patron, faisant glisser un feuillet sur son bureau.

De Payns constata qu'il s'agissait d'un rapport émis par une source au Pakistan répondant au doux nom de CRS 00218. Cet informateur affublé d'un pseudonyme robotique était noté « B[1] » au sein de la DGSE, le service de renseignement français extérieur, c'est-à-dire

1. Les sources ont des pseudonymes pour protéger leurs identités et les renseignements qu'ils donnent sont quantifiés. A : renseignement tangible (documents, etc.). B : source humaine ayant été jugée très fiable. C : fiable. D : peu fiable. E : non fiable.
Le pseudonyme et la qualité du renseignement fourni n'ont aucun lien.

qu'il bénéficiait du plus haut degré de confiance et de fiabilité que l'on pouvait attribuer à un être humain. Seuls les documents, les vidéos et les photos pouvaient être notés « A ».

Selon le compte rendu de CRS 00218, Amin Sharwaz, ingénieur spécialisé dans les missiles, trente-six ans, son épouse Anita Sharwaz, trente-trois ans, fonctionnaire scientifique, et leur fils Javed Sharwaz, sept ans, avaient été tués la semaine précédente après avoir été torturés par l'ISI, probablement au moyen d'une perceuse, dans les locaux de la Société agrochimique pakistanaise (alias le MERC), à Islamabad.

Choqué par sa lecture, de Payns se laissa lourdement tomber dans le fauteuil réservé aux visiteurs, se remémorant sa dernière rencontre avec Amin, dans un bar à Singapour. Ce dernier avait prétendu être pressé de gagner l'aéroport en raison d'une urgence familiale ; il avait deviné qu'il ne lui disait pas tout, à en croire son air tourmenté. La gorge nouée, l'ingénieur qu'il en était venu à considérer comme un ami avait fui son regard. De Payns était employé à la DGSE depuis sept ans, dont six au sein de la division Y, le service plus que confidentiel chargé des opérations clandestines. Il savait lire les hommes et était extrêmement attentif aux sources susceptibles d'être surveillées par l'ISI. Il n'avait pas oublié l'*adieu* délibérément prononcé en français par Amin, alors qu'ils avaient pour habitude de discuter en anglais. La teneur de cette dernière discussion lui avait fait sentir qu'Amin était « grillé ». Le Français avait par conséquent pris toutes ses précautions au moment de sortir de ce bar, à Singapour, puis en regagnant son hôtel. En effet, le bon sens imposait de prendre des mesures de sécurité supplémentaires quand un rendez-vous avec une source ne se passait pas comme prévu. Sur le moment, il avait simplement soupçonné Amin d'avoir tout avoué à l'ISI, d'avoir reconnu avoir livré des secrets à propos de missiles en échange d'une nouvelle vie à Paris.

Le tableau était à présent plus clair : ayant des doutes à son sujet, les employeurs d'Amin avaient fait pression pour qu'il rentre sans délai au Pakistan, où ils l'avaient torturé à mort, ainsi que sa famille. L'épouse et le fils du traître avaient probablement été torturés sous ses yeux, de façon à l'inciter à dire tout ce qu'il savait, après quoi il avait certainement enduré une mort lente et douloureuse.

De Payns jeta le rapport sur le bureau de Briffaut et souffla bruyamment, les yeux rivés au plafond. Au fil de sa carrière, il avait eu à traiter des centaines de sources variées, animées par des motivations d'ordre pécuniaire et dont le comportement était uniquement dicté par les transactions en cours. Il en allait autrement avec Amin ; ils étaient devenus proches. Dans une autre vie, ils auraient certainement été amis.

— Je sais que vous appréciiez cet homme, mais restons focalisés sur le boulot, dit Briffaut, désignant le feuillet. La source est morte, et votre légende cramée.

— Exact, convint de Payns, se remettant du choc. Je vais immédiatement démonter l'identité d'Aubrac. Elle aura totalement disparu demain midi.

— Non, objecta Briffaut, posant sur son subalterne un regard dépourvu d'expression. Ils ne doivent pas savoir que nous disposons d'une autre source de leur côté. J'imagine qu'ils voudront organiser un nouveau rendez-vous en se faisant passer pour Amin. Si cela se produit, vous jouez le jeu pour qu'on voie précisément qui est derrière.

En d'autres termes, de Payns servirait d'appât vivant.

Il leva les yeux vers son patron et hocha la tête.

Il quitta assez tôt le Bunker, surnom du quartier général de la division Y à la DGSE, situé à Noisy, en banlieue est de Paris. Le Bunker se trouvait dans un ancien fort, délibérément à l'écart du Centre administratif des Tourelles, le siège du service de renseignement français extérieur, familièrement appelé la « CAT[1] ». Installée dans un imposant bâtiment de style napoléonien du boulevard Mortier, dans le XX^e arrondissement, la CAT était plantée dans un décor contrastant furieusement avec les hauts murs du fort abritant la division Y.

Après avoir pris deux métros sans oublier les précautions nécessaires de base pour s'assurer qu'il n'était pas suivi, de Payns se présenta peu avant 18 heures au pied de son immeuble, dans le quartier de Montparnasse. Son appartement, bien que de taille moyenne, était assez chic. Il entra et entendit le bruit d'éclaboussures en provenance de la salle de bains. Romy l'intercepta sur le seuil de la cuisine et l'étreignit, prenant soin de ne pas le toucher avec ses mains salies par la préparation du dîner.

— Pile à l'heure ! apprécia-t-elle. Les garçons sont dans leur bain, tu t'en occupes ?

---

1. Bien que le « C » de « CAT » signifie « centre », il est surnommé en interne la « CAT », au féminin.

Il jeta ses clés sur la paillasse et retira ses chaussures, puis se glissa dans la salle de bains. Debout dans la baignoire, Oliver, âgé de quatre ans, menaçait Patrick, six ans, d'une éponge, exigeant la restitution d'un Schtroumpf dissimulé par son aîné.

— Papa ! s'exclama Patrick, oubliant instantanément cette histoire de Schtroumpf.

— Rends-le-moi ! brailla Oliver, brandissant son éponge à la façon d'une épée.

Ayant remarqué que les genoux de son plus jeune fils étaient encore tachés de boue, de Payns s'accroupit à sa hauteur.

— Donne-moi ça, c'est à ta mère, dit-il en se saisissant de l'éponge, qu'il posa sur le lavabo avant de se saisir du gant de toilette qui nageait dans la baignoire. Tiens, c'est ça qu'il te faut.

Frottant les jambes d'Oliver, il fut saisi de terreur en sentant sous sa main le minuscule genou parfaitement formé de son cadet. Amin avait eu lui aussi un fils, dont il lui avait montré des photos, les faisant défiler sur son téléphone, en bon papa poule, affichant vingt-cinq clichés quand quatre auraient suffi. Agrippant la jambe d'Oliver, il fut submergé d'une culpabilité aussi violente qu'un raz-de-marée. La poitrine soudain comprimée, il dut lutter pour aspirer de l'air, harcelé par d'horribles visions de l'épouse et du fils d'Amin torturés au moyen d'une perceuse. Dans un mouvement incontrôlé, il s'écarta brusquement de la baignoire et sa tête percuta l'armoire à proximité.

— Maman ! appela Patrick.

Des bruits de pas se firent entendre, puis de Payns, allongé, reprit ses esprits et découvrit le visage de

Romy, encadré de ses mèches blondes, penché au-dessus du sien.

— Ça va chéri ? s'enquit-elle, calme mais soucieuse, sa main froide plaquée sur la mâchoire de son mari.

Celui-ci secoua la tête de façon presque imperceptible.

— À ce point-là ?... souffla-t-elle.

Il acquiesça, au bord des larmes.

— Et merde... lâcha Romy en l'aidant à se relever.

Il sortit du métro à la station Jussieu, non loin du campus universitaire, et dénicha un bar à l'écart de l'avenue où grouillaient les touristes. Dans ce repaire d'étudiants en contrebas de la chaussée et qui aurait mérité un sérieux coup de nettoyage, il s'installa à une table du fond, loin de la foule, et commanda un whisky. Il aurait pu mieux gérer la conversation avec Romy, mais après cet épisode, il n'avait qu'une envie, boire jusqu'à en oublier comment il s'appelait.

La barmaid d'un certain âge lui apporta son verre, qu'il vida d'un trait, savourant la brûlure dans sa gorge et l'arôme fumé de l'alcool. Il commanda un autre whisky, puis une bière. Il se sentait presque bien lorsqu'il se dirigea vers la sortie de l'établissement. Il attrapa son paquet de Marlboro dans son coupe-vent, alluma une cigarette et observa la rue – des hordes d'étudiants affluaient de toutes parts, entrant et sortant des restaurants et bars alentour. Il s'éloigna et marcha cinq cents mètres vers l'ouest, puis entra dans un pub irlandais où il se posa au bout du bar en acajou. Il avala trois shots de Jameson, qu'il rinça avec une bière pression tout en cherchant à chasser ses idées noires.

À quel point devait-il culpabiliser pour la mort de la famille d'Amin ? Si Javed avait été tué par l'ISI, que fallait-il en conclure concernant les risques encourus par Oliver et Patrick ? Et Romy ? Qui pouvait les protéger, à part lui ?

Abandonnant le pub, il échoua dans un autre troquet plus tranquille, voué aux ivrognes silencieux. La musique d'ambiance elle-même – une sélection de tubes de Django Reinhardt – ne réussissait pas à égayer l'atmosphère. Il s'octroya encore trois whiskys et une bière, passant en revue ses souvenirs d'un ingénieur pakistanais intelligent et enjoué, un homme qui avait cru agir dans l'intérêt de la paix au Moyen-Orient tout en offrant une vie meilleure à sa famille. Son fils avait été torturé pour cela, probablement sous ses yeux.

Après son neuvième verre, il se rendit compte qu'il dodelinait de la tête et marmonnait un peu trop fort. La barmaid s'approcha de lui, l'index levé, ce à quoi il acquiesça. Encore un verre. Le dernier…

Il sortit du bar d'un pas prudent, haletant légèrement dans l'air frais. Il alluma une Marlboro et balaya la rue du regard. Rien de suspect à l'horizon. De toute façon, dans son état, il lui était impossible de regagner son domicile en assurant sa sécurité. Il acheta une bouteille de Johnnie Walker dans une supérette et erra jusqu'à se retrouver devant l'entrée d'un hôtel sordide. La réceptionniste lui remit la clé d'une chambre, dans laquelle il s'effondra aussitôt après avoir ouvert la porte. Affalé sur le lit, il se sentit de nouveau écrasé par le poids émotionnel que le whisky n'avait pas réussi à faire disparaître complètement. Il aurait voulu s'achever avec un verre supplémentaire mais il n'avait plus l'énergie de se servir. Il s'endormit en se demandant où se trouvait l'interrupteur de la lampe de chevet.

Il aurait pu démissionner dans la semaine, s'il n'avait pas ressenti cette envie tenace de lancer une opération de représailles, sentiment vivement partagé par l'ensemble de la division Y, à Noisy. D'autre part, la Boîte – surnom de la DGSE parmi ses employés – avait pour mission essentielle de récolter des renseignements auprès de cibles humaines, de les approcher, de gagner leur confiance et de s'immiscer dans leur vie. Si cela impliquait de se jeter dans la gueule du loup pour y parvenir, alors qu'il en soit ainsi.

Un congrès réunissant des ingénieurs en aéronautique était programmé deux semaines plus tard à Paris ; de Payns avait comme toujours fixé la rencontre au dernier jour de la manifestation. L'adresse électronique d'Amin était encore active, et quelqu'un répondait encore aux messages et ce, en respectant précisément le plan de liaison décrit par le Français à son contact. Les protocoles de communication étaient corrects ; Amin avait sans doute tout révélé à ce sujet. Il était évident qu'un agent de l'ISI tenait à maintenir cette liaison opérationnelle jusqu'à avoir l'opportunité de découvrir Marcus Aubrac en chair et en os. De leur côté, les Français souhaitaient voir qui les Pakistanais enverraient pour photographier, enlever ou tuer l'« officier traitant[1] » d'Amin. La DGSE estimait pouvoir tirer profit de la perte de sa source, à

1. L'officier traitant (ou « OT »), est un employé, civil ou militaire, d'une agence de renseignements. Il recrute et gère les « sources ». Une source peut également être appelée « agent ».

condition de disposer d'un officier suffisamment futé et solide pour tenir son rôle.

En vue de l'opération, la Boîte consacra deux semaines à la préparation de l'hôtel Marriott Rive Gauche qui devait abriter le congrès, tandis que de Payns s'en tenait éloigné. Si les Pakistanais se présentaient avec des intentions brutales, il faudrait les neutraliser au plus vite. S'ils ne comptaient que photographier Marcus Aubrac, la Boîte aurait besoin de son propre photographe sur place, ainsi que d'hommes capables d'identifier les agents de l'ISI. Les Français devaient savoir à qui ils avaient affaire afin de jauger le danger que courrait leur agent et déterminer la nature de leur riposte. C'était un jeu en réalité, un duel dans lequel les deux parties s'engageaient en connaissance de cause. Selon de Payns et Briffaut, il était hautement probable que les Pakistanais savaient que les Français avaient appris la mort d'Amin. De Payns redoutait même qu'ils aient délibérément laissé fuiter la nouvelle par l'intermédiaire de CRS 00218, avec pour objectif de l'identifier. Le reste de l'équipe opérationnelle serait soigneusement disposé de façon à repérer les espions pakistanais et à procéder à une contre-surveillance. Pour de Payns, le plus important était évidemment que ses collègues soient en mesure de déjouer une tentative d'enlèvement ou d'assassinat lorsqu'il se jetterait dans la gueule du loup.

Deux détails compliquaient un peu plus cette mission pour lui : en plus de son amitié avec Amin, l'hôtel dans lequel se tiendrait le congrès se trouvait à proximité de Montparnasse, et donc de son appartement. En effet, le Marriott Rive Gauche était situé sur le boulevard

Saint-Jacques, à seulement dix minutes à pied de l'école de Patrick. Beaucoup trop près de chez lui à son goût, compte tenu de la cruauté avec laquelle l'ISI s'était servi de la principale faiblesse d'Amin, à savoir sa famille. Ayant pour habitude d'opérer à l'étranger, de Payns redoutait la perspective d'affronter l'ISI dans son quartier.

Ce soir-là, alors que l'opération était programmée pour le lendemain, il regardait un film sur Netflix en compagnie de Romy. Ses pieds nus posés sur la table basse, il sirotait un verre de riesling. Il ne disait pas grand-chose, alors que d'ordinaire il multipliait les commentaires, Romy le faisant taire par quelques « La ferme ! ». Doctorante en économie politique, elle préparait une thèse complexe sur les disparités de richesses entre l'est et l'ouest de l'Europe. Quand ils s'offraient une soirée télé, son mari se plaisait généralement à la taquiner en qualifiant le personnage le plus stupide du film de marxiste ou d'anarcho-syndicaliste. S'il était d'humeur particulièrement enjouée, il poussait le bouchon si loin qu'elle en arrivait à le bombarder de projectiles divers. Or ce soir-là il était nerveux, et elle l'avait évidemment remarqué. Plutôt que de l'interroger sur ses angoisses, elle éteignit la télévision et l'emmena au lit peu après 21 heures.

En ce dernier jour du congrès, les Français envoyèrent un e-mail peu après l'heure du déjeuner. L'individu ayant pris la place d'Amin envoya dix minutes plus tard un texto sur le mobile à carte prépayée de De Payns. Celui-ci suggéra en retour qu'ils se retrouvent au café l'Ecir, non loin de l'hôtel, à 17 heures. Il s'engouffra dans le métro dans le nord-ouest de la ville, enchaîna trois correspondances, émergea à la station Glacière à 16h45 par l'escalier du trottoir nord du boulevard Saint-Jacques et se dirigea vers le point de rendez-vous en fendant la foule des employés quittant de bonne heure leur bureau.

Équipé d'une radio, il avait le poste principal sanglé à la cheville, lui-même relié au collier dissimulé sous sa chemise, servant de micro et de récepteur à l'oreillette sans fil. Il mit l'oreillette en place et pressa discrètement le bouton d'émission dissimulé dans sa poche.

— Y. Test.

— Y reçu. Fort et clair.

Satisfait que le système fonctionne, il mit un terme à l'échange :

— Aguilar. Reçu.

Ses hommes étaient dispatchés dans des fourgons, dans d'autres commerces et dans l'Ecir même, jouant les clients. Si, quand il fallait intervenir sur le territoire français, elle passait généralement le relais à la DGSI, la Direction générale de la sécurité intérieure, l'équivalent du FBI américain ou du MI5 britannique, la Boîte, lorsque se présentaient des opérations éclair telles que celle-ci, agissait de façon officieuse. La DGSI intervenait directement, munie de cartes de police, tandis que la Boîte pouvait épier un terroriste une année durant sans jamais l'appréhender. Par ailleurs, la paperasserie nécessaire pour impliquer les services de sécurité intérieure était trop lourde pour une opération de deux heures. De Payns avait préféré se fier à trois de ses équipiers réguliers, des individus endurcis avec qui il avait mené des missions à

Beyrouth, à Damas et au Caire. Il ne faisait aucun doute qu'ils interviendraient si les Pakistanais se montraient agressifs.

Marchant d'un pas tranquille sous le soleil de fin d'après-midi que le feuillage des arbres filtrait, il laissa un Franprix sur sa droite, conscient de la présence invisible de son équipe tout autour de lui.

Alors qu'il patientait à la hauteur d'un passage piéton, il devina le café à travers la végétation. Il reprit sa marche dans cette direction, tous les sens aux aguets malgré son allure calme. Il avait un mal fou à se justifier d'avoir accepté de participer à une opération si près de chez lui – quant à l'expliquer à Romy, si elle en avait eu connaissance, cela aurait été mission impossible.

Il s'installa à une table à l'intérieur avec vue sur la porte d'entrée, la rue et la terrasse, puis il commanda une Kronenbourg. L'horloge fixée au-dessus du bar indiquait 17 heures précises.

Sa bière servie, il se comporta comme n'importe quel client, consultant son téléphone et sirotant sa boisson, et surtout bien trop expérimenté pour chercher ses collègues du regard. Le moindre échange visuel serait instantanément repéré par un observateur aguerri. Il patientait donc en buvant, se livrant à la douloureuse comédie d'attendre un homme qu'il savait mort – un homme qu'il avait apprécié –, mais personne ne se présentait. Cela n'avait rien de surprenant, les Pakistanais n'ayant sans doute jamais eu l'intention d'envoyer qui que ce soit au contact de De Payns. L'ISI voulait avant tout des photos de son visage.

L'oreillette grésilla :

— Y de Jéjé. Je vois deux types à l'angle nord de la

rue ; jeans, chaussures en cuir bon marché et veste noire. On dirait qu'ils attendent quelque chose.

— Danny reçu, intervint une autre voix. Une Peugeot grise est garée devant le café ; vitres teintées, immatriculée 648 RGU 75. Un gars attend à l'intérieur en regardant un peu partout. Rien d'autre. De Payns ne répondit pas à ses hommes, pas plus qu'il ne modifia son comportement – il faut dire qu'il avait passé la moitié de sa vie d'adulte à être suivi.

À 17h21, n'ayant été accosté par personne, il quitta le café et se dirigea vers la station de métro Saint-Jacques. Après une correspondance, il en ressortit au cœur de Paris et prit place dans un café situé en bordure de la place de la République. Il y demeura dix minutes, puis il se remit en marche vers le nord-est en comptant mentalement. Parvenu à 260, il s'engagea dans un escalier parmi un groupe de touristes. Au sommet des marches, il tourna rapidement à droite et se jucha d'un bond à l'arrière d'une moto qui s'élança aussitôt pour se fondre dans la circulation.

Au terme de dix minutes d'une course menée de main de maître en enchaînant goulets d'étranglement et voies à sens unique, le conducteur le déposa sur le Champ-de-Mars. Il traversa la pelouse entre la tour Eiffel et l'École militaire jusqu'à son coin sud-est, puis prit de nouveau le métro, avec un changement, jusqu'au quartier de la gare d'Austerlitz. Il faisait presque nuit lorsqu'il retrouva la surface. Enfin, il prit la direction d'un « Vestiaire » de la Boîte, situé à l'ouest de l'impressionnante façade de la gare, dans une rue secondaire tapie en retrait d'un secteur surchargé de bars et de restaurants. Il débloqua le verrou à combinaison de la porte de l'appartement, puis composa son code de sécurité personnel sur le pavé numérique fixé sur le mur. L'endroit avait tout du logement parisien typique, avec sa cuisine, son salon et ses deux chambres, l'une d'elles renfermant les casiers des officiers traitants de la division Y de la Boîte. De Payns ouvrit le sien et glissa sa montre, son téléphone et son portefeuille dans l'enveloppe en papier kraft sur laquelle « Marcus Aubrac » était inscrit sur une étiquette blanche. Même si la tension retombait, ses nerfs restaient crispés. Il se pencha en avant et, les bras calés contre le casier, inspira profondément afin de retrouver son calme, après quoi il se déshabilla et fourra les vêtements d'Aubrac dans le compartiment. Il s'offrit une douche rapide, passant en revue chaque étape de l'opération et tous les visages apparus dans son champ de vision. Il était possible qu'aucun agent de l'ISI ne soit entré ou ne se soit approché du café, que toute l'affaire n'ait été qu'un subterfuge psychologique, une façon pour les Pakistanais de signaler aux Français qu'ils avaient résolu le problème constitué par leur traître et qu'ils pouvaient désormais se permettre de taquiner la fameuse DGSE sur son terrain, en plein Paris. Les individus louches repérés sur le trottoir et dans la voiture étaient peut-être occupés par une tout autre affaire, après tout. Qu'avaient-ils fait après le départ de De Payns ? Étaient-ils les seuls à avoir surveillé l'endroit ? Étaient-ce des espions officiels rattachés à l'ambassade du Pakistan, des éléments « non déclarés » vivant dans un parfait anonymat à Paris, ou directement débarqués en provenance d'Islamabad ? De Payns passa en boucle les visages dans son esprit, récapitula chaque étape, traquant la moindre erreur. Il sombra volontairement dans une forme de paranoïa sans s'y perdre, pleinement conscient qu'une attention extrême portée aux détails faisait la différence entre le succès et l'échec.

En jean, coupe-vent et baskets, il était redevenu Alec de Payns. Il sortit dans la nuit par une autre porte qui donnait sur l'arrière de l'immeuble, et prit un métro filant vers l'ouest, en direction du V$^{e}$ arrondissement et Montparnasse. Alors qu'il gravissait les marches menant à son appartement, il prit une décision : l'opération Amin serait terminée et sa culpabilité envolée dès l'instant où il retrouverait son foyer. Demain serait un autre jour.

Il ouvrit la porte d'entrée et perçut un parfum de curry de poisson.

— C'est toi, Alec ? lança Romy, depuis la cuisine.

— C'est moi, répondit de Payns, le visage illuminé d'un grand sourire. Je suis rentré.

# DEUX ANS PLUS TARD

# Un

La Méditerranée en juillet… On avait connu pire, comme lieu de travail. Parti depuis une dizaine d'heures de Cagliari, le ferry filait vers Palerme. Afin de regagner sa table, un verre de bière dans chaque main, de Payns dut se frayer un chemin parmi un troupeau d'Allemands puis esquiver un danseur ivre très occupé à vivre la « Vida Loca[1] ». Dans un coin du bar du pont supérieur, Michael Lambardi leva la tête et se saisit de la Peroni tendue par le Français. Il marmonna un *santé* avant d'abattre sa moustache dans la mousse, telle la lame tranchante d'une guillotine.

— C'est bon ça, dit-il, souriant, en posant son verre sur la table.

Le ciel pourpre annonçait le début de soirée et il régnait à bord du navire un mélange d'odeurs de crème solaire et de bière renversée. Le bar offrait les contrastes typiques de ce qu'était devenue l'Europe : des Allemands aussi bruyants que joyeux à la table voisine, des Belges essayant de lire sur les lèvres du présentateur d'un journal télévisé dont le son avait été coupé,

1. *Livin' la Vida Loca* est un tube de Ricky Martin.

ainsi que deux Turcs maussades avachis sur une table près des hublots et mettant un point d'honneur à ne rien consommer. S'il n'était pas un grand fan des Teutons, de Payns reconnaissait qu'au moins ils savaient à quoi servait un bar.

— Ces papiers sont vraiment sûrs, Alain? s'inquiéta Lambardi, calé contre le dossier de sa chaise en plastique.

— Rien à craindre, affirma de Payns, regardant l'Italien droit dans les yeux.

— Sûrs à cent pour cent?

— Autant que les précédents, confirma-t-il, avant de s'octroyer une gorgée de bière.

Ayant tout juste passé la quarantaine, Lambardi était un agent du service de l'immigration doté d'un corps qui semblait hésiter entre être costaud ou être gros. Un mois auparavant, de Payns lui avait procuré une série de cartes d'identité croates qui avaient permis aux clients de l'Italien d'entrer sans souci en France et en Europe. En tant qu'officier traitant de la DGSE, de Payns s'efforçait de se rapprocher suffisamment de son nouvel ami dans l'espoir de découvrir avec qui il était en affaires et pourquoi tant de ses clients débarquaient en France avec un tapis de prière empestant le Semtex[1]. Il avait infiltré l'univers de l'Italien et partagé quelques verres avec lui dans des bars de la capitale sicilienne, l'aidant de temps à autre, créant des affinités avec lui et l'écoutant décrire les obstacles se dressant face à tout Italien en procédure de divorce.

Gagner la confiance de Lambardi n'avait pas été si difficile car, en plus de sa couverture – il était Alain

1. Le Semtex est la marque déposée d'un explosif puissant.

Dupuis, conseiller en matière d'immigration basé à Marseille – et des documents officiels auxquels il avait accès, de Payns maîtrisait la langue italienne. Les deux hommes aimaient boire et admirer les jolies femmes, passe-temps des plus communs à Palerme en été. Malgré tout cela, de Payns ne perdait pas de vue le danger inhérent à cette mission. Selon la Boîte, Lambardi comptait parmi ses clients Sayef Albar, groupe dissident d'AQMI, la branche d'Al-Qaïda au Maghreb. Pleins de ressources et parfaitement organisés, ces individus nourrissaient une haine farouche à l'encontre de la France. S'ils avaient vent de l'identité réelle de De Payns, ils n'hésiteraient pas à décapiter ses enfants sous ses yeux. Et Lambardi ne connaîtrait pas un sort beaucoup plus enviable.

Le Français balaya le bar d'un regard nonchalant puis tourna la tête vers la vitre ; il vit deux gamins japonais se faire gifler par leur mère pour s'être juchés sur le bastingage.

Lambardi se racla la gorge :

— Si je te pose cette question, Alain, c'est parce que comme tu le sais, mon prochain voyageur…

— Et ses amis.

— Et ses amis… n'ont pas vraiment le type européen. Alors, des papiers croates…

De Payns esquissa un sourire. Les pièces d'identité croates étaient des contrefaçons de première qualité, que n'importe quel port européen aurait acceptées sans sourciller, mais cette fois il avait mieux à proposer :

— J'ai pris la liberté de procéder à un léger changement. Le colis qui m'attend à Palerme comprend cinq passeports français.

Lambardi resta muet un moment, dubitatif.

Son interlocuteur se pencha vers lui :

— Je ne plaisante pas. Tes clients pourront débarquer à Paris en tant que citoyens français.

De Payns misait sur la cupidité de Lambardi. La somme astronomique que ce dernier tirerait de tels passeports ne pouvait que mettre sa paranoïa en veilleuse – paranoïa on ne peut plus justifiée, tant il était peu recommandé de doubler un groupe comme AQMI. Malgré cela, même si l'Italien devait mordre à l'hameçon du fait de son avidité, c'est par une méthode plus coercitive que les Français le recruteraient. Quand viendrait l'heure du *dévoilement*, c'est-à-dire le moment où l'on expliquait à la cible qu'elle travaillait désormais pour Paris, il serait essentiel que Lambardi se trouve précisément dans la nasse dans laquelle la DGSE voulait le pousser. Il faudrait qu'il soit à deux doigts de se faire dessus. Dès lors que l'équipe de De Payns disposerait de photos et de vidéos de l'Italien s'emparant de ces passeports puis les vendant à Sayef Albar, Lambardi n'aurait plus la moindre échappatoire, terrifié à l'idée d'être emprisonné dans son pays, et plus encore en songeant à la réaction des terroristes si ces images leur parvenaient.

Lambardi baissa les yeux sur son smartphone, puis il se leva et se rendit aux toilettes. De Payns croisa les jambes et vida sa bière sur la moquette, près de sa cheville droite. Il était capital qu'il conserve sa lucidité. Plus il s'immisçait dans la vie de Lambardi, plus il s'attendait à voir surgir les hommes de Sayef Albar à tout moment. D'ailleurs les deux Turcs présents dans le bar étaient sans doute là pour garder un œil sur lui, ayant probablement placé sous surveillance son bureau, un local meublé qu'il louait à deux rues du port de Palerme. Il n'avait pourtant pas eu la sensation d'être filé quand il avait pris une chambre dans une pension de la vieille ville. Ces modestes établissements ne pouvant accueillir qu'une dizaine de clients étaient si nombreux qu'il lui était aisé de semer d'éventuels guetteurs en passant de l'un à l'autre, avec un minimum de prudence. Or Alec de Payns était aussi prudent qu'un chat.

Quant à l'appartement de Lambardi, c'était une tout autre affaire. Situé dans l'ouest de la ville, il était surveillé par des membres de Sayef Albar, qui interceptaient probablement ses appels et ses courriers électroniques. De Payns était à peu près certain que le jour où il se retrouverait seul avec Lambardi chez celui-ci, afin de le filmer acceptant les passeports français, les terroristes suivraient leur conversation grâce à un système d'écoute perfectionné depuis un logement voisin, à moins qu'ils n'aient posté deux hommes dans un fourgon garé dans la rue. L'équipe de soutien française de l'opération Falcon, quand elle y avait installé ses caméras, avait constaté l'absence de micros dans l'appartement de Lambardi. Néanmoins, ce dernier disposait peut-être d'un signal d'urgence activable en cas de menace. L'unité opérationnelle française avait beau bénéficier des meilleures technologies, de Payns n'avait pas réussi à mettre la main sur le mobile de Lambardi pour y fouiner, voire pour le piéger.

S'il restait méfiant vis-à-vis de Sayef Albar, l'espion français n'était pas trop inquiet. Installé à l'extrémité du bar, un homme qu'il connaissait bien bavardait avec des touristes allemands. Dans le petit monde du renseignement, Guillaume Tibet était connu sous le sobriquet de Shrek. Il était d'une taille modeste mais solidement charpenté, et sa maîtrise du wing chun kung-fu en faisait un adversaire redoutable dans les combats à mains nues. Le fait qu'il se soit fait recruter par les services de renseignements extérieurs après un cursus universitaire très académique lui conférait un petit air d'intello à qui on aurait donné le bon Dieu sans confession.

Shrek n'appartenait qu'à une partie de l'équipe opérationnelle déployée sur cette mission. Les membres de l'autre partie les attendraient au débarcadère de Palerme d'où débuterait la filature invisible, en van, à pied ou en moto jusqu'à l'appartement de Michael Lambardi. Si Lambardi, nom de code « Commodore », souhaitait s'offrir un verre supplémentaire, l'équipe se disséminerait dans les bars autour, guettant la présence d'agents de Sayef Albar. Si l'Italien préférait rentrer directement chez lui, les Français se mettraient en position autour de son immeuble, afin de déceler une éventuelle surveillance mise en place par les terroristes. L'ensemble de l'opération se déroulerait avec une précision de ballet, indétectable même aux yeux de spécialistes.

Afin d'être certain que tout ce dispositif était en place, de Payns devait attendre une ultime confirmation de la part de l'équipe de Palerme. Le rendez-vous avec Lambardi à Cagliari ayant été fixé à la dernière minute, il n'avait pas eu la possibilité de communiquer avec ses hommes depuis son départ de Marseille à destination de la capitale sarde. Pour se coordonner entre eux, les membres de l'équipe opérationnelle utilisaient en réseau fermé des téléphones « démarqués », achetés dans des banlieues miteuses et sans aucune identité associée. Sur le terrain, ce réseau de téléphones fantômes connectés entre eux ne devait en aucun cas avoir de lien avec celui d'« Alain » qui, lui, était rattaché à sa « légende » ; à sa fausse identité. En opération, les deux mondes – celui de l'équipe de soutien et celui de De Payns – devaient rester totalement distincts et ne jamais interagir. Sa sécurité en dépendait.

De Payns disposait d'autres moyens de contacter ses hommes : les liaisons clandestines. Celles-ci permettent, notamment grâce à des boîtes aux lettres mortes et des signaux visuels, d'être totalement indétectables. L'une d'entre elles consiste à utiliser des gommettes qui sont collées à un endroit et à un moment bien précis. Si de Payns, à sa descente du ferry, repérait une gommette blanche – collée par un équipier dans la demi-heure précédente – sur le panneau de publicité Peroni, à la sortie du quai, alors cela signifiait que l'opération pouvait débuter.

Lambardi fit son retour à la table. L'espace d'une fraction de seconde, de Payns crut surprendre un regard posé sur lui ; le grand type basané d'environ trente-cinq ans auquel il appartenait détourna aussitôt la tête et entra dans les toilettes dont Lambardi était tout juste sorti. *Je vois des rats bleus*, se rassura de Payns, songeant à la paranoïa classique susceptible de s'abattre sur tout espion en opération. Cet individu n'était probablement qu'un Pakistanais poli évitant de soutenir le regard d'autrui.

Ses moteurs baissant en régime, le ferry s'inclina vers l'avant. De Payns s'accorda une brève inspiration avant de jeter un regard par-dessus son épaule, en direction de la publicité Peroni.

En bas à droite de l'affiche, il repéra une gommette blanche. Palerme se profilait face lui, l'opération Falcon était lancée.

## Deux

Michael Lambardi étant assoiffé, ils se rendirent au Bar Luca, leur troquet habituel, se faufilant parmi les touristes qui se prélassaient un verre à la main, baignés par le célèbre embrasement crépusculaire du Vieux Palerme. La brise de la journée s'était apaisée, et l'air chaud était imprégné d'odeurs de fruits de mer, de vin et de musique, le tout formant un cadre typiquement méditerranéen. Tandis qu'ils se frayaient un chemin dans la foule estivale, de Payns avait perçu la présence de Shrek dans son dos mais ne se retourna pas.

— Réglons ça dès ce soir, lança Lambardi, avant de traverser avec les autres piétons la via Francesco Crispi en direction du quartier des bars et des restaurants.

— Quoi donc ? lui demanda de Payns, rassuré par le poids du pistolet CZ 9 mm fourré dans la poche extérieure de son sac Adidas.

S'il n'était pas dans ses habitudes d'être armé quand il opérait sous une identité fictive, la traversée de Cagliari à Palerme avec Lambardi avait été décidée à la dernière seconde, si bien que l'équipe de soutien n'avait pas eu le temps de mettre en place les protections classiques. Il avait donc récupéré le CZ[1] dans une planque au cimetière de Bonaria, à Cagliari, avant de retrouver Lambardi dans un café en compagnie de richissimes clients nigérians.

— Les passeports, répondit l'Italien, essoufflé.

De Payns accéléra le pas, se porta à la hauteur de son compagnon sur sa droite, et poursuivit à mi-voix tandis qu'ils longeaient des tables en terrasse bondées de buveurs français et autrichiens.

— Je ne les ai pas sur moi, Michael. Ils sont au bureau.

— On va y faire un saut.

Ayant repéré une ouverture entre les taxis et les minibus, Lambardi s'élança sur la chaussée.

— Tu n'es pas très vif, pour un Français, taquina-t-il quand de Payns l'eut rejoint sur le trottoir d'en face quelques secondes plus tard, non sans avoir déclenché un concert d'avertisseurs siciliens.

Il se remit en marche puis prit sur sa gauche dans une rue où quelques serveurs et accordéonistes fumaient devant des cafés bourrés à craquer de touristes – soit droit vers le bureau du Français.

Celui-ci n'étant équipé d'aucun dispositif de communication ou de traçage, il dut se contenter de suivre Lambardi et de faire confiance à son équipe pour couvrir ses arrières.

— On peut tout régler dès ce soir, insista Lambardi, lorsqu'ils s'engagèrent dans la ruelle où était situé le bureau de De Payns.

Ce dernier n'avait pas prévu que la transaction se déroule ainsi ; le point critique de l'opération était censé

1. Marque de pistolet fabriqué en Tchécoslovaquie.

intervenir dans l'appartement de Lambardi, où il comptait lui remettre les passeports sous le regard des caméras.

— Je croyais que tu avais soif? lâcha-t-il.

— On récupère les passeports et tu auras ton fric, répliqua Lambardi sans ralentir.

De Payns l'agrippa par l'épaule :

— On fait ça à ma façon, sinon on annule tout, Michael, et tu le sais très bien.

L'Italien se dégagea :

— Tu palperas ta part des trois millions d'euros pour ces passeports, mais je n'ai pas une telle somme sur moi.

— Dans ce cas, pourquoi aller chercher les passeports dès maintenant ? s'étonna de Payns, alors qu'ils approchaient de l'immeuble où se trouvait son bureau.

— Mourad aura l'argent sur lui. Ce deal va le ravir.

— Mourad ? siffla de Payns, stupéfait, tâchant de ne pas prononcer trop fort le nom du chef de Sayef Albar. Il est à Palerme ?

— Bien sûr.

— Où dois-tu le retrouver ?

— Tu plaisantes ? C'est lui qui me trouvera.

Situé dans la vieille ville, le Bar Luca avait été l'entrepôt d'un négociant en vin six cents ans auparavant. Son éclairage réduit donnait à ses murs de grès une nuance dorée. Aux grosses poutres traversant le plafond bas étaient suspendus divers équipements ayant appartenu aux Templiers et aux Hospitaliers, comme un hommage rendu à l'époque où ces ordres de moines-soldats régnaient sur la Méditerranée orientale. Tout en observant le bar, de Payns s'installa à la table préférée de Lambardi, face au juke-box Wurlitzer des années 1960. Lors de leur première venue en ce lieu, plus de un mois auparavant, il avait légèrement paniqué, craignant que Lambardi n'ait connaissance de sa véritable identité et de son rapport évident avec les Templiers – cet ordre avait en effet été fondé au XII$^{e}$ siècle par Hugues de Payns, qui en avait été le premier maître. Par bonheur, Lambardi ne s'intéressait nullement à la descendance du célèbre croisé, pas plus qu'à l'éventualité que son contact français en fasse partie. Il ne prisait cet endroit qu'en raison du service ; Luca, le patron, employait de charmantes jeunes femmes, dont l'une lui plaisait particulièrement.

Tandis que Lambardi, d'un signe de la main en direction du bar, commandait deux bières, de Payns cala son sac Adidas entre ses pieds. Quoique rassuré par la présence du CZ, il n'était guère à l'aise en pensant aux passeports qu'il avait récupérés. Il avait trouvé le moyen d'éviter que Lambardi entre dans son bureau, insistant pour qu'ils se retrouvent au bar. Bien que se sentant vulnérable en sachant Mourad présent dans les environs, il n'avait guère envie d'annuler l'opération, malgré les risques. Il ne fallait pas laisser passer cette chance de piéger Lambardi et d'attirer Mourad à découvert. En temps normal, il aurait profité des quelques minutes seul dans son bureau pour avertir l'équipe de soutien au moyen d'un signal visuel – une lumière précise allumée, ou quelque objet réfléchissant – ou pour demander un contact physique avec le chef de l'équipe de soutien, ce qui aurait nécessité une gommette orange ou une main passée dans les cheveux. L'escale au bureau n'ayant pas été prévue, rien de tout cela n'avait été possible. De Payns n'avait plus qu'à espérer que ses collègues comprendraient que quelque chose clochait et le protégeraient autant que possible.

Il balaya la salle du regard, en quête de menaces potentielles. Les deux Turcs repérés à bord du ferry – à coup sûr des gros bras de Sayef Albar – étaient attablés non loin de la porte d'entrée. Margaux, la serveuse pulpeuse, riait face aux tentatives de charme de Lambardi. Elle était clairement hors de portée de l'Italien, à qui de Payns n'avait pas encore révélé cette cruelle réalité, pas plus que l'intéressée elle-même, d'ailleurs, qui ne dédaignait pas les généreux pourboires de son soupirant.

Sans se départir de son sourire, de Payns s'approcha du juke-box, palpa les poches de son Levi's, dans l'espoir d'y trouver de la monnaie, ce qui lui fournit un prétexte pour se retourner.

— Tu n'aurais pas une ou deux pièces ? lança-t-il à Lambardi, notant dans la mer de touristes alcoolisés deux paires d'yeux noirs et sobres braquées sur lui.

Son acolyte se pencha en arrière, contre le dossier de sa chaise, et plongea tant bien que mal les doigts dans la poche de son short. Au moment où il en sortit une poignée de pièces de monnaie, de Payns perçut un mouvement sur sa gauche – le plus grand des deux Turcs s'était levé et se dirigeait vers les toilettes. Toujours tourné vers Lambardi, il vit du coin de l'œil ce type, dont la chemise bordeaux laissée hors du pantalon dissimulait une arme, s'immobiliser à l'entrée du couloir menant aux toilettes et échanger quelques mots avec quelque inconnu tapi dans l'ombre. Alors qu'il regagnait sa chaise, de Payns vit le Turc se détourner de son mystérieux interlocuteur et adresser un signe de la tête à l'Italien. Michael Lambardi était convoqué.

De Payns sentit son cœur s'agiter ; c'était la première fois qu'il assistait à un contact clair entre Lambardi et ses clients. L'Italien savait donc physiquement les reconnaître.

Celui-ci se leva et se pencha vers son compagnon de table :

— Tu as bien les passeports sur toi, Alain, on est d'accord ?

De Payns soupira, s'efforçant de conserver un air insouciant tandis que son esprit bouillonnait : l'opération consistant à filmer Lambardi acceptant les passeports chez lui ne serait donc pas réalisée. La transaction s'effectuerait ici, au Bar Luca, dans des conditions imposées par les Turcs et le mystérieux personnage resté dans le couloir. Les services secrets français n'étant pas adeptes des fusillades, de Payns n'était censé se servir du CZ que pour se défendre. La DGSE avait pour mot d'ordre de rester calme, impitoyable et indétectable.

De Payns se saisit du sac Adidas, qu'il posa sur ses genoux et tapota :

— Ils sont là.

— Je dois y aller seul, s'excusa Lambardi.

Le Français considéra le grand Turc.

— Allez, insista l'Italien. Aussitôt l'affaire conclue, nous aurons les trois millions d'euros, mon ami, je te le promets.

Tout cela déplaisait à de Payns. Il secoua lentement la tête, réfléchissant à la meilleure façon de retourner la situation sans se trahir. Tandis qu'il était plongé dans ses pensées, la porte d'entrée du bar s'ouvrit et Shrek fit son apparition, le visage dissimulé par la visière rabattue d'une casquette bleue. Ni imposant ni séduisant, cet espion était maître dans l'art de passer pour un type banal.

Se gardant bien de tourner la tête vers son collègue, de Payns soutint le regard de Lambardi :

— Tu es sûr de vouloir faire ça, Michael ? Tu as un peu trop bu.

— Pff… Qu'est-ce que vous êtes sérieux, vous les Français !

Dans sa vision périphérique, de Payns vit Shrek s'accouder au bar et commander une boisson.

— La transaction doit vraiment se faire ce soir ? Ça me paraît un peu précipité, insista de Payns

— Tu n'es pas pressé, Alain, mais moi j'ai besoin d'argent.

— À ce point-là ?

Lambardi tendit le bras vers le sac.

— Essaie donc de divorcer en Italie, un de ces jours ; ça revient à être cloué sur une putain de croix, *amico*.

De Payns se redressa légèrement et ouvrit la fermeture du sac, dévoilant l'enveloppe en papier kraft contenant les passeports français. Lors de sa formation, on lui avait répété en long et en large qu'un officier traitant – un OT – ne devait jamais perdre le contrôle des opérations. Jamais un officier de la DGSE ne laissait une cible le mener par le bout du nez.

— On fait ce coup ensemble, sinon je laisse tomber, souffla de Payns. Dis à tes copains que je suis un salopard de Français plein d'arrogance.

Le grand Turc s'agaçait, clairement impatient.

— Je t'en prie, Alain, j'ai besoin de ce fric, supplia Lambardi, au bord du désespoir. Si l'échange ne se fait pas, on aura de gros ennuis, toi et moi.

De Payns attrapa la sacoche banane en cuir de Lambardi et la fit glisser vers lui, puis il plia l'enveloppe en deux et la fourra dans la sacoche, sans la rendre à son propriétaire.

— Une fois qu'ils auront ce qu'ils veulent, tu n'auras plus le moindre levier pour faire pression sur eux, expliqua le Français. Dis-leur que je n'ai pas pour habitude de traiter dans des chiottes de bar avec des inconnus. Qu'ils te remettent l'argent, et ensuite on procède à l'échange chez toi, juste nous deux. Je te connais et j'ai confiance en toi, Michael. Ce Mourad, en revanche… c'est ton problème, *mon pote*.

Lambardi se mordit la lèvre. Quant au grand Turc, il se rapprochait peu à peu.

— Si ces gars sont sérieux, ils respecteront ce que tu leur diras, je t'assure, insista l'agent de la DGSE. Tu préfères peut-être que j'aille leur dire deux mots ?

Lorsqu'il vit le Français se lever, Lambardi donna l'impression d'être sur le point de se faire dessus :

— Non ! Non ! Je m'en occupe ! Ne bouge pas d'ici.

Il rejoignit le grand Turc, avec qui il se glissa dans le couloir des toilettes. De son côté, de Payns sentait que le Turc plus courtaud ne le quittait pas des yeux depuis son perchoir, près de la porte d'entrée. Vu sa position, il semblait évident que celui-ci portait une arme calée dans le creux du dos. C'est alors que Shrek, toujours au bar, se gratta sous l'œil droit de la main droite, après quoi il retira sa casquette et la posa sur le bar. De Payns sentit les poils de sa nuque se hérisser : par ces quelques gestes, Shrek avait lâché le signal de la fuite – la main portée sous l'œil droit signifiait « Je t'ai vu », et le fait de retirer sa casquette se traduisait tout simplement par « tu n'as plus de protection ». En d'autres termes : « C'est fichu, fous le camp d'ici. »

De Payns se saisit de sa bière et avisa le bar – quels clients tenaient un rôle dans cette comédie ? Tendu à l'extrême, il entendit la chanson des Creedence Clearwater Revival *Have You Ever Seen The Rain* et vit Margaux approcher munie d'un torchon. Il se leva et, masqué par la serveuse, glissa la sacoche banane de Lambardi dans son sac. Le voyant se diriger vers la sortie, le petit Turc se leva et lui bloqua le passage, le torse de biais de façon à accéder d'un geste à son arme.

De Payns fit demi-tour et gagna le couloir des toilettes, son sac calé contre la poitrine et le CZ à portée de main. Le bruissement des pas du Turc était clairement perceptible dans son dos. Les deux portes des toilettes se présentèrent sur la gauche du Français, dont l'attention se focalisa toutefois sur le panneau vitré marquant le bout du couloir et les mouvements visibles de l'autre côté, dans les ombres de l'espace de livraison. Dans le reflet de la porte, il vit le Turc qui le suivait porter la main dans son dos. Faisant volte-face pour gérer ce problème, il vit une main agripper la mâchoire du truand et un poing s'abattre sur son cou. Le Turc s'effondra au sol. Sans perdre une seconde, Shrek fit demi-tour et regagna le bar, comme s'il n'avait fait qu'un bref aller-retour aux toilettes, tandis que sa victime agonisait, le cou percé d'un trou de la taille du diamètre d'un stylo et duquel giclait du sang.

De Payns fila aussitôt vers la porte vitrée, au fond du couloir, le cœur battant la chamade et la main plongée dans son sac, se demandant ce qu'avait remarqué l'équipe de soutien. Pourquoi l'opération était-elle annulée ? Il poussa le battant de verre et découvrit une zone exiguë consacrée aux livraisons. Un SUV Mercedes gris métallisé était garé sur le trottoir, ses vitres teintées empêchant de clairement distinguer ses occupants. Était-ce Lambardi, sur la banquette arrière ? Impossible d'en avoir la certitude. Alors que de Payns s'approchait du véhicule, celui-ci fut agité d'un soubresaut, puis un son étouffé retentit. La vitre arrière de la Mercedes s'assombrit aussitôt. Un passager avait de toute évidence perdu beaucoup de sang et de chair en un instant. D'instinct, de Payns empoigna son arme. Le conducteur du SUV écrasa l'accélérateur, laissant tout juste le temps à l'occupant du siège passager de dévisager le Français avant de disparaître.

Ce dernier en resta sidéré, le corps gorgé d'adrénaline et la respiration saccadée. Il se retourna vers la porte donnant sur le couloir, près de laquelle le Turc gisait toujours sur le dos, pas encore découvert. Son sac calé sur l'épaule, il se fondit sans plus attendre dans la nuit, se mêlant à la foule de touristes déambulant en ce début de soirée estivale. Le cœur battant toujours à tout rompre, il disparut sous le chant des grillons et des airs d'accordéon portés par la douce brise parmi des odeurs de *marinara* et de cigarettes. Scannant du regard tous les fourgons garés et scrutant les reflets des vitrines, il cherchait à identifier et localiser un éventuel dispositif adverse à son encontre. Il se dirigea sans hésiter vers le point de départ de son itinéraire de sécurité, son IS, situé quelques rues à l'écart de la mer. Celui-ci, prédéfini et appris par cœur, lui permettrait de s'éloigner du lieu de la mission en s'assurant méthodiquement qu'il n'était pas suivi. Son exfiltration à destination de Paris interviendrait aussitôt après. Juste avant de quitter la Sicile, il ne manquerait pas de coller sa gommette sur le *plan de support*[1] d'exfiltration d'urgence – généralement un panneau d'affichage public – qui serait consulté ensuite par l'équipe de soutien afin de s'assurer qu'il avait bel et bien quitté le pays. L'unité opérationnelle ne rentrerait en France qu'après avoir vu la gommette de De Payns. L'absence de gommette signifierait qu'il lui était arrivé quelque chose ; dans ce cas, ses hommes resteraient sur place jusqu'à en avoir le cœur net. S'il parvenait à quitter l'île en un seul morceau, l'étape suivante serait le débriefing à Paris.

Alors qu'il filait vers le sud sur la via Principe di Scordia, une vision restait imprimée dans ses pensées, celle du visage s'étant posé sur lui à travers la vitre de la Mercedes. De Payns était à peu près certain qu'il s'agissait du Pakistanais poli qui avait attendu que Lambardi ressorte des toilettes, sur le ferry en provenance de Sardaigne. Cet homme était présent à bord du navire, et donc à Cagliari. C'était clairement le chef.

---

1. Les « plans de support » où les gommettes vont être laissées sont des endroits prédéfinis et connus uniquement des membres de l'équipe.

Tandis que sa respiration s'apaisait, de Payns prit conscience de deux évidences : Michael Lambardi était mort et lui-même venait juste de survivre à une confrontation avec Mourad.

## Trois

Laissant derrière lui le quartier des restaurants, de Payns filait vers le sud sur la via Roma. À la hauteur d'une concession automobile, il sortit son Nokia de son sac, en retira la batterie et glissa la carte SIM dans la poche arrière de son jean. La via Roma lui convenait parfaitement en ces circonstances, car c'était une avenue à sens unique ; il était donc plus compliqué pour des véhicules de le suivre, ce qui lui permettait de focaliser son attention sur les piétons.

Multipliant les zigzags, il se dirigea vers l'église Saint-Pierre-et-Saint-Paul, située trois pâtés de maisons plus à l'ouest. Les événements survenus au cours de la soirée, à savoir deux hommes abattus en un lieu public, l'un d'eux gisant face contre terre à la sortie des toilettes d'un bar, auraient des conséquences des plus sérieuses : la police interviendrait sans tarder et, la Sicile étant une île, les aéroports et les ports risquaient d'être fermés si les enquêteurs estimaient ces crimes perpétrés par des professionnels. Et que dire de Sayef Albar ? Si le groupe terroriste avait déployé les deux truands turcs à pied et une voiture stationnée à l'arrière du Bar Luca, cela signifiait qu'il disposait d'au moins cinq personnes sur cette opération, probablement six en comptant Mourad. Se fondant sur ces déductions, de Payns imaginait un minimum de deux véhicules chargés de patrouiller dans les rues et de surveiller les hôtels et les bars.

Parfaitement au courant que les passeports étaient immédiatement disponibles, Mourad avait pris les devants afin d'esquiver le piège tendu par de Payns. C'était précisément ainsi qu'auraient réagi le Français et son équipe s'ils avaient soupçonné une embrouille ; ils auraient modifié le lieu et l'heure du rendez-vous, ainsi que d'autres paramètres, de façon à reprendre le contrôle des opérations et voir ce qui s'ensuivrait. Mais pourquoi les terroristes avaient-ils abattu Lambardi ? Mourad avait-il paniqué en voyant de Payns entrer dans l'espace de livraison à l'arrière du bar, ou avait-il depuis le début prévu de tuer l'agent du service de l'immigration italien ? Et dans ce dernier cas, fallait-il en déduire que la mission de la Boîte était connue de Mourad ?

Pour de Payns, le plan prévu consistait à filer et coller sa gommette sur le plan de support – un panneau d'affichage de l'embarcadère – avant le départ du ferry. Or s'il y avait une fuite au sein de la Boîte, comme il le redoutait désormais, le plan de support était compromis, et suivre la procédure habituelle le remettrait dans les mains de l'ennemi lors de sa fuite. Il préféra donc opter pour un nouvel itinéraire de sécurité afin de s'assurer qu'il n'était pas suivi. Si cela ne suffisait pas, il lui resterait encore la possibilité de se planquer et de demander à la Boîte de l'exfiltrer.

Un groupe de touristes néerlandais le frôla ; l'un d'eux, à la traîne et passablement ivre, lui sourit et lui lança quelques mots en anglais. De Payns lui rendit son sourire et répondit en français. Le Néerlandais décrivit dans un français parfait les bars qu'ils avaient découverts et le restaurant de fruits de mer vers lequel ils se dirigeaient. Les deux hommes poursuivirent un temps cette conversation légère, l'agent de la DGSE marchant du côté intérieur du trottoir, près des bâtiments, ce qui lui permettait de garder un œil sur les véhicules passant à leur hauteur. Il ne repéra ni Mercedes ni grand Turc.

Le groupe parvenu au carrefour des vias Roma et Cavour, de Payns tourna à gauche et se retrouva sur un boulevard à quatre voies, orné d'arbres et bordé de chaque côté d'immeubles bicentenaires. Si les plus anciens n'excédaient pas quatre étages, certains immeubles plus récents s'élevaient davantage. Un air de jazz américain émanant d'un vieil appartement juché dans les hauteurs fut brièvement couvert par du rap algérien craché par une voiture qui passa en coup de vent. La via Roma était baignée d'une lueur dorée, les ultimes braises du soleil couchant méditerranéen illuminant les rues. Soudain, de Payns repéra un peu plus loin un 4 x 4 Mercedes gris métallisé brillant de mille feux. Il ne ralentit pas sa marche pour autant, se rappelant que des milliers de SUV de cette couleur devaient en cet instant rouler un peu partout en Europe ; celui-ci pouvait appartenir à n'importe qui.

Il remonta vers le nord vingt minutes durant, puis il se glissa dans une rue médiévale du Vieux Palerme, qui se révéla de plus en plus étroite et tortueuse à mesure qu'il y progressait, de nombreux Vespas et scooters japonais étant garés au pied d'antiques immeubles. Tendant l'oreille afin de déceler d'éventuels bruits de pas dans son dos, il n'entendit que les beuglements d'une télévision et quelques femmes élevant la voix.

Au bout de la rue se présenta une modeste place sur laquelle se dressait une église assez étroite. Il avait découvert cet endroit lors d'une promenade, six semaines auparavant, alors qu'il se familiarisait avec la ville afin d'établir un itinéraire de sécurité convenable. Ce bâtiment correspondait parfaitement à ce qu'il recherchait. Se glissant par la porte entrouverte, il entra dans la nef éclairée à la bougie. Alors qu'un prêtre en chemise à manches courtes s'entretenait avec deux vieilles femmes, sur sa droite, de Payns remonta l'allée latérale de gauche, puis s'engouffra dans un couloir qui le mena à une porte. Il l'ouvrit et se retrouva dans une rue à l'arrière de l'édifice. Nombre de vieilles églises européennes couvraient tout un pâté de maisons, agrandies au fil des siècles. En les traversant, il était facile de disparaître dans les rues environnantes, obligeant les poursuivants à bord de véhicules à contourner le pâté de maisons. Si des individus vous suivaient à pied, ils n'avaient d'autre choix, pour ne pas perdre votre trace, que d'emprunter un *point de passage obligé*, un goulet d'étranglement impossible à esquiver, ce qui ne manquait pas de les trahir.

Palerme était plongée dans la nuit lorsque de Payns émergea dans la rue. Sans perdre un instant, il traversa la chaussée et s'engagea dans une autre ruelle. Cet itinéraire de sécurité lui ayant confirmé qu'il n'était pas suivi, il marcha encore une dizaine de minutes vers l'est et le port. À mesure qu'il se rapprochait de la baie de Palerme, les bars étaient de plus en plus bruyants et les piétons de plus en plus ivres. Il obliqua légèrement vers le sud, suivant un itinéraire vers sa « rupture[1] » localisée à Palerme-Centrale ; il avait découvert cette gare ferroviaire datant des années 1870 en se rendant au Jardin botanique afin de repérer un énorme figuier de la baie de Moreton faisant office de boîte aux lettres morte pour la DGSE. De Payns appréciait la gare Centrale car elle disposait d'une entrée traversant un bureau de poste, ce qui formait un nouveau point de passage obligé.

Les guichets étaient visiblement fermés mais le bureau de poste éclairé. De Payns y entra et traversa la surface en linoleum jusqu'à la porte donnant sur la gare. Ce faisant, il resta focalisé sur les alentours grâce à sa vision périphérique, guettant la moindre filature et les voitures s'immobilisant dans les parages. Rien à signaler. Il se retrouva directement sur les quais et se dirigea vers le commissariat logé dans le bâtiment principal. Il n'y avait pas plus de trente personnes dans les environs, mais c'était assez pour distraire un poursuivant à condition de marcher en se dissimulant dans l'alignement des piliers. Suivant le rythme des voyageurs, le Français, après avoir dépassé le commissariat, vira sèchement à gauche dans le hall principal de la gare. De là, il descendit les marches du grand escalier quatre à quatre et disparut dans les rues sombres, filant vers l'est et l'embarcadère des ferrys… et vers chez lui.

Il dut marquer une pause à un passage piéton, sur l'impressionnant boulevard qu'était la via Crispi. Sur sa gauche se dressait la monstrueuse masse bleutée d'un

1. Une « rupture » de filature est la phase finale d'un IS où un OT disparaît aux yeux de ses poursuivants potentiels. Elle est appliquée en cas de doute ou de confirmation que l'on est suivi.

ferry. Il demanda à une femme qui marchait à sa hauteur avec deux enfants si ce navire était bien à destination de Naples, ce qu'elle confirma, précisant qu'il larguait les amarres d'ici une trentaine de minutes.

De Payns vira sur la droite lorsque le troupeau de touristes obliqua vers la gauche sur une vaste esplanade de béton menant aux embarcadères. Prenant soin de rester tapi dans les ombres, il se dirigea vers le sud du terminal. Sur la mer lisse se reflétaient mille points lumineux et de Payns percevait des odeurs de carburant et d'eaux usées – comme toujours quand il était tendu, son odorat devenait sensible aux senteurs les plus subtiles.

Un Africain pêchait en fumant, avec une bouteille de vin pour toute compagnie. De Payns l'évita largement et poursuivit sa progression vers le sud du quai incurvé. Profitant d'un moment où un gros chalutier le dissimulait à la vue de cet homme, il sortit les morceaux de son téléphone de son sac et les jeta dans l'eau. Puis il s'immobilisa et se positionna de façon à procéder à une inspection complète mais discrète des environs. Il était important de ne pas donner l'impression de vouloir se cacher. S'échappant d'un bar, les échos d'un rythme disco se répercutaient sur l'eau. Après avoir encore parcouru quelques mètres vers le sud, il démonta le CZ et le jeta en pièces détachées dans la Méditerranée graisseuse.

S'éloignant un peu plus du pêcheur, il s'approcha d'une benne à ordures plantée dans l'ombre, à l'écart du quai. Il sortit deux passeports de son sac, les déchira autant que possible, malgré le plastique et les puces qu'ils renfermaient, et les jeta dans le container. Sans quitter le pêcheur des yeux, il se dirigea vers une autre benne, une cinquantaine de mètres plus loin, où il détruisit deux autres passeports. Vingt mètres plus loin, il déchira le dernier passeport et s'en débarrassa dans une poubelle située en un endroit plongé dans une quasi-obscurité. Il y jeta également l'enveloppe en papier kraft et la sacoche banane de Lambardi. En temps normal, il aurait davantage éparpillé les résidus des documents détruits, de façon qu'il soit impossible de les retrouver et de les identifier, mais le temps lui était compté ; il devait à tout prix embarquer sur le ferry.

Revenu sur ses pas, il entra dans un point de vente et en ressortit quelques minutes plus tard muni d'un billet. Retrouvant l'air nocturne parfumé, il s'approcha du grand panneau d'affichage des horaires fixé sur le côté du bâtiment administratif. Il plongea la main dans son sac et en sortit une gommette rouge marquée d'une croix, qu'il colla en bas à droite du panneau. En voyant ce sticker, l'équipe de soutien comprendrait que de Payns était indemne mais que l'opération avait été interrompue et qu'il avait quitté les lieux.

Jetant un regard par-dessus son épaule alors qu'il traversait le quai en direction du ferry, il aperçut le toit d'un véhicule progressant à allure réduite, dépassant des bornes de béton cernant la zone portuaire. Un son criard fut craché par les haut-parleurs, suivi d'une annonce en italien, puis en anglais ; les passagers à destination de Naples étaient invités à embarquer immédiatement.

Il parvint à la passerelle de poupe alors que les marins s'apprêtaient à la relever, le départ étant imminent. Soulagé, il était sur le point de monter à bord quand un vieil Italien penché sur le bastingage aboya aux marins d'interrompre leur manœuvre. Suivant la direction désignée par le doigt tendu de cet homme, de Payns vit un véhicule s'immobiliser à une centaine de mètres de là, en bordure du quai. Une portière s'ouvrit, dévoilant le sommet d'un crâne. L'individu s'élança à toutes jambes vers le ferry, accompagné de deux acolytes. Faisant de son mieux pour ne pas donner l'impression de s'intéresser à ce manège, de Payns devait absolument les identifier – ils étaient visiblement des locaux. Ce n'étaient donc pas des hommes de main de Sayef Albar; la police, peut-être?

Se détournant d'eux, il tendit son billet à l'employé posté à la passerelle, gravit celle-ci et, une fois sur le ferry, se retourna vers le quai. De son point d'observation surélevé, il vit le trio approcher du navire; les deux plus jeunes étreignirent avec affection l'individu le plus âgé, qui ensuite s'engagea sur la passerelle, chargé d'un sac de voyage.

Quand enfin il vit la passerelle de poupe se redresser, de Payns éprouva un léger soulagement, malgré son état de stress intense.

# Quatre

Depuis sa double cabine donnant sur la mer, de Payns jouissait d'une vue sur les ponts tribord grâce à une véritable fenêtre plus qu'un simple hublot. Bien que n'ayant pas eu conscience que c'était chose possible au moment de prendre son billet, il s'estimait à présent heureux d'être logé dans une cabine dotée d'une autre issue, en cas d'intrusion par la porte.

Après s'être douché, il s'installa dans l'obscurité sur un des deux lits simples, calé contre le mur de façon à être en mesure de jeter un regard sur le pont, à travers les rideaux, d'un simple mouvement de la tête. L'arrivée à Naples était prévue peu avant 7 heures du matin, et il était certain qu'aucun occupant de la Mercedes gris métallisé ne l'avait suivi à bord du ferry. Si les agents de Sayef Albar jugeaient vraiment qu'Alain Dupuis constituait un problème, ils affecteraient leurs ressources limitées à la surveillance des hôtels de Palerme et de l'aéroport – le terminal des ferrys à destination de Naples ne serait probablement pas leur priorité. La traversée offrait à de Payns le temps de réfléchir à la marche à suivre. Il ne possédait plus ni téléphone, ni carte de crédit, ni arme. La gommette rouge marquée d'une croix indiquait à la Boîte qu'il était livré à lui-même et qu'il réapparaîtrait au Bunker sans aucune assistance.

Il alluma la lampe de chevet et se saisit de son sac, qu'il retourna et vida sur la couverture grise : une pomme, une barre de céréales encore emballée, son portefeuille, des lunettes de soleil, un demi-paquet de Marlboro Light et un briquet en plastique bas de gamme. Il mordit à deux reprises dans la pomme puis, tout en mâchant, se leva pour s'observer dans le miroir fixé au-dessus du lavabo. Il était plutôt bien conservé pour ses trente-huit ans, avec son regard clair encore vif, ses cheveux châtains courts coiffés en arrière et sa peau hâlée par les activités de plein air sans être ravagée par le soleil. Quelques cicatrices étaient visibles sur son torse nu, tandis que ses bras et son dos offraient une véritable cartographie de souvenirs de bagarres et d'accidents de rugby universitaire gravés sur sa peau. La traînée blanche sur son avant-bras gauche résultait de la reconstitution chirurgicale de ce membre fracassé à la suite d'un accident de moto survenu lors de sa dernière année d'internat, tandis que les cicatrices visibles vers le bas de sa colonne vertébrale rappelaient l'intervention chirurgicale subie après s'être blessé au dos à l'époque où il était pilote de chasse au sein de l'Armée de l'air. Mais pour quelqu'un approchant la quarantaine, se dit-il, il avait encore malgré tout de quoi se défendre en cas d'agression.

Romy, son épouse, lui disait souvent que son côté jeunot la séduisait et qu'il le devait certainement au fait d'avoir si longtemps adoré son job, évoquant là l'époque à laquelle il pilotait des avions de chasse. Elle sous-entendait ainsi qu'elle était plus que lassée de sa reconversion dans le renseignement et de la tension que ce poste imposait au sein de leur couple. Par ces mots, elle insinuait en outre qu'il avait un peu perdu son âme d'enfant, ce qui était assez vrai. Il se demandait parfois de quelle façon il en était arrivé là, réservant sa légèreté et ses rires à ses collègues, uniquement quand il les retrouvait pour boire. Ces derniers étaient les seules personnes avec lesquelles il se sentait pleinement en sécurité. S'il avait entendu dire que c'était un risque professionnel bien connu dans ce métier, il n'en avait réellement pris conscience que le jour où il s'était rendu compte que ses camarades de la DGSE étaient les seuls à connaître l'authentique Alec et que, même avec sa femme, il n'était pas complètement lui-même. Cette forme d'échange professionnel se soldait parfois par un suicide chez certains, ou dans l'alcool chez d'autres. Le divorce était la règle, pas l'exception.

Sa pomme avalée, il attrapa ses cigarettes et sortit de sa cabine pour faire quelques pas sur le pont. Il alluma une Marlboro et en souffla la fumée comme pour expulser son stress dans la mer. Balayé par la brise tiède en provenance de l'Afrique, il était comme hypnotisé par le clapotis des flots contre la coque du ferry. Tandis que sur sa gauche, un groupe de touristes anglais éméchés braillaient en s'extasiant sur l'écran d'un smartphone, de Payns fumait presque méthodiquement, détendu par le bercement de la houle et les parfums estivaux de la Méditerranée. Le chemin avait été long pour en arriver là, pourtant il n'était pas si vieux. Son parcours au sein de la Boîte avait débuté après la guerre du Kosovo, alors qu'il était affecté à la base aérienne de Villacoublay, non loin de Paris, d'où il décollait pour transporter dans les Balkans des soldats des forces spéciales et des agents de renseignement chargés de traquer des criminels de guerre. En cette période incertaine de son existence, il avait renoncé à sa carrière de pilote de chasse en raison de sa blessure au dos et s'efforçait de se bâtir une nouvelle réputation aux commandes d'un TBM-700, un avion turbopropulsé aussi puissant qu'agile capable de décoller et d'atterrir sur de très courtes pistes. Pilotant sans pièce d'identité ni insigne sur sa combinaison de vol, il volait à très basse altitude en pleine nuit, sans plan de vol et à vue, se fiant à sa vision plutôt qu'aux instruments de l'appareil, le transpondeur d'identification IFF parfois débranché ou son « mode C » désactivé, empêchant ainsi les centres de contrôle aériens d'établir son altitude. Sa destination ne lui était bien souvent communiquée qu'après la traversée de la mer Adriatique. Ayant pour consigne d'ignorer les règles aériennes usuelles, de Payns s'était par exemple posé sur une épaisseur de un mètre de neige à Sarajevo à 2 heures du matin, sans la moindre autorisation et dans les ténèbres les plus complètes. C'était un boulot dangereux et stressant mais il l'adorait.

C'est à un général qu'il avait souvent transporté lors de ces vols clandestins qu'il devait d'avoir fini dans les renseignements. Ce militaire dirigeait une opération de la DGSE consistant à mettre la main sur des criminels de guerre serbes. En une de ces occasions s'était tenue une réunion top-secret à Podgorica. Les yeux rivés sur la mer qui défilait, de Payns sourit en songeant à ce déjeuner chic au cours duquel les Serbes ne s'étaient pas rendu compte que le général maîtrisait leur langue et était par conséquent conscient que l'interprète fourni par les locaux mentait aux Français. Ils étaient huit, ce jour-là, autour d'une table rectangulaire, dans la vaste salle à manger de l'hôtel. À la fin du repas, le général murmura à de Payns :

— À mon signal, lâchez votre serviette par terre. En vous baissant pour la ramasser, jetez un coup d'œil sous la table ; si ces gars ont des armes sur les genoux, posez votre serviette sur la table. Sinon, posez-la sur vos genoux.

De Payns laissa donc tomber sa serviette... Les Serbes avaient tous une arme à portée de main. Il posa donc sa serviette sur la table, à la suite de quoi le général commença à parler en serbe, faisant ainsi comprendre à ses vis-à-vis que les Français saisissaient leurs conversations privées depuis dix-huit mois.

Les deux Français se levèrent pour retrouver le chauffeur qui les attendait au volant d'une Audi A8 et les conduisit à toute allure à leur avion. Ils décollèrent à destination de Mostar tous feux éteints, volant en rase-mottes afin de ne pas être détectés par les Serbes.

Cette première mission informelle pour le compte de la Boîte n'était pas passée inaperçue, le général en personne n'ayant probablement pas oublié l'aide apportée par le pilote. Quand il fut un temps privé de vol à la suite d'une seconde intervention chirurgicale sur sa colonne vertébrale, de Payns se vit suggérer de proposer sa candidature à la DGSE. Au terme d'un éprouvant processus d'intégration qui se prolongea une année entière, une nouvelle carrière s'ouvrit à lui.

Après un dernier regard circulaire sur le pont, il regagna sa cabine, où il se lava les mains avant d'éteindre la lumière.

Allongé dans l'obscurité, il songea à la source humaine d'autrefois qu'il avait convaincue de trahir sa patrie. Quand le malheureux avait été percé à jour par les services secrets de son propre pays, ceux-ci s'en étaient d'abord pris à son épouse et à son fils. Il était probable que ce fiasco ait été provoqué par une fuite de renseignement en interne. L'opération sicilienne de ce jour avait-elle également été ruinée par une fuite similaire ? Et si tel était le cas, cette trahison était-elle l'œuvre de la même personne que la fois précédente ? De Payns s'intima de ne pas céder à la paranoïa et se concentra sur sa respiration dans l'attente du petit jour.

Peu après 7 heures, il se mêla à la foule de passagers sur la passerelle de poupe puis posa le pied sur la terre ferme, du côté ouest du port de Naples. Il suivit le mouvement des familles sur le quai de béton, souriant et plaisantant avec quelques gamins tout en balayant les environs du regard, à la recherche d'un éventuel dispositif de surveillance. Le ciel était couvert mais il faisait chaud. Face à lui se présentait la route de service qu'empruntaient cars et taxis pour déposer leurs passagers au plus près des terminaux. Elle était parallèle à l'un des principaux boulevards de la ville, dont elle était séparée par une barrière de béton. Sur sa gauche se dressaient les bâtiments portuaires érigés au milieu du XIX<sup>e</sup> siècle, tandis que sur sa droite le Vésuve surplombait la baie. Il se dirigea vers la voie de service, doublant des taxis stationnés et des gens s'étreignant et fourrant leurs bagages dans les coffres. Le moteur Diesel d'un car ronronnait, tandis que des touristes attendaient que le chauffeur extirpe leurs valises des entrailles du véhicule.

Tout semblait normal. Il n'y avait là que des touristes, pas le moindre individu détonnant dans le décor, et encore moins de fourgon stationnant dans les parages. Un guetteur aurait été visible comme le nez au milieu de la figure. Ayant retourné son coupe-vent, qui la veille encore était noir, de Payns était à présent en beige – il avait procédé à un *désilhouettage*. Il avait pour habitude d'effectuer cette modification quand venait le moment de la rupture, c'est-à-dire quand il lui fallait disparaître, une fois son poursuivant « endormi ». Mais se sentant encore sur les nerfs, il resta calé entre deux groupes se dirigeant vers un passage piéton du boulevard, puis il remonta le Corso vers le nord et s'engouffra dans une *panatteria* dont l'entrée était située sur une rue latérale, à l'angle de l'avenue. Il s'y offrit un café et un *cornetto*, se donnant le temps de profiter de la vue que lui donnait la baie vitrée du magasin sur la rue par laquelle il venait d'arriver. Il pouvait ainsi surveiller l'éventuelle irruption de poursuivants tournant à l'angle et se rendant compte qu'ils l'avaient perdu. Personne ne se présenta. En temps normal, suivre un itinéraire de sécurité le menant hors de la zone de la mission puis se livrer à une rupture efficace de façon à se débarrasser d'une éventuelle filature aurait suffi. Cela lui aurait permis de se mettre dans la peau d'un touriste détendu en balade dans les rues. Seulement l'opération Falcon avait tourné au fiasco, et de Payns était en état d'alerte maximale.

Non sans avoir jeté un coup d'œil dans la rue toujours tranquille, il retrouva le trottoir en sirotant son café. Il s'en était sorti, manifestement. Dix minutes de marche plus tard, il obliqua vers l'est et le secteur des gares et des terminaux de cars, puis franchit la vaste entrée de la gare centrale de Naples. De l'autre côté de la double porte, la principale gare de la ville fourmillait d'activités. Il s'approcha d'un distributeur automatique de cigarettes et y glissa quelques pièces pour obtenir un paquet de Marlboro, non sans s'assurer que personne ne le suivait du regard depuis le hall ou les balcons. L'intérieur moderne de la gare centrale était doté de caméras de surveillance, chose inévitable dans la plupart des gares européennes, en particulier dans celles accueillant des trains en provenance d'autres pays. De Payns vissa sa casquette sur son crâne et traversa le hall pour se placer au bout de la file de la billetterie, derrière une Italienne qui beuglait dans son téléphone. Parvenu au comptoir, il afficha un grand sourire :

— Un aller simple pour Marseille en seconde classe, s'il vous plaît, demanda-t-il en anglais, afin d'égarer un peu plus une éventuelle surveillance.

— Le train à destination de Marseille part à 9 h 25, lui répondit l'employée. Avec une correspondance à Milan.

Après avoir réglé son billet en liquide, de Payns se rendit d'un pas tranquille sur le quai, où il s'installa sur un siège lui permettant d'en surveiller les deux côtés, puis il alluma une cigarette. Il était encore permis de fumer sur les quais ; c'était un des petits plaisirs coupables qu'offraient les trains italiens.

Dans son wagon, l'avant-dernier de la rame, ne se trouvait qu'une dizaine de personnes – des mères avec leurs enfants, un couple âgé et quelques lycéennes rentrant apparemment chez elles après un week-end à Naples.

Alors que le train s'ébranlait, de Payns songea aux événements survenus en Sicile. Depuis combien de temps les sbires de Sayef Albar étaient-ils sur ses talons ? Et que dire du Pakistanais poli aperçu à bord du ferry à destination de Palerme ? Lambardi lui avait-il transmis un message ? S'agissait-il de Mourad ? Sayef Albar avait forcément été averti que de Payns possédait des passeports français. Lambardi avait-il reçu l'ordre de confirmer cette information ?

Se rendant soudain compte qu'il retenait sa respiration, de Payns libéra ses poumons dans un sifflement. Il soupçonnait ses adversaires d'en savoir davantage que lui sur cette affaire, et cela lui déplaisait. Il en était même réduit à imaginer ce qui s'était produit dans son propre camp ; comment Shrek avait-il su qu'il fallait annuler l'opération ? L'identité d'Alain Dupuis était-elle compromise ? Shrek avait-il réussi à s'échapper du Bar Luca sans être alpagué par les flics ou les terroristes ? À quel moment son équipe et lui avaient-ils commis une erreur ?

Si une dizaine de questions tourbillonnaient dans l'esprit de De Payns, la Boîte en aurait une centaine à lui poser. La DGSE était réputée pour sa rudesse à l'encontre de ses agents de terrain lors des débriefings. Comme le lui avait précisé un de ses anciens instructeurs, se bâtir une couverture la plus authentique possible n'était qu'une facette du boulot, l'autre consistant à préparer un récit acceptable pour les débriefeurs de la CAT. Les responsables de l'administration voulaient savoir de quelle façon l'argent avait été dépensé ; les supérieurs réclamaient tous les détails sur les personnes rencontrées ; la DR – la Direction du renseignement – tenait à connaître au mot près les conversations tenues ; et les spécialistes pouvaient bombarder l'OT de questions sur les détonateurs nucléaires, les armes biologiques ou tout autre sujet concerné par l'opération. Mais surtout, quand une opération initiée par la Boîte était annulée et qu'il y avait des morts à déplorer, les grands patrons se déplaçaient, accompagnés de leurs ambitieux parasites ; un OT pouvait ainsi passer une journée entière à affronter quatre ou cinq personnes se surpassant les unes les autres avec leurs soupçons. Ainsi en allait-il au sein des services secrets français : *pas vu, pas pris ; pris, pendu.*

La version des événements que livrerait de Payns devrait être jugée acceptable par deux supérieurs distincts. Le premier, Christophe Sturt, était le patron de la Direction du renseignement. La DR comprenait des analystes et gestionnaires extrêmement expérimentés et ambitieux dont les demandes de renseignements étaient à l'origine des missions telles que l'opération Falcon. Sturt se sentait comme le propriétaire de Falcon, tout comme Anthony Frasier, l'autre supérieur de De Payns, le patron de la Direction des opérations, la DO. Frasier ne se matérialisait que quand quelqu'un avait été tué à l'étranger au cours d'une opération dont il était légalement responsable. Bien qu'en droit de diriger le débriefing, il laisserait son second, Dominique Briffaut, le chef de la division Y, multiplier les questions. Ancien membre des forces spéciales, Briffaut était passé à la DGSE une vingtaine d'années auparavant. Il se montrait parfois très dur avec ses hommes mais était également très protecteur vis-à-vis d'eux.

Mais si ses maîtres avaient pléthore de questions à lui poser, de Payns, lui, leur en réservait une, et pas des moindres : la Boîte nourrissait-elle un traître en son sein ?

# Cinq

Déambulant dans les halls de la gare de Milan Centrale, de Payns avait une heure à tuer avant le départ du train à destination de Marseille. Ce nouveau terminal ferroviaire avait été aménagé dans un bâtiment datant du milieu du XIXe siècle, l'architecture originale ayant plus ou moins été conservée autour d'un dédale de boutiques et d'Escalators formant un tout aussi moderne que la gare de Francfort. Lumineuse et d'une propreté impeccable, la gare était ainsi blottie sous un dôme de marbre poli percé d'immenses panneaux de verre incurvés.

Un gobelet de café à la main, de Payns se dirigea vers une entrée latérale d'où il aurait tout loisir de fumer et avaler son remontant tout en surveillant les environs. Il se glissa ensuite dans un renfoncement, à côté de l'entrée principale, sous une énorme horloge analogique, d'où il observa les arrivées et départs des taxis et des cars. Alors qu'il allumait une cigarette, les deux femmes en tenue de serveuse présentes dans le renfoncement écrasèrent leurs mégots et filèrent reprendre leur poste.

Sirotant son café, de Payns pensa à sa famille. Romy

n'avait aucun moyen de le joindre puisqu'il était en opération. Six mois après leur mariage, il lui avait expliqué que s'isoler de façon hermétique de sa famille quand il partait en mission était une précaution aussi saine qu'obligatoire destinée à la préserver – ainsi que leurs enfants. Dès lors qu'il prenait une identité fictive, il devenait quelqu'un d'autre, un personnage ignorant tout de Romy de Payns. Elle pouvait appeler son mari autant que bon lui semblait, mais le mobile de celui-ci se trouvait à l'abri dans un placard des locaux de la DGSE, sans sa batterie. Quand ils avaient abordé ce problème en dégustant quelques verres de vin, il avait expliqué que céder à la tentation de lui envoyer un e-mail depuis un cybercafé serait une énorme erreur – une erreur que jamais il ne commettrait. Pour un agent susceptible d'être surveillé, donner des nouvelles à ses proches depuis le terrain revenait à offrir à l'ennemi sa véritable identité et lui révéler l'existence de sa famille. Or dans le monde dans lequel évoluait de Payns, la famille était un moyen de pression. La famille était un point faible.

Romy était solide, comme lui et, comme lui, elle avait passé son adolescence en internat, ce qui lui avait permis de développer une indépendance et une discipline similaires à celles de son époux. Nul membre de l'appareil de la sécurité nationale française n'était un plus ardent défenseur du secret que Romy de Payns, qui avait deux enfants à protéger. Elle était même en bien des aspects plus solide que son mari, en particulier quand il s'agissait de combiner les tâches parentales et les exigences de la DGSE.

Un problème s'annonçait tout de même à l'horizon.

Quand Oliver, leur fils cadet, avait été en âge d'être admis à la crèche, Romy avait repris ses études universitaires. La remise de son doctorat était prévue d'ici une dizaine de jours, un samedi soir – la date était gravée dans l'esprit de De Payns car les parents de Romy les rejoindraient à Paris pour un dîner bien arrosé après la cérémonie.

Songeur, il laissa échapper un panache de fumée de cigarette de sa bouche. Dans leur couple, c'était toujours elle qui se sacrifiait, la Boîte passant systématiquement en priorité. Or il ne devait à aucun prix manquer ce dîner et la soirée en l'honneur de Romy. Alors qu'il était en train d'avaler une gorgée de café, un homme s'immobilisa face à lui et sortit une cigarette.

— *Bonjour*, dit-il, avant de demander du feu en français.

De Payns se crispa aussitôt ; cet inconnu avait tout du militaire, de son cou de taureau à sa coupe de cheveux réglementaire, en passant par la façon dont il tenait sa cigarette à l'intérieur du poing.

— On se connaît ? s'enquit de Payns en souriant.

— Manerie veut te voir, lâcha le type, l'air sérieux mais pas menaçant pour autant.

Le cerveau en ébullition, de Payns songea qu'il ne connaissait qu'un seul Manerie ; si c'était celui-ci qui lui envoyait ce gus, ce n'était certainement pas avec des intentions amicales.

— Et toi, tu es qui ?

— Je suis là pour te filer un coup de main, répondit l'inconnu. Appelle-moi Jim.

— Tu es sûr de t'adresser à la bonne personne ? hasarda de Payns, tout en cherchant du regard un fourgon.

— Oui, si tu es bien Aguilar.

Aguilar était le pseudonyme de De Payns, que seuls certains membres de la Boîte connaissaient.

— Aggi Hula ? répéta de Payns, faisant mine de ne pas comprendre. Tu es algérien ?

— Très drôle, répondit froidement Jim, mais j'aime faire les choses à ma façon.

— Je parie que c'est ce que tu dis à tous les mecs que tu accostes dans la rue.

— Le directeur ne trouvera pas ça très drôle. Moi, par contre, je sourirai sûrement quand tu te retrouveras à l'arrière d'un fourgon avec une cagoule sur la tête, et que je te rappellerai que j'ai essayé d'être sympa avec toi.

Cet homme à la carrure imposante était à coup sûr un ancien para, peut-être même un ancien légionnaire, songea de Payns qui, toujours avec le sourire, lui lança son briquet.

— Le directeur te trouvera dans dix minutes à ta place dans le train, ajouta Jim, qui alluma sa cigarette, renvoya le briquet à son propriétaire et s'éloigna.

D'un point de vue purement technique, l'échange s'était correctement déroulé. Un éventuel observateur n'aurait vu qu'un fumeur réclamer du feu avant de reprendre son chemin, sans s'attarder ni se lancer dans un long monologue. Tout, dans sa gestuelle, indiquait qu'il n'était qu'un inconnu pour de Payns.

Ce dernier resta parfaitement calme tandis que Jim disparaissait de son champ de vision. Philippe Manerie était le directeur de DGS[1] – la division en charge de la

1. Bien qu'il signifie « Direction », les officiers traitants ont pour habitude de ne pas mettre l'article « la » devant cet acronyme, et de parler simplement de « DGS ».

sécurité interne de la Boîte. DGS était redoutée par de Payns et les autres OT car elle annonçait généralement la fin brutale d'une carrière ou un long séjour dans un de ses sous-sols après un procès.

Bien que hautaine et quelque peu cynique quant à ce qui se tramait ailleurs dans le monde, la France abhorrait les traîtres. On trouvait des Français d'un certain âge capables de vous cracher sur les chaussures à la moindre mention du régime de Vichy. DGS était l'illustration parfaite de cette attitude, et plus encore.

Épuisé, de Payns était harcelé par mille questions se bousculant dans son esprit : Jim était-il vraiment celui qu'il prétendait être ? Était-il réellement membre de DGS, ou plutôt d'un autre service cherchant à le faire parler ? Son intervention avait-elle été conçue comme une première approche ? Ou avait-elle valeur de test, DGS étant particulièrement friande de ce genre de mise à l'épreuve ?

S'il s'agissait vraiment d'une approche, pourquoi le contactait-on en ce lieu, en pleine exfiltration, à l'encontre des règles de sécurité les plus fondamentales, plutôt que de venir le trouver au Bunker de Noisy ? D'un autre côté, si Jim lui avait joué la comédie, comment ses commanditaires l'avaient-ils localisé ? Avait-il été suivi ? Quelqu'un au fait du plan d'exfiltration avait-il parlé ? Un membre de sa propre équipe, peut-être ?

Deux options s'offraient à lui : décamper sans perdre une seconde et improviser un nouvel itinéraire, ou se présenter au « rendez-vous Manerie » pour le voir en chair et en os, répondre à ses questions et, s'il s'agissait bel et bien d'une simple approche, tenter une contre-manipulation.

De Payns était fatigué mais toujours curieux. Il jeta un coup d'œil sur son billet, écrasa son mégot sous son talon et se dirigea vers le quai 18.

# Six

Après un regard du côté des autres voies, en quête de guetteurs ou d'un piège quelconque, de Payns s'engagea sur le quai du train à destination de Marseille. Ce n'était plus le train à grande vitesse dans lequel il était monté à Naples, mais ses grandes fenêtres permettaient d'en distinguer l'intérieur. Parvenu à la hauteur de son wagon, il avisa les panneaux jaunes indiquant que le nettoyage de la voiture était en cours. Malgré cela, Jim et un individu d'âge mûr en costume sombre l'attendaient à l'intérieur. Philippe Manerie regardait par la fenêtre, par-dessus ses lunettes, le visage de marbre, sans émotion ni tic nerveux. Le cadre parfait de DGS. De Payns le reconnut car il avait eu l'occasion de voir son portrait au siège de la Boîte et dans ses biographies officielles. Il n'avait croisé sa route qu'une seule fois, très longtemps auparavant, au cours d'un vol de nuit à destination de Mitrovica, à l'époque où il pilotait des TBM-700 vers le nord du Kosovo. L'homme qui en cet instant le dévisageait avait alors été son passager, entouré de types ressemblant fort à Jim.

De Payns grimpa à bord et se dirigea vers sa place. Manerie était assis de l'autre côté de l'allée centrale, et Jim derrière son patron.

— Aguilar, lâcha le directeur, qui se pencha et tendit la main. Philippe Manerie.

— Monsieur le directeur, répondit de Payns en lui serrant la main.

— Veuillez m'excuser pour ces façons dignes des films d'espionnage, ce n'est pas dans mes habitudes.

De Payns sourit ; Manerie était réputé pour ses apparitions surprise, à tel point qu'il était surnommé Jack, car il surgissait souvent de nulle part tel un diable à ressort, ou encore un *Jack-dans-la-boîte*. Bien que vêtu comme un modeste comptable, il dégageait une impression menaçante aussi marquante que des effluves d'après-rasage. Si seulement quelques-unes des rumeurs concernant sa carrière dans les forces spéciales étaient fondées, alors il valait mieux ne pas plaisanter avec lui.

— L'opération Falcon n'a pas été menée à son terme, m'a-t-on dit, lança-t-il, s'efforçant d'amorcer un sourire.

Comme de Payns, il avait les yeux bleus et les pommettes saillantes typiques du nord de la France.

Ce dernier haussa les épaules :

— Je ne suis pas certain de savoir à quoi vous faites allusion.

Jim laissa échapper un ricanement ; Manerie se retourna et sourit à son homme de main :

— Je vous avais bien dit qu'il était solide, non ?

— En effet, répondit Jim, sincèrement amusé par la situation.

De Payns ne releva pas. En tant qu'OT, il n'avait pas à discuter d'opérations avec ceux qui n'avaient pas à « en connaître ». Si Untel n'était pas présent à Noisy, dans la pièce où avait été mise au point l'opération, c'est qu'il n'était pas dans le coup. Ne pas respecter cette règle pouvait occasionner de sérieux dégâts.

— Nous sommes tous issus du 44, cher ami, dit Manerie, faisant référence au 44ᵉ régiment d'infanterie, qui servait de support au personnel militaire affecté à la DGSE. Mais oublions l'opération Falcon proprement dite et intéressons-nous à ce qui me concerne directement.

De Payns haussa les épaules. À l'avant de la voiture, le téléphone d'une employée chargée du nettoyage sonna. Elle cala son balai serpillière contre la cloison et prit l'appel entrant.

— Vous savez quelles sont mes fonctions, poursuivit Manerie. Vous savez donc que si je ne travaille pas à Noisy, je m'intéresse de près aux fuites qui parfois sortent du Bunker.

De Payns n'appréciait guère le ton de cet homme. DGS était chargée de surveiller les efforts de contre-espionnage à l'encontre de la DGSE ; elle tentait d'éliminer les éléments compromis ou qui œuvraient contre les intérêts de la France sous la pression d'un chantage. Elle réglait également leur compte à ceux qui trahissaient pour l'argent.

— En quoi puis-je vous aider, monsieur le directeur ?

— C'est la France que vous pouvez aider. Cela vous plairait-il ?

Le visage de De Payns se crispa une fraction de seconde, ce qui n'échappa pas à Manerie.

— Je ne l'ai pas dit dans ce sens-là, se reprit le directeur, une main levée en un geste apaisant. Je suis au fait de tout ce que vous avez accompli pour notre pays, vous n'êtes pas le problème.

Les muscles du cou tendus, de Payns se cala dans son siège et se força à se détendre.

— Si j'ai évoqué l'opération Falcon, c'est parce que nous avons un souci, non ? enchaîna Manerie, reposant sa main sur la sacoche en cuir à fermeture Éclair posée à côté de lui. De Payns soupira. Avez-vous pensé qu'il puisse y avoir une taupe ?

La tête tournée vers l'extérieur, de Payns laissa son regard s'attarder sur un employé des chemins de fer remontant le quai. Bien que s'efforçant de se dissocier des paroles inévitables qui s'annonçaient, il était incapable de faire taire la petite voix qui hurlait dans sa tête : « Qui nous a baisés en Sicile ? »

— Je prends votre silence pour une réponse affirmative, continua Manerie. Vous êtes probablement vous-même en quête de réponses.

De Payns se retourna vers son interlocuteur :

— Comment m'avez-vous retrouvé ?

— C'est précisément une des questions qui vous tourmente, dit Manerie, avec un petit sourire narquois.

— En voici une autre, ajouta de Payns, guettant les réactions tant faciales que vocales de son vis-à-vis. Pourquoi m'intercepter sur mon trajet d'exfiltration vers Paris sans même savoir si je ne suis pas sous surveillance ? Pourquoi me mettre en danger en révélant ma véritable identité ?

— Avez-vous prononcé le nom d'Alain dans la gare, Jim ? demanda Manerie, sans quitter de Payns du regard.

— Non, monsieur le directeur.

— Et moi, ai-je prononcé le nom d'Alain dans ce wagon ?

— Non, monsieur le directeur.

— Vous avez supervisé des centaines d'opérations de surveillance au cours de votre carrière, Jim. Que pensez-vous de cette entrevue ?

— Personne ne nous épie, monsieur le directeur.

Manerie fixa de Payns droit dans les yeux :

— Dans l'armée, nous avions un proverbe qui disait à peu près ceci : « Ne critiquez pas les mesures de sécurité des autres tant que vous n'êtes pas sûr des vôtres à cent dix pour cent. »

— Je ne vois pas à quoi vous faites allusion, mentit de Payns.

— Vraiment ? lâcha le grand ponte, avec un air affligé. Vous râlez parce que je vous intercepte avant votre arrivée à Paris, alors que j'ai l'opération Falcon dans le viseur car elle a été délibérément compromise.

De Payns voulut protester, assurer qu'il n'y était pour rien, mais Manerie le savait, c'était évident. S'il était présent dans ce train, c'était simplement parce que de Payns était le *chef de mission*.

Le directeur se pencha vers lui :

— J'ai une proposition à vous faire, Aguilar, et je vous recommande vivement de l'accepter.

— Vraiment ?

— À partir de maintenant, vous me tiendrez informé de toute entrevue ou conversation que vous aurez au Bunker ou avec quiconque y travaillant. C'est compris ?

— Je ne sais pas ce qu'est ce Bunker dont vous parlez.

— Il se trouve à Noisy, ricana Manerie. Il ressemble à un vieux fort, de l'extérieur, mais beaucoup d'individus très intéressants y travaillent.

— Sympa… lâcha de Payns, cherchant à déterminer où le directeur voulait en venir.

— Oui, et parmi ces personnes très intéressantes, certaines travaillent probablement pour nos ennemis.

De Payns sentit ses narines se dilater. Un silence s'abattit entre les deux hommes, uniquement troublé par le bavardage lointain de la femme de ménage toujours en conversation téléphonique.

— Vous me demandez d'espionner mes collègues de Noisy ? dit enfin de Payns.

Jim et Manerie le regardèrent un instant sans réagir, puis ce dernier hocha légèrement la tête :

— Cela vous poserait-il un problème ?

— Je travaille pour la France.

— Certes, et bien sûr vous faites confiance à ces gens, au point de leur confier votre vie. Pourriez-vous tout de même m'aider sans que votre loyauté envers eux obscurcisse votre jugement ?

— Je ne suis pas sous vos ordres.

Manerie acquiesça imperceptiblement puis se saisit de sa sacoche.

— Peut-être vaudrait-il mieux que nous définissions clairement la nature de notre relation…

Il sortit de la sacoche une photo en noir et blanc de vingt centimètres sur vingt-cinq, qu'il tendit à de Payns.

Celui-ci baissa les yeux et se découvrit par un temps radieux, en chemise blanche, pantalon chino foncé et lunettes de soleil. Des tasses de café étaient disposées sur la table devant laquelle il était installé. Face à lui se trouvait un quadragénaire de type caucasien aux cheveux noirs en polo. Dans l'angle inférieur droit du cliché était fixé un autocollant indiquant une adresse à Amsterdam et une date. De Payns rendit la photo à Manerie.

— Vous avez remarqué la date ? dit ce dernier, simulant de l'inquiétude tout en remisant la photo dans sa sacoche. Je dispose également de vos rapports de cette semaine-là.

— Je n'en doute pas une seconde.

— Or vous n'avez rien déclaré concernant cette période. Pourtant, cet individu est un certain Mike Moran, qui travaille pour le compte du SIS[1] britannique.

De Payns aurait voulu rétorquer quelque chose comme « C'est un ami », mais cela aurait ouvert trop de portes supplémentaires pour Manerie. DGS l'avait pris la main dans le sac ; il avait rencontré une personne tout sauf anodine sans ensuite livrer de *compte rendu d'entretien* à sa hiérarchie, afin de déclarer officiellement ce contact. Ne rien dissimuler de ses activités était une condition fondamentale au sein des services de renseignement français.

— Moran ne m'intéresse pas, affirma Manerie. J'imagine que votre conversation avec lui n'a pas desservi les intérêts de la France. Il y a même certainement un lien historique entre vos deux familles.

De Payns acquiesça ; Manerie n'ignorait pas que les Moran et les de Payns étaient liés de longue date, c'était évident.

— Il n'en reste pas moins que notre opération en Sicile a capoté. N'êtes-vous pas curieux d'en savoir davantage à ce sujet ?

1. Le *Secret Intelligence Service* est le service de renseignement extérieur du Royaume-Uni.

De Payns haussa les épaules.

— Nous parlons de… de cinq passeports français, c'est bien ça ?

— Il semblerait, oui.

— Où sont-ils à présent ?

— Détruits et jetés au fond de trois bennes à ordures du port de Palerme.

Manerie dévisagea un moment l'agent secret, qui ne détourna pas le regard.

— Nous avons donc des morts, une opération qui a échoué, des passeports disparus et la suspicion de la présence d'une taupe chez nous. Si j'en crois votre dossier, vous n'êtes pas du genre à vous satisfaire d'un tel bilan.

— Les passeports n'ont pas disparu, rétorqua de Payns. Je les ai détruits, conformément aux règles. Qu'attendez-vous de moi ?

Manerie se permit un sourire :

— Jim vous procurera un téléphone *démarqué* et mettra en place un *plan de liaison* et une boîte aux lettres morte.

— Pensez-vous à quelqu'un en particulier ? s'enquit de Payns, au bord de la nausée.

— Je veux que vous vous interrogiez sur les personnes sur lesquelles vous n'avez jamais eu de doutes. Je veux être informé de vos soupçons avant quiconque à la CAT.

— J'ai une confiance totale en tous mes collègues.

— Bien sûr, bien sûr… convint Manerie, sur un ton qui se voulait jovial. Mais moi je ne suis ami avec aucun de vos collègues. La seule chose qui m'intéresse, c'est de déterminer qui était au courant de toute l'opération. Qui nous a entubés ?

— La liste n'est pas longue, dit de Payns, tandis que les femmes de ménage sortaient du wagon, emportant leurs panneaux jaunes avec elles.

— Très courte, même. Tenez, par exemple, à quel point êtes-vous proche de Guillaume Tibet ? Ce n'est qu'un exemple, bien entendu…

De Payns en eut le souffle coupé ; ce type était-il sérieux ? Il détourna le regard, de peur que le directeur ne devine qu'il avait furieusement envie de le tuer.

— Suivez la procédure normale à Paris, d'accord ? ajouta Manerie, qui se leva et agrippa l'épaule de De Payns. La France avant tout, n'est-ce pas ?

Le directeur et son acolyte partis, de Payns resta un moment cloué sur son siège, sidéré. Le directeur de la sécurité de DGS lui ordonnait de surveiller sa propre équipe – et Shrek en particulier.

## Sept

En d'autres temps, plus tôt au cours de sa carrière, de Payns aurait sans doute craqué dans une telle situation, acculé par Manerie et contraint de lui prêter allégeance. Il se surprenait lui-même d'avoir réussi à ignorer les allusions du directeur de la sécurité de DGS à propos de l'opération Falcon. Il était un pur produit de l'élite du système éducatif français et de l'Armée de l'air. Son grand-père avait été l'un des premiers à rejoindre les Forces françaises libres du général de Gaulle, alors que celui-ci, coincé à Londres, mettait tout en œuvre pour que la France libre ne meure pas. Maîtrisant sur le bout des doigts les chaînes de commandement, il ne livrait ses informations qu'avec parcimonie. Le fait d'avoir évoqué les règles à suivre pour s'opposer à un supérieur à même de ruiner sa carrière et de faire en sorte qu'on ne fasse plus jamais appel à lui lui valait un mélange de sensations de pouvoir et de malaise. Il avait eu raison de ne pas avouer quoi que ce soit à propos de l'opération Falcon à un élément extérieur à la mission, toutefois Manerie n'était pas la personne idéale à qui il fallait faire des cachotteries.

L'Airbus en provenance de Marseille vira au-dessus

de la banlieue sud de Paris puis se positionna dans l'axe de la piste dans les temps, pour l'atterrissage prévu à 12 h 30. De Payns avait été passablement nerveux durant son escale dans la cité phocéenne, constat assez surprenant car il y avait passé un certain temps lors de sa formation d'agent de la DGSE. Marseille lui rappelait trop Palerme ; il n'y avait vu qu'une ville méditerranéenne parmi tant d'autres, traversée d'une multitude de rues étroites et de boulevards offrant des milliers de fenêtres et de balcons où pouvait se tapir une armée de guetteurs. Dès l'instant où il était descendu du train à l'aéroport Marseille-Provence, il avait senti venir une crise de rats bleus, une de ces périodes au cours de laquelle un espion voit des ennemis partout et se sent filé en permanence. N'importe quel passant, des gosses jouant dans la rue à la grand-mère la plus décatie, pouvait être soupçonné. Pour combattre cette panique, de Payns avait résisté à la tentation de suivre un nouvel IS (itinéraire de sécurité), ou de procéder à une nouvelle rupture.

Tandis que l'avion s'apprêtait à se poser, il s'efforçait de s'éclaircir les idées. S'il n'ignorait rien de la réputation de DGS, la soudaine apparition de Manerie et la brusquerie de sa demande l'avaient choqué. Shrek ? Cela semblait impossible. Il repensa à la première mission qu'ils avaient faite ensemble. Une figure de l'opposition syrienne se terrant en Libye réclamait toutes sortes de cadeaux de la part du gouvernement français en échange d'informations concernant l'économie, les programmes d'armement et les activités de renseignement de son pays – la monnaie d'échange classique proposée par les hommes politiques et généraux du Moyen-Orient cherchant à amadouer les gouvernements occidentaux. Shrek faisait partie de l'équipe, essentiellement du fait de son passé universitaire où il avait étudié la Mésopotamie, l'Asie Mineure et les pays en « stan » – le Kazakhstan, l'Ouzbékistan et le Turkménistan. Lors des briefings au Bunker, de Payns et Shrek avaient noué des liens d'amitié qui s'étaient vus renforcés par leur passion commune pour la bière et la présence de Templiers parmi leurs ancêtres. La France avait beau être le berceau des Lumières et du libéralisme européen, elle n'en restait pas moins une nation de sociétés secrètes et de liens familiaux datant d'un autre âge, dirigée par une oligarchie qui ne disait pas son nom. Les Templiers ayant autrefois formé la plus ancienne et la plus puissante société secrète française, bon nombre d'éléments évoluant dans l'univers de De Payns prétendaient avoir un templier parmi leurs ancêtres. Son amitié avec Shrek n'aurait pas dépassé le stade de la coopération professionnelle sans les événements survenus après l'opération en Libye. L'offre du politicien syrien avait été acceptée sous conditions par la France. Lors des débriefings menés par les services de renseignement, cet homme se rendit probablement compte, au fil des questions posées, que ses actes passés risquaient de le mettre dans une situation délicate qui obligerait les Français à le laisser tomber. Il décida alors de se couvrir en éliminant les témoins susceptibles de révéler son passé criminel à la DGSE ; une semaine après le débriefing, la consule honoraire de France à Beyrouth fut assassinée. Cette femme, banquière et travaillant également pour le compte de la DGSE, était très populaire au sein de la Boîte. Il apparut qu'en tant que banquière de cet homme politique syrien, elle avait connaissance de l'ensemble de ses comptes dans des paradis fiscaux et des divers trusts dont il était actionnaire. Cet individu avait ordonné son exécution dans l'espoir de rester « propre » aux yeux des Français.

La DGSE le garda en détention à la base aérienne d'Évreux, le temps de décider de son sort. D'ordinaire, les futurs collaborateurs ayant fait le ménage dans leur historique afin de paraître plus propres étaient exécutés ou livrés à leurs ennemis. La Boîte n'eut pas le temps de régler le problème car le Syrien fut retrouvé pendu dans sa cellule au moyen de ses draps. Shrek ayant été la dernière personne à s'entretenir avec lui, une légende se propagea, insinuant que cet universitaire de génie avait convaincu le prisonnier de se donner la mort, soulignant que c'était pour lui la seule façon d'épargner sa famille. Capable de contrôler l'esprit d'un interlocuteur, de le manipuler comme une marionnette, il aurait convaincu un oignon de s'éplucher par l'intérieur. Shrek n'avait jamais confirmé cette rumeur, pas même à de Payns ou au reste de leur clan, à savoir Templar, Rocket et Renan, ses autres collègues les plus proches. Quand on évoquait la question, il souriait malicieusement et lâchait quelques répliques bien senties du genre : « Qui refuserait un tel pouvoir ? »

Shrek faisait partie de l'entourage proche de De Payns, qui voyait en lui un frère de sang. L'accuser de trahison était délirant.

Vêtu d'un jean et d'un polo et un petit sac à dos calé sur l'épaule, de Payns se mêla à la foule de touristes estivaux déambulant à Orly, puis il prit place à bord de l'Orlyval, qui le mena à la gare d'Antony, où il attendit quelques minutes le RER. Quand ce dernier arriva, il se dirigea vers la première voiture et, après avoir balayé discrètement le quai du regard, attendit que le signal de fermeture des portes retentisse pour monter. Descendu du RER à Saint-Michel-Notre-Dame, il retrouva la surface au cœur d'une douce journée d'été parisienne. Suivant les mouvements de la foule, il traversa la rue, gagna la rive gauche de la Seine et descendit sur le port de Montebello, peut-être la berge la mieux aménagée au monde. Il se dirigea vers l'est et le pont de la Tournelle. Sur sa gauche, de l'autre côté du bras du fleuve, se dressait la cathédrale Notre-Dame, couverte d'une immense bâche après l'incendie qui l'avait ravagée. Face à lui évoluaient des troupeaux de touristes, avec ici ou là des gendarmes chargés d'éloigner les pickpockets et autres voyous infestant ce quartier parisien.

Une Canadienne tendit son smartphone à de Payns, dans ce geste international signifiant clairement : « Voulez-vous bien nous prendre en photo ? » Le Français sourit et se saisit de l'appareil, puis il contourna les jeunes mariés de façon à jeter un coup d'œil sur les badauds se trouvant dans son dos. Après avoir pris le couple en photo, avec la cathédrale en arrière-plan, il leur adressa ses vœux de bonheur.

Vu son métier, de Payns passait beaucoup de temps seul dans les rues, réfléchissant en permanence à la meilleure façon de mener à bien et en toute sécurité la mission du moment. Parmi les impressions et les réflexions qui lui revenaient le plus souvent figurait ce sentiment d'évoluer dans un monde parallèle. Relié à son équipe de soutien *via* un micro et une oreillette, il n'avait même pas la même bande sonore que les passants qu'il croisait. Cela lui rappelait le film *Matrix*, dans lequel l'immense majorité de la population vivait sur un plan, tandis qu'un minuscule groupe opérait dans un autre monde. Mais ce n'était ni classe ni cool. Ce style de vie avait tendance à isoler, mentalement parlant, et avait détourné quantité d'OT de l'unique ancre les raccrochant à la réalité, à savoir leur famille. En retrouvant Paris, de Payns voyait cette sensation resurgir avec autant de violence qu'un raz-de-marée.

Il marchait donc vers l'est, sans rien laisser paraître de sa fonction véritable. Contrairement à ce que l'on voyait dans les films d'espionnage, de Payns avait pour objectif d'endormir la vigilance d'éventuels suiveurs ; pour y parvenir, l'idéal était de se comporter comme n'importe quel badaud dans les rues de Paris. Il agissait ainsi par réflexe, en permanence, comme pour duper des ennemis – même s'il était certain de ne pas être suivi.

Il s'efforçait alors de ne pas trop penser à sa famille. Oliver, son fils cadet âgé de cinq ans, ne se trouvait qu'à quarante minutes de marche, profitant de ses derniers jours de vacances avant de découvrir l'école primaire. Quant à Patrick, huit ans, il était probablement plongé dans un jeu vidéo, dans une chambre dont on aurait juré qu'elle avait été bombardée de vêtements. Par ailleurs, le rôle de mère à temps plein touchait à sa fin pour Romy ; son doctorat en poche et Oliver à l'école, elle retrouverait le monde du travail, ne serait-ce qu'à temps partiel. Ils avaient eu une discussion à propos des risques, le premier d'entre eux étant qu'une agence étrangère se serve de Romy pour toucher son époux d'une façon ou d'une autre. Il lui avait appris à se méfier de tout visage nouveau, surtout s'il était amical, et ses réflexes en matière informatique tenaient désormais de l'ordre du TOC. Comme elle refusait de dépendre de son mari, celui-ci s'était résolu à lui décrire en détail les risques encourus, lui permettant ainsi de prendre elle-même les décisions au quotidien. De Payns estimait que si sa femme était heureuse, elle tiendrait plus longtemps dans ce mariage qui était loin d'être idéal selon elle.

De Payns s'engagea sur un large escalier de pierre face à lui. Parvenu au sommet des marches, il tourna à gauche pour traverser le pont. En raison de travaux, la circulation était à sens unique, venant vers lui ; ses éventuels suiveurs, s'ils étaient en fourgon ou à moto, n'auraient ainsi d'autre choix que de faire un détour pour garder un œil sur lui, et il verrait approcher tous les véhicules.

Au bout du pont, il posa le pied sur l'île Saint-Louis et franchit d'un pas tranquille, au rythme des touristes, les deux pâtés de maisons le séparant du vieux pont Marie.

Toujours pas de filature.

Du côté nord du pont Marie, il vira à droite et se glissa dans une série de ruelles qui le menèrent de nouveau vers l'est, le long du jardin de l'Hôtel-de-Sens et dans le labyrinthe autour de la rue de l'Hôtel-de-Ville, un dédale de venelles médiévales de plus en plus enchevêtrées à mesure qu'il progressait. Ce secteur avait autrefois été utilisé par la Boîte pour sensibiliser ses agents aux divers bruits de pas dans les rues de Paris en fonction du type de chaussures. En ces lieux où les échos résonnaient aussi fort que des cloches, même les baskets de De Payns, malgré leurs semelles de caoutchouc, produisaient un son persistant. S'il avait été suivi, il l'aurait entendu avant de s'engager vers le nord dans la rue Saint-Paul.

Sur la place de la Bastille, il décrivit une large boucle, contournant l'immense colonne de Juillet commémorant la révolution de juillet 1830 – révolution quelque peu étrange puisqu'elle avait simplement remplacé un roi Bourbon par son cousin de la branche d'Orléans. Marchant au rythme des visiteurs, de Payns eut une nouvelle confirmation que nul ne le suivait. Il consulta sa montre – il était 14 h 26. De l'autre côté de la place se trouvait le Café français, dans lequel il était censé entrer à la demie s'il décidait de suivre la procédure menant au débriefing. Manerie lui avait demandé de ne rien changer à cela, de faire comme si son trajet de retour s'était déroulé sans incident notable.

Il marchait d'un pas tranquille en direction de l'auvent bleu du café, dans l'intention de s'installer à une table à 14 h 30 précises, sachant qu'il lui était permis une minute d'avance et deux de retard.

L'établissement étant bondé d'Américains et d'Australiens, de Payns chercha un instant où s'asseoir, puis il se dirigea vers une des tables multicolores disposées en terrasse. Il s'installa de façon à bénéficier d'une vue sur la place ainsi que sur la baie vitrée principale du café, derrière laquelle il aperçut un client avec une casquette de golf verte posée sur sa table. La serveuse eut tôt fait de s'approcher de De Payns, jugeant probablement à ses vêtements qu'il était étranger et que par conséquent il lui laisserait un généreux pourboire. Il commanda un café et se laissa aller contre le dossier de sa chaise, jetant un regard sur la casquette de golf, à travers le panneau de verre. Alors que la serveuse n'était pas encore revenue auprès de De Payns, le client se coiffa de la casquette et sortit du Café français. De Payns laissa tomber quelques euros sur la table et en fit autant.

Il laissa une trentaine de mètres d'avance à cet individu en jean et tee-shirt noir dépourvu d'inscription. Les deux hommes se dirigèrent globalement vers le nord, zigzaguant dans les rues de Paris, se livrant à un « tourniquet », pour reprendre le terme en usage au sein de la Boîte. L'agent en charge du tourniquet avait pour mission de faire passer le participant par au moins trois points de contrôle sécurisés par deux éléments de la DGSE, surnommés les « bougies ». En liaison radio l'une avec l'autre grâce à de minuscules oreillettes sans fil, les bougies avaient pour tâche de repérer d'éventuels suiveurs en chacun de ces points clés de l'itinéraire. Dès qu'il serait établi que de Payns n'était pas suivi, le véhicule du dispositif fondrait sur lui pour le récupérer.

Après quinze minutes de marche, l'homme prit sur sa droite et s'engagea dans la rue de Charonne. De Payns se retrouva dans une ruelle étroite dans laquelle une Citroën série C gris métallisé attendait, le moteur au ralenti. L'homme à la casquette verte passa à la hauteur du véhicule sans s'arrêter, puis la portière arrière s'ouvrit. De Payns monta à bord et la voiture s'élança.

Un individu au visage rougeaud inconnu de De Payns était installé sur le siège passager avant, tandis qu'au volant se trouvait son ami Gaël, mieux connu sous son surnom de Templar.

— Beau boulot, mon pote, dit ce dernier, sortant de la ruelle pour se mêler à la circulation.

— Salut, lui lança de Payns, se gardant de prononcer son nom. Où allons-nous ?

— On va voir le patron, répondit Templar.

# Huit

De Payns et Templar n'échangèrent que quelques banalités au cours du trajet de huit minutes jusqu'à la CAT. Ancien parachutiste d'infanterie de marine, Templar aurait pu emprunter le boulevard périphérique parisien, ce qui les aurait menés plus rapidement à destination, mais il avait opté pour un itinéraire en zigzags, contournant le cimetière du Père-Lachaise. Entendant son vieil ami marmonner dans son micro, de Payns supposa qu'une moto les suivait sur des voies parallèles. L'homme assis sur le siège passager lui était totalement inconnu, mais il ne posa pas la moindre question, imitant Templar ; *quand tu ne sais pas, tu fermes ta gueule*.

Ils pénétrèrent dans la CAT par l'entrée sécurisée réservée aux véhicules, située sur le boulevard Mortier, et la plaque d'immatriculation de la Citroën fut scannée par des caméras. Lorsque les battants blindés s'ouvrirent, Templar engagea la voiture dans un box à l'épreuve des bombes doté de caméras fixées à même le sol et braquées vers le haut. Ils étaient à présent comme prisonniers en ce lieu, jusqu'au moment où les agents de DGS accepteraient de les laisser repartir. Une voix surgie d'un haut-parleur intima aux occupants de la

Citroën d'abaisser leurs vitres ; Templar et son passager présentèrent leurs pièces d'identité à l'un des deux hommes de DGS en tenue bleue qui s'étaient approchés. Templar leur ayant expliqué que de Payns ne portait aucun document sur lui, l'autre gardien sortit un iPad équipé d'une caméra et prit une photo du visage de De Payns, qui fut ensuite scannée. La procédure prit sept secondes. De Payns perçut l'odeur d'huile du MP5 du type, tant celui-ci s'était approché de lui – mais pas au point de lui permettre de le désarmer.

— Numéro d'OT ? demanda l'homme équipé de l'iPad, réclamant le numéro d'officier traitant de De Payns.

Tout agent de la DGSE se voyait attribuer un tel matricule dès son incorporation. La réponse de De Payns correspondant au dossier de DGS, un portail de sécurité s'ouvrit, permettant au véhicule de se glisser dans l'enceinte.

Négligeant le parking souterrain abritant une multitude de fourgons et de motos, Templar longea tout d'abord le carré de pelouse faisant face au bâtiment principal en pierres, puis les bordures du siège de la DGSE pour finalement se garer sur un parking extérieur.

Les trois hommes empruntèrent l'entrée réservée au personnel située sur le côté de la réception sécurisée de la CAT. De Payns constata que l'homme qui ne lui avait pas été présenté était affûté et dépassait légèrement son mètre quatre-vingt-deux. Il portait en outre une arme de poing sous l'aisselle gauche ; il était donc droitier.

Dans le vestibule réservé aux agents, de Payns s'approcha de son casier, composa un code et en sortit une carte magnétique accrochée à un cordon. Il y avait une règle à la CAT : pas de badge, pas d'entrée. Quiconque perdait le sien avait droit à d'interminables interrogatoires de la part de DGS, qui le soupçonnait instantanément d'être compromis. Peu importait la façon dont le malheureux avait égaré son sésame, le remplacement de celui-ci se solderait par une amputation d'une centaine d'euros sur son salaire suivant – et ce uniquement si DGS renouvelait son accréditation.

Ils passèrent les portes de sécurité sous le regard attentif des gardes de DGS, puis prirent l'ascenseur jusqu'au troisième étage, beaucoup plus calme et moins studieux que les deux du dessous occupés par la DR – la Direction du renseignement – et celle de l'administration. Toutes ces personnes n'étaient pas autorisées à voir de Payns ou tout autre membre de la division Y en charge des opérations clandestines.

Nul n'avait accès aux dossiers de Y ou à la véritable identité de ses agents opérationnels.

Pour les analystes de la DR, Alec de Payns n'était qu'un numéro d'officier traitant et les rapports sur R de la division Y leur étaient inaccessibles.

Ces rapports, contenant toutes les informations personnelles et compromettantes des sources, étaient réservés au seul regard des Bureaux d'exploitation de la recherche des zones ou thématiques concernées – les BER – qui les enfermaient ensuite précieusement dans un coffre.

Les analystes, eux, n'avaient accès qu'aux rapports sur O, ne contenant que les informations *open* ne permettant pas d'identifier la source ou comment elle avait été manipulée.

Dans le jargon de la Boîte on disait qu'il ne fallait pas de R dans l'O – « pas d'air dans l'eau ».

Ils parvinrent dans un local cuisine, au fond duquel se trouvait une porte lambrissée. L'homme au visage rougeaud signala à Templar qu'il allait chercher les patrons et disparut.

— Ça va, toi ? s'enquit Templar, piochant une capsule sur une étagère pour la glisser dans la machine à café.

— Oui, ça va, répondit de Payns, bien que quelque peu vaseux, fatigué, et encore préoccupé par l'approche de Manerie.

— Je n'ai pas encore vu Shrek, dit Templar, son visage aux traits marqués impassible sous son paillasson de cheveux noirs et courts. Pas à Paris, j'entends.

De Payns devina que son ami était curieux au sujet de ce qui s'était produit à Palerme, mais il lui était interdit d'évoquer l'opération avant le débriefing. Alors qu'il se saisissait du café offert par Templar, un homme et une femme firent leur apparition. Christophe Sturt, le directeur de la DR, était impeccable dans son costume à quatre mille euros et avec sa célèbre coiffure entretenue une fois par semaine chez le coiffeur. Généralement très instruit, tout patron de la DR enchaînait quelques postes en tant que représentant officiel de la DGSE en ambassade avant d'accéder à la direction du service. C'était chaque fois un pur produit du système, un individu qui donnait l'impression d'évoquer son épouse quand il prononçait le mot « France ». Sturt était accompagné de son adjointe Charlotte Rocard. De Payns lui sourit mais se crispa intérieurement. Non seulement cette femme avait des goûts vestimentaires presque aussi coûteux que ceux de son supérieur, mais elle était une lécheuse de bottes agressive, totalement dépourvue d'expérience sur le terrain. Elle était connue pour dénigrer les opérations de Y sauf quand celles-ci lui permettaient de se mettre en valeur en présence de Sturt.

Ils entrèrent dans la salle de réunion lambrissée, chacun déposant son téléphone dans une boîte tenue par un assistant. Marie Lafont, chef du Bureau d'exploitation de la recherche (BER) contre-prolifération, referma la porte blindée et se joignit au groupe, si bien que cinq personnes s'installèrent avec de Payns autour de la table ovale. Face à ce dernier se trouvait Anthony Frasier, le patron de la Direction des opérations ; assez corpulent, cet homme d'âge mûr avait une couronne de cheveux noirs et fins rejetés en arrière de son visage rasé de près. Sur sa gauche, Dominique Briffaut, dont les mains de déménageur ne pouvaient faire de lui que le chef d'un service comme Y. C'était lui qui répartissait les agents sur les missions et donnait son aval aux opérations. Contrairement aux autres services – la technique, l'administration ou encore le renseignement –, qui opéraient à distance de l'ennemi, les hommes de Briffaut évoluaient sur le terrain des adversaires de la France. Réputé pour accorder le bénéfice du doute à ses agents, il n'en était pas moins sévère à l'extrême avec ceux qui abusaient de sa confiance. Il était en outre doté d'un sens de l'humour très développé ; alors qu'il était de type ouest-africain, il n'hésitait pas, quand on lui demandait poliment d'où il venait, à répondre avec délectation qu'il était né en Alsace. Ce qui était la stricte vérité, comme le prouvait son fort accent alsacien.

— Aguilar, dit Frasier, adressant un signe de la tête à de Payns.

Celui-ci lui rendit son salut. Frasier l'avait interpellé par son pseudonyme, conformément à la règle en vigueur au sein de la division Y. Alors que de Payns et ses collègues n'étaient connus des autres services que par leurs numéros d'OT, ils étaient en interne désignés par leurs pseudonymes : Templar, Shrek, Aguilar. Il n'existait qu'un seul document, dans la bureaucratie française, sur lequel on trouvait associés numéros d'OT, identités réelles et pseudonymes. Les trois dirigeants les plus hauts placés sur l'organigramme de DGS – parmi lesquels Manerie – en détenaient une copie.

— Allons-y, lança Frasier qui, bien qu'aucun détail ne lui échappât, se plaisait à faire croire qu'il était pressé en permanence. Il poussa un feuillet vers de Payns. Ça a quelque chose à voir avec nous ?

Il s'agissait de l'impression d'une dépêche de l'agence Reuters datée de la veille. « Deux meurtres commis à Palerme, en Italie », annonçait le titre. La police avait découvert au petit matin un SUV Mercedes-Benz incendié du côté des chantiers navals de Palerme ; un cadavre, qui restait à identifier, avait été retrouvé dans le véhicule. D'autre part, la police sicilienne recherchait des témoins du meurtre d'un ressortissant turc survenu dans un café populaire, le Bar Luca, dans le Vieux Palerme.

De Payns se cala contre le dossier de son fauteuil en cuir, conscient que ses paroles étaient enregistrées. Il soupira et s'ordonna de se détendre, de tout dire sans rien cacher. Il n'avait qu'un seul petit mensonge à dire. En neuf ans au sein de la DGSE, dont sept à la division

Y, il avait subi toutes sortes de privations en restant un OT modèle, n'ayant jamais accepté d'argent sale ni menti à la Boîte. Il avait donc mérité le droit de sortir un bobard, surtout quand il lui était imposé. Ce débriefing terminé, il rédigerait son rapport puis rentrerait chez lui, prendrait un bain, embrasserait ses garçons et dégusterait un verre de vin avec Romy. Il n'aurait peut-être même pas à mentir, après tout ; ils ne lui poseraient peut-être même pas la question.

— Juste pour confirmation, avez-vous parlé à quiconque de l'opération Falcon avant cette réunion ? lâcha Frasier.

— Bien sûr que non, répondit de Payns. Je suis venu directement ici, à la CAT, et je n'ai pas remarqué la moindre filature. Je n'ai parlé de Falcon à personne.

— Bien, dit Frasier, le regard aussi dur que de la pierre. Racontez-nous ce qui s'est passé en Sicile.

# Neuf

Il écrivait rapidement et sans fioritures, exactement comme ses instructeurs le lui avaient enseigné tant d'années auparavant. « Un texte rédigé par un officier traitant ne doit pas trahir sa personnalité. Nul ne doit deviner votre identité d'après votre style littéraire. » Cela imposait de multiplier les phrases courtes ne comprenant qu'un seul concept. Ni envolées lyriques ni traits personnels. L'ordinateur était relié à un réseau interne mais de Payns ne voyait qu'un écran, un clavier et une souris. Pas la moindre fente destinée à accueillir une clé USB ou un DVD, et pas davantage de possibilités d'imprimer quoi que ce soit. La seule façon d'accéder au système était d'ouvrir son compte DGSE.

Écrivant à la troisième personne du singulier, il enchaîna neuf paragraphes, commençant par les Modalités pour conclure par les Intentions, en passant par les Manipulations, les Directives et les Connaissances nouvelles acquises auxquelles il fut tenté d'ajouter : « Nous savons à présent qu'il y a une taupe à la Boîte et qu'elle nous a baisés. » Il n'en fit rien. Au lieu de cela, il expliqua que Sayef Albar avait déployé une équipe paramilitaire en Italie, que le groupe terroriste était prêt à verser environ six cent mille euros pour un passeport français authentique et qu'au moins un Italien était acquis à sa cause. Il ne fit pas mention de la dépêche Reuters présentée par Frasier ; les suppositions *a priori* étant à éviter dans les comptes rendus, il se garda de présumer du sort de Michael Lambardi. Il devait se contenter de détailler les faits tels qu'il en avait été témoin en dirigeant l'opération Falcon ; si la police sicilienne établissait que le cadavre trouvé dans la Mercedes carbonisée était celui de Michael Lambardi, alors la Boîte ajouterait cette information au dossier.

Prenant soin d'écrire les termes et noms importants en lettres capitales, il relata les retrouvailles avec Michael Lambardi – ou Commodore – à Cagliari la veille, puis la traversée en ferry à destination de Palerme et les événements survenus en début de soirée. Il détailla son exfiltration et ses multiples itinéraires de sécurité et ruptures, puis évoqua chaque conversation qu'il avait eue entre le départ de son « bureau » à Marseille et l'instant où il s'était installé à la table de conférence pour le débriefing, face aux directeurs et aux responsables de secteurs. Il ne cacha rien concernant les passeports qu'il avait détruits et jetés dans trois bennes à ordures distinctes des quais. Il fut tout à fait franc, en somme, exception faite de la conversation avec Manerie et Jim, qui ne constituait qu'un bref interlude de son exfiltration et qu'il serait à peu près impossible de confirmer pour tout membre de la CAT, à moins de savoir qui interroger.

De Payns avait donc à présent officiellement menti pour le compte d'un dirigeant de DGS. Il avait piégé et manipulé tant de personnes au fil de sa carrière que le fait d'être contraint d'obéir à Manerie à cause de la photo prise à Amsterdam tenait à la fois d'une leçon d'humilité et d'un choc déroutant. Si une taupe s'était infiltrée dans la division Y, de Payns avait à cœur de mettre la main dessus. Même si pour cela il lui fallait espionner Shrek ? Ou un de ses propres supérieurs ? Ces personnes gravitaient au-delà de la loyauté envers la nation, elles incarnaient l'unique raison incitant de Payns à faire son boulot, mais aussi à être un bon époux et un bon père sans perdre la raison.

Malgré cela, le débriefing n'avait pas été très satisfaisant. Frasier avait voulu savoir par quel côté l'opération Falcon avait capoté et si ses hommes avaient laissé des traces qui risquaient de faire remonter l'ennemi jusqu'à Paris. Son souci premier, concernant les passeports, était de s'assurer que l'équipe de Mourad ne puisse ni en profiter ni les analyser au point d'établir que leur fournisseur n'était autre que le gouvernement français.

Sturt s'était comporté de façon tout autre ; en bon politique, il avait posé les coudes sur la table et posé des questions qui n'en étaient pas, telles que : « Vous n'avez donc pas remis les passeports sous l'objectif de nos caméras ? » ; « J'imagine qu'on peut qualifier cette opération d'échec ? » ; « Vous avez laissé derrière vous un cadavre dans un bar et plusieurs passeports français sur les quais ? »

Le fait que l'opération ait tourné au fiasco était la faute de De Payns. En tant que chef de mission, il aurait dû annuler la vente des passeports dès l'instant où Lambardi avait modifié le lieu et l'heure de la transaction. Seulement, la raison ayant incité l'Italien à réclamer ces documents si vite et dans ce bar – à savoir la présence de Mourad à Palerme – avait offert à la France une opportunité plus importante que l'échange initialement prévu. Voir en chair et en os et interagir avec un membre d'une organisation terroriste constituaient une information précieuse pour une organisation telle que la DGSE. Sachant que la Boîte ne disposait même pas d'une photo de Mourad, de Payns avait pris le risque.

Si Frasier et Sturt avaient reconnu – quoique à contrecœur – la pertinence de cette modification du plan initial, Charlotte Rocard, l'adjointe de Sturt, avait demandé à l'agent secret de préciser le « produit » de Falcon : « Que possédons-nous aujourd'hui que nous n'avions pas avant l'opération ? » De Payns avait énuméré plusieurs points : un possible aperçu de Mourad, l'insaisissable chef de Sayef Albar ; la confirmation qu'Al-Qaïda estimait un passeport français authentique aux alentours de six cent mille euros ; et la preuve que Sayef Albar avait installé une unité en Sicile, ne se contentant pas du seul Michael Lambardi pour le représenter.

Le débriefing terminé, de Payns avait guidé le dessinateur de la Boîte pour qu'il brosse un portrait-robot de Mourad, ou plutôt de l'individu qu'il supposait être le dirigeant de Sayef Albar.

Ayant achevé son rapport, il tendit la main vers son café et constata que celui-ci était froid. Il pressa la touche « Enregistrer », se déconnecta et éteignit l'écran. Il était 17 h 53 ; la rédaction de son compte rendu lui avait pris un peu plus de deux heures, ce qui était assez rapide. Il s'étira, récupéra son sac et se dirigea vers les ascenseurs. Il n'avait plus d'autre pensée en tête que la perspective réjouissante d'une cigarette et de quelques jours à se prélasser chez lui. Décrire en détail les exécutions auxquelles il avait assisté au Bar Luca l'avait épuisé. Au moment où un tintement se fit entendre, annonçant l'arrivée de l'ascenseur, quelqu'un se racla la gorge dans son dos. Il se retourna et se retrouva face à Dominique Briffaut, le cou et le dos toujours droits malgré les années.

— Je peux vous dire un mot ? lâcha le patron de la division Y.

Cette question n'appelait évidemment pas de réponse. Briffaut maintint ouverte la porte de la cabine, dans laquelle les deux hommes s'engouffrèrent, puis il pressa la touche correspondant au parking de la direction.

Suivant le protocole à la lettre, ils restèrent muets dans l'ascenseur, puis traversèrent le parking souterrain jusqu'à une aire voisine du garage, où une enceinte Bluetooth crachait un air de hip-hop marocain. Briffaut s'arrêta près d'un tuyau d'incendie et grimaça, agacé par la musique :

— Ils pourraient utiliser cette horreur pour torturer les détenus à Guantanamo.

Il sortit un paquet de Camel de la poche intérieure de sa veste et en proposa une à de Payns.

— Les gars en charge des identités de la DO paniquent à propos de ces passeports, murmura-t-il, tandis qu'un couple surgi de l'ascenseur se dirigeait vers une BMW bleue. Ils sont vraiment inutilisables ?

— J'ignore à quelle fréquence ces bennes à ordures sont vidées, mais je vous garantis que je n'ai donné ces passeports à personne. Je les ai totalement détruits.

Briffaut hocha la tête avant de poursuivre :

— Nous sommes certains que Commodore est mort ?

— Il ne m'a pas été possible d'en avoir la confirmation.

Un silence s'installa entre eux. Briffaut ne l'ayant certainement pas coincé pour lui offrir une cigarette, de Payns attendait qu'il en vienne au fait.

— Maintenant qu'on est juste entre nous… qui nous a baisés ? Vous avez une idée ?

De Payns secoua la tête :

— Commodore restait sans doute un idiot utile pour Sayef Albar…

Il laissa sa phrase en suspens.

— Et… ? l'encouragea son patron.

L'officier traitant souffla de la fumée sur la tuyauterie souterraine.

— Eh bien, je m'interroge… Il aurait eu droit à quelque chose du genre : « Tu n'as pas apporté les passeports, alors pan, tu es mort » ? Descendre un idiot utile serait du gaspillage, il me semble.

— Autre possibilité, ajouta Briffaut, Mourad a dit à Commodore : « Tu es bourré, tu n'as pas les passeports et tu nous amènes un consultant français, qui d'ailleurs s'approche de nous. Ça fait trop. »

— Et si les derniers mots de Mourad à Commodore avaient plutôt été : « Tu as amené un espion français jusqu'à nous, tu es mort » ?

Les deux hommes échangèrent un regard lourd.

— J'ai ouvert une enquête, reprit Briffaut. Le directeur réclame un rapport. Faites-moi savoir si quelqu'un vous cherche des histoires, d'accord ? Vous n'avez pas à assumer seul toute cette merde. Promis ?

— Promis, répondit de Payns.

Ils fumèrent encore un temps en silence, puis Briffaut soupira :

— Je vous attends à Noisy demain. À 14 heures. (De Payns détourna le regard.) Désolé, je sais que vous avez besoin de temps avec votre famille, mais impossible pour vous d'esquiver cette réunion.

— De quoi s'agit-il ?

— Je ne sais pas vraiment. Marie Lafont a une opération en cours – il me semble que c'est un truc au Pakistan.

De Payns encaissa la nouvelle. Après avoir connu une réussite retentissante en tant que chef du Bureau d'exploitation de la recherche (BER) de la zone arabe sous les ordres de Christophe Sturt, Marie Lafont était la nouvelle responsable de la contre-prolifération, rattachée à la Direction du renseignement (DR). Aussi intelligente qu'élégante, elle se délectait d'entendre son nom associé au succès – jamais elle ne lançait une opération avec légèreté ; pour elle, la victoire était à décrocher quel qu'en soit le prix. Mais une histoire la hantait. Selon certaines rumeurs, Marie Lafont avait autrefois suivi une formation afin d'intégrer la division Y, mais elle avait explosé en vol. Un matin, elle ne s'était pas présentée à l'entraînement. Des hommes de DGS s'étaient rendus chez elle et avaient trouvé ses téléphones, son portefeuille et ses clés de voiture sur la table basse de son salon, sans aucun signe de lutte. La police l'avait retrouvée quelques jours plus tard sous le pont de Poissy en position fœtale, convaincue que ses téléphones et son appartement avaient été piégés. Les rats bleus avaient eu raison d'elle avant même le terme de sa formation. Une de perdue pour Y, une de gagnée pour la DR.

— Je vois, dit de Payns, les paupières lourdes de fatigue. J'ai d'autres identités fictives à entretenir, dont deux ont des rendez-vous programmés dans un avenir proche. Je ne suis certainement pas le seul candidat pour l'opération de Lafont, si ?

— Vous êtes le seul qu'elle ait réclamé, et Sturt est de son avis, précisa Briffaut, tirant sur sa cigarette. Vous vous y collez, donc. Tenez encore ce rythme deux ou trois mois, et je vous promets des congés supplémentaires, d'accord ?

De Payns ne protesta pas. Dans les services secrets français, les congés supplémentaires se limitaient à un concept théorique. Néanmoins, s'en voir promettre équivalait à une reconnaissance de la masse de travail que l'on abattait.

— Je ne manquerai pas de vous rappeler cette promesse.

— Au fait, soyez au Bunker à midi.

— À midi ?

— Oui, pour une séance avec la psy, histoire de s'assurer que votre cerveau est encore en bon état, conclut Briffaut en se tapotant la tempe.

# Dix

Il se mit à pleuvoir lorsque de Payns émergea de la station de métro Gare-d'Austerlitz. Il longea plusieurs pâtés de maisons pour atteindre le Vestiaire, où il entra après avoir suivi le protocole de sécurité habituel. Il traversa la minuscule cuisine de l'appartement pour gagner la pièce renfermant le mur de casiers. Il composa son code sur le coffre numéro 9, dont la porte s'ouvrit automatiquement. Il en sortit une enveloppe en papier kraft sur laquelle était inscrit « Alain Dupuis ». Il y glissa la carte SIM, le portefeuille et la montre appartenant à ce personnage fictif et la rangea dans le casier. D'une autre enveloppe, qui ne portait aucune inscription, il sortit un téléphone Nokia démonté en trois morceaux, un jeu de clés, une montre et un portefeuille ; cette enveloppe renfermait la vie d'Alec de Payns.

Passé dans la modeste salle de bains, il se lava le visage, savourant la sensation de l'eau froide sur sa peau. Il lui restait encore un dernier itinéraire de sécurité à suivre avant d'être libre de retrouver son appartement. Les agents avaient tous tendance à vouloir esquiver l'IS de fin de mission, mais tous avaient conscience qu'il était potentiellement le plus crucial. Il s'agissait du

« dernier kilomètre » du marathon pour lequel ils avaient été formés à Cercottes, village proche d'Orléans où était située la ferme appartenant à la DGSE et servant de camp d'entraînement au service Action et à la division Y. Cet ultime IS faisait figure de périmètre de sécurité final empêchant l'ennemi de s'approcher des familles des agents ; il était donc capital de le suivre avec une précision totale.

À bord du métro, il assembla le Nokia et y inséra la carte SIM. L'écran du mobile s'alluma et lui signifia qu'un message attendait d'être lu ; R lui demandait s'il serait rentré à temps pour le dîner. Il datait de la veille. Il tapota « Oui » du pouce, puis balaya le wagon du regard. Revenu à la surface, il lui fallut marcher sous la pluie ; il ne s'encombrait jamais d'un parapluie car cet accessoire facilitait la tâche d'éventuels suiveurs, à tel point qu'au sein de la plupart des services secrets on ne s'en munissait qu'en guise de signe de reconnaissance. Il progressait sur le trottoir de gauche, de façon à bénéficier d'une meilleure vue sur les sièges avant des véhicules stationnés. Au terme d'une série de zigzags, il parvint enfin chez lui à 19 h 38.

L'appartement de la famille de Payns se trouvait dans un immeuble parisien classique du XIXe siècle pourvu d'une entrée principale hautement sécurisée, de solides verrous sur les portes et d'un petit parking souterrain. Poussé par la force de l'habitude, de Payns fit le tour du bâtiment, observant une dernière fois les alentours avant d'y entrer. Après avoir vérifié s'il y avait du courrier dans la boîte aux lettres, il gagna le deuxième étage par l'escalier. Sur le palier, il plaqua le front contre la porte d'entrée et inspira les senteurs typiques de l'heure du dîner dans la plus grande ville française. Il reconnut des parfums de plats tunisiens, libanais, indonésiens et tamouls, mais pas le moindre signe de civet de lapin ni de moules cuites à la vapeur. Enfin, il sentit qu'il commençait à se détendre.

Après s'être accordé une profonde inspiration, il inséra la clé dans la serrure, ouvrit la porte, entra d'un mouvement vif dans l'appartement et referma aussitôt le battant, réflexe de sécurité dont il était incapable de se défaire. Depuis le couloir, il perçut la voix de Romy, dont le ton animé lui indiqua qu'elle discutait au téléphone avec une amie, probablement Renée, sa copine de lycée, ou Marie, sa directrice de thèse.

Parvenu à l'angle de la cuisine, il vit son épouse occupée à touiller quelque chose sur la plaque de cuisson. Même vêtue d'un jean et d'un tee-shirt, cette femme menue et sexy, aux cheveux blonds attachés en chignon trop hâtivement comme en cet instant, lui faisait toujours autant d'effet. Elle était toujours en train de faire deux choses à la fois. Il déposa un baiser sur sa joue, ce qui lui valut un sourire et un geste signifiant que sa conversation était presque terminée. Il lâcha ses clés et son téléphone sur la paillasse et sortit une bouteille de riesling du réfrigérateur. Il en remplit deux verres et gagna le salon, où il s'enfonça profondément dans le canapé en poussant un soupir.

Le vin était délicieux. La télévision était allumée, le son coupé ; c'était là une des habitudes de son épouse multitâche. Sur l'écran, une présentatrice racontait quelque chose, tandis qu'un bandeau défilait en bas de l'image : « Macron, "La France envisage un nouvel accord commercial avec l'Iran." »

Romy raccrocha, se saisit de son verre, rejoignit son mari et l'embrassa, agenouillée sur le canapé. Quand elle se dégagea de son étreinte, elle avait un sourire radieux, ses yeux verts pétillaient.

— J'ai cuisiné pour deux – on doit communiquer par télépathie, dit-elle, lui caressant le front du pouce.

De Payns sourit. Dès leurs premiers rendez-vous, à l'époque où il était encore pilote de chasse, ils avaient eu tendance à attribuer les moindres coïncidences ou heureux hasards à une forme de lien psychique les reliant l'un à l'autre.

— Ça va ? s'enquit-elle.

— Je suis fatigué, avoua de Payns. Quelque chose le tracassait mais il ne voulait pas y penser, du moins pour le moment. Et les enfants ?

— Ils sont prêts pour la rentrée. Oliver compte les jours qui le séparent de son premier jour d'école. Il a dessiné un calendrier, la totale.

De Payns gloussa, s'efforçant de se fondre dans ces bonnes vibrations – en vain. C'était qui, au téléphone ?

— Ana, une nouvelle amie. C'est la mère d'un camarade de maternelle d'Oliver.

— Ana ? Tu l'as rencontrée quand ?

— Je l'ai vue quelquefois au parc et à l'école, répondit Romy, soudain moins détendue. Elle nous a invités à prendre un verre chez elle, à l'occasion.

— Elle est mariée, j'imagine ? insista de Payns, les tempes martelées par un pouls déchaîné.

— Aucune idée.

— Tu connais son nom de famille ?

— Alec ! s'agaça Romy, son charmant visage assombri.

— Donc elle a ton numéro de téléphone mais tu ne connais pas son nom de famille ?

Romy se leva :

— Je te rappelle que tu as accepté de ne pas faire ce genre de trucs. On s'est mis d'accord ! Tu définis les règles, mais tu évites de me dicter chacun de mes gestes.

— Qui de vous deux a pris l'initiative de faire connaissance avec l'autre ? poursuivit de Payns, à présent focalisé sur cette menace potentielle.

Romy attrapa son verre et regagna la cuisine en secouant la tête :

— On s'est connues à l'école maternelle ; ce sont nos enfants qui ont « pris l'initiative » de devenir amis.

Elle avala un peu de vin et remua le contenu de la casserole.

De Payns se débarrassa de ses chaussures et s'empara de la télécommande.

— Non, s'il te plaît, intervient Romy, pas la télé. Posant la télécommande, il se tourna vers elle. On s'est retrouvées à bavarder parce qu'Oliver et Charles sont copains, c'est tout. Ni elle ni moi n'avons réellement cherché à établir un contact.

— Il s'appelle Charles ? Ils sont français ?

— Je ne sais pas. Peut-être plutôt turcs.

De Payns haussa les sourcils.

— Bon, d'accord, ils ont le type arabe, mais ils sont français, enchaîna Romy. Elle n'a aucun accent.

— Ils habitent où ?

— Aucune idée.

— Comment est-ce qu'elle t'a approchée ? demanda-t-il, Romy secouant la tête, dépitée. Elle t'a posé des questions sur ton mari ?

— Non… mais je crois que j'ai lâché un mot ou deux sur toi.

— C'est-à-dire ?

— J'ai dit que tu étais en déplacement pour le boulot.

— Pour le compte du ministère ? demanda de Payns faisant référence à sa couverture d'employé de bureau au ministère de la Défense.

— Non, je ne suis pas allée jusque-là. Elle n'a pas réclamé de détails.

— Elle a vu la voiture ?

Romy semblait fournir un réel effort pour contenir sa colère :

— Je sais qu'il faut prendre tout ça au sérieux, Alec, et je te garantis que c'est ce que je fais, mais il faut que tu apprennes à me faire confiance.

— Alors ?

— Oui, il est possible qu'on ait bavardé près de la voiture.

— Et toi, tu as vu la sienne ? Sa plaque d'immatriculation ?

— Non, je ne sais même pas si elle en a une.

De Payns se força à sourire :

— Si des gens mal intentionnés cherchaient à me contraindre d'agir contre les intérêts de la France, ils le feraient probablement en passant par ma famille. C'est tout.

De Payns comprit que ce n'était pas la chose à dire, au vu de l'éclat de rage qui anima le regard de Romy.

— Tu veux dire que c'est ce que tu fais aux gens ? Tu t'en prends à leur famille ?

Un silence glacial s'abattit dans la pièce, bientôt brisé par un cri de joie aigu d'un garçon de cinq ans :

— Papa !

De Payns vit vaguement une forme en pyjama Batman fondre sur lui. Oliver se jeta dans ses bras, le faisant basculer en arrière sur le canapé. Il eut une pensée pour Michael Lambardi et se demanda – maintenant qu'ils n'avaient plus de père – ce qu'il allait advenir de ses enfants.

# Onze

La psy de la Boîte ne disposait pas de son propre bureau au Bunker de Noisy. Elle utilisait un des bureaux de la direction, laissé vacant tant qu'un expert de la CAT ou de l'Armée ne venait pas pour briefer une équipe de Y. Un bureau moderne dans un vieux bâtiment. L'illustration parfaite de la médiocrité des locaux de l'appareil sécuritaire français : les plafonds étaient hauts et ornés de moulures mais les meubles auraient pu figurer dans le catalogue Ikea 2003. Un bureau à peu près nu, une machine à écrire électrique Olivetti juchée sur un petit chariot à roulettes, une ligne téléphonique filaire et un coffre dans un coin. Pas de smartphone, pas de Wi-Fi, pas de commutateur de données ; les seuls écrans visibles étaient reliés à un réseau interne. Le Bunker était une installation de type « pont suspendu », c'est-à-dire qu'en son sein, il était impossible d'envoyer ou recevoir un courrier électronique ou de consulter Internet, ni même de capter un réseau, au cas où un petit malin aurait réussi à y introduire un téléphone mobile au nez et à la barbe des agents de sécurité de DGS. Les documents en version papier y étaient extrêmement limités – la loi française interdisait de sortir le moindre feuillet d'un bâtiment de la DGSE, à moins d'être au minimum directeur ou général deux étoiles, lesquels devaient en ce cas être accompagnés d'une personne accréditée.

Assis sur un canapé, de Payns observait la psy, qu'il ne connaissait qu'en tant que D^r^ Marlène, occupée à ouvrir son porte-documents en cuir. Frôlant la cinquantaine, cette femme mince aux cheveux noirs coupés au carré portait un rouge à lèvres très vif. Aux yeux de l'agent secret, c'était une névrosée privilégiant son statut et son apparence à l'amour et au sexe. S'il avait voulu la manipuler, il aurait utilisé la flatterie, probablement en insistant sur son intellect et son goût irréprochable.

— Alec, donc, dit-elle. Vous me permettez de vous appeler Alec ?

— Je vous en prie, répondit-il en attrapant son mug de café qui était blanc, orné du coq doré, emblème de l'équipe de France de rugby.

— Sympa, votre mug, commenta la psy. Vous jouez au rugby ?

— J'en ai fait au lycée.

— Lequel ?

— Saint-Joseph, à Reims.

— Celui-là même qu'a fréquenté votre grand-père, c'est bien ça ?

De Payns resta muet un moment. Les psys lui faisaient le coup chaque fois : lui rappeler qu'à quinze ans, il s'était secrètement inscrit dans cet établissement jésuite, dans lequel son grand-père paternel avait en effet été pensionnaire, et ce afin de fuir un environnement familial toxique marqué par les incessantes disputes entre sa mère anglaise, très indépendante, et son père français, nettement plus traditionnel.

— Oui, mon grand-père y a été, et non, mon père ne savait pas que je m'étais inscrit.

Le Dr Marlène esquissa un sourire. De Payns attendit l'inévitable réflexion selon laquelle les ados étaient généralement envoyés contre leur volonté en pensionnat et qu'il était rare d'en voir s'y inscrire de leur plein gré, mais elle s'en tint là et changea de sujet :

— Dans combien d'incidents impliquant des armes à feu vous êtes-vous retrouvé ?

— Quatre.

— Quand ? demanda la psy, prenant des notes – de Payns remarqua qu'elle avait une écriture minuscule.

— Deux fois au Kosovo, une fois à Tunis et une autre au Liban.

— Vous avez ouvert le feu ?

— En deux occasions ; la première avec mon arme, l'autre avec celle d'un collègue. Concernant les deux autres incidents, j'ai menacé un adversaire avec mon pistolet, et j'ai eu un Beretta 9 mm braqué sur la tempe.

— Pas de tirs, je suppose ? demanda la psy avec un sourire.

— Non, heureusement.

— Et la violence ? Avez-vous vu des cadavres au cours de votre carrière ?

— Oui, beaucoup, à l'époque où j'étais pilote de chasse, mais nettement moins depuis que je me suis reconverti dans le renseignement.

Elle haussa un sourcil, dubitative.

— Bon, d'accord, il y a eu deux morts en Sicile avant-hier, reconnut de Payns, réprimant un sourire.

Lors de son stage d'intégration à la division Y, à Cercottes, on lui avait demandé entre autres choses s'il était capable de tuer des chatons, puis on l'avait mené dans une pièce dans laquelle se trouvaient vraiment des chatons ! L'interroger sur sa relation à la violence aujourd'hui semblait quelque peu redondant.

— À Palerme, c'est ça ?

Il lui lança un regard surpris.

— C'est précisé dans mon briefing, ajouta-t-elle. Racontez-moi ce qu'il s'est passé.

— Deux truands suivaient un homme avec lequel je m'étais lié d'amitié. Quand j'ai voulu sortir du bar, un de ces types m'a suivi et a tenté de dégainer son arme.

— Vous l'avez vu faire ?

— Je l'ai vu porter la main dans le creux de son dos, et j'ai vu son pistolet dans le reflet d'une porte vitrée.

— Et ensuite ?

— Quand je me suis retourné pour lui faire face, il avait déjà un trou dans le cou.

Ils laissèrent passer quelques secondes sans se quitter du regard.

— Un trou ? lâcha enfin la psy, baissant les yeux pour écrire quelques mots. Comme un…

— Un trou avec du sang qui gicle. Suffisamment gros pour être dû à un stylo ou une baguette chinoise.

Le D$^{r}$ Marlène hocha la tête :

— Y avait-il dans les environs quelqu'un muni d'un stylo ou d'une baguette chinoise ?

— Oui, un homme.

— Un homme ?

— Oui, un client du bar.

— Le connaissiez-vous ?

— Oui.

— Pouvez-vous me préciser son nom ?

— Non.

— Vous ne pouvez pas ou vous ne voulez pas ?

— Les deux.

— S'agissait-il de Guillaume ?

— Pourquoi vous me posez la question, si vous avez déjà un nom en tête ?

Elle posa son stylo sur son porte-documents et se pinça l'arête du nez.

— Je ne suis pas ici pour jouer, Alec, mais pour vous évaluer.

— Et alors ? Je m'en sors bien ?

— À vous de me le dire.

— Un truand s'est fait trouer le cou avant d'avoir eu le temps de m'abattre, résuma de Payns. En y réfléchissant bien, je dirais que je suis plutôt heureux que les choses se soient déroulées ainsi.

— Et votre contact ? La cible de ces gens ?

— Commodore.

— Oui, c'est cela. Que lui est-il arrivé ?

De Payns haussa les épaules :

— Il faisait nuit, mais j'ai supposé qu'il se trouvait dans la voiture.

— Et ?

— Et il y a eu une explosion de sang et de viscères sur la vitre arrière du véhicule.

— Ce qui vous porte à croire que…

— Que Commodore a été abattu. Possiblement d'une balle dans la tête.

Le Dr Marlène se carra dans son siège :

— Admettons que Commodore soit décédé, que vous

ayez assisté à sa mort. Qu'éprouvez-vous ? Vous étiez devenu ami avec lui, non ?

— Il était aux prises avec un divorce qui se passait très mal. Il avait besoin d'argent, il me répétait sans cesse qu'en Italie, les hommes se font toujours dépouiller quand ils divorcent.

— Qu'en pensiez-vous ?

— Son besoin d'argent était son levier. Nous travaillons sur le MICE[1] des personnes pour trouver leur point faible et avoir un levier pour les manipuler à notre guise. L'argent, une idéologie, la contrainte ou son ego ? Au choix… toute la question est de trouver ce à quoi l'individu qu'on cherche à contrôler est le plus sensible. Pour lui, c'était l'argent.

— Et concernant son divorce ?

— Quand je lui ai dit que la situation ne pouvait pas être si noire en Italie, il m'a contredit en précisant que, en cas de divorce, c'était systématiquement à l'homme de régler les frais de justice et ensuite de verser une pension alimentaire à caractère punitif. Il était assez stressé à l'idée de moins voir ses deux gosses.

— Vous pensez à lui, de temps en temps ?

— Bien sûr, répondit de Payns, bien que peu désireux de s'étendre sur ce sujet. Les enfants ne sont pas censés n'être qu'une partie de votre vie, vous savez, mais bon, c'est parfois le cas, j'imagine. Pour ma part, j'apprécie le moment où je retrouve les miens en rentrant chez moi. Cela dit, c'est Commodore qui a choisi ses amis, pas moi.

1. MICE signifie : « *Money, Ideology, Coercion, Ego* » que l'on peut traduire par « l'Argent, l'Idéologie, la Contrainte, l'Ego ».

— En avez-vous fait assez ?
— Pour la France, vous voulez dire ?
— Non, pour Commodore. Avez-vous des regrets ?
De Payns en resta bouche bée. Comment pouvait-on sérieusement demander à un espion s'il avait des regrets ? Cette profession se résumait quasiment à une vie de gestion des regrets.
— S'il a été tué, c'est par son propre camp. Comme je vous l'ai dit, ce n'est pas moi qui lui ai choisi ses amis.
Manifestement satisfaite de cette réponse, la psy farfouilla dans son porte-documents, jusqu'à un dossier calé vers la fin.
— Vous êtes capable de totalement vous focaliser sur un objectif, n'est-ce pas ?
— Pardon ? laissa échapper l'agent secret, déboussolé par ce brusque tournant dans la conversation.
— À vingt ans, vous avez passé avec succès les tests de l'Armée de l'air pour être formé au combat aérien sur Mirage 2000.
— C'était il y a une éternité.
— Les pilotes de chasse savent se concentrer sur ce qui se présente face à eux, en oblitérant tout le reste.
— Je ne sais pas, je fermais les yeux, prétendit de Payns sur un ton humoristique en haussant les épaules. Trop de vitesse, trop de g encaissés, ajouta-t-il avec un rictus.
Le Dr Marlène s'autorisa un bref sourire :
— Ce que je veux dire par là, c'est que dans votre job actuel, vous avez conservé cette capacité à faire abstraction du reste et de ne vous focaliser que sur ce qui vous fait face.

— Possible.

— Un tel comportement a un coût, vous ne l'ignorez pas.

— Je ne suis pas certain de…

— La plupart des gens ne courent pas le risque d'être abattus dans le dos au boulot. Libre à vous de m'en parler. Vouloir bavarder à propos d'une telle crainte serait on ne peut plus normal.

— Je croyais que vous étiez là pour m'évaluer ? répondit de Payns en souriant. Vous voulez qu'on bavarde, à présent ?

Il changeait de sujet car il ne tenait guère à évoquer sa personnalité. Il avait pour habitude de se « couper du reste du monde », selon sa propre expression, depuis le lycée, d'oublier tout ce qui était redondant et superflu de façon à se consacrer au maximum à la tâche du moment. Cette aptitude avait fait de lui un bon rugbyman, alors qu'il ne faisait pas partie des joueurs les plus costauds. Le Dr Marlène avait vu juste ; c'était cette qualité qui lui avait valu d'être si rapidement propulsé aux commandes d'un avion de combat. Il devait tout à cette capacité, avec pour contrepartie épuisement, vide intérieur et isolement social. Un vol au départ de la base aérienne de Dijon pouvait se prolonger jusqu'à quatre heures, mais une opération menée à la DGSE, entre une semaine et un mois. La tension mentale était immense. Parfois il voulait dormir une semaine d'affilée, d'autres fois il rêvait juste d'une bonne cuite dans un bar, seul ou avec son « clan ».

— Vous dormez bien ?

— Uniquement d'un œil.

La psy émit un petit rire.

— Et votre mariage ? Votre épouse accepte-t-elle votre métier ?

— Oui, et c'est l'unique raison qui fait que notre mariage tient. En réalité, c'est elle qui aurait besoin d'une discussion comme celle-ci, bien plus que moi ; elle ne peut parler de tout ça à personne.

De Payns s'étonnait lui-même d'avoir évoqué Romy. Il n'avait pas pour habitude de se montrer si ouvert à propos de son mariage face à un psy. Romy, quant à elle, avait interdiction de donner le moindre détail concernant le job de son époux, si ce n'est qu'il était employé au ministère de la Défense. Elle n'avait ni famille ni amie auprès de qui se confier pour relâcher la pression. Et elle n'avait pas l'autorisation de se livrer à un thérapeute, de dévoiler quoi que ce soit à quiconque à propos de son mari.

La psy hocha la tête et enchaîna :

— Pas de crises de panique ?

— Non.

— Pas de pertes de connaissance ?

— Non.

— Poussées de rage, agressions ? Non justifiées, j'entends.

— Non.

— Énervement au volant ?

— On est à Paris, pas à Copenhague. Si vous restez tranquille en voiture à Paris, c'est que vous êtes sous calmants.

Le Dr Marlène referma son porte-documents.

— Dernière question : combien d'heures dormez-vous par nuit ?

— Sept heures trois quarts.

— Vous semblez OK, dit la psy en se levant. Fatigué mais en forme. Mon numéro figure dans l'annuaire de la Boîte. N'hésitez pas à m'appeler si vous souhaitez bavarder.

Il lui serra la main et la regarda s'en aller, se demandant s'il aurait dû lui dire la vérité concernant ses troubles du sommeil. Elle avait peut-être des médocs pour ça…

# Douze

Sirotant son troisième café, de Payns mordilla le macaron offert par Zac, l'armurier de la division Y, qui l'avait pioché dans un Tupperware. Les armuriers avaient toujours des hobbies intéressants ; celui de Zac était la pâtisserie. Cet ancien légionnaire était chargé de s'assurer que les armes à feu et autres appareils confiés aux agents de la division Y soient en état de fonctionner le moment venu. Dans son atelier souterrain, Zac s'occupait, en cet instant, d'un silencieux calé dans un étau complexe.

Après avoir évoqué avec lui les malheurs que rencontrait le Paris Saint-Germain avec ses nombreux joueurs blessés, puis la nouvelle taxe sur les carburants imposée par Macron, de Payns aborda un sujet qui lui tenait davantage à cœur :

— Au fait, Zac, tu ne connaîtrais pas un certain Jim, par hasard ? Un dur qui joue les gardes du corps pour une huile de DGS ?

Zac leva la tête de son étau, tout sourire et ses lunettes sur le nez, le visage plus juvénile que jamais :

— Tu as fait la connaissance de Jim Valley ?

— Valley ?

— C'est un ancien para d'infanterie de marine, je crois. Il a servi en Afrique sous les ordres de Manerie.

De Payns s'offrit une nouvelle bouchée de macaron, dont le goût suave fut incapable de masquer l'odeur d'huile omniprésente dans la pièce.

— C'est un bon gars ?

— C'est un dur, Aguilar, comme tu l'as dit, glousse Zac. Mieux vaut l'avoir de son côté que de s'en faire un ennemi.

De retour dans son bureau, quelques étages plus haut, de Payns se carra dans son fauteuil. Il observa la pièce, banale, avec le coffre fixé dans un coin. La vue par la fenêtre à guillotine donnait sur le bois situé à l'est de Paris. Disposant de onze minutes avant le début de la réunion, il ferma les yeux afin d'apaiser ses pensées.

— Mon père venait de mourir, dit une voix féminine.

De Payns se redressa brusquement, presque en sursaut, et découvrit Marie Lafont plantée sur le seuil du bureau.

— Je n'ai pas laissé tomber ma formation à la division Y, continua-t-elle, croisant les bras et s'adossant contre le montant de la porte.

Elle portait une jupe plissée et un chemisier de soie certainement hors de prix.

— OK, si tu le dis, répondit de Payns, revenant sur terre.

— Je sais qu'une rumeur prétend que DGS m'a retrouvée recroquevillée sous un pont parce que j'avais été incapable de gérer une crise de rats bleus.

— Oui, j'ai dû entendre quelque chose comme ça.

— Mon père avait eu une attaque cardiaque et était

artificiellement maintenu en vie. Le reste de ma famille voulait le débrancher.

— J'ignorais ces détails.

— J'avais besoin de passer quelques jours loin de Paris, poursuivit Marie Lafont, comme si elle n'avait pas entendu son commentaire. J'aurais dû prévenir la Boîte.

De Payns ne savait que dire.

— Mais je leur aurais dit quoi ? « Je vais me soûler pendant trois jours et ça ne va pas être beau à voir, les gars. Vous feriez mieux de regarder ailleurs » ?

De Payns s'esclaffa et se détendit ; quiconque buvait pour retrouver son équilibre était à même de faire partie de son équipe.

Elle consulta sa montre :

— C'est l'heure du briefing de l'opération. Tu m'accompagnes ?

La réunion se tenait en petit comité. S'il n'était pas rare que jusqu'à vingt personnes s'entassent dans une pièce sécurisée le temps d'un briefing d'opération, elles n'étaient cette fois que cinq. Briffaut – qui s'était débarrassé de sa veste de costume – et Matthieu Garrat, son adjoint à la tête de la division Y, étaient assis côte à côte à une extrémité de la table ovale. Marie Lafont était quant à elle installée face à de Payns, flanquée de son second, Joseph Ackermann, adjoint du BER contre-prolifération. Surnommé la mante religieuse en raison de son visage allongé et de son air éploré, Ackermann avait autrefois été maître de conférences en génie chimique ; son expertise en opérations de contre-prolifération était inestimable.

Le dossier posé devant de Payns comportait un autocollant sur lequel était inscrit « ALAMUT », le nom de code de l'opération. Il l'ouvrit et trouva en première page quelques éléments administratifs – des dates, des numéros d'autorisation, des signatures et des séries de lettres indiquant que la DR était l'initiatrice de l'opération Alamut, qu'elle avait lancée afin de mettre la main sur davantage de renseignements réclamés par le service contre-prolifération. Le nom et le logo de la DGSE n'apparaissant nulle part, quiconque posant les yeux sur ces lettres et ces chiffres sans en connaître la signification ne pouvait deviner de quoi il s'agissait. De Payns y était qualifié de CDM – chef de mission –, et son numéro d'OT était encadré par deux dièses ; ce détail soulignait que cette série de chiffres, désignation officielle de la DGSE, serait l'unique façon d'évoquer de Payns durant l'opération ou pour y faire référence. Six autres personnes étaient mentionnées, dont Christophe Sturt, le directeur de la DR, seul à ne pas être présent à la réunion.

Marie Lafont décrivit l'opération Alamut comme une mission de reconnaissance et de récolte de renseignements focalisée sur un groupe de bâtiments précis situé au Pakistan. Bien qu'affichant « Société agrochimique pakistanaise » sur ses murs, cet endroit était désigné sous l'appellation MERC par les services de renseignement occidentaux – il s'agissait là d'une traduction approximative de « Centre de recherche sur les matériaux et l'énergie ».

Marie Lafont alluma le projecteur suspendu au plafond, au-dessus de la table, ce qui atténua automatiquement l'éclairage. Sur l'écran, les participants découvrirent une vue aérienne du MERC ; le domaine comprenait une quinzaine de structures carrées disposées tel un campus autour d'un bâtiment principal.

— Le SVR a pris de superbes photos de l'enceinte du MERC, plaisanta Marie Lafont, raillant la perméabilité du service de renseignement extérieur russe. Cet endroit se trouve en périphérie d'Islamabad, à dix-huit kilomètres au sud-ouest de la ville. Selon nos estimations, les scientifiques et ingénieurs employés au MERC sont logés dans la banlieue toute proche.

Elle fit défiler plusieurs clichés pris selon divers angles, aucun n'étant réellement satisfaisant car ces bâtiments des années 1990 étaient entourés d'espaces verts, l'ensemble du domaine étant délimité par une clôture que l'on ne pouvait franchir que par un portail sécurisé.

— Bien que le Pakistan ait signé en 1993 la Convention sur l'interdiction des armes chimiques, ce qui devait en principe lui interdire tout développement d'armes biologiques, nous estimons que son programme d'armes bactériologiques a atteint sa maturité, probablement au sein de ces installations. Les autorités locales affirment que cet endroit est voué à la recherche agricole, mais nous doutons fort que ce soit son rôle premier, ne serait-ce que d'après le fait que les employés semblent consacrer leur vie au centre.

— Qu'entendez-vous par là ? demanda Briffaut.

— Ils sont tenus de signaler tout ce qui se produit au cours de leurs journées, de la rencontre fortuite la plus brève jusqu'à l'appel téléphonique le plus banal.

— Ça ressemble aux règles d'un service de renseignement. Cet endroit serait donc géré par l'ISI ?

Marie Lafont acquiesça :

— La vie sociale des personnes qui y travaillent, ainsi que celle de leurs familles, est surveillée de près, et elles ont obligation de renoncer à leur passeport pour une durée de quinze ans. C'est à coup sûr une initiative de l'ISI.

Bien que conscient que quelques regards s'étaient tournés vers lui, de Payns resta concentré sur Marie Lafont, qui poursuivit :

— Selon nos dernières informations, des agents bactériologiques sont en cours de développement au MERC. Nous ne disposons que d'un aperçu de troisième main, par le biais de certaines sources russes, mais si notre interprétation est correcte, nous avons sous les yeux une usine d'armes biologiques située à Islamabad. Et c'est là qu'intervient la division Y.

Briffaut et de Payns échangèrent un regard.

— Il nous faut à tout prix accéder au MERC, reprit Marie Lafont. Nous voulons connaître l'organigramme interne, la nature de la production et des recherches, les projets en cours et leur financement. Si nous mettons la main sur des informations concernant d'éventuels armements ou cibles, ce sera un bonus appréciable. Mais pour commencer, il nous faut savoir ce qu'ils ont là-dedans, ce qu'ils comptent faire et à quel stade ils en sont.

Briffaut se pencha sur la table et joignit le bout des doigts, signe infaillible qu'il était en manque de cigarette, puis il se tourna vers de Payns :

— Vous avez trois mois pour nous fournir les premiers résultats.

— Je m'en occupe, répondit de Payns.

— Évidemment que vous vous en occupez. Mais on parle du Pakistan, là, alors allez-y mollo, d'accord ?

# Treize

Alamut était le nom de la forteresse perse depuis laquelle les Assassins – secte de guerriers médiévaux – lançaient autrefois leurs attaques sur divers souverains du Moyen-Orient, tant musulmans que chrétiens. Avoir baptisé l'opération d'après le quartier général d'une secte spécialisée dans les assassinats politiques semblait quelque peu ambitieux aux yeux de De Payns, qui avait des problèmes plus prosaïques à régler. En tant que chef de mission de l'opération Alamut, il était chargé de concevoir les détails de la mission, les faire approuver par Briffaut et rassembler les ressources nécessaires pour passer à l'action. La première manœuvre au Pakistan consisterait à mettre en place un « environnement technique » du MERC et de son personnel, c'est-à-dire capter des renseignements concernant les communications, ce qui pouvait être réalisé sans « contact humain ». Si l'« environnement technique » produisait assez d'éléments pour passer à un « environnement opérationnel », alors des OT seraient déployés sur le terrain. Si cette deuxième phase permettait de détecter une cible humaine ayant un MICE exploitable, alors la troisième phase – l'« environnement au contact » de la cible – serait lancée.

C'est à ce moment que quelqu'un comme de Payns serait envoyé sur place avec pour objectif de faire connaissance avec l'individu en question, se lier d'amitié avec lui et le manipuler jusqu'à le retourner. Jamais on n'établissait un contact avant que les phases précédentes n'aient donné satisfaction. La phase d'approche devait se faire en douceur pour ne pas éveiller les soupçons de la cible. Il fallait éviter qu'elle ne se retrouve un jour avec un « nouveau meilleur ami » rencontré depuis moins d'une semaine…

La cible ne pouvait être qu'humaine car le réseau informatique du MERC était inaccessible pour la Boîte sans davantage de renseignements tels qu'adresses électroniques des employés, adresses IP ou signature réseau. Le fait que ces éléments soient soigneusement dissimulés confirmait que le MERC était possiblement sous le contrôle de l'ISI.

De Payns et son équipe auraient pour objectif de sélectionner une ou plusieurs cibles humaines qu'il faudrait ensuite approcher ; s'il semblait évident qu'il faudrait viser des cadres supérieurs de l'installation, la Boîte n'avait pour l'heure pas même un nom à proposer.

De Payns exposa ces détails aux trois autres personnes présentes dans la pièce : Gaël Py, Brent Clercq et Thierry Suquet. Rappeler les fondamentaux de leur métier à ces agents expérimentés n'était pas utile, mais le protocole exigeait que ce soit fait au cours de chaque briefing précédant une opération.

— Je veux un point d'observation discret dans les environs du MERC. Il faudra compter les voitures et les camions qui s'y trouvent, noter les immatriculations, évaluer parmi les employés qui a un poste à responsabilité et photographier tout ce beau monde.

— On cherche quelqu'un en particulier ? demanda Py, qui devait son surnom de Templar au croisé tatoué dans son dos. Un employé particulièrement prometteur ?

— Non, répondit de Payns. Il faudra prendre note de tous les véhicules qui entrent et sortent de l'enceinte du MERC pour ensuite déterminer quel individu offre les meilleures chances d'infiltration pour la Boîte.

Ne voulant rien laisser au hasard, de Payns s'estimait heureux d'avoir pu confier la direction de l'équipe à Templar.

— Ces photos ont été prises par un drone ? demanda ce dernier, parcourant les impressions de vues aériennes du MERC.

Il était assis à la droite de De Payns à la longue table de briefing, son torse surdimensionné tendant le tissu de son sweat-shirt léger. Expert en exfiltrations délicates et en faux-semblants, évasions et embuscades, cet homme comptait parmi les meilleurs agents de soutien d'Europe. Si vous aviez besoin de cueillir discrètement un individu en pleine rue dans une grande ville pour le transférer en lieu sûr, Templar était l'homme qu'il vous fallait. Son unique point faible était qu'il était incapable de mentir de façon convaincante, raison pour laquelle il n'était jamais chargé des approches ni des manipulations. Il constituerait à lui seul l'équipe de soutien opérationnel que de Payns emmènerait avec lui pour cette première mission, les deux autres agents étant des techniciens du Y-9, le service d'espionnage technique du Bunker.

— On ne m'a pas précisé lors du briefing si ces

photos ont été prises par drone, répondit de Payns, qui n'aurait pas été contre une douzaine d'heures de sommeil d'affilée. Quelqu'un a une suggestion ?

Son regard passa de Templar à Clercq, le chef du service Y-9. Quadragénaire grisonnant en pantalon de treillis, baskets et polo, Clercq, quoique grand fumeur et amateur de plaisanteries stupides, était par ailleurs doté d'un esprit vif et d'un instinct privilégiant la prudence. De Payns était toujours ravi de l'avoir dans son équipe. Assis à côté de lui, son collègue Thierry Suquet, jeunot de vingt-cinq ans en jean et sweat-shirt, aurait facilement pu passer pour un étudiant, alors qu'en réalité il avait été recruté après avoir décroché un doctorat en ingénierie dans un institut polytechnique toulousain. Malgré son apparente jeunesse, c'était un agent de terrain expérimenté ayant pris part à un certain nombre de missions clandestines un peu partout en Europe et au Moyen-Orient.

De la pointe de son stylo, Clercq désigna la photo de l'entrée principale du MERC :

— On placera nos intercepteurs d'IMSI quelque part sur la route qui mène au centre, ni trop loin ni trop près. On identifiera les numéros de téléphone associés à quelques véhicules, selon les individus qui sembleront prometteurs, puis on affinera notre visée au fur et à mesure qu'on y verra plus clair. Ça te convient ?

L'IMSI, littéralement « identification internationale d'abonné mobile[1] », était un numéro permettant d'identifier tout usager de téléphonie mobile. Il comportait l'indicatif de son pays d'origine, l'identifiant de

1. IMSI : International Mobile Subscriber Identity.

l'opérateur du réseau et un numéro séquentiel. Chaque numéro était unique, stocké dans la carte SIM.

— Espérons qu'un employé se révélera plus intéressant que les autres, lâcha de Payns.

— Dans ce cas, on le suit et on l'identifie, et ensuite on verra, ajouta Templar.

De Payns approuva d'un signe de la tête ; le plan consistait à scanner les signaux de téléphonie mobile au moyen d'un « IMSI catcher[1] », pour ensuite tenter d'identifier les utilisateurs des téléphones et leurs interlocuteurs. Si les communications avec l'extérieur étaient brouillées au sein du campus du MERC, ou s'il était tout simplement interdit d'y faire entrer le moindre appareil, il y avait fort à parier que scientifiques et ingénieurs dégainaient et allumaient leur mobile aussitôt sortis de l'enceinte, leur journée de travail terminée. Dès lors que l'équipe Alamut aurait repéré une personne intéressante et son numéro de téléphone, Templar la prendrait en filature afin de dénicher davantage d'informations la concernant.

De Payns tenait à ce que la phase de reconnaissance de l'opération soit effectuée par une équipe réduite et menée à bien en moins de deux semaines :

— On sera seulement nous quatre.

— Dans une seule voiture ? demanda Clercq.

— Oui, confirma le chef de mission, qui ouvrit un autre dossier. En guise de couverture et de légende, nous serons une équipe cinématographique en repérage pour

1. L'« IMSI catcher » se substitue à une antenne relais du réseau et permet de voir tous les numéros de téléphone qui s'y connectent, et donc ceux qui sont à proximité.

le tournage d'un film dans ce magnifique pays qu'est le Pakistan.

Il sortit un feuillet, sur lequel étaient rassemblées les identités que les quatre hommes présents dans la salle de briefing endosseraient le temps de l'opération Alamut. En matière d'identité fictive, il était essentiel de se fonder sur une base authentique, de façon que les déclarations d'un agent interrogé en opération soient confirmées par les vérifications les plus minutieuses.

Les quatre agents se rendraient donc au Pakistan sous de fausses identités, avec les passeports correspondants ; il leur faudrait en outre un historique crédible justifiant leur présence là-bas et le fait qu'ils rôdent dans les environs d'une usine où l'on fabriquait supposément des armes biologiques. Les légendes étaient façonnées par la DO, à la CAT, et chaque membre de l'opération Alamut était tenu d'entretenir la sienne. Retenir par cœur les détails d'une vie fictive ne suffisait pas pour établir une bonne légende ; l'espion devait en outre être capable de répondre de façon crédible en cas de questions posées par la police ou les renseignements locaux, ou simplement lors d'un bavardage avec un concierge d'hôtel ou un chauffeur de taxi. En plus des comptes LinkedIn et Facebook liés à ces identités fictives, chaque OT devait disposer d'un appartement vide où se faire envoyer du courrier, de façon à renforcer l'illusion.

Considérant la liste, de Payns constata que ces identités étaient déjà toutes créées et prêtes à être utilisées ; ils devraient donc simplement les rafraîchir, s'assurer que leurs adresses respectives soient toujours d'actualité, que le courrier y soit bien livré et que leurs réseaux sociaux soient à jour. De Payns retrouverait son personnage de Clément Vinier et sa façade professionnelle correspondante, Capital Films.

Templar demanda s'il lui faudrait se rendre à Islamabad afin d'y établir l'*équipement de ville*, appellation regroupant les *jeux de rendez-vous* et *points de passage obligés* dont la Boîte se servait pour s'assurer qu'un OT n'était pas filé sur le terrain. Les *jeux de rendez-vous* consistaient en une série d'outils clandestins permettant aux membres d'une équipe de communiquer les uns avec les autres en toute discrétion ; gestes de la main bien précis et gommettes de couleur faisaient partie de cet arsenal, tout comme des lieux de rendez-vous en cas d'urgence, des points de rencontre pour se transmettre des documents, des boîtes aux lettres mortes et des horaires fixés à l'avance.

De Payns secoua la tête. Briffaut et lui s'étaient mis d'accord sur le principe d'une opération de reconnaissance et de surveillance technique rapide menée par quatre agents, pas davantage. Ils emploieraient des techniques rudimentaires pour leur sécurité individuelle, sans possibilité d'IS ou de tourniquet. Il leur faudrait un véhicule sans lien aucun avec le gouvernement français, et la plus grande prudence serait de mise quand viendrait le moment d'entrer au Pakistan avec l'IMSI catcher ou de circuler en ville avec. La police secrète locale et l'ISI agissaient en toute impunité. Un agent du renseignement pakistanais ne risquait aucune sanction légale s'il interpellait par erreur des cinéastes français.

De Payns consulta sa montre puis se leva ; cette première réunion était terminée. D'autres suivraient, et la DA – la Direction de l'administration de la

CAT – établirait les budgets et les dépenses autorisées. Tant qu'un OT n'était pas entré en contact avec une cible, il ne disposait que de moins de vingt euros par repas ; et quand il était avec l'une d'entre elles, il devait conserver les tickets de caisse. C'était d'ailleurs un réel problème, car en bien des circonstances réclamer un reçu pouvait compliquer une situation déjà loin d'être simple. Les agents rappelaient souvent en plaisantant que la DGSE avait oublié d'inclure l'Aston Martin[1] dans les fournitures de ses employés.

De Payns rassembla ses affaires, tandis que ses hommes sortaient de la pièce, puis il constata que Templar l'attendait près de la porte.

— Tu as vu Shrek ?

— Non, répondit de Payns. Pas depuis Falcon.

— Je crois qu'il a enchaîné pas mal d'IS, chuchota Templar. Et pas seulement en Sicile.

— Il se planque encore ici, à Paris ?

Templar considéra une seconde de Payns, puis il réduisit sa voix à un souffle à peine audible :

— J'ai entendu dire qu'il était coincé à Saint-Denis, jamais satisfait de ses IS.

— Shrek joue la sécurité, c'est tout. Surtout après ce qui est arrivé à ce type de la DGSI.

Deux ans auparavant, un agent de la Direction générale de la sécurité intérieure, en rentrant à son domicile parisien, avait trouvé des agents du GRU russe retenant son épouse et sa fille en otage. Cet événement avait été comme une piqûre de rappel pour des gens comme de Payns, Shrek et Templar : il fallait rester

1. Voiture fétiche de James Bond.

vigilant jusqu'au dernier kilomètre, ne jamais relâcher sa concentration.

— Apparemment, il a signalé être sorti de l'IS vers midi, fit remarquer Templar, manifestement peu convaincu par les propos de De Payns.

— Sain et sauf?

— Oui. Dis, on a tous besoin d'un bon verre, tu ne crois pas ? Ça te branche ?

— Envoie-moi un texto, répondit de Payns, contournant la masse imposante de son ami.

Un verre avec Templar sous-entendait du vin rouge et du Jack Daniel's, mais la gueule de bois qui s'ensuivrait ne serait qu'un faible prix à payer pour ces bons moments. De Payns avait besoin de se détendre, en compagnie de personnes à qui il aurait confié sa vie sans hésiter un instant. Il n'avait plus qu'une envie, se blottir dans un bar comme dans un cocon et se bourrer la gueule.

# Quatorze

Jim Valley l'attendait lorsqu'il émergea de la station de RER Port-Royal. Depuis cette gare, de Payns avait encore cinq pâtés de maisons à longer pour atteindre son immeuble, ce qui lui laissait le temps de vérifier qu'il n'était pas filé. Et voilà que Jim se présentait sur son chemin. L'ancien para se coiffa ostensiblement d'une casquette, ce qui signifiait : « Suis-moi. » Il était 17 h 46 et, en cette superbe fin d'après-midi parisien, de Payns n'avait qu'une envie, rentrer chez lui. Il suivit Jim qui s'engagea dans une avenue bordée de marronniers puis entra dans le jardin des Grands Explorateurs.

Jim s'assit sur un banc libre surplombant la fontaine de l'Observatoire, et de Payns l'y rejoignit. Les deux hommes piochèrent chacun une cigarette.

— Tu as du nouveau pour le directeur ? lança Jim, tapotant sa cigarette sur son paquet.

— Rien du tout, répondit de Payns en allumant la sienne. Notre ami n'est pas encore rentré.

— Ce n'est pas ce que j'ai entendu dire…

Ses traits marqués légèrement voilés par ses lunettes teintées d'aviateur, Jim portait un coupe-vent noir très fin similaire à celui prisé par Templar quand il était armé.

— Il n'est pas encore réapparu au Bunker, en tout cas.

— Quelles sont les réactions, à propos de Falcon ?

— Personne n'y comprend rien. La DO a ouvert une enquête interne.

— Ils te soupçonnent ?

De Payns s'esclaffa :

— Non, Jim. Pas moi.

L'ancien soldat attendit que deux lycéens passant à leur hauteur se soient éloignés pour relancer l'agent secret :

— Alors ?

De Payns haussa les épaules :

— Il y a trois hypothèses.

Jim énuméra les deux premières sur les doigts :

— Un, il y a une taupe chez nous. Deux, on a merdé. Quelle est la troisième ?

— L'opération lancée par Sayef Albar est plus complexe que ce qu'on imaginait.

— C'est la théorie numéro 2, ça.

De Payns tourna la tête vers son voisin :

— Ces opérations ne sont pas des puzzles dont toutes les pièces se mettent parfaitement en place, Jim. Il s'agit plutôt de jongler avec des assiettes.

— La guerre, c'est de la merde, et à la fin on meurt, philosopha Jim, qui sortit un téléphone à clapet bas de gamme de la poche de son coupe-vent et le glissa vers de Payns. Il est démarqué. Le seul numéro dont tu aies besoin est noté Q dans le répertoire.

De Payns s'empara du mobile et le fourra dans la poche de son jean.

— L'adresse ?

— 3, rue de Bretonvilliers. De Payns connaissait cette

ruelle de l'île Saint-Louis. Les boîtes aux lettres de l'immeuble se trouvent dans la cour ; la tienne est la 18. Pas de clé, tu glisses le doigt sous la fente et tu dégages le loquet. Tu crois que tu y arriveras ?

— Pigé, lâcha de Payns, maîtrisant son agacement.

— Les dépôts se feront le lundi ou le jeudi matin. S'il y a une gommette blanche sur le panneau d'affichage publicitaire de l'angle de la rue avec le quai de Béthune, c'est qu'elle est pleine. Compris ?

De Payns hocha la tête, toujours sans regarder Jim.

— Le directeur veut que ça bouge, ajouta ce dernier. Tu peux me dire quand tu penses pouvoir bavarder avec notre ami ?

— Dans les quarante-huit heures, laissa tomber de Payns.

Sans un mot de plus, Jim se leva et s'éloigna.

L'appartement des de Payns était situé avenue du Général-Leclerc, dans un quartier tendance mais pas hors de prix du secteur de Montparnasse. La grande fenêtre du salon était pourvue d'un étroit balcon surplombant tout juste les arbres de l'avenue ; il n'était pas assez large pour qu'on y installe un siège mais de Payns aimait s'asseoir sur le rebord de la fenêtre, les pieds sur le balcon, laissant son regard s'égarer vers le nord par-dessus la canopée, en direction de la tour Montparnasse. N'étant pas sans évoquer le célèbre monolithe noir de *2001, l'Odyssée de l'espace*, la tour était selon lui trop voyante dans le cadre parisien ; sa présence imposante ne lui semblait pas naturelle.

— Tu peux aller chercher Patrick au karaté ? lui lança Romy dans son dos, depuis la cuisine.

Elle lui parlait depuis un moment de sa famille, qui avait prévu de venir à Paris pour assister à la remise du diplôme, mais il l'écoutait à peine. Il avala sa gorgée de bordeaux haut de gamme, écrasa sa cigarette et se retourna vers le salon. Romy portait un jean délavé et un débardeur près du corps. Certaines Parisiennes étaient des femmes d'hiver, d'autres d'été ; Romy était assurément une femme d'été.

— Il nous faudrait aussi du beurre, ajouta-t-elle, lorsqu'il l'agrippa par la taille et l'embrassa dans le cou.

Elle ne renversa pas une goutte du verre gradué qu'elle avait rempli de lait. Constatant que son mari restait plaqué contre ses fesses aux courbes harmonieuses, elle l'écarta et l'avertit de ne pas se présenter en retard au cours de karaté de Patrick.

Se mêlant à la foule des rues, il contourna le pâté de maisons pour gagner la vieille salle paroissiale où sensei John – un Africain de l'Ouest approchant la trentaine – concluait son cours de karaté auquel assistaient treize enfants de primaire. Tous s'étiraient sur leur tapis, suivant les instructions du sensei. Patrick se trouvait à l'extrémité du groupe, non loin d'un empilement de gros sacs et de casques ; de Payns remarqua que son fils l'avait vu arriver mais restait focalisé sur son professeur. Se sentant observé, il se retourna lentement et croisa le regard d'une Arabe d'une quarantaine d'années, sans voile et habillée à la parisienne. Délaissant les autres parents près de qui elle se trouvait, elle lui sourit et s'approcha de lui.

— Vous êtes Alec, j'imagine ? Le père de Patrick ?

Pleine d'assurance et s'exprimant avec aisance sans aucun accent, elle était en outre très séduisante.

— En effet, répondit-il avec un sourire contraint.

— Je suis la maman de Charles. Oliver et lui sont copains à la maternelle.

Il reconnut le ton que prenaient les femmes avec les hommes qu'elles supposaient tout ignorer de la vie quotidienne de leurs bambins.

— Ana, ajouta-t-elle, la main tendue.

— Enchanté, dit de Payns en la serrant. Charles fait du karaté ?

— Non, John n'accepte les enfants qu'à partir de cinq ans. Charles aura justement cinq ans dans deux mois ; Romy m'a dit que Patrick faisait du karaté ici et m'a suggéré de venir jeter un coup d'œil.

— Je ne crois pas avoir déjà vu Charles, à moins que j'en aie entendu parler par votre nom de famille ?

— Homsi, dit Ana, sans hésitation aucune. Charles Homsi.

Ce nom sonnait libanais mais de Payns évita de tomber dans le cliché :

— C'est d'origine syrienne ?

— Bien vu, Alec ! s'exclama Ana, le visage illuminé par ses dents parfaitement blanches. Mon mari appréciera.

Quand les gamins, ayant achevé leurs étirements, furent autorisés à courir retrouver leurs parents, de Payns avait appris que l'époux d'Ana se prénommait Rafi et était ingénieur dans une grosse boîte parisienne. De plus, les Homsi habitaient comme lui à Montparnasse, légèrement plus au nord.

Il avait encore Ana en tête quand, quelque temps plus tard, le dessert fut servi à la table familiale.

— J'ai discuté avec la mère de Charles, au cours de

karaté, dit-il tandis que les garçons s'acharnaient sur leur coupe de glace. Il voudrait faire du karaté avec sensei John quand il aura cinq ans.

— Il fait déjà du taekwondo, s'étonna Oliver.

Sentant le regard noir de Romy braqué sur lui, de Payns se força à étouffer ses soupçons et se garda d'interroger son fils.

C'est alors que son mobile personnel Nokia vibra dans sa poche. Il en consulta l'écran et découvrit un texto envoyé par « T » qui disait simplement :

*S a soif. Chez Gros Nez à 21 h ?*

## Quinze

La Croix de Rosey n'était pas un bar recommandé aux touristes par les guides parisiens. Situé dans le quartier du Marais, sur la rive droite, il était tapi dans une ruelle montant du sud vers le nord depuis la Seine, à l'écart des grandes artères, et ne proposait ni places en terrasse ni charmantes ombrelles vantant les mérites du Campari. Arpentant la rue pavée en direction d'une enseigne lumineuse Kronenbourg, de Payns avait la sensation d'évoluer dans le Paris intra-muros d'autrefois, avant que divers rois et empereurs ne fassent le ménage dans les quartiers miséreux de la ville. Ces rues étaient imprégnées d'odeurs et de sons façonnés au fil des siècles.

Il poussa la lourde porte en acajou à 21 h 01 et considéra l'intérieur du bar. Datant probablement du XVIII<sup>e</sup> siècle, l'endroit avait peut-être été rénové à deux ou trois reprises depuis, la dernière fois sans doute au début des années 1970. Sous les poutres basses, un combo composé d'un accordéoniste et d'une guitariste jouait dans un coin, face à quelques tables rondes disséminées dans la pénombre. Sur les murs étaient fixées des photos en noir et blanc encadrées de Catherine Deneuve, Charles de Gaulle, Jean-Luc Godard et Alain

Prost, le tout formant un mélange éclectique de héros français pour ce bar impossible à cataloguer.

— Ah ! Alec, dit Tomas, le Franco-Autrichien baraqué qui tenait la Croix.

À soixante-dix ans passés, il portait le grand tablier qui avait fait office d'uniforme pour les barmen parisiens avant que barbes et tatouages dans le cou ne prennent le dessus. Ayant autrefois combattu pour la France au Zaïre, il disposait d'une barre d'acier sous son bar à l'intention des poivrots, ainsi que d'un fusil de chasse à canon scié pour gérer les clients expulsés qui revenaient à la charge avec du renfort. Son nez était énorme mais les clients évitaient de le lui faire remarquer.

— Un demi, lâcha de Payns, désignant la manette de Kronenbourg pression. Et un shot de Goose. Merci, Tomas.

Tomas posa un verre sur le bar et y versa de la vodka Grey Goose, avant de se tourner vers les bières.

— La même chose, lança une voix, sur la gauche de De Payns.

Celui-ci pivota et se retrouva face à Shrek.

— Tu ne fais pas assez de bruit en te déplaçant, dit-il en serrant la main de son ami avec une tape dans le dos. Tu m'étendras raide d'une crise cardiaque un jour, en surgissant comme ça.

— La même chose pour le troisième ? s'enquit Tomas, désignant du menton un point situé dans le dos de Shrek.

Les deux agents se retournèrent et découvrirent Templar retirant son coupe-vent et s'installant à leur table habituelle – proche de l'entrée mais offrant une vue sur le couloir menant aux toilettes.

— Trois bières, deux vodkas et un Jack Daniel's, précisa de Payns.

Tomas gloussa, dévoilant ses deux dents cassées :

— Vous avez décidé d'être sérieux, ce soir, les mecs ?

— Estime-toi heureux que Rocket et Renan ne soient pas là, rétorqua Shrek en rigolant.

Ils s'installèrent et déposèrent chacun sur la table leur pièce frappée du sceau des Templiers. Tant que celles-ci resteraient sorties, il serait entendu que toutes les paroles échangées entre les trois amis ne seraient jamais confiées à quiconque. De Payns leva son verre :

— *Patriam servando, victoriam tulit.*

Les deux autres répétèrent cette devise, puis burent de concert. On trouvait cette phrase au revers de la décoration de l'ordre de la Libération, créée à Londres en 1940 par les Forces françaises libres – qui avaient été conçues comme une société secrète, à l'image de la plus célèbre d'entre elles, l'ordre du Temple. Le chef des Forces françaises libres, Charles de Gaulle, avait même reçu le titre de grand maître. De Payns, quant à lui, était officier assermenté de la DGSE, autre société secrète avec ses vœux propres qu'il était impossible de renier.

Les trois hommes échangèrent quelques anecdotes, les évaluations brutes et directes de Templar formant un contraste saisissant avec les observations fines et plus posées de Shrek. Si Templar était gonflé à bloc d'énergie, Shrek ne sortait de sa coquille que le temps de prononcer quelques mots ou de lâcher quelque plaisanterie, puis il s'y recroquevillait. L'un avait été recruté à l'université, tandis que l'autre venait des paras, mais tous deux excellaient dans leur boulot.

Capable de déceler les pensées de n'importe qui et de le manipuler de façon à obtenir ce qu'il voulait, Shrek était par ailleurs maître en kung-fu et en quelques arts martiaux à l'épée, sa stature modeste constituant un piège redoutable pour les grandes gueules. De son côté, Templar était fort comme dix, et cela se voyait. On aurait dit un cyborg, et l'accompagner sur le terrain de l'alcool était un enfer.

— Qu'est-ce qui s'est passé là-bas ? lâcha enfin Templar, alors qu'ils avaient largement attaqué leur deuxième bière.

Ils avaient chacun remis leur débriefing et leur rapport écrit sur l'opération Falcon, mais les conclusions officielles – tous ces récits fondus en une unique trame narrative – n'émaneraient que plus tard du bureau de Frasier.

De Payns jeta un coup d'œil à la ronde et n'aperçut que des figures locales.

— Tout s'est passé comme prévu, jusqu'au moment où Commodore m'a dit qu'il voulait que j'aie les passeports sur moi dans le bar.

— Pourquoi ? souffla Shrek.

— D'après lui, Mourad était en ville et prêt à verser trois millions d'euros pour les passeports.

Templar laissa échapper un léger sifflement.

Shrek secoua la tête :

— Putain… Mourad, le grand chef de Sayef Albar ?

De Payns acquiesça, et les deux autres se penchèrent un peu plus vers lui.

— J'ai estimé que le risque en valait la peine, si ça permettait de voir à quoi il ressemblait.

— Évidemment, abonda Templar, avant de vider son

shot de Jack Daniel's sans quitter de Payns du regard. Alors, c'est qui, ce type ?

— Shrek, tu te souviens du moment, sur le ferry, où Commodore est allé aux toilettes pour la dernière fois ?

— Oui, tu en as profité pour vider ta bière sur la moquette.

— C'est ça. Je ne sais pas si tu l'as vu depuis l'endroit où tu étais, mais un grand type bien habillé, peut-être un Pakistanais, était à la porte des toilettes quand Commodore en est ressorti.

— Je ne l'ai pas vu, dit Shrek. Il y a eu contact entre eux ?

— Je n'ai pas pu en avoir la confirmation, répondit de Payns, préférant ne pas trop s'avancer.

Dans le monde du renseignement, un des fondamentaux consistait à prendre l'habitude de voir les choses telles qu'elles étaient vraiment, plutôt que comme on souhaitait les voir, et deux bières et une vodka ne suffisaient pas pour que de Payns oublie ce principe.

— Il est possible qu'ils aient échangé quelques mots. En tout cas, le Pakistanais m'a regardé une fraction de seconde.

— Bon sang… se lamenta Shrek, qui se cala contre le dossier de sa chaise et releva quelques mèches marron de son front. Ils nous ont peut-être repérés dès Cagliari, alors ?

— Impossible, putain ! gronda Templar, conscient qu'une grande part d'une telle bourde serait de sa responsabilité.

— Du calme, rien n'est certain, l'apaisa de Payns. Au fait, pourquoi l'opération a été annulée ?

— Jérôme était posté dans la rue à l'arrière du bar. Il

a vu deux Mercedes se pointer, avec des intentions peu amicales, apparemment.

— Deux ? s'étonna de Payns.

— C'est ce qu'il a dit. Avec à bord des gars armés, sans doute des pros. Ça ressemblait beaucoup à un piège.

De Payns hocha la tête :

— Je n'ai vu qu'un véhicule.

— Moi aussi, ajouta Shrek.

— Celui dans lequel Commodore est monté ? demanda Templar. De Payns acquiesça et but une gorgée de bière.

— Parle-moi de la rencontre entre Commodore et ce type, près des toilettes du ferry, réclama Templar, visiblement préoccupé.

— Ce n'était peut-être qu'une occasion qui s'est présentée de façon imprévue. Ils ont voulu en profiter.

— Une occasion ? Les passeports, tu veux dire ?

— C'est ça.

— Mais si Mourad était près de la porte des toilettes…

— Je ne suis pas certain que c'était Mourad, rappela de Payns.

— Mais comment savait-il que tu avais les passeports ? insista Templar. C'était censé être un secret jusqu'au dernier moment, non ?

— Quand as-tu dit à Commodore que tu avais des passeports français pour lui ? ajouta Shrek.

— Juste avant qu'il file aux toilettes, répondit de Payns, avec lenteur.

— Mourad était au courant de la présence des passeports avant son contact avec Commodore. Il s'est approché de la porte des toilettes pour dire quelque chose à son gars, pour lui donner des instructions.

— Et cet ordre, c'était « Récupère ces passeports et on te retrouvera à Palerme », dit Templar, avec un sourire cruel. Mais ça ne répond pas à la question mystère : comment Mourad a-t-il eu vent de l'existence de ces passeports ?

— Comment veux-tu que je le sache ? chuchota presque de Payns.

La réponse évidente – Sayef Albar avait placé un micro sur Michael Lambardi – resta en suspens, non dite, tandis que les trois agents embrayaient déjà sur la question suivante. Si Sayef Albar et Mourad avaient équipé leur homme pour épier un agent de la DGSE, c'est qu'ils n'avaient aucun doute quant à la nature de leur cible. Et si la situation était aussi catastrophique qu'ils le redoutaient, les terroristes avait prévu d'abattre de Payns à l'arrière du Bar Luca en plus de Lambardi. C'étaient des pros organisés bénéficiant d'informations fiables. L'organisation Sayef Albar jouissait d'une source de renseignements au sein même de la DGSE.

Le miroir fixé derrière le bar était orné d'une représentation du moulin de la Brasserie de Saint-Sylvestre, mais il était si vieux qu'il fallait connaître cet édifice pour comprendre de quel produit il faisait la publicité. De Payns laissa son regard s'y égarer lorsqu'il commanda une tournée supplémentaire, se dévisageant entre les bouteilles de whisky et les défauts du miroir. L'homme qui lui rendit son regard était une sorte de patchwork, mi-époux, mi-père, cent pour cent espion. Il aurait voulu être auprès de Romy, Patrick et Oliver, mais il avait également besoin de la compagnie d'amis qui ne lui reprocheraient pas les exigences de son métier, de se détendre avec ceux grâce à qui il était encore en vie. Même si cela contribuait peut-être à condamner son mariage à une mort lente, il avait besoin de son équipe, de son clan, comme un requin a besoin de rester en permanence en mouvement. Il devait en outre réfléchir à la réaction à adopter pour Shrek et lui, concernant Manerie et DGS. Il était hors de question qu'il épie son ami, qui lui avait évité une mort certaine en Sicile. Pourtant, il n'avait pas encore abordé le sujet, et cela le rongeait de l'intérieur.

Tandis qu'il regagnait la table avec un plateau chargé de verres, la guitariste, une femme entre deux âges, marmonna quelque chose dans son micro, puis sourit lorsqu'un ivrogne brailla son approbation depuis le fond du bar. L'accordéoniste joua les premières notes d'*Idées noires*, le tube de Bernard Lavilliers qui décrit les états d'âme d'un dépressif rêvant de fuir sa vie et sa femme. Quand la guitariste se mit à chanter, d'autres clients se joignirent au poivrot pour l'accompagner en un chœur douteux. Affalé sur sa chaise et les yeux fermés, Templar chantait en faisant mine de diriger les musiciens.

Alors que ce dernier se perdait dans le brouillard formé par l'accordéon et le bourbon, de Payns se rendit compte que Shrek le dévisageait avec son regard hypnotique.

— Ça va ? s'inquiéta celui-ci, t'as l'air crevé.

— Je suis bourré. C'est ce que tu voulais dire ?

— Non, tu as l'air épuisé et soucieux, précisa Shrek, dont le regard pétillait d'intelligence.

— Et merde… lâcha de Payns, qui se rejeta en arrière, les mains sur le visage. Manerie est venu me voir.

— Le type de DGS ?

— Ouais. Il m'a montré une photo de moi avec Mike Moran, du SIS.

— Merde ! Et alors ?

— Je n'avais pas fait de CRE, expliqua de Payns, faisant référence au compte rendu d'entretien. Je ne sais pas trop ce qu'il veut faire de ça, mais ce gars est un enfoiré.

— Tu m'étonnes. J'ai vu Mike il y a deux mois à Twickenham.

— Tu connais Mike ? s'étonna de Payns, qui ignorait ce lien.

— Bien sûr. Tu sais ce que c'est.

— Ouais, je sais bien… lâcha de Payns, songeant combien il était délicat pour deux espions de prendre un verre ensemble.

## Seize

Arraché au sommeil par des odeurs de café et de pâtisseries chaudes, de Payns, aux prises avec une gueule de bois sismique, dut plisser les yeux pour lire l'heure sur le radio-réveil de la table de chevet : 6 h 42. Son alliance, symbole de son union avec Romy, était posée sur l'appareil. Les agents de la DGSE n'en portaient jamais car un tel bijou laissait une marque quand on le retirait, ce qui risquait de ruiner une légende « célibataire ».

Il roula sur le côté en grognant et constata que Romy était levée. Cela faisait six mois qu'elle se réveillait à 5 heures du matin pour travailler sur sa thèse, avant de procéder au rituel des enfants. Sa thèse à présent terminée et acceptée, elle avait manifestement conservé cette habitude de se lever à l'aube.

Grimaçant sous l'agression d'un fin rai lumineux filtrant par un infime interstice entre les rideaux, il estima plus ou moins l'heure à laquelle il était rentré et en conclut qu'il avait à peine dormi trois heures.

L'eau brûlante de la douche sur son crâne lui fit du bien. Après s'être rasé, il gagna la cuisine et embrassa son épouse qui lui tendait un grand mug de café noir. Devinant ses formes à travers sa courte nuisette, il prolongea le baiser, envisageant un possible retour au lit avant le réveil des enfants. Il laissa courir sa main sur les hanches rondes de Romy, qui resta sans réaction.

— Mal à la tête ? lui demanda-t-elle en lui donnant deux Advil et un verre d'eau.

Il se saisit des antalgiques et, appuyé sur la paillasse de la cuisine, considéra la vue sur le sud de Paris qu'offrait la grande fenêtre du salon. La journée s'annonçait splendide, avec une température qui grimperait peut-être jusqu'à vingt-cinq ou vingt-six degrés.

Romy fit glisser vers son mari une assiette sur laquelle l'attendait un pain au chocolat réchauffé.

— Prends ça avant d'avaler les Advil. Au fait, il faudrait racheter du lait.

Mâchonnant la pâtisserie, de Payns attrapa son coupe-vent suspendu au portemanteau.

— J'en ai pour deux minutes ! brailla-t-il avant de sortir.

À l'entrée de l'immeuble, il procéda à sa routine quotidienne : avant de s'aventurer dans la rue, il jetait systématiquement un coup d'œil par la porte vitrée, cherchant à repérer le moindre détail sortant de l'ordinaire, comme la présence de *sous-marins* – des fourgons ou voitures servant de points d'observation – ou de passants traînant sans raison dans les parages. S'il remarquait un individu suspect, de Payns s'intéressait aussitôt à ses chaussures, puisque c'était le seul élément qu'il était impossible de modifier lorsqu'on filait une cible. Ayant acheté du lait à l'épicerie de quartier, il regagna l'appartement. Il avala un deuxième café en compagnie de Romy, qui lui fit chauffer un autre pain au chocolat. Elle se montrait aimable mais quelque peu distante, comportement qu'il acceptait car il reflétait le sien. Elle n'aurait la sensation d'en avoir terminé avec son doctorat qu'après la cérémonie et le dîner avec ses parents ; avant cela, elle aurait toujours plus ou moins l'esprit ailleurs.

— J'ai pas mal de boulot aujourd'hui, je vais bientôt filer, annonça de Payns, consultant sa montre Omega.

À l'occasion de leur premier anniversaire de mariage, Romy lui avait offert une montre militaire de prix, qui restait la plupart du temps dans le tiroir de sa table de chevet, ce bijou d'aventurier étant trop voyant pour un agent secret.

— Mes parents arrivent demain, et la remise des prix a lieu samedi prochain, rappela-t-elle.

Il hocha la tête. Le silence qui s'ensuivit s'éternisa un peu trop.

— La cérémonie est prévue à 18 heures ; j'ai réservé une table à 20 h 30 à La Bohème, ajouta-t-elle en le regardant droit dans les yeux.

— Ça va être sympa, j'ai hâte d'y être, assura de Payns, qui se leva et vida d'un trait son café.

— Tu y seras ?

Il se rendit compte qu'elle ne plaisantait pas ; elle était réellement inquiète. Il l'étreignit, plongea le nez dans ses cheveux et lui chuchota à l'oreille :

— Je ne manquerais ce moment pour rien au monde. Je suis très fier de toi.

Il retrouva le trottoir à 7 h 21, tandis que Paris réveillé s'agitait. Des fourgons de livraison étaient stationnés en double file, bouchant la rue et l'inondant de rap ouest-africain, leurs chauffeurs courant vers des entrées d'immeubles, leurs colis sous le bras ; des employés se rendant au bureau en VTT criaient après les véhicules et des centaines de piétons envahissaient le large trottoir. La rue lui paraissant sûre, de Payns prit le métro bondé vers le sud, puis une autre ligne faisant un crochet par la station Odéon. De retour à la surface, il monta dans un bus qui le conduisit vers l'est. Il en descendit à un arrêt de Noisy, puis suivit un IS qui le mena jusqu'à la ruelle dans laquelle se trouvait une entrée dissimulée du Bunker. Vigilant à l'extrême, il se sentait presque paranoïaque, ce qu'il mettait sur le compte de sa gueule de bois. Dans le monde du renseignement, les plus infimes fuites rendaient tout le monde fébrile, les agents sur le terrain étant les plus exposés à leurs conséquences. De Payns était d'ailleurs rongé par les problèmes rencontrés à Palerme, en grande partie parce que ce fiasco lui rappelait qu'il n'avait jamais résolu le mystère de la torture et de la mort d'Amin Sharwaz. Il n'avait jamais su comment ses liens avec l'ingénieur pakistanais avaient été révélés à l'ISI. Il se demandait parfois s'il n'avait pas intérêt à avouer l'ampleur de ses inquiétudes à Romy, mais dévoiler tout ce qui le minait à la mère de ses enfants détruirait à coup sûr son mariage.

# Dix-sept

Les fioles de produit prototype étaient calées dans des boîtes en polystyrène étanches, elles-mêmes glissées dans les cinq récipients en acier inoxydable ressemblant fortement à des bouteilles isothermes d'ouvriers en bâtiment, si ce n'est que leur couvercle à vis comprenait un petit verrou à combinaison.

— Nous sommes bien d'accord ? demanda le Professeur à l'homme assis face à lui, de l'autre côté du bureau. Ce sont de petits villages, avec une population facilement observable ?

— Les sites sont précisés, répondit l'autre, désignant du menton le feuillet qu'il avait fourni au Professeur. L'opération Cimeterre sera menée à bien comme convenu, et des preuves photographiques vous seront fournies.

— Ainsi que des échantillons de selles prélevés sur place, ajouta le Professeur, un peu trop précipitamment.

Il n'aimait pas ce type avachi face à lui ; grand, élégamment vêtu et d'une douceur louche, il avait un physique de star de cinéma ou de commercial. Il était pakistanais, ce qui jouait en sa faveur, mais il collaborait avec l'ISI ; c'était d'ailleurs le Colonel qui le lui avait imposé. Il disposait d'un nom de code – Mourad –, et le Professeur ne savait rien d'autre de lui, si ce n'est qu'il possédait l'accréditation nécessaire pour se trouver en ces lieux, au sous-sol du centre, ce qui prouvait qu'il évoluait dans les hautes sphères du service de renseignement pakistanais. Le Professeur avait eu vent de rumeurs selon lesquelles Mourad dirigeait une cellule d'Al-Qaïda pour le compte de l'ISI, à qui il offrait ainsi influence et contrôle en Afrique du Nord. Il n'aurait pas été étonné d'avoir la confirmation de ces bruits, car l'ISI chapeautait également les talibans en Afghanistan et dans le nord du Pakistan, s'en servant comme d'un outil pour contrôler une zone nettement plus vaste que celle dépendant officiellement du gouvernement pakistanais.

Entre autres choses, le Professeur s'agaçait que, du fait de la nature secrète de ses travaux scientifiques, tous ses liens avec le monde extérieur devaient être gérés par une branche confidentielle de l'ISI dirigée par le fantomatique Colonel. Trois ans auparavant, ce dernier avait pris le contrôle direct des projets de recherche menés au MERC, après qu'il eut été établi que son prédécesseur vendait des secrets à la Corée du Nord. Ayant précédemment supervisé les programmes gouvernementaux clandestins, le Colonel dirigeait aujourd'hui à la fois le MERC et les programmes de développement de missiles menés à la base aérienne Nur Khan de Rawalpindi. Malgré son ignorance en matière scientifique, c'était au moins un bon manager. Cependant, diriger des activités secrètes imposait de disposer d'un individu tel que Mourad qui, même s'il était compétent dans son domaine, se vendait avant tout au plus offrant.

— Si ça fonctionne, et je sais que ce sera le cas, nous serons prêts pour la dernière phase de l'opération Cimeterre en temps et en heure, comme convenu, dit le Professeur. Cela ne vous posera pas de problème ?

— Aucun, assura Mourad.

— Et cette histoire en Sicile, dont les journaux ont parlé ? Un rapport avec nous ?

— Tout est sous contrôle.

— Sous contrôle ? répéta le Professeur, irrité par l'arrogance de son interlocuteur. Qu'entendez-vous par là ?

— Les services secrets français étaient présents à Palerme, expliqua Mourad, montrant ses dents étincelantes. Mais ils en avaient après un trafic de passeports, rien de plus. Nous n'avons rien à craindre.

Le Professeur inspira profondément. Il y avait eu un pépin, près de deux ans auparavant, provoqué par une de ses scientifiques et son traître de mari. Le problème avait été réglé. Aujourd'hui, il n'avait d'autre choix que de faire confiance à cet homme, ce Mourad… du moins pour l'heure. Ce type était soutenu par le Colonel, un individu notoirement capricieux. Qui savait ce qu'il adviendrait de Mourad le jour où il aurait accompli sa mission pour le Colonel ?

— Nous avons discuté de ces fioles et de la façon de les manipuler en toute sécurité, dit le Professeur, désignant les récipients métalliques. Votre équipe a bien visionné la vidéo que je vous ai envoyée ? Il est important que vos hommes ne négligent aucune mesure de protection avec ces objets, sans exception.

En réalité, l'équipe du Professeur avait doté les fioles de bouchons en papier qui tiendraient environ trente-cinq minutes avant de se dégrader après immersion dans l'eau. S'il y avait donc assez peu de risques que le contenu des fioles soit renversé, il ne tenait pas à ce qu'un soldat maladroit s'infecte par mégarde, ce qui ne ferait que compliquer l'opération.

Une fois Mourad parti avec les récipients, le Professeur se dirigea vers le sas de sécurité séparant ses bureaux administratifs du laboratoire. Il composa un code sur un clavier et présenta sa main à la hauteur d'une cellule de reconnaissance, ce qui lui permit d'entrer dans l'installation la plus secrète du Pakistan.

Il fut instantanément assailli par l'odeur. Même si l'endroit disposait d'un système de ventilation indépendant, la puanteur de la maladie et des excréments était insoutenable. La pièce était plongée dans la pénombre, à peine éclairée par des ampoules rouges ne permettant que de discerner vaguement les contours des structures internes. Il régnait ici un silence total, grâce aux minuteurs qui éteignaient l'éclairage principal à 21 heures. Le Professeur s'assit sur la marche supérieure de l'escalier de l'entrée et piocha une cigarette dans son gilet. Il l'alluma, sachant que s'il était interdit de fumer dans l'enceinte du campus de la Société agrochimique pakistanaise, le système de ventilation autonome des lieux éviterait que des détecteurs de fumée ne se déclenchent dans les locaux de la sécurité.

Il était à la fois nerveux et enthousiaste à l'idée que ses travaux trouvent une application sur le terrain, même si le Colonel et l'ISI ne l'avaient pas autorisé à assister aux tests. Le chemin avait été long de l'enfance jusqu'aux sommets du monde scientifique. Ses découvertes étaient aussi remarquables que celles d'Isaac

Newton ou de Robert Oppenheimer, mais jamais il ne serait glorifié par d'autres scientifiques ni fêté aux Nations unies. Mais sa découverte, le jour où elle serait mise en œuvre, vengerait non seulement un tort historique dont sa famille avait été victime, mais mettrait en plus à genoux une des nations les plus puissantes de la planète, ainsi que les fondements même de la culture occidentale.

# Dix-huit

— Il y aura toujours un risque, quelle que soit l'option choisie, jugea Briffaut, coupant avec un canif la pomme qui lui servait de petit déjeuner.

Sous ses yeux était déployé le plan de mission imaginé par de Payns en vue d'Alamut. Si les opérations étaient briefées par la DR et validées par les patrons de branche tels que Briffaut, le chef de mission restait le maître d'œuvre du plan.

— La simplicité de votre projet me plaît, reprit Briffaut. Une équipe, une voiture. Mais cela ne nous expose-t-il pas un peu trop ?

Le plan décrivait de façon détaillée comment l'équipe Alamut établirait les principaux horaires de départ et d'arrivée des employés du MERC, pour ensuite se poster près d'une station-service située au bout de la route menant au centre ou du côté du café planté au nord de l'intersection, au sein d'une modeste zone commerciale. Les agents feraient le guet deux heures en début de matinée, avant de vivre leur légende à Islamabad, puis ils reprendraient leur surveillance de la route d'accès du MERC deux heures durant, en fin de journée, quand viendrait pour les employés le moment de rentrer chez eux. Tous les véhicules entrant et sortant du MERC passeraient ainsi sous leur nez. Si l'un d'eux se présentait de façon récurrente et leur semblait d'une relative importance, ils le suivraient jusqu'à isoler le numéro de téléphone mobile du conducteur grâce à l'IMSI catcher. Puis ils localiseraient le domicile de la cible associée à la voiture et la prendraient en photo.

De Payns avait encore les tempes douloureuses suite au Jack Daniel's ingurgité la veille – s'ils avaient eu le choix, Shrek et lui seraient restés fidèles à leur vodka initiale, mais Templar insistait toujours en faveur du bourbon.

— Nous n'avons pas besoin d'une équipe de soutien complète ; cela ne ferait qu'attirer l'attention. Notre couverture devrait suffire.

— C'est grâce à la présence d'une équipe de soutien que vous avez évité le pire, à Palerme, grimaça Briffaut.

Le patron avait raison, c'était évident, mais de Payns restait confiant en son plan :

— Je préfère rester discret et légèrement exposé plutôt que d'avoir trop de soutien sur place. Notre couverture d'équipe de tournage sera solide.

— Du repérage cinématographique au Pakistan ? La police avalera peut-être ce bobard, mais l'ISI…

— Nous entremêlerons nos diverses activités, et nos légendes sont bien fichues. Nous avons même un scénario pour le prétendu film.

— Ce ne sont que des identités légères, rappela Briffaut, tapotant une page du plan.

Ce terme désignait des identités permettant de franchir douanes et immigration et de satisfaire à un examen sommaire se limitant à un appel téléphonique à la société de production cinématographique, mais sans compte bancaire ni carte de crédit associés. Sur place, les agents régleraient leurs dépenses en liquide.

— Il vous faudra une voiture.

— Nous avons une honorable correspondante à Islamabad ; elle s'assurera que l'agence Hertz nous loue un véhicule contre du cash.

Un honorable correspondant était un Français établi à l'étranger profitant de son poste ou de son influence sociale pour aider de son plein gré la DGSE. Malgré cela, de Payns devinait que son patron restait soucieux.

— Je veux que vous décolliez dimanche prochain, ce qui vous laissera cinq journées entières pour effectuer la reconnaissance. Et ensuite, vous fichez le camp.

— J'en saurai davantage sur place, quand j'aurai vu l'endroit de mes yeux, mais nous serons très discrets et très prudents.

— Et rapides, ajouta Briffaut, gobant une nouvelle tranche de pomme. Prudents et rapides.

La réunion avec Briffaut conclue, de Payns descendit au sous-sol du Bunker, afin de voir où en était son équipe. Il trouva Thierry et Brent dans un atelier, penchés sur un ordinateur portable.

— Tu as vu ces nouveaux IMSI catcher ? lança Brent en se levant.

De Payns baissa les yeux sur le portable Toshiba couleur argent, avec son écran de quinze pouces, sans rien lui trouver d'extraordinaire.

— C'est ça ?

— Oui ! confirma Brent, tout sourire, pareil à un enfant recevant un cadeau de Noël. Ce truc a des antennes intégrées et peut capter plusieurs signaux téléphoniques simultanément et isoler un IMSI ou un IMEI[1], tout en ayant les fonctions classiques d'un ordinateur. Montre-lui, Thierry.

Les doigts de Thierry voletèrent sur le clavier, faisant apparaître à l'écran un bureau des plus ordinaires, avec les applications en bas et des dossiers sur la droite. Le fond d'écran était orné d'un logo Capital Films.

— Voyons les sites de tournage potentiels, dit Brent.

Thierry ouvrit un dossier nommé *Le Pardon du lac* – il s'agissait du titre de leur film fictif –, qui contenait un synopsis, un scénario et un document intitulé « Notes de production », ce dernier comprenant vingt-huit sous-dossiers correspondant chacun à une scène.

— Ouvres-en un, proposa Brent à de Payns.

Celui-ci cliqua sur la « Scène 22 ». Un titre apparut, « 22. EXT. – BANLIEUE ISLAMABAD – JOUR », sous lequel s'accumulaient des photos et des plans de la ville sur lesquels les principaux édifices étaient spécifiés.

— Vu qu'on a deux photographes dans la voiture, ils peuvent mitrailler les sites qui nous intéressent, et on ajoutera leurs photos à ces dossiers, suggéra Brent, désignant les Canon DSLR sur le bureau voisin.

— Parfait, apprécia de Payns, qui aimait que l'on prête attention aux détails.

Quand la police ou un ennemi – voire simplement un patron d'hôtel – demandait à un agent ce qu'il faisait et où il se rendait, le pire était d'hésiter sur la réponse. En

1. L'IMEI : International Mobile Equipment Identity ou numéro d'identification internationale d'équipement mobile.

immersion dans son personnage, il devait à tout instant être prêt à sortir sa réponse bidon, et en un clin d'œil, car rien ne lisait mieux dans l'esprit d'un humain qu'un autre humain. La moindre hésitation, le plus infime mouvement des yeux, ou encore un simple « euh… », pouvaient ruiner une opération. Il était donc essentiel de procéder à de minutieux préparatifs avant de lancer toute opération.

— On a aussi ça, ajouta Brent, qui se saisit d'une chemise et en montra le contenu à son patron.

C'était un scénario visiblement abîmé par le temps. Le titre, *Le Pardon du lac*, était inscrit sur la couverture bleu clair, et deux anneaux de cuivre étaient glissés dans les perforations des feuillets. De Payns s'en empara et lut le nom du scénariste, David Keller, et en bas à gauche celui du propriétaire du document, en l'occurrence Capital Films, avec une adresse parisienne.

De Payns sourit, ayant reconnu cette identité fictive.

— C'est donc toi le scénariste, Brent ? Où a-t-on déniché ce scénario ?

— Je me suis servi d'un logiciel d'écriture de scénario totalement intraçable.

— Comment ça ?

— C'est Thierry qui en a écrit le code.

De Payns tourna la tête vers ce gosse surdoué.

— Sérieux ?

— Oui, confirma Thierry. Je l'ai programmé pour qu'il trouve dans le cloud des scénarios abordant des thématiques du genre père-fils, conflit du Cachemire, opposition musulmans – hindous, dépossession, islamophobie…

— On peut faire ça ?

— Bien sûr. Il suffit ensuite de charger tout ça dans une base de données intelligente, puis on programme une intelligence artificielle pour qu'elle nous ponde un scénario de quatre-vingt-dix minutes – en français, évidemment. On a modifié quelques noms et deux ou trois petites choses, mais c'est l'IA qui a fait le gros du boulot.

De Payns se rendit compte que ses hommes ne plaisantaient pas.

— Et c'est bon ?

— Du sexe, de la violence, de la guerre… résuma Thierry.

— Avec une scène de *coming out*, ajouta Brent. De très bon ton.

— Il faudra que je le lise, dit de Payns. Tu peux l'envoyer à l'adresse de la maison de production ? Et concernant l'IMSI ?

Thierry procéda à une série de manipulations sur le clavier de l'ordinateur, qui de portable de réalisateur de films se métamorphosa en capteur de signaux téléphoniques, faisant apparaître des tableaux à l'écran. Dès l'instant où l'appareil localiserait un signal et donc un numéro IMSI, celui-ci apparaîtrait dans une case, avec d'autres données telle que l'heure et le temps de communication. Ce type de capteur ne fonctionnait pas comme dans les films ; il était à peu près impossible de filer quelqu'un en ayant simplement capté son signal téléphonique. L'IMSI catcher était une sorte de détecteur de numéros de téléphone multidirectionnel qui fonctionnait comme une antenne de relais télécom du réseau local. Les agents opérationnels verraient donc apparaître sur l'écran les numéros d'IMSI des utilisateurs des téléphones des alentours connectés au « relais » qu'était l'ordinateur. S'il y avait beaucoup de personnes avec un téléphone allumé autour, beaucoup de numéros s'afficheraient. Si un téléphone restait immobile, son numéro resterait sur l'écran, tandis que d'autres s'effaceraient et réapparaîtraient de temps à autre, ce qui indiquerait que leur propriétaire se déplaçait par rapport à l'ordinateur. Au terme de quelques jours d'observation, l'équipe disposerait d'une série de numéros potentiellement intéressants et enregistrés dans le système. Par la suite, quand les agents prendraient en filature un véhicule suspect, ils le suivraient à la même vitesse, si bien que seuls les téléphones présents à bord du véhicule concerné resteraient affichés sur l'écran de l'ordinateur. Ils passeraient d'une antenne à la suivante, durant le trajet, mais resteraient liés à l'IMSI catcher, comme si celui-ci faisait office de relais télécom mobile disponible à tout moment.

— On vise la cible grâce aux antennes situées autour de l'écran, et ensuite on récupère les numéros IMSI et IMEI, poursuivit Brent.

Si l'IMSI était enregistré sur une carte SIM, l'IMEI était, quant à lui, un numéro inscrit sur chaque appareil. La plupart des réseaux le stockaient également dans un registre d'identité des équipements recensant l'ensemble des appareils légalement acquis, ce qui permettait de repérer les mobiles volés ou non conformes.

— Excellent, approuva de Payns. Briffaut veut que nous soyons sur place dimanche au plus tard, ce qui nous laisse toute une semaine pour bosser sur notre affaire. C'est OK pour tout le monde ?

— Ça baigne, conclut Brent.

# Dix-neuf

De Payns glissa la batterie dans son téléphone alors qu'il regagnait les rues de Paris après son trajet en métro. En allumant le mobile, il trouva deux textos de Romy lui demandant de la rappeler, ce qu'il fit en se mêlant au flux des employés rentrant chez eux en cette fin d'après-midi.

— Ça va, chérie ? s'enquit-il, sa gueule de bois encore bien présente.

— Je voulais voir un truc avec toi ; Ana nous a invités à dîner.

— Hmm… lâcha de Payns, se faufilant entre les passants, dont une bonne partie avaient comme lui un téléphone vissé à l'oreille.

— Charles et Oliver sont très copains, c'est d'eux que vient l'initiative, ajouta Romy.

Bien que mal à l'aise, de Payns avait pleinement conscience que leurs fils grandissaient et qu'il lui était impossible de contrôler leurs amitiés. Et Romy d'enchaîner :

— J'ai dit qu'on passerait vers 19 heures.

« Génial… » ragea de Payns en lui-même. Tout était donc déjà fixé. Il se trouvait une fois de plus confronté à une corvée tout sauf optionnelle.

Ayant raccroché, il aperçut Jim sur le trottoir d'en face, qui l'attendait, de toute évidence. Le voyant se coiffer de sa casquette, il se dirigea vers le passage piéton, où il attendit que le signal passe au vert. S'éloignant de la station de métro Port-Royal, il poursuivit son chemin vers l'ouest et le cimetière du Montparnasse. Jim ouvrant la marche, les deux hommes s'engagèrent dans une rue très arborée, bordée d'immeubles datant de la Belle Époque, avec au rez-de-chaussée des restaurants et cafés ornés de marquises. Ils s'engouffrèrent dans une ruelle, ce qui ne plaisait jamais à de Payns, même s'il s'agissait là d'une impasse pavée au fond de laquelle se dressait un imposant portail en fer forgé. Jim ouvrit un battant et se glissa dans l'ouverture. Ils se trouvaient à présent dans un parc privé typiquement parisien, composé des jardins des immeubles du pâté de maisons. Passant sous des arbres plusieurs fois centenaires, ils franchirent une passerelle qui enjambait un ruisseau. De Payns eut un instant d'hésitation lorsque se présenta une vaste pelouse. Ignorant tout de cet espace vert, il craignait de s'exposer.

Ayant sans doute perçu sa réticence, Jim, quand il fut parvenu en bordure de la zone herbue, s'immobilisa, jeta un regard en arrière et adressa un léger signe de la tête à de Payns. Puis il se dirigea vers une maisonnette en brique qui devait être la dépendance du jardinier. De Payns reprit sa marche, tandis que Jim atteignait déjà la porte de la bicoque.

— Dépêche-toi, tu marches aussi lentement qu'une vieille, lâcha l'ancien soldat, maintenant la porte ouverte et faisant signe à de Payns d'entrer.

Ce dernier fit halte sur le seuil et regarda son guide droit dans les yeux :

— Tu en prends la responsabilité, Jim. Si j'ai un problème là-dedans, alors tu auras toi aussi un problème. Compris ?

— On a tous les deux déjà un problème, mon pote, s'esclaffa Jim. Allez, entre dans cette foutue cabane.

De Payns dut se baisser pour passer sous le linteau couvert de mousse, puis il découvrit un espace bas de plafond qui avait sans doute autrefois abrité toute une famille. L'endroit était aujourd'hui rempli de tondeuses à gazon et d'autres appareils de jardinage motorisés, tandis que des produits chimiques étaient rangés sur une étagère. Dans un coin poussiéreux de la pièce était aménagée une cuisine, avec à côté un espace salon. Philippe Manerie était assis sur un canapé couvert d'un drap.

— Asseyez-vous, je n'ai pas beaucoup de temps à vous consacrer, intima le directeur.

De Payns s'approcha de la table en bois de la cuisine et tira une chaise bancale.

— Vos menaces à l'encontre de Jim sont inutiles, poursuivit Manerie. Nous sommes tous dans le même camp ; tout ce qu'il vous demande est conforme à mes ordres.

De Payns considéra l'ex-para, qui montait la garde à la porte d'entrée :

— Désolé, ma puce.

— Je te pardonne, ma chérie, rétorqua Jim.

— Arrêtez vos conneries, tous les deux ! pesta Manerie, avant de revenir à de Payns. Vous avez des infos à me livrer, je vous rappelle. Où en est l'enquête sur l'opération Falcon ?

— On n'a toujours pas retrouvé de cadavre dont on pourrait confirmer que c'est celui de Commodore. Nous avons mis un nom sur le garde du corps turc tué, mais les recherches se poursuivent pour déterminer qui il était vraiment. Les rapports de débriefing ont été rendus. Dès que le directeur des opérations se sera fait une opinion sur ce qui a cloché, il m'en fera part et me demandera ce que j'en pense.

— Et lui, qu'en pense-t-il, a priori ?

— D'après lui, on a été baisés par un traître suffisamment proche de nous pour savoir qu'une opération était prévue à Palerme ce soir-là.

— Et vous, quel est votre avis ?

— Sayef Albar était au courant de l'existence des passeports avant même ma descente du ferry à Palerme. Peut-être grâce à Commodore, peut-être que quelqu'un portait un micro.

Manerie se leva.

— Une dernière chose, dit de Payns. Qui est la taupe ? Vous avez une idée ?

— J'en ai beaucoup, répondit Manerie, se dirigeant vers la porte.

Tandis que les garçons se déchaînaient sur un jeu Xbox devant la télévision du salon, de Payns, Romy et Ana buvaient du beaujolais à la table de la cuisine. L'appartement était confortable sans être d'un luxe ostentatoire, pas vraiment spacieux malgré ses trois chambres et ses deux salles de bains, ce qui n'était pas si fréquent dans le quartier de Montparnasse. Rafi, le mari d'Ana, s'activait devant la plaque de cuisson sur un appareil en céramique évoquant fortement une tour de refroidissement de centrale nucléaire mais qui dégageait des odeurs appétissantes se répandant dans tout l'appartement.

— … Et donc, j'ai demandé à ce directeur : « Pourquoi aurais-je besoin d'une salle de prière ? » Et il m'a répondu : « Pour votre tapis de prière. »

Rafi conclut son anecdote par une version orientale du haussement d'épaules typiquement parisien, ce qui fit rire Ana et Romy. De Payns en fit autant mais le cœur n'y était pas vraiment.

— Si j'ai bien compris, tu es chrétien, Rafi, c'est ça ? dit-il.

— Oui, de par mon éducation, mais pas au point d'avoir été enfant de chœur.

Cet ingénieur assez bavard appréciait sa vie parisienne, et son épouse était française bien qu'ayant un grand-parent syrien. À eux deux, ils formaient un couple très parisien ; s'il n'avait pas souffert de paranoïa professionnelle, de Payns aurait bien aimé se détendre et boire quelques verres. Cependant, entendre un individu affirmer qu'il n'était pas musulman avait tendance à le rendre nerveux, et les femmes séduisantes, intelligentes et pleines d'assurance – sans faire grand cas de tout cela – méritaient qu'on s'en méfie. Dès ses premiers pas au Bunker, au sein de la division Y, après qu'il eut été arraché à la Direction du renseignement, on lui avait enseigné quelques bases en matière de contre-espionnage, notamment face à des agents féminins. Ce n'est qu'une fois parfaitement intégré au Bunker qu'il avait compris les ravages susceptibles d'être provoqués par une femme lancée à l'assaut d'un ego masculin. L'homme le plus repoussant du monde, même sans avoir jamais approché la moindre beauté au cours de son existence, pouvait être flatté jusqu'à estimer logique d'attirer une créature aussi magnifique qu'intelligente. Comme on le rappelait volontiers dans le monde de l'espionnage, une belle femme ne vous mettra jamais à terre ; elle vous convaincra de le faire de vous-même.

La conversation aborda Macron, les Gilets jaunes, les taxes sur les carburants et les chances de l'équipe de France de football pour le championnat d'Europe à venir. Romy accepta un deuxième verre de vin proposé par Ana, puis elle se cala contre son mari. Celui-ci en profita pour discrètement déposer un baiser sur sa joue, se délectant du contact de ses cheveux blonds sur son visage. Les garçons les rejoignirent quand Rafi annonça que le dîner était presque prêt et de Payns prétexta de se rendre aux toilettes pour faire du repérage. En avançant dans la direction qu'on lui avait indiquée, il remarqua une chambre d'enfant, ainsi qu'une porte fermée, sans doute celle de la chambre d'amis. Il se glissa ensuite dans une salle de bains carrelée de blanc, non loin de la porte d'entrée de l'appartement ; la pièce comprenait des toilettes, un lavabo et une baignoire avec un pommeau de douche fixé en hauteur. Deux serviettes bleues étaient suspendues, et un tee-shirt et des sous-vêtements d'enfant étaient entassés dans un coin. Il s'approcha du lavabo et ouvrit la porte-miroir du placard ; il y trouva un tube de dentifrice, un sachet de brosses à dents, un savon encore emballé, une boîte transparente remplie d'élastiques pour les cheveux et un flacon de lotion anti-poux.

Après avoir refermé le placard, il ouvrit les portes situées sous le lavabo, où il ne découvrit qu'un spray de produit nettoyant pour la salle de bains et plusieurs éponges. Le réservoir de la chasse d'eau des toilettes était en céramique blanche ; il en souleva le couvercle, en quête d'éventuels objets dissimulés. Enfin, il tira la chasse et se lava les mains. En émergeant de la salle de bains, il perçut un parfum de patchouli qui s'était répandu dans tout l'appartement. Dans le couloir, il s'immobilisa lorsqu'il constata qu'une porte était entrouverte d'une dizaine de centimètres. Un rapide coup d'œil lui confirma qu'il s'agissait de la chambre des parents. Alors qu'il tâchait d'en voir davantage par cet interstice, il prit soudain conscience de la présence du fils Homsi sur sa gauche ; Charles s'était levé de table et manipulait sa Xbox. Il le regardait droit dans les yeux. De Payns sourit et s'approcha du bambin, qui se releva et retourna à table. Ayant également repris sa place et tout en regardant Rafi faire le service, il se demanda ce que bricolait l'enfant sur la Xbox quand il l'avait surpris. Romy lui lança un regard d'avertissement ; il se détendit et sourit, puis il vida son verre d'un trait et le leva.

Ana était déjà prête à le remplir, la bouteille en main :

— C'est sympa de faire ta connaissance, Alec, dit-elle avec un sourire charmeur.

# Vingt

De Payns prépara un petit déjeuner à base de pains au chocolat pour Patrick et Oliver, puis il fit un café pour Romy, qui émergea bientôt de la salle de bains uniquement vêtue d'une serviette. Il se mit à table avec les garçons, et tous trois rirent devant un épisode de *Bob l'éponge* tandis que Romy consultait sa messagerie électronique. Il prépara ensuite du chocolat chaud pour tout le monde. Après s'être offert un baiser de six secondes avec Romy, il quitta sa famille et sortit de l'immeuble par une des issues latérales. Il était 8 h 06 lorsqu'il se retrouva dans la rue. Il marcha vers l'est le long de deux pâtés de maisons, jusqu'à une impasse qui se terminait par un escalier en pierre situé sous une passerelle et donnant sur une rue transversale. Ayant ralenti en abordant ces marches, il se tourna sur la droite quand il les eut gravies, jouissant de cette hauteur d'une vue sur les deux cents mètres tout juste parcourus. Personne ne le suivait.

Il prit un bus, puis le métro, et retrouva la surface dans le sud du XIIIe arrondissement. De là, il marcha jusqu'au Vestiaire de la Boîte. Il retira son téléphone et sa batterie, sa montre, son portefeuille et ses lunettes de soleil Ray-Ban, puis glissa le tout dans la « boîte vie », pour reprendre le terme en usage parmi les OT, c'est-à-dire la partie de son casier sécurisé contenant ses effets personnels. Baissant les yeux, il considéra un instant ses baskets grises New Balance et son Levi's bleu. Il pouvait les garder sur lui. En revanche, il retira son polo bleu foncé, qu'il remplaça par une chemise vert pâle piochée dans le casier. Enfin, il retourna son coupe-vent côté beige et l'enfila de nouveau. Il déversa le contenu de l'enveloppe en papier kraft de Clément Vinier sur la plus haute étagère du casier et vérifia le contenu du portefeuille de son personnage. Il y trouva une carte de métro encore chargée d'une trentaine d'euros, une liasse de billets, un permis de conduire authentique portant son adresse fictive et sa carte de membre de la SRF, la Société des réalisateurs de films. Il s'empara du Nokia de Clément Vinier, attrapa une batterie dans le chargeur et les fourra chacun dans une poche de son coupe-vent. Il était hors de question d'allumer le mobile avant d'être suffisamment éloigné du local sécurisé.

Un bus le conduisit à Charenton, où il se plongea dans les étroites ruelles, pour enfin entrer dans un immeuble vieillot, dont la porte était surmontée d'une enseigne : « Café Internet. » Il se délesta de cinq euros et demanda l'ordinateur numéro 11, qui se trouvait au fond de la boutique, hors de vue des caméras de vidéosurveillance.

Il se faufila entre des empilements de coffrets de téléphones portables et des packs de bouteilles d'eau, esquivant également les sacs à dos laissés dans le passage par deux étudiants captivés par une communication Skype, puis il s'installa. Après avoir vérifié que personne ne le regardait, il éteignit l'ordinateur et attendit que l'écran soit totalement noir avant de le réinitialiser. Il y inséra ensuite une clé USB qui contenait un programme Mozilla, ce qui lui permit d'accéder à Internet à partir du périphérique, conformément à la règle de la Boîte stipulant de ne jamais surfer sur le Web à partir du navigateur d'un ordinateur inconnu. Il se connecta au compte LinkedIn de Clément Vinier, qui le décrivait comme étant documentaliste, directeur artistique et patron de Capital Films, société basée à Paris. Certaines de ses compétences professionnelles étaient confirmées par d'autres utilisateurs de LinkedIn. Il accepta quelques propositions de liens, offrit quelques « likes » à d'autres professionnels de l'industrie cinématographique, intervint dans une discussion entre membres de la SRF à propos du protectionnisme dans le cinéma français – débat qui se prolongeait depuis des dizaines d'années. Enfin, il publia un post dans lequel il évoqua son départ imminent pour le Pakistan, où il comptait effectuer des repérages en vue de son prochain film, *Le Pardon du lac*. Il l'illustra d'une photo lambda d'Islamabad.

Il reproduisit la manœuvre sur son compte Facebook, puis il fit un détour par le site Internet de la SRF, où il commenta un billet de blog dans lequel intervenait le producteur Frédéric Jouve. Ayant ainsi disséminé quelques miettes virtuelles au nom de Clément Vinier, de Payns éjecta la clé USB Mozilla, puis effaça historique et cookies de l'ordinateur à sept reprises. En dessous de sept effaçages, n'importe quel type un peu futé disposant d'un bon matériel serait susceptible d'accéder aux données laissées.

Il se rendit en métro à la gare du Nord, d'où il gagna à pied le quartier de Montmartre, jusqu'à un vieil immeuble reconverti en bureaux. Il pénétra dans l'entrée et récupéra le courrier dans une des boîtes aux lettres. Il jeta les prospectus et ouvrit les deux enveloppes adressées à Clément Vinier, Capital Films. La première proposait un crédit à faible taux réservé aux entrepreneurs, et l'autre une assurance-vie.

Il se rendit ensuite à la supérette située à l'angle de la rue et salua la Tamoule postée à la caisse :

— Bonjour, Ezzy. Comment vont les affaires ?

— Bonjour, monsieur Clément, répondit-elle avec un grand sourire. J'ai reçu le magazine de cinéma, laissez-moi vous montrer.

La petite femme d'un certain âge guida de Payns jusqu'au coin des revues et lui fourra le magazine concerné dans les mains :

— Il est arrivé hier, et regardez la date.

— C'est le dernier, bravo ! apprécia de Payns en découvrant la une du magazine américain *Variety*.

— Ce n'est pas tout, ajouta la commerçante, qui lui désigna *Empire* et *The Hollywood Reporter*, deux autres publications anglophones.

— Formidable ! s'exclama l'agent secret, qui s'empara du numéro d'*Empire* et se dirigea vers la caisse. Je pars en repérage au Pakistan ; il va me falloir de la lecture.

Sorti de la boutique, il traversa la chaussée et entra chez le coiffeur polonais. Il s'assit en attendant qu'Igor en termine avec un client. Feuilletant des revues de football et de boxe, il se décala sur la banquette quand deux autres clients se présentèrent. Onze minutes après son arrivée, de Payns vit Igor encaisser le client précédent puis lui adresser un signe de la tête.

— Ah ! C'est mon ami le Cecil B. DeMille[1] parisien, lança le Polonais, qui voyait partout matière à plaisanter.

Le cuir artificiel du siège couina lorsque de Payns s'y affala.

— Comme d'habitude, Igor, merci.

— La coupe de Steve McQueen dans *Guet-apens* ?

— Allons-y, c'est mon film préféré de Steve McQueen, accepta de Payns, se souriant dans le miroir tandis que le coiffeur lui nouait la blouse blanche autour du cou.

Un quart d'heure plus tard, c'est un de Payns arborant une coupe de cheveux impeccable qui entra dans l'agence de voyages tenue par une Ukrainienne située un peu plus loin dans la même rue. Des affiches aux couleurs passées vantaient les bienfaits des croisières fluviales de Kiev à Odessa. Nadja, la vieille fumeuse propriétaire de l'agence, fut enchantée de voir son réalisateur de voisin.

— Que puis-je faire pour le Coppola français ? s'exclama-t-elle, fidèle à son habituelle plaisanterie, en faisant signe à de Payns de s'asseoir.

Sa coupe de cheveux rappelait celle de la mère dans *Les Simpson*, au détail près qu'elle était noire et non bleue.

— Quatre billets pour Islamabad, répondit de Payns, allumant une cigarette. En liquide, c'est OK ?

— Bien sûr, accepta Nadja, avec un geste de la main, comme pour chasser l'idée saugrenue d'un refus de sa part, avant de tapoter sur son clavier. Vous avez déjà réservé un hôtel ?

1. Réalisateur américain. Il a tourné de nombreux films entre 1914 et 1956.

— Nous n'avons pas un budget monstrueux. Il nous faudrait deux chambres pour six nuits, à partir de dimanche prochain. Vous ne connaîtriez pas quelques trois-étoiles sympas, là-bas, par hasard ?

— J'ai le Pearl Continental, proposa-t-elle après quelques autres touches pressées sur son clavier. Propre, abordable, et il y a un bar.

— Ça me paraît bien, abonda de Payns, qui en réalité avait déjà procédé à une recherche et s'était décidé sur le Pearl Continental. Le quartier est sûr ?

— Oh ! oui, la police secrète s'en assure, gloussa Nadja, si vivement que sa chevelure fut secouée comme un immeuble par un tremblement de terre.

Personne ne savait faire des blagues sur les polices secrètes aussi bien que les anciens « camarades » d'Union soviétique.

De Payns prit ensuite un bus vers le nord et en descendit près d'une station de métro. Il s'y engouffra et prit place à bord d'une rame, puis d'une autre, vers l'ouest et le quartier de la Muette Sud. Il arpenta un moment les boulevards arborés, jusqu'à une supérette où il acheta un litre de lait, deux viennoiseries et une miche de pain, tout en bavardant avec le propriétaire de l'endroit, qui le connaissait en tant que Clément.

Un demi-pâté de maisons plus loin, il franchit le seuil d'un immeuble autrefois élégant mais aujourd'hui quelque peu décrépi, dans lequel il avait déniché un appartement inoccupé. Il n'était pas tout à fait midi, et tout semblait calme. Il sortit de la boîte aux lettres de « C. Vinier » sept enveloppes, deux étant libellées à son nom. Il en extirpa des prospectus pour cartes de crédit et un courrier d'un voisin disposant d'une place de parking à sous-louer. Il s'engagea dans l'escalier et se rendit à son prétendu appartement, au deuxième étage, où il vérifia son *bouletage*, à savoir une aiguille coincée dans la porte, du côté des gonds. Elle était toujours en place, ce qui signifiait que personne n'était entré dans l'appartement depuis sa dernière venue, qui datait d'une dizaine de jours. Il inséra la clé qu'il avait fait faire dans la serrure et entra. L'appartement semblait intact. Après avoir refermé la porte, de Payns s'agenouilla et observa de près le sol en bois verni du salon. La couche de poussière se révélant uniforme, il en déduisit que personne n'avait marché en ces lieux récemment. Il vérifia l'*alignement trois points* qu'il avait mis en place entre la radio portative posée sur la paillasse de la cuisine, la boîte à babioles sur la table basse et l'exemplaire relié de cuir de *Notre-Dame de Paris*, de Victor Hugo, dans la bibliothèque. Il se positionna sur son emplacement de référence, connu de lui seul. De là, il pouvait vérifier les trois axes qui en partaient. Un face à lui, un autre sur sa droite et un dernier sur sa gauche. Si un local avait été fouillé, des modifications apparaîtraient sur au moins un de ces trois axes. Cette fois, rien n'avait changé. Resté au fond du salon, il se focalisa sur l'espace séparant les rideaux partiellement tirés, cherchant parmi les fenêtres de l'immeuble d'en face un objectif d'appareil photo ou un individu muni d'une paire de jumelles.

Il lâcha le numéro d'*Empire* sur la table basse et se rendit dans la cuisine, où il déposa la bouteille de lait et la miche de pain dans le réfrigérateur, en remplacement d'une bouteille et d'un pain plus anciens qu'il glissa dans la poubelle, sous l'évier. Il laissa également une viennoiserie dans le réfrigérateur et engloutit l'autre en gagnant les chambres. Dans la plus grande, il manipula les draps et la couette de façon à en modifier les plis, puis il retira le roman de Proust posé sur la table de chevet et le remplaça par une œuvre de Flaubert. Sur l'espace inférieur de la petite table, il déposa *Variety* ouvert à la page 9. Il se brossa les dents dans la salle de bains, s'assurant de salir le miroir en y soufflant quelques gouttelettes de mousse de dentifrice, puis il se savonna le visage et, après s'être séché les mains, abandonna la serviette sur le lavabo. En sortant, il alluma la lumière du couloir et remit en place son bouletage dans la porte avant de la refermer doucement.

De Payns était tenu d'entretenir sa fausse identité ; ainsi, si des agents russes ou saoudiens décidaient de fouiller dans sa vie fictive, ils auraient affaire à des patrons de café ou des barmen qui leur répondraient quelque chose comme : « Ah oui, Clément, le réalisateur de films ? J'ai bavardé avec lui la semaine dernière. » Le passage par l'appartement de Clément Vinier n'avait au total pris qu'un gros quart d'heure à de Payns, laps de temps au cours duquel il avait mis en place les détails de sa couverture qui peut-être un jour lui sauveraient la vie, si cela ne s'était pas déjà produit.

Songeant à la discipline requise par son job, il se fit la réflexion que l'observation des détails était cruciale non seulement pour sa survie, mais également pour celle de sa famille. Telle était sa vérité, telles étaient les précautions qui le préservaient de la mort. En descendant dans le métro pour se rendre au Bunker, il prit la décision de maintenir cette discipline : de la main droite, il réduisit en miettes, dans la poche de son coupe-vent, le téléphone à carte prépayée confié par Manerie et, sans même ralentir l'allure, jeta les débris dans deux poubelles en approchant du quai. S'il était peut-être piégé entre les griffes de Manerie et de Jim, il ne les laisserait certainement pas nuire à sa sécurité.

## Vingt et un

Après avoir consacré sa soirée à procéder à des vérifications concernant divers points financiers et logistiques de l'opération Alamut, de Payns retrouva Montparnasse peu après minuit. Dès l'instant où il émergea de la station Port-Royal, il aperçut Jim posté de l'autre côté du boulevard. Bien que tiraillé par une envie de rébellion, il suivit le petit soldat de Manerie jusque dans un coin sombre du jardin public, en face de l'escalier du métro.

Enfin, ce dernier se retourna vers lui :

— Tu es devenu sourd ou tu as perdu ton téléphone ?

De Payns avança d'un pas et frappa violemment Jim du poing gauche sur le plexus solaire. Tandis que l'agent de DGS s'effondrait, il ajouta pour faire bonne mesure un coup de genou dans ses parties génitales. Puis il plongea la main sous l'aisselle gauche de sa victime et en extirpa son pistolet. Un genou à terre, l'ancien para gémissait mollement.

— Putain, de Payns… lâcha-t-il, haletant, son visage crispé par la douleur, éclairé par la lueur mouchetée des réverbères filtrant par le feuillage des arbres. T'as passé une mauvaise soirée ou quoi ?

L'agent secret vida le chargeur du Beretta 9 mm et

éjecta la balle déjà engagée dans la chambre, puis jeta l'amas de ferraille dans un buisson.

— Le mobile que tu m'as filé est à la poubelle, c'est sa place, lâcha-t-il, conservant son calme malgré son taux d'adrénaline au plus haut. C'est la troisième fois que tu prends contact avec moi en public et au même endroit. C'est dangereux pour moi et pour ma famille.

— Tu ne répondais pas au…

— Ta gueule ! cracha de Payns, brandissant un index menaçant sous le nez de l'homme de DGS. Tu diras à Manerie que vous me tenez par les couilles, d'accord, mais qu'il est hors de question que je me balade avec un téléphone inconnu dans les poches et que je ne veux plus de ces contacts dans ma zone de vie.

Jim hocha lentement la tête.

— Manerie m'a chargé de te transmettre un message ; ça t'intéresse ou pas ?

— Parce que j'ai le choix, peut-être ?

Jim se releva et grimaça lorsqu'il tenta de se redresser.

— Il a entendu dire que tu t'apprêtes à partir à l'étranger. Il veut savoir où et pourquoi.

De Payns fut à deux doigts de le frapper de nouveau.

— Je ne vois pas de quoi il parle.

— Tu en es certain ?

— Certain.

— Ce n'est pas ce qu'il a entendu.

— Dis-lui de se méfier des bruits qu'il capte dans les chiottes publiques, dit de Payns, dont les battements de cœur s'étaient légèrement calmés.

— Entendu, sourit Jim, les mains levées en un geste d'apaisement.

— Il y a quelque chose de drôle ? fulmina de Payns.

— Je me demandais à quel moment le célèbre Aguilar se rebellerait, lâcha l'ancien soldat, sincèrement amusé. Mais merde, un coup de genou dans les couilles ?

— J'ai improvisé, se défendit de Payns, peu désireux de se lancer dans une discussion sur la violence.

En évoquant le « célèbre Aguilar », Jim avait fait allusion à une altercation survenue au Caire, lors de laquelle de Payns, à en croire la rumeur, avait rossé trois ennemis après s'être trouvé pris au piège dans un vieil hôtel en raison d'une issue de secours refusant de s'ouvrir. La vérité était moins spectaculaire : il n'avait été agressé que par deux adversaires, qui de surcroît n'avaient pu s'en prendre à lui que tour à tour, tant le couloir était étroit. Le troisième larron attendait encore dans le hall de l'hôtel quand de Payns avait décampé. S'il avait bel et bien pris le dessus sur trois agresseurs, il n'en avait pas affronté plus de un à la fois. Les militaires étant ce qu'ils sont, ils avaient fait de lui un Chuck Norris à la française.

— N'oublie pas de transmettre ma réponse à Manerie, lança-t-il, faisant mine de s'éloigner.

Jim se racla la gorge :

— Attends, tu n'aurais pas une fonction éclairage sur ton téléphone ? demanda Jim désignant de l'index le buisson dans lequel de Payns avait jeté le Beretta. Toutes les paperasseries qu'on doit se taper, quand on perd une arme à feu…

Il se glissa dans le lit à 1 h 07, reconnaissant d'avoir une femme aimant dormir dans une obscurité totale. Mais mille questions tournoyaient dans son esprit.

Manerie ? Que savait-il à propos de l'opération Alamut ? En quoi celle-ci l'intéressait-elle ? Son altercation avec Jim lui vaudrait-elle des ennuis ? S'il n'était pas à exclure qu'elle provoque des répercussions, il était tout aussi possible que Jim n'en fasse même pas mention à son patron ; les militaires se comportaient parfois de façon curieuse.

Allongé dans le noir, la tête enfouie dans les oreillers, il sentit soudain Romy se tourner vers lui :

— Ça va, chéri ? chuchota-t-elle.

Il inspira l'odeur de son savon, chatouillé par ses cheveux blonds sur son visage.

— Oui, ça va…

— Tu as la mâchoire crispée.

— Ça va, mais je ne suis pas vraiment détendu.

— Tu ne pourras pas assister à la remise de mon diplôme, c'est ça ?

— Je fais tout pour, je te le promets, répondit-il, le torse martelé par son cœur déchaîné.

— Tu n'as pas l'air bien. Je me fais du souci…

Alors que de Payns redoutait une dispute, il se rendit compte que sa femme pleurait.

## Vingt-deux

Le Bunker comprenait trois SCIF[1], c'est-à-dire des pièces sécurisées et isolées de toutes interceptions électromagnétiques, phoniques ou téléphoniques possibles ; une pour les cadres du service, une autre pour les briefings opérationnels et la troisième couvrant la totalité du sous-sol du bâtiment. Cette dernière abritait l'équipe 9, en charge de l'espionnage technique, ainsi que des ingénieurs comptant parmi les plus talentueux du pays, concepteurs du matériel qui permettait à de Payns et ses hommes d'avoir l'avantage en opération.

C'est dans la pièce sécurisée du sous-sol que de Payns mena la réunion avec son équipe de techniciens, à qui il expliqua comment ils allaient prendre leurs mesures de sécurité individuelle contre d'éventuelles filatures sans équipe de soutien pour les aider.

Le Pearl Continental disposait d'une entrée sur l'arrière et de huit étages desservis par un ascenseur. Les agents français n'installeraient ni caméras ni micros pour contrer une éventuelle surveillance, se fiant plutôt à la solidité de leurs légendes. Leur présence à Islamabad

1. Sensitive Compartmented Information Facility.

serait justifiée par leurs repérages en vue d'un tournage, et leurs moindres gestes à l'hôtel seraient cohérents avec cette légende. L'unique IS serait exécuté par Templar lors de son retour vers l'hôtel, après avoir suivi une cible potentielle jusque chez elle.

— On ne sera donc que tous les quatre ? dit Brent, hochant lentement la tête.

— Nous serons là-bas pour les besoins d'un film, sans avoir à commettre d'acte illégal ; inutile de s'encombrer de trop de renforts, répondit de Payns, qui s'était attendu à de telles questions de la part des techniciens. Nos seules contre-mesures seront des alignements trois points dans nos chambres.

— Et si on repère une filature ? Ça peut vite mal tourner, au Pakistan.

— On reste fidèle à nos légendes, on joue les touristes sans lâcher notre couverture.

— Ça ne tiendra qu'un temps limité.

— C'est pour ça qu'on doit faire vite. On arrive dimanche, on passe la semaine à effectuer la reconnaissance, on repart samedi. Tu as raison, cette couverture ne tiendra qu'un temps raisonnable pour un repérage cinématographique.

— Restons concentrés sur notre rôle, intervint Templar, soutenant de Payns. Dans nos chambres, on maintient les procédures de sécurité individuelle habituelles, mais dès qu'on sort, on se met dans la peau de nos personnages.

Tous acquiescèrent, puis de Payns aborda la question du terrain de jeu : il dessina sur le tableau blanc un plan du campus du MERC, avec la route menant au portail sécurisé de l'enceinte. Huit cents mètres plus loin, cette voie formait un T avec la route publique nord-sud. Une centaine de mètres au sud de ce T se trouvait une station-service, et au nord un petit village comprenant des boutiques, une école et un café. De Payns ajouta des croix sur la station-service et le café et expliqua qu'il leur faudrait varier la façon dont ils évolueraient autour du centre ; s'ils se déplaçaient majoritairement en voiture, il leur faudrait éviter de se limiter à cela. Il fallait trouver des endroits où il serait logique de voir flâner une équipe de repérage cinématographique. Il y avait les attractions touristiques telles que la mosquée Faisal, bien entendu, et de Payns disposait de toute une liste d'autres sites, mais ils avaient également besoin de dénicher des points d'observation qui n'en avaient pas l'air, en vue de leur reconnaissance.

— Nous savons que les scientifiques et techniciens les plus modestes dans la hiérarchie vivent sur le campus, mais il y a suffisamment d'allées et venues pour nous laisser penser que les cadres sont autorisés à en sortir. Ce sont eux que nous essayerons d'identifier. C'est par eux que nous accéderons au MERC.

Brent s'étira, puis fit courir le bout de ses doigts sur son début de barbe :

— Tout sera OK, du côté de la technique, et le plan semble bon…

— Mais ? l'encouragea de Payns.

— Mais si la police secrète s'intéresse un peu trop à nous…

— Templar a mis au point un plan d'exfiltration, interrompit de Payns, mais ne nous reposons pas trop dessus. Notre meilleure option reste le plan A, à savoir agir en vrais pros, être rapides et repartir en un seul morceau.

Briffaut ne fit que peu de commentaires lorsque de Payns détailla la check-list finale – les aspects techniques de l'opération étaient tous réglés, et Templar se trouvait déjà au Pakistan, chargé de repérer les lieux et de vérifier que rien ne clochait du côté de l'hôtel. Si cette opération avait été une mission d'action classique imposant possiblement aux agents de perpétrer des actes illégaux ou d'entrer par effraction dans des bâtiments, une équipe de reconnaissance se serait rendue à Islamabad un mois avant de Payns, afin de mettre en place un équipement de ville répondant aux exigences du chef de mission – prévoyant par exemple cinq IS, trois tourniquets, trois plans de support, une zone de vie, trois hôtels et une procédure d'exfiltration. L'équipe de reconnaissance, de retour en France aurait alors tout détaillé aux agents opérationnels, qui auraient eu quelques semaines pour apprendre par cœur ces éléments et planifier la mission en fonction de ceux-ci.

Or l'opération Alamut ne supposait ni acte illégal, ni approche de cible, ni recrutement, ni effraction. Les quatre agents n'auraient qu'à se comporter fidèlement à leurs légendes, évoluant comme des touristes. Sans équipe de soutien ni IS, il n'y avait que peu de choses à mettre au point entre eux. Chacun aurait sa tâche à accomplir, avec pour impératif de repartir moins d'une semaine plus tard. Ce timing serré leur imposerait une concentration intense sur le MERC mais ne laisserait pas le temps aux Pakistanais de percer à jour l'objectif réel de leurs déplacements. Du moins en principe.

— Et l'exfiltration en cas d'urgence ? demanda Briffaut, faisant tourner un briquet en acier inoxydable sur le bureau sans quitter de Payns du regard.

— Nous ne devrions pas en avoir besoin. Nous jouerons correctement nos rôles.

Briffaut hocha la tête.

— On a frôlé la catastrophe, sur Falcon.

— Surtout à Palerme, concéda de Payns.

Briffaut soutint son regard :

— Vous êtes parfaitement au point ?

— Absolument.

— Et l'équipe ?

— Mes gars sont affûtés et prêts à passer à l'action.

— Qu'est-ce qui vous tracasse, alors ?

— Ma femme. La cérémonie de remise de son diplôme est prévue samedi.

Briffaut resta muet. De Payns haussa les épaules :

— Ses parents sont déjà là.

— Pas de chance côté timing, laissa tomber le chef de la division Y, impassible. Vous savez à quoi vous en tenir dans ce boulot.

— Exact.

— Bonne chance, conclut Briffaut, tendant la main à son OT. Et si ça tourne au vinaigre, foutez le camp. On a fait le tour ?

— On a fait le tour.

## Vingt-trois

Le Boeing 777 de la Pakistan International Airlines se posa à l'aéroport international d'Islamabad peu après 14 heures, puis roula jusqu'à une passerelle. Il faisait chaud en cet après-midi ensoleillé, mais de Payns était d'un calme glacial, habitude prise dès ses premières missions sur le terrain – il était important d'adopter dès le début d'une opération l'attitude qu'on comptait avoir durant la mission, de rentrer dans la peau de son personnage, d'incarner la légende, de rester en vie et de rentrer au pays avec ce qu'on était venu chercher. Au tréfonds de son esprit se rejouait la soirée salutaire de la veille, dans le grand hall de la Sorbonne, où sa femme avait été félicitée en recevant son diplôme. Patrick et Oliver à ses côtés, ses beaux-parents sur sa gauche, il s'était senti béni et fier, presque en paix au sein de cet impressionnant bâtiment. Quand était venu le moment des discours, il avait levé les yeux vers le plafond voûté et admiré les esprits jumeaux de l'université de Paris qui semblaient surveiller l'assemblée du regard ; les statues en marbre d'Archimède et d'Homère. Représentant respectivement les sciences et les arts, ils étaient réunis en ce lieu. Bien que peu attiré par le monde universitaire, de Payns, en voyant sa femme rayonner sous la fierté de ses parents au cours du dîner qui avait suivi, avait été profondément ému. Lorsque Romy lui avait pris la main et murmuré « Merci » à l'oreille, il avait été au bord des larmes.

Tandis que le Boeing s'approchait de la porte du terminal, de Payns songea aux deux esprits qui occupaient son corps : l'espion manipulateur et le fier époux et père de famille. Romy avait vu juste le jour où elle l'avait soupçonné de s'en prendre à des familles pour faire pression sur des individus. L'air qu'elle avait alors pris – un air de dégoût – était une réaction humaine naturelle. Cela signifiait-il que le respect de sa femme à son égard lui importait davantage que sa propre estime de soi ?

Une fois le signal lumineux éteint, autorisant à présent les passagers à détacher leurs ceintures de sécurité, il se lança dans un bavardage typiquement touristique avec Brent et Thierry, ses voisins durant les huit heures de vol. Il récupéra dans le compartiment situé au-dessus des sièges son sac, qui contenait un appareil photo Canon 6D et un zoom. Cet outil de professionnel n'étant pas aussi volumineux que les modèles les plus perfectionnés, il attirerait moins l'attention des douaniers et de la police. Il était tout de même possible de le régler manuellement de façon à bénéficier d'une sensibilité ISO élevée et d'une grande profondeur de champ, éléments essentiels en photographie de reconnaissance.

Après avoir franchi la douane sans incident, ils gagnèrent en traînant leurs valises à roulettes l'aire réservée aux taxis, située à la hauteur de l'issue principale du nouveau terminal. Un peu moins de cinquante minutes plus tard, ils étaient en train de patienter à la reception de l'hotel Pearl Continental pendant qu'un employé photocopiait leurs passeports. C'est alors que Templar les rejoignit et accueillit volontairement peu discrètement ses collègues de l'industrie cinématographique. Décrivant avec enthousiasme les sites repérés en périphérie des villes jumelles qu'étaient Islamabad et Rawalpindi, il exprima sa hâte de se lancer sur les routes pour explorer et photographier des lieux précis, en particulier pour les scènes 7 et 13.

Ils se rendirent dans leurs chambres, de Payns étant logé avec Brent et Templar avec Thierry. L'hôtel proposait des chambres d'une surface plutôt honnête, très propres et confortables pour un établissement de moyenne gamme. De Payns s'approcha de la fenêtre et jeta un coup d'œil par l'interstice séparant les épais rideaux. Située au deuxième étage, la chambre était orientée vers le nord, ce qui permettait de voir un parc en face de l'hôtel et, dans le lointain, ce qui était sans doute un gros château d'eau. Se décalant quelque peu, il baissa les yeux sur la rue animée – l'« avenue commerciale », précisait son plan. Changeant de position, il s'intéressa à la rue selon un autre angle, sans repérer le moindre suiveur ou guetteur – ce qui n'assurait en rien que le personnel de l'hôtel ne soit pas déjà occupé à avertir la police secrète. Pendant que de Payns gardait un œil sur la rue, Bernt passa au peigne fin le téléphone fixe, les meubles et les luminaires, en quête d'éventuels appareils de surveillance électronique.

Quelques minutes plus tard, il leva les pouces à l'intention de son chef: personne ne les espionnait.

Après s'être accordé un après-midi de repos, ils se retrouvèrent le lendemain matin au restaurant de l'hôtel et bavardèrent en prenant le petit déjeuner. Ils étaient descendus dans un établissement situé à Rawalpindi, la partie la plus ancienne des villes jumelles. Services gouvernementaux, ambassades et palaces se trouvaient tous à Islamabad, la capitale, collée sur le flanc nord-ouest de la vieille cité. Rawalpindi était moins huppée, ce qui convenait parfaitement à l'équipe Alamut.

Le petit déjeuner avalé, ils quittèrent l'hôtel peu avant 9 heures. Templar avait garé sur le trottoir une Nissan Maxima louée en liquide à une agence Hertz, au nom de Clément Vinier et Capital Films.

Ils se dirigèrent vers le sud, Templar guettant une éventuelle filature dans le rétroviseur. La ville ne manquait pas d'attraits, avec ses nombreux bâtiments anciens rappelant Damas ou Amman, mais également des infrastructures modernes – il y avait des souks, bien entendu, mais aussi des vitrines illuminées qui n'auraient pas déparé les rues de Paris ou de Francfort.

Templar vira vers l'ouest, en direction du MERC. Ils sortirent le Canon et l'ordinateur portable Toshiba et branchèrent le premier sur le second. Brent ouvrit les dossiers consacrés aux scènes car les photos de sites seraient chargées sur l'ordinateur. De Payns, quant à lui, sortit le script du *Pardon du lac* de son sac à dos et se munit d'un calepin et d'un stylo.

— Prends ça et lis-moi le début de la scène 7,

lança-t-il à Thierry en lui tendant la chemise renfermant le scénario.

Tandis que le véhicule filait vers le sud-ouest de la ville tentaculaire, Thierry lut les descriptions ouvrant la scène en question, de Payns prenant des notes. La scène 7 se déroulait dans les rues de Rawalpindi en journée ; le héros courait sur le trottoir et traversait en trombe un souk afin de délivrer un message à sa mère agonisante. De Payns nota le nom de la rue choisie – Ganj Mandi – et ajouta quelques détails qui satisferaient un agent de la police secrète : « vêtements modernes, pas de voile, rues propres… » Puis il abaissa sa vitre et prit ses premières photos du décor et des passants.

L'équipe se détendit dès que les premières images furent dans la boîte. Délaissant les immeubles du centre-ville, Templar s'engagea sur la voie express d'Islamabad, où il accéléra et se fondit dans la circulation filant à vive allure vers le sud. La capacité, pour un Occidental, à conduire en Asie en toute sécurité et sans se faire remarquer était un talent sous-estimé, et de Payns savait pouvoir se fier à Templar sur ce point.

Celui-ci glissa la Nissan entre deux poids lourds surchargés et annonça :

— Nous y serons dans onze minutes.

Les agents empruntèrent la bretelle d'accès de la voie express et pénétrèrent dans la banlieue sud-ouest de Rawalpindi. Le Centre de recherche sur les matériaux et l'énergie leur apparut alors ramassé sur lui-même dans le lointain, avec des allures de lycée provincial. Un peu plus à l'ouest se trouvaient l'aéroport international et l'autoroute M2 menant à Lahore. Pourvus de très peu d'immeubles ou maisons, les terrains nus et arborés environnant le MERC faisaient l'effet d'une zone réquisitionnée par les autorités. Tandis que Templar ralentissait en traversant une petite zone commerciale, de Payns remarqua la présence de chiens dans les rues et prit des photos ; il était important que son appareil contienne de nombreux clichés correspondant à une mission de repérage cinématographique.

— Regarde sur ta droite dans trois secondes, lui intima Templar, laissant derrière eux des boutiques et de modestes immeubles de bureaux pour aborder une colline.

De Payns obtempéra et à l'instant où la vue se dégagea, il aperçut le complexe du MERC en contrebas, distant d'environ deux kilomètres, au-delà d'une zone de broussailles brunâtres. À l'intérieur de l'enceinte clôturée, il devina plusieurs structures commerciales peu élevées et reliées entre elles par des allées, ainsi qu'une guérite marquant l'unique entrée et sortie du domaine.

Parvenu à un vaste rond-point, Templar prit sur sa droite, plein nord, sur une route à double sens couverte d'un bitume de qualité.

— La route qui mène au MERC se présentera dans un kilomètre, sur la droite, dit-il. Juste avant l'embranchement, vous verrez la station-service, sur la gauche, et ensuite nous traverserons la zone commerciale dans laquelle se trouve notre café.

Ils progressèrent encore un moment vers le nord à environ soixante-dix kilomètres à l'heure ; il n'y avait pas un bruit dans la voiture. Sur la gauche apparut bientôt une station-service de taille moyenne affublée d'un auvent jaune sur lequel étaient inscrits quelques mots en ourdou. De Payns repéra une supérette avec quelques tables et chaises disposées sur le côté. Dix secondes plus tard, ils parvinrent à l'intersection d'où partait, sur leur droite, la route menant au MERC. Rectiligne sur plusieurs centaines de mètres, cette voie se terminait sur la guérite du MERC. Cinq minutes plus tard, après avoir traversé un hameau de boutiques et d'habitations, Templar fit demi-tour puis se gara près des commerces, de façon à bénéficier d'une vue sur l'embranchement qui les intéressait. Ils achetèrent des cafés et des petits biscuits faits maison, puis quittèrent les lieux et passèrent la journée à se comporter conformément à leurs légendes. En fin d'après-midi, ils revinrent à l'embranchement du MERC, cherchant à déterminer l'heure à laquelle les employés du centre rentraient chez eux – et donc à laquelle il leur faudrait surveiller tout un flot de véhicules.

Alors qu'ils avaient tous les quatre les yeux rivés sur la route, un fourgon Fiat rallongé venant du sud s'y engagea à 16 h 03 et gagna le complexe. Un petit camion chargé d'un container fermé en fit autant à 16 h 09.

— Ils ne débauchent pas à 16 heures, commenta Brent.

Leurs recherches leur avaient appris que les journées de travail des fonctionnaires pakistanais s'achevaient entre 16 et 18 heures, mais pas à la demie, et que ceux-ci sortaient tous de leurs bureaux à cet instant précis ; contrairement à ce qui se voyait dans les bureaucraties occidentales, les horaires, ici, n'étaient pas flexibles.

Durant les trente minutes qui suivirent, ils roulèrent ici ou là dans les environs, jouant chacun leur rôle et prenant des notes en restant à l'écart de l'embranchement. S'ils devaient être suffisamment présents sur zone pour déterminer les habitudes des employés du MERC, il était essentiel de ne pas s'éterniser au même endroit.

Ayant décidé de revenir aux abords du centre peu après 17 heures, ils firent un premier passage à 17 h 04, vers le nord, et un autre à 17 h 08, cette fois vers le sud, sans remarquer davantage de véhicules qu'une heure plus tôt.

— Ils partent donc à 18 heures, en conclut de Payns.

Entretenant une ambiance décontractée et parlant du film de façon à rester dans leurs personnages, ils décrivirent une longue boucle à l'ouest du MERC, dont ils se rapprochèrent par le sud peu avant 18 heures. Ils firent halte à la station-service, où ils sortirent de la voiture et s'étirèrent ostensiblement, tandis que Templar faisait le plein. Brent acheta quatre bouteilles d'eau dans la boutique accolée à la station-service. Au moment où il en ressortait, une petite Peugeot verte se présenta à l'embranchement, en provenance du MERC, et se mêla à la circulation de la route, vers le nord, dépassant le café où ils s'étaient arrêtés le matin même. Il était 18 h 02.

— Il avait hâte de filer, celui-là, devina Brent, assis

à côté de Thierry qui activa l'IMSI catcher sur l'ordinateur portable. Son chef doit s'appeler Mustapha Briffaut.

Tous s'esclaffèrent, puis poursuivirent leur bavardage de façon à laisser penser au patron de la station-service qu'ils formaient une équipe de repérage cinématographique un peu bruyante et surtout n'ayant rien à cacher. Il y eut rapidement foule à l'embranchement ; à la Peugeot succéda une Nissan Pulsar, une Volkswagen Golf, puis une Toyota RAV4 blanche. Visiblement assez récentes, ces voitures s'éloignèrent toutes vers le nord.

Quelques minutes plus tard, une dizaine de véhicules venus du MERC faisaient la queue pour accéder à la grande route. Tous tournèrent à droite, vers le nord, et traversèrent la petite zone commerciale.

— On capte des IMSI, annonça Thierry à mi-voix, les yeux baissés sur son écran. Ça fonctionne.

Vers l'arrière de la file, de Payns remarqua une Mercedes noire d'un modèle très récent, suivie d'une Toyota Land Cruiser de la même couleur aux vitres noires, totalement opaques. Comme les autres, elles filèrent vers le nord. L'équipe Alamut se réinstalla sans se presser dans la Nissan.

— Nous avons l'heure, se félicita de Payns, tandis que Templar accélérait vers le sud pour regagner l'hôtel. Allons dîner et passons la soirée à jouer nos légendes pour les employés de l'hôtel.

— J'ai effectué des recherches sur l'industrie cinématographique, dit Thierry. On boit beaucoup, dans ce milieu.

— Et moi j'en ai fait sur le Pakistan, répliqua de

Payns. On nous laissera boire de l'alcool, mais pas au point de nous permettre de nous soûler en public.

— Quelle bande de nazes, pesta Templar, secouant la tête, avant de piocher une cigarette. Pourquoi ils tiennent tant à émigrer en France s'ils sont si opposés à la picole ?

Tournant la tête, de Payns constata que le soleil plongeait vers l'horizon.

— On boira comme une équipe de repérage française, mais avec une grande prudence, dit-il.

## Vingt-quatre

Le lendemain – leur troisième jour au Pakistan en ce mardi – devait être l'occasion d'en apprendre davantage. En effet, ils savaient à présent à quelle heure les employés du MERC quittaient le centre, et étaient familiarisés avec le réseau routier et la circulation des environs. Durant la journée, l'équipe se focalisa sur la banlieue sud des villes jumelles, photographiant des décors susceptibles de convenir pour les scènes de football du film. Le personnage principal étant un grand sportif, ils se rendirent sur plusieurs terrains de football, où ils multiplièrent clichés et prises de notes. Ils eurent ainsi tout loisir de bavarder amicalement avec des locaux et des propriétaires de boutiques diverses, renforçant la crédibilité de leurs légendes. Templar et de Payns découvrirent même que l'interdiction de fumer était moins stricte en banlieue qu'en centre-ville, ce qui leur permit d'accompagner leurs cafés de cigarettes.

Après un dîner anticipé, au cours duquel ils avaient pris soin de donner l'impression d'un groupe soudé de joyeux lurons, ils quittèrent l'hôtel séparément peu avant 17 h 30. Ils se retrouvèrent dans la rue et puis filèrent vers l'ouest à bord de la Nissan. Ils firent le plein à la station-service pourvue de l'auvent jaune à 18 heures, la voiture orientée vers le nord, dans l'attente du défilé de véhicules à l'embranchement. Une queue s'y forma à 18h06. Au volant de la Nissan, Templar passa à la hauteur du carrefour, permettant aux trois autres d'y jeter un coup d'œil.

— La grosse Mercedes est en septième position, marmonna de Payns, quand Templar se gara sur le bas-côté, au nord de l'intersection, en laissant tourner le moteur.

Tandis que ce dernier gardait un œil sur le rétroviseur, Brent tapota sur le clavier de son ordinateur Toshiba et activa l'IMSI catcher. Aucun des quatre agents français ne se retourna.

— Et… c'est parti, lâcha Templar, qui mit le clignotant et rejoignit la circulation.

La Mercedes noire se trouvait à présent trois voitures devant eux.

De Payns n'avait pas de temps à perdre avec du menu fretin. La Boîte ayant pour objectif de récolter des informations top-secret et non des ragots sans intérêt, il était crucial de se focaliser sur une cible transportant un cadre haut placé dans la hiérarchie du centre, un individu d'un certain rang probablement accompagné de gardes du corps. Le véhicule correspondant le plus à ces critères était la Mercedes noire.

— Qu'est-ce qu'on a à l'écran ? s'enquit-il, sans quitter la berline allemande des yeux.

— Treize numéros IMSI, et ça augmente, répondit Brent. Dix-huit, maintenant.

Dès l'instant où un téléphone mobile était allumé, il se signalait au relais télécom le plus proche, en l'occurrence le détecteur multidirectionnel des Français. Après dix minutes de route vers le nord, la plupart des numéros IMSI avaient disparu de l'écran pour se connecter à d'autres relais, au fur et à mesure que les véhicules correspondants quittaient la route principale.

Un quart d'heure après le début de la traque, l'équipe Alamut n'était plus séparée de la Mercedes que par un unique véhicule – un fourgon Volkswagen blanc –, et seuls quatre numéros IMSI étaient restés affichés depuis le MERC.

— Ce fourgon est lui aussi sorti du MERC ? demanda Templar, tout en laissant du champ à leur cible.

— Non, je crois qu'il était déjà sur la route, répondit Thierry.

C'était un point potentiellement crucial. Si un dirigeant du MERC avait pris place à bord de la Mercedes, il était sans doute escorté par des gardes du corps. Dans ce cas, ceux-ci se trouvaient-ils dans la voiture ou dans le fourgon qui la suivait ? Ce point n'était pas trop gênant durant cette première filature, mais les gardes du corps, s'ils se trouvaient à bord d'un autre véhicule que la Mercedes, ne manqueraient pas de repérer la Nissan à un moment ou un autre au cours des jours à venir.

Le clignotant droit du fourgon blanc s'alluma, puis celui-ci quitta la route principale. Il ne restait désormais plus que trois IMSI en haut de l'écran. Templar ralentit de nouveau et laissa une voiture se glisser entre leur proie et eux.

Alors que le crépuscule s'installait, l'intérieur de la Nissan fut soudain vivement éclairé de flashs rouges. Templar lâcha un juron et se gara aussitôt sur les graviers du bas-côté alors qu'une ambulance rugissante les frôla. De Payns pointa son stylo vers le pare-brise, de nouveau focalisé sur sa tâche. La circulation reprenant son cours normal, Templar positionna la Nissan en troisième position derrière la Mercedes. Un des véhicules intercalés s'engagea sur une voie secondaire ; les trois numéros IMSI apparaissaient toujours à l'écran.

— Ces trois téléphones sont sans doute dans la Mercedes, et tous les trois se connectent, lança Brent, depuis la banquette arrière.

— Un scientifique et deux gardes du corps ? hasarda Templar.

— Ou trois collègues en covoiturage, proposa de Payns.

— Ou alors un couple, renchérit Thierry. L'un des deux a deux téléphones, un pour la maison et l'autre pour sa maîtresse ou son amant.

— Ha ha ! s'esclaffa Templar, abattant la main sur le volant. Fais gaffe, avec ce genre de raisonnement, la Boîte va considérer que tu es fait pour être sur le terrain ! Pas vrai, Aguilar ?

— Il n'a pas tort, Thierry, dit de Payns en souriant.

Le convoi poursuivait sa route, traversant étendues de broussailles et jardins maraîchers, tandis que le jour déclinait sérieusement. De Payns consulta sa montre : 18 h 31. Ils s'étaient fixé pour consigne stricte de cesser toute filature à 19 heures.

Une banlieue visiblement moderne se présenta bientôt, et le clignotant de la Mercedes s'alluma. Ses feux de stop en firent autant quand il lui fallut s'arrêter à un feu rouge, en bordure de la zone résidentielle. Templar alluma les phares de la Nissan et se laissa légèrement distancer. La tension montée d'un cran alors qu'ils se rapprochaient de leur proie. Les agents guettaient le moindre signe pouvant indiquer une suspicion de la cible, telle une silhouette de tête pivotant vers l'arrière, curieuse de voir qui la suivait. Mais aucune tête ne se retrourna.

Le feu passé au vert, ils virèrent à gauche et découvrirent de larges rues modernes et des maisons individuelles. Les bas-côtés verdoyants, les acacias et d'autres arbres artificiellement implantés, témoignaient d'une irrigation régulière du quartier, et pas à des fins agricoles ; c'était un luxe qui, au Pakistan, trahissait un certain statut social.

Ils suivirent la Mercedes dans cette banlieue aisée et la perdirent de vue quand les trois véhicules abordèrent une longue courbe. Ne la voyant toujours pas à l'approche de la fin du virage, de Payns lâcha :

— Les rues latérales.

Templar ralentit, et de Payns aperçut les feux de stop de la Mercedes dans une ruelle, sur leur droite, au moment où celle-ci tournait à gauche dans une allée privée.

Templar fit demi-tour et s'engagea dans la ruelle. Conservant une allure régulière, il passa à la hauteur de l'allée dans laquelle leur cible était garée au pied d'une maison de taille moyenne. Un homme en costume noir ouvrait la portière arrière, tandis qu'un autre, dans la même tenue, entrait dans la demeure par une porte latérale.

Templar regagna la grande route et fila vers le sud et la voie express qui les reconduirait au cœur de Rawalpindi. Ils disposaient à présent d'un nom de rue et d'un numéro, et ils avaient aperçu deux individus – qui n'avaient pas l'allure de scientifiques.

— Trois personnes dans la voiture, résuma Templar. Les deux gus qu'on a vus sont les gardes du corps. Notre VIP était installé sur la banquette arrière.

— Le type qui est entré dans la maison était chargé de procéder à une ronde de sécurité à l'intérieur ? supposa de Payns.

— Oui, on dirait bien, abonda Templar.

— Il va falloir une surveillance et photographier ce VIP.

— Reçu. J'y retourne cette nuit, pour mieux cerner la configuration de la maison.

— Photos pour demain matin ?

— C'est comme si c'était fait.

## Vingt-cinq

De Payns en était à son troisième café du matin, même s'il n'avait aucune gueule de bois à soulager grâce à l'attitude de la République islamique vis-à-vis de la consommation d'alcool sur la voie publique. On avait ici plus facilement tendance à rentrer chez soi après seulement deux bières. Cela ne gênait guère de Payns, contrairement à Templar, qui avait pour habitude de conclure chaque journée par un certain nombre de verres sans en pâtir.

À 9 heures passées, les autres clients de l'hôtel étaient de toute évidence tous partis. Brent et Thierry étaient encore dans une des deux chambres, portant quelque touche finale à leur IMSI catcher. De Payns n'était pas serein. Il s'était reveillé tôt et stressé, pensant à Manerie et Shrek, se demandant jusqu'à quel point il devait se confier à Briffaut… voire à Shrek lui-même. La conviction de Manerie, selon laquelle le Bunker hébergeait une taupe en son sein, n'avait rien d'invraisemblable. Quelqu'un avait saboté l'opération de Palerme – probablement un employé de la Boîte, ou quelqu'un bénéficiant d'informations fournies par l'un d'eux. Il avait le crâne harcelé de questions portant sur Mourad, Manerie,

Lambardi et une taupe anonyme, ce qui faisait trop de points flous. Alors qu'il n'y avait pas vraiment songé depuis le soir où Lambardi avait été tué, ces mystères l'avaient assailli dès le réveil. Les rats bleus le rongeaient.

— Il reste du café ?

De Payns leva la tête et vit Templar en jean et tee-shirt, avec un sac à dos Reebok calé sur l'épaule, de retour de sa nuit de reconnaissance. La serveuse s'approcha, et deux cafés furent commandés.

— Qu'est-ce que ça donne ? s'enquit de Payns, quelque peu embarrassé d'avoir été surpris en pleine méditation par son ami.

Templar s'assit et, les avant-bras calés sur la table, se pencha en avant :

— La personne qui nous intéresse est un individu masculin de type arabe d'âge mûr portant un costume et des chaussures bon marché. Il faut dire qu'ils s'habillent tous comme ça, même aux plus hauts échelons gouvernementaux. Ce n'est peut-être pas le directeur général du MERC, mais il est suffisamment haut placé dans la hiérarchie pour circuler en Mercedes classe S. N'oublie pas que les gens n'ont pas tendance à afficher leur richesse, dans ce pays, contrairement à ce qu'on peut voir en Syrie, par exemple.

— Tu as relevé sa routine ?

— La Mercedes noire s'est présentée à son domicile à 7 h 36 ce matin, avec à bord un chauffeur et un garde du corps.

Templar se redressa et se tut un instant, le temps que la serveuse dépose les deux cafés noirs sur la table. Et d'ajouter :

— J'ai tout photographié, mais les images sont pour l'instant effacées.

Il s'agissait là du protocole en vigueur au sein de la DGSE, concernant la photographie de reconnaissance. Non seulement l'agent noyait les photos de sa cible parmi de nombreux clichés correspondant à sa légende, mais en plus il effaçait ces photos aussitôt après les avoir prises. Elles étaient par la suite récupérées à Paris, grâce à un logiciel spécial capable de retrouver les données supprimées ; le truc consistait à effacer les photos immédiatement après les avoir prises, sans quoi la numérotation visible sur la carte SD indiquerait qu'il en manquait, or l'ISI vérifierait à coup sûr ce détail en cas de fouille.

— Un type entre deux âges et deux gardes du corps, résuma de Payns. Ils grimpent tous les trois dans la voiture et filent au centre ?

— Oui, ils ont pris le même itinéraire qu'hier soir.

— On a donc trois personnes et trois IMSI. Il faut isoler celui de notre VIP.

— On y retourne ? devina Templar, qui, après avoir vidé sa première tasse de café, se saisit de la seconde.

— On y retourne, confirma de Payns.

Après avoir mis en place leurs alignements trois points dans les chambres, les agents quittèrent l'hôtel peu après 10 heures. Ils parcoururent et photographièrent essentiellement le nord de la ville, prenant des notes et s'aidant d'un plan pour se repérer. Les téléphones utilisés en mission étaient généralement bas de gamme et démarqués, conçus de façon à correspondre aux légendes, si bien qu'il était impossible de s'en servir pour s'orienter. Ils les avaient chargés de multiples photos de famille et de collègues, sans oublier une liste de contacts reflétant pleinement leur profession fictive. Les agents des services secrets français n'étaient quasiment jamais porteurs de smartphones en mission, tant ces appareils étaient bourrés de données personnelles risquant de les trahir. Le simple fait qu'un smartphone ne comporte que très peu de données suffisait à déclencher une sonnette d'alarme chez l'ennemi.

Ils remplirent ainsi les cartes mémoire du Canon de photos, qu'ils téléchargèrent ensuite sur l'ordinateur portable, de Payns ne cessant de noter dans son calepin des observations et suggestions quant aux futurs sites de tournage et aux scènes, ajoutant même sous forme de phylactères des titres de chansons pouvant convenir.

Ils déjeunèrent et s'offrirent quelques pauses dans des cafés abordables, laissèrent des pourboires aux serveuses, discutant entre autres du musée d'Islamabad, qui renfermait en particulier un outil humain vieux de deux millions d'années, produit d'une ancienne civilisation de l'Indus.

Ils se dirigèrent vers le sud en fin de journée et, à 17 h 32, achetèrent des cafés à la station-service à l'auvent jaune. Ils s'étirèrent sur le parking et fumèrent quelques cigarettes en manipulant leurs téléphones, dans l'attente de l'exode du soir en provenance du MERC. Disposant des trois IMSI des passagers de la Mercedes noire, ils avaient pour objectif d'en isoler un, celui de leur cible ; alors il serait possible à la Boîte d'infiltrer le centre.

Dès qu'ils virent une première voiture apparaître à la guérite et rouler à vive allure vers l'embranchement avec la grande route, les quatre agents écrasèrent leurs cigarettes et reprirent place à bord de la Nissan. La Mercedes noire se présenta peu après. Les Français se mirent en route et se calèrent dans la circulation filant vers le nord, laissant deux véhicules entre leur proie et eux. Dix minutes plus tard, les trois numéros IMSI déjà apparus la veille étaient toujours affichés sur l'écran de l'ordinateur. Ils suivirent la Mercedes en lui laissant un peu de champ et eurent bientôt la confirmation que les numéros IMSI étaient bien ceux de mobiles allumés dans ce véhicule.

De retour en ville, ils retrouvèrent le Pearl Continental à temps pour se rafraîchir avant de sortir dîner dans un restaurant situé au coin de la rue dont le patron avait laissé des bons de réduction à l'hôtel. La serveuse déposa une carafe d'eau sur la table et leur remit des menus, puis s'éloigna sans avoir esquissé le moindre sourire. Dès qu'elle fut hors de portée de voix, de Payns demanda à Templar si tout était OK de son côté.

— Ils ont fouillé notre chambre, répondit ce dernier, sans émotion aucune. La vôtre aussi ?

— La nôtre aussi. Ils ont été assez futés pour remettre le bouletage en place.

— Mais pas assez pour repérer l'alignement trois points, ajouta Thierry.

Les quatre agents baissèrent les yeux sur leurs menus et n'y découvrirent que des inscriptions en ourdou et des traductions en anglais plus que douteuses.

— C'est parti, souffla de Payns. Il est temps de passer à l'action.

Le lendemain, de Payns maintint la pression sur son équipe, ce qui leur permit d'établir que le VIP vivait seul, exception faite d'un garde du corps à domicile et d'un chauffeur qui faisait des rondes aléatoires dans le quartier pendant que le VIP dormait.

Templar avait pris soin d'effacer les photos du VIP aussitôt après les avoir prises. Les agents secrets français devaient être capables de prendre une photo de qualité en toutes circonstances, que ce soit de près, à trois kilomètres de distance, avec un appareil dissimulé dans une valise, au moyen d'un téléphone, depuis un avion ou encore sous l'eau. On n'envoyait un agent sur le terrain que lorsqu'il maîtrisait tout cela, et avec toute une gamme de matériel.

Le cinquième jour, le jeudi, Templar s'absenta, laissant à de Payns son rôle de chauffeur. Les deux hommes se retrouvèrent en début de soirée dans un café du sud de la ville. Préférant quand il s'agissait de converser dans un lieu public le faire dans un endroit baigné d'un fort bruit blanc, Templar s'était installé sous un poste de télévision, prenant de plein fouet les commentaires d'un match de football. Il signala à de Payns qu'une voiture ordinaire cabossée était restée stationnée devant la maison du VIP toute la journée, avec à bord des individus mal rasés et mal vêtus.

— Ta conclusion ?

— La maison est sous surveillance, ça tombe sous le sens. Et vu le comportement de ces types, j'ajouterais que c'est une procédure on ne peut plus banale. Cet endroit doit même être fouillé quotidiennement.

— Par l'ISI ?

— Sans doute, mais ils n'y envoient pas leur équipe de choc.

De Payns secoua la tête :

— On n'entre pas dans cette maison, donc.

— Eh non. Le chauffeur y passe aussi de temps à autre. Il est même possible qu'ils la surveillent également à distance ; c'est pour ça que je me suis planqué assez loin.

De Payns s'offrit quelques instants de réflexion en sirotant son café ; ils étaient au Pakistan depuis cinq jours, leurs chambres avaient été fouillées et ils avaient identifié un VIP que l'ISI gardait à l'œil. Il leur fallait encore isoler le numéro de téléphone du VIP, mais ils disposaient de trois candidats, l'un d'eux étant forcément le bon – les techniciens du Bunker auraient désormais un os à ronger. Sans être fou de joie au vu de ces résultats, le chef de mission ne perdait pas de vue qu'ils étaient tous les quatre encore en un seul morceau. Il ne voulait pas trop tenter le diable.

## Vingt-six

Le vendredi matin, de Payns se leva tôt et resta plus longtemps que nécessaire sous la douche, le temps de mettre son esprit en marche, d'ajuster son attitude à la situation – habitude qu'il avait prise dans l'Armée de l'air, où l'on apprenait aux pilotes à « naviguer, communiquer et piloter » de façon adéquate face à toutes sortes d'anomalies et d'urgences. Un pilote, s'il n'avait pas la solution à l'ensemble des crises susceptibles de survenir, pouvait tout de même en résoudre la plupart. Par ailleurs, ajouter de la peur et de la panique à l'équation n'apportait rien de bon. Il repensait souvent à un épisode vécu en haute altitude, aux commandes de son Mirage 2000, quand il lui avait fallu passer au-dessus d'une formation orageuse. Un éclair avait jailli vers le haut et eu raison du générateur électrique de l'avion. Malgré ses efforts, il ne put le rallumer. Il lança son chronomètre. Il lui restait vingt minutes de carburant, ses instruments de navigation étaient inutilisables et il faisait nuit noire.

La base ayant reçu son signal de détresse, un autre avion décolla, chargé de le guider jusqu'à la piste. Contraint de conserver un contact visuel avec son collègue, afin de le suivre jusqu'à la base, de Payns dut maintenir son appareil en « patrouille serrée » à trois mètres de l'autre – s'en éloigner davantage lui aurait à coup sûr valu de perdre son « berger » dans les ténèbres. Il se posa finalement sur la base aérienne Cazaux, le train d'atterrissage du Mirage s'étant par bonheur ouvert sous le seul effet de la gravité, en l'absence d'alimentation électrique générant la pression hydraulique, avec dans ses réservoirs à peine assez de carburant pour remplir un briquet Zippo.

Il n'était ni un héros ni même particulièrement courageux ; il avait simplement conservé son calme et appliqué les consignes apprises à l'entraînement. C'est cet état d'esprit qu'il retrouvait, en ce début de sa dernière journée complète au Pakistan. Le fiasco subi à Palerme lui avait rappelé qu'on n'était jamais trop prudent, qu'aucune procédure, si insignifiante soit-elle, ne méritait d'être négligée, et il tenait à ce que son équipe ressorte de ce pays aussi tranquillement qu'elle y était entrée.

Depuis la table du petit déjeuner, il suivit du regard Brent et Templar, qui le rejoignaient après s'être servis en croissants chauds au buffet, tandis que Thierry épluchait une mandarine.

— On a assez joué avec l'IMSI, déclara-t-il au moment où Brent et Templar s'asseyaient. Faisons un peu de tourisme, aujourd'hui. Visitons quelques sites.

— On a déjà vu pas mal de sites, pour le tournage, dit Brent en souriant, avant de se rendre compte que son chef ne plaisantait pas.

— On passe en mode légende ? intervint prudemment Templar.

— Il est normal qu'après avoir effectué leur repérage en vue du film, nos personnages s'offrent un peu de tourisme la veille de leur retour en France, expliqua de Payns, qui se tourna ensuite vers le technicien en chef. Brent ?

— On a relevé une bonne quantité de numéros IMSI ; on ne saura qu'à Paris combien d'appels ont été lancés et reçus à partir des téléphones correspondants. On peut rentrer.

De Payns interrogea Templar du regard.

— On a de bonnes photos du VIP et des deux gardes du corps, ainsi que l'immatriculation de la voiture, l'adresse du domicile de notre cible et la routine de ses journées de travail. Ça me convient. Et toi, ça te suffit ?

Les analyses poussées des communications téléphoniques et des visages photographiés ne s'effectueraient qu'après leur retour à Paris ; alors seulement le puzzle se mettrait en place. Il serait ensuite temps de réfléchir à la meilleure façon d'accéder au MERC.

— Je pense qu'on a tout ce qu'il nous faut pour le moment. Les disques durs ont été nettoyés ? Templar et Brent hochèrent la tête. Parfait, on s'en tient à nos personnages fictifs aujourd'hui ; inutile d'offrir davantage de comportements récurrents à l'ISI.

Sur de telles opérations, la préoccupation principale de De Payns était en effet d'éviter de reproduire les mêmes schémas, en particulier dans les parages de sites sensibles tels que le MERC. À la place de l'ISI, c'est précisément ce type de comportement qu'il guetterait – un groupe d'étrangers rôdant autour d'un site classifié. Une fois, cela pouvait être un hasard ; deux fois, ils attiraient l'attention ; trois jours d'affilée, les services de sécurité se jeteraient sur eux aussi sûrement que des mouches sur un étron.

Ils s'étaient immiscés dans l'univers du VIP quatre jours de suite, en variant les horaires et les approches, et avaient fait preuve d'intelligence, de patience et de professionnalisme en n'empruntant jamais deux fois à la même heure et au même endroit l'itinéraire entre le MERC et la demeure du VIP. Si celui-ci était bel et bien surveillé, de Payns avait la certitude que ses collègues et lui ne s'étaient pas trahis. En ce vendredi matin, la récolte de la reconnaissance dans la Boîte et leurs places réservées à bord de l'avion qui décollait le lendemain, ils n'avaient aucune raison de tenter le diable.

— Ça marche, dit Templar en mordant dans son croissant. Tu veux qu'on se sépare, qu'on se fonde dans la foule ?

— Oui, pourquoi pas, répondit de Payns, qui devina alors que son ami avait remarqué quelque chose.

En effet, le regard de ce dernier s'était fixé sur un point situé dans le dos de De Payns, et le sourire béat qu'il afficha soudain ne pouvait être que simulé.

De Payns se retourna lentement ; deux Pakistanais aux allures de fonctionnaires s'étaient approchés de la table, ni amicaux ni hostiles, observant d'un air neutre les quatre agents.

— Bonjour, messieurs, dit l'un d'eux, plus mince et plus grand que son acolyte, dans un anglais correct.

Ce quadragénaire à tête de rapace portait un costume marron bien taillé et des chaussures acceptables.

— Bonjour, *monsieur*, répliqua de Payns, sans tendre la main. *Parlez-vous français ?*

— *Un peu*, répondit « Rapace ». Mais je suis plus à l'aise en anglais.

— Vous travaillez pour le gouvernement ? devina

de Payns, sans se départir de son sourire. Nous avons peut-être un peu trop souvent demandé quelle quantité d'alcool nous étions autorisés à boire ?

Rapace laissa passer quelques secondes avant de sourire à son tour :

— Nous avons l'habitude d'entendre nos amis français se renseigner sur la réglementation locale en matière d'alcool.

— Dans ce cas, ne faites pas attention à mon ami, c'est un poivrot, dit de Payns, désignant Templar et tendant enfin la main au Pakistanais.

Rapace ne maîtrisait pas si bien que cela la langue anglaise. Il tendit à de Payns sa carte de visite :

— Major Dubash.

Le Français s'en saisit et remarqua l'écu vert symbole de l'ISI, sur lequel figurait un markhor argenté – un bovidé caprin des montagnes locales – tenant un serpent dans sa gueule.

Tandis que les deux hommes se serraient la main, de Payns lança sans hésiter :

— Nous avons roulé trop vite, une fois de plus ? Ça nous est arrivé en Pologne, il y a quelques semaines. Dans le feu de l'action, on s'emballe facilement…

— Je m'assieds, vous permettez ? demanda Dubash, tirant à lui une chaise d'une autre table. Son compagnon, un flic baraqué et joufflu au regard vide, resta debout, sans avoir été présenté. Vous êtes Clément Vinier, c'est bien ça ?

— Exact, confirma de Payns, qui se saisit de son café pour prouver que ses mains ne tremblaient pas.

— Et ces hommes sont votre… « équipe » ? C'est le mot correct ?

— Oui, c'est ça, dit de Payns, qui lâcha un petit rire. Cela dit, on emploie souvent des termes moins flatteurs pour les désigner.

— Vous êtes des réalisateurs de films, je crois ?

— Oui, on peut dire ça.

— Quels sont les titres de ces films ? demanda Dubash, en croisant les jambes.

— Celui pour lequel nous faisons des repérages en ce moment est intitulé *Le Pardon du lac*. Ça doit être la cinquième fois que nous collaborons sur un film, tous les quatre ; nous avons par exemple réalisé *Le Changement*, un court-métrage qui a été projeté à Cannes...

— *Le Changement* ? De quoi ça parle ?

De Payns songea aux séquences filmées à la hâte avec une nouvelle recrue ayant auparavant travaillé dans le milieu du cinéma et quelques apprentis acteurs.

— C'est l'histoire d'une adolescente qui prend conscience qu'elle pourra changer le monde si elle change elle-même. Mais changer n'est pas facile.

Dubash réagit par une vague grimace, puis s'adressa à Templar :

— Clément Vinier est un bon réalisateur ?

— Excellent. Très drôle mais aussi sensible.

— Il fait appel à de très bons scénaristes, ajouta Thierry.

De Payns présenta alors son groupe, mais Dubash ne quitta pas le chef de mission du regard.

— Islamabad est une ville idéale pour tourner un film, à mon avis, ajouta l'homme de l'ISI. Quels sites avez-vous repérés ?

— Nous avons fouiné au nord, au sud, à l'est et à l'ouest, répondit de Payns.

Son calepin de notes étant posé sur la table, il le fit glisser vers le fonctionnaire, qui s'en empara et le feuilleta. Il s'arrêta à une page donnée et plissa les yeux, cherchant à déchiffrer l'écriture peu soignée.

— Vous êtes passés par la route Raja Bazar, avec ses restaurants et ses boutiques.

— Tout à fait. Nous avons dégusté quelques excellentes pizzas, là-bas.

— Excusez-moi si j'ai du mal à lire le français, mais il me semble que cette phrase dit que les filles – ou les femmes ? – qu'on trouve sur la route Raja Bazar sont très sexy, qu'elles ne portent pas de voile et que c'est l'endroit idéal pour que Ravi perde son innocence. C'est bien ça ? De Payns haussa les épaules, mais Dubash était on ne peut plus sérieux. Expliquez-moi ce que vous entendez par « innocence ».

— Eh bien, Ravi est jeune et a grandi dans un environnement surprotégé, décrivit de Payns, marchant sur des œufs. C'est la première fois qu'il voit de telles filles.

— Des filles pakistanaises ? Des adolescentes ?

De Payns s'efforça de sourire :

— C'est une réaction naturelle, pour un garçon de quatorze ans qui se découvre en devenant un homme.

— Quatorze ans ? On ne se marie pas à quatorze ans, au Pakistan. Nous ne sommes pas en Afghanistan, ici.

— Non, non, bien sûr, lâcha de Payns, tâchant de se rattraper. Il n'est pas un homme au point de se marier, évidemment.

Dubash et son collègue dévisagèrent un moment de Payns sans réagir.

Celui-ci s'efforça de jouer son rôle au mieux :

— Vous savez ce que c'est : les adolescents, l'amour, le sexe, les expériences nouvelles…

— Avez-vous votre appareil photo sur vous ? demanda Dubash, qui semblait réellement embarrassé.

Templar le sortit de son sac, l'alluma et enclencha le mode visionnage.

Dubash passa en revue des centaines des photos, sans découvrir quoi que ce soit de sexy. Il renonça après une quarantaine de secondes de recherche et tendit l'appareil à son adjoint.

— Vous savez que comme l'alcool, la pornographie est réprouvée au Pakistan, reprit-il, focalisé sur de Payns. Vous n'avez pas de filles, si ?

— Ah ! non, lâcha le Français, pris de court.

— C'est évident, expliqua l'homme de l'ISI, secouant le calepin. Aucun père de filles ne ferait preuve d'un tel manque de respect envers les femmes en écrivant ces saletés. Alors que de Payns cherchait quelque chose de léger à dire, Dubash se leva. Si j'en crois vos notes, vous vous êtes rendus dans l'ouest de la ville ?

— Du côté de l'aéroport, vous voulez dire ?

— Je pense plutôt à un quartier situé un peu plus à l'ouest et au sud de l'aéroport, dit le Pakistanais en souriant. Vous avez vu des jeunes filles sexy, par là-bas ?

— Non, malheureusement, répondit de Payns.

Le cœur battant la chamade, il se demanda s'ils avaient été repérés dans les environs du MERC.

— Vous avez vu des endroits prometteurs, là-bas, pour votre film ?

Réfléchissant à toute allure, de Payns se rappela que les mensonges les plus crédibles contenaient quatre-vingts pour cent de vérité.

— Une station-service avec un auvent jaune a retenu notre attention, avec sur le côté un café qui conviendrait pour une scène. Le café en lui-même est excellent, d'ailleurs, digne des établissements parisiens.

Dubash soupesa le calepin, comme s'il réfléchissait au verdict à rendre, puis il le rendit à son propriétaire, ainsi que l'appareil photo.

— Je crois que vous repartez demain, dit-il. Gardez tout de même ma carte, monsieur Vinier ; si vous tenez à tourner un film ici, je transmettrai le scénario aux autorités compétentes, et je vous dirai ce qu'il faudra en retirer, d'accord ?

— Merci, major, dit de Payns, la main tendue.

Les hommes de l'ISI repartis, les Français continuèrent à se comporter fidèlement à leurs légendes, puis ils sortirent de l'hôtel. En passant à la hauteur de la réception, de Payns remarqua que le directeur de l'établissement, le visage blême, semblait terrifié, au bord des larmes.

## Vingt-sept

L'eau chaude avait chassé les ultimes vestiges de Clément Vinier et les dernières odeurs du Pakistan. Il sortit de la douche du Vestiaire, se sécha et enfila les vêtements d'Alec de Payns, qu'il avait laissés en ces lieux une semaine auparavant. Il s'aspergea d'eau de Cologne, récupéra sa montre, ses clés, son portefeuille et son téléphone, retrouvant les éléments de sa vie personnelle, puis sortit dans la rue. Du fait du décalage horaire avec le Pakistan, on était encore au cœur de l'après-midi à Paris. Après un trajet en métro ponctué de deux correspondances au cours duquel il glissa la batterie dans son mobile et alluma celui-ci, il émergea à la station Port-Royal. Il faisait systématiquement preuve d'une grande prudence quand il rentrait de pays comme le Pakistan ou l'Iran, tant leurs services de renseignement avaient le bras long et étaient capables de mobiliser un nombre impressionnant d'agents parfaitement formés à Paris. Bien qu'ayant déjà emprunté un IS mis en place par la Boîte avant de gagner le Vestiaire – c'était une obligation pour tout OT de retour de l'étranger –, il restait vigilant en se dirigeant vers son foyer.

Après avoir acheté un bouquet de pivoines à la

patronne du café du quartier, il cala les fleurs dans le creux du bras quand vint le moment de gravir l'escalier de son immeuble. Le cœur battant, il parvint à la porte de l'appartement qu'ils avaient les moyens de louer en piochant dans les économies de Romy. Le ministère de la Défense était propriétaire de nombreux logements un peu partout dans Paris, afin de permettre à ses fonctionnaires de vivre dans une des villes les plus chères de la planète, mais les appartements les plus confortables étaient trustés par les « Eau chaude, eau froide », autrement dit les militaires et agents de renseignement décorés du rouge de la Légion d'honneur ou du bleu de l'ordre national du Mérite. Ces gens accaparaient les logements de fonction situés dans les VII$^{e}$, XIV$^{e}$ et XV$^{e}$ arrondissements. Malheureusement, ce n'était pas le cas de De Payns.

Il déverrouilla la porte et la poussa, les fleurs brandies, puis il traversa à pas feutrés le couloir avant d'appeler Romy et ses garçons, espérant leur offrir la surprise de son retour. La cuisine était déserte et la télévision du salon éteinte. Les rideaux étaient même tirés, plongeant l'appartement dans une quasi-pénombre.

— Romy ? appela-t-il encore, lâchant les fleurs au sol.

Le cœur battant à tout rompre et la respiration bruyante, il jeta un coup d'œil dans les chambres et la salle de bains. Personne. Il alla jusqu'à ouvrir les armoires et le placard à balais de l'entrée. Enfin, il composa le numéro de Romy sur son téléphone. Quelques sonneries se succédèrent, puis la voix de son épouse l'invita à laisser un message.

— Merde ! pesta-t-il, regardant partout autour de lui,

l'esprit en ébullition tandis qu'il envisageait mille hypothèses.

Il récupéra ses clés, fonça vers l'ascenseur et descendit au sous-sol, où il trouva leur Volkswagen Polo garée à sa place. Il posa la main sur le capot. Froid. Il vérifia par une vitre que tout était normal à l'intérieur. Romy avait les clés de la voiture.

Il remonta au rez-de-chaussée et jaillit sur le trottoir, d'où il tenta de nouveau de joindre sa femme. Pas de réponse.

Il longea un pâté de maisons jusqu'aux commerces du quartier. Romy et ses fils ne se trouvaient pas dans leur café préféré, et Valérie, la gérante de la petite épicerie où ils se procuraient journaux et lait, n'avait pas vu la famille de Payns cet après-midi.

Arpentant la rue, il composa une nouvelle fois le numéro de Romy. Rien. Sa tension artérielle grimpait en flèche, parallèlement à sa peur. Alors qu'il remontait vers le nord une rue arborée, il fit halte lorsqu'il perçut des cris d'enfants par-dessus les échos de la circulation. Guidé par ce vacarme, il parvint à la porte de la salle paroissiale, se rappelant qu'en ce samedi après-midi, sensei John donnait son cours de karaté. À l'intérieur, des parents étaient installés sur des chaises pliantes contre les murs, tandis qu'au centre de la salle un troupeau de bambins en karategi blanc braillait en chœur en effectuant des katas sur des tatamis bleus et blancs. Au premier rang des apprentis karatékas, il aperçut la tête blonde de Patrick. Son fils avait son air sérieux, les lèvres pincées sous l'effet de la concentration mais ouvrant grand la bouche chaque fois qu'il rugissait à la demande du sensei. C'était son portrait craché au même âge. Une main s'agita du côté des parents, attirant le regard de Payns ; sa splendide femme lui souriait, tandis qu'Oliver, aux cheveux plus foncés que son aîné, imitait les katas des élèves depuis les rangs des spectateurs.

De Payns voulut s'approcher de Romy et Oliver, mais il avait les jambes en coton. Pétrifié, il était submergé par une vague d'émotion qui se propageait dans son corps aussi sûrement qu'une drogue. Bouleversé, il avait déjà passé en revue dans sa tête la liste des marches à suivre, évaluant les hypothèses pour retrouver sa femme et ses enfants enlevés, mais ils étaient là. Et lui aussi était là, échoué dans les brumes de leur vie de quartier. C'en était trop. Il eut soudain envie d'être ailleurs, au bar de Gros Nez par exemple, avec Templar et Shrek, et de s'alcooliser en un lieu où il savait avoir sa place, où il pouvait être lui-même. Sans lui laisser le temps de faire demi-tour, Oliver se jeta dans ses bras.

— Papa !

Ce cri du cœur bruyant fit rire les mères présentes.

Il souleva son fils de terre et se retourna, de façon que nul ne se rende compte de l'émotion qui le terrassait.

— Je t'aime, Ollie, chuchota-t-il en le serrant contre lui.

C'était le mieux qu'il pouvait faire.

— Je peux faire à la fois du karaté et du foot, papa ? Maman ne veut pas !

# Vingt-huit

De Payns atténua l'éclairage de la pièce sécurisée du dernier étage et alluma le projecteur. Dans la pièce étaient également présents Frasier, Briffaut, Marie Lafont et Garrat. Après une semaine de travail, l'équipe Alamut avait enchaîné onze heures d'affilée le lundi pour finaliser les conclusions qui, espérait de Payns, inciteraient les grands chefs à donner le feu vert pour la phase suivante.

Il commença par le MERC, dont les photos avaient été récupérées sans problème parmi les données supprimées d'une carte mémoire CompactFlash. Il détailla la double clôture de sécurité et les étendues et broussailles désolées séparant l'enceinte du domaine des routes avoisinantes, ainsi que quelques clichés en haute résolution de la file de véhicules quittant le MERC à 18 heures. De son pointeur laser, il désigna la Mercedes noire patientant près de l'embranchement avant de filer plein nord sur la grande route. D'excellente facture, les photos du VIP et de sa demeure prises par Templar montraient un individu de taille moyenne approchant la cinquantaine, vêtu d'un costume médiocre qu'il portait avec peu d'allure. Sa peau olivâtre contrastait avec sa barbe et sa chevelure grisonnantes et assez courtes.

— Nous ignorons le nom de notre homme et le poste qu'il occupe mais, comme vous le constatez, il est bien protégé, commenta-t-il.

Il afficha ensuite les photos des gardes du corps, l'un étant pourvu d'un torse et de bras plus épais que ceux de son collègue. Tous deux visiblement proches de la quarantaine, ils étaient en costume noir et chemise blanche. Cependant, leurs chaussures montantes trahissaient leur fonction ; les agents chargés d'interventions physiques aimaient disposer de solides appuis.

— Un garde du corps reste dans la voiture et effectue des rondes aléatoires, décrivit de Payns, faisant apparaître un gros plan du visage de l'individu le moins corpulent. L'autre reste dans la maison avec le VIP, ajouta-t-il en affichant le portrait de l'homme aux bajoues. Le véhicule appartient au ministère de l'Agriculture pakistanais, et la maison à une agence gouvernementale dont le rôle consiste à autoriser l'emploi de pesticides et d'herbicides dans les exploitations agricoles.

— Vous n'avez pas repéré d'autre personne intéressante sortant du MERC ? intervint Marie Lafont.

— Non, pas vraiment. Cette voiture est le modèle le plus luxueux à être sorti de l'enceinte ; dès le premier jour, nous y avons capté trois IMSI. On peut donc en conclure que notre homme est un cadre supérieur du MERC ; il est à la fois protégé et surveillé.

Puis, changeant de sujet, il précisa :

— J'ai demandé à la DT d'établir l'*environnement téléphonique* de son numéro.

Il évoquait là la Direction technique qui, avec celles des opérations, du renseignement et de l'administration, formaient les quatre principales branches de la DGSE.

— Nous savons que le jeudi de la semaine de l'opération, un appel a été donné depuis un des trois téléphones qui nous intéressent, et qu'il a duré exactement dix minutes. Il semblerait que ce soit une manœuvre réglée d'avance ; la DT est remontée sur deux années et a trouvé ce même appel tous les jeudis, chaque fois sur dix minutes.

— Quoi d'autre ? demanda Garrat.

— Nous avons également ceci, répondit de Payns, qui fit défiler les photos, jusqu'à faire apparaître une liste d'appels surmontée du numéro du téléphone initiant la conversation hebdomadaire. La plupart des autres appels émis depuis cet appareil n'apportent rien. Ce sont des communications internes, manifestement avec des mobiles gouvernementaux. En moyenne, ce type reste trois minutes et neuf secondes au téléphone. Ce n'est pas un grand bavard.

— Un échange de dix minutes sort donc du lot, fit remarquer Frasier. Surtout s'il se reproduit une fois par semaine.

De Payns fit apparaître un autre relevé téléphonique, les appels de dix minutes étant cette fois surlignés en orange.

— Nous avons fouiné et, comme vous le voyez, les communications de dix minutes sont toutes à destination du même numéro de mobile, et toutes surviennent le jeudi peu après 18 heures, heure d'Islamabad.

Conscient que son auditoire était subjugué, de Payns mesurait l'importance qualitative d'un compte rendu pour inciter ses supérieurs à passer à l'« action ». Il était capital que les données brutes soient modelées en éléments concrets, en particulier pour Frasier, celui qui avait le pouvoir d'ordonner les grandes manœuvres.

— On retrouve cet appel tous les jeudis à la même heure depuis dix-sept mois, conclut-il. Toujours dix minutes, pas une seconde de plus.

— Allez-vous vous décider à nous révéler qui ce scientifique contacte si régulièrement ? demanda Marie Lafont en souriant.

— J'en suis incapable, hélas, mais nos techniciens estiment que cette personne se trouve à Mons.

— En Belgique ? dit Marie Lafont, les yeux écarquillés.

— Exact, grogna Frasier. Juste de l'autre côté de la frontière. OK, c'est bon, passez à l'action.

— Il me faut une équipe de soutien complète, réclama de Payns.

— Je viens de vous donner mon accord, allez-y, lâcha le directeur des opérations, avant de secouer la tête. En Belgique ! Putain…

## Vingt-neuf

Les panneaux d'escalade et les tubes en plastique brillant constituaient un net progrès par rapport à ce que de Payns avait connu étant enfant. Le parc à jeux situé à l'ouest de leur appartement de Montparnasse disposait même d'un tapis de caoutchouc souple sous ces structures, ce qui rendait les singeries des fillettes casse-cou qui s'y suspendaient par le creux des genoux, la tête en bas, un peu moins effrayantes. Ne travaillant pas de bonne heure, de Payns avait emmené Oliver au parc, Romy étant accaparée par un entretien en vue d'un emploi potentiel. Au vu de ses diplômes, elle espérait intégrer le FMI ou l'OCDE. De Payns aurait préféré la voir à l'UNESCO ou à l'Union européenne, qui possédaient également des bureaux à Paris, à un poste lui imposant de faire appel à tout son intellect et lui offrant un gros salaire, ce qui leur permettrait de régler leur loyer sans puiser dans les économies de Romy. Mais ce jour-là, elle était reçue par un *think tank* économique international dont il n'avait jamais entendu parler.

Elle lui avait envoyé un texto un quart d'heure plus tôt, proposant qu'ils se retrouvent pour prendre un café ensemble. Comme elle n'avait rien dit de l'entretien, il supposait que celui-ci s'était bien déroulé. Romy n'était pas du genre à se lancer dans de grandes déclarations chargées d'émotion. Le jour où elle s'était rendu compte qu'elle attendait leur premier enfant, elle avait simplement dit en souriant à son mari : « Nous sommes enceints ! », pour aussitôt après lui demander s'il voulait un peu plus d'ail dans ses moules.

Dressé sur le pont du « navire » du parc à jeux, Oliver tendit soudain le bras et brailla :

— Maman !

De Payns aperçut Romy entre les arbres, suivant une allée avec un café dans chaque main. Elle souriait, tout comme la femme qui l'accompagnait – Ana Homsi. Charles, le fils d'Ana, s'élança en appelant Oliver.

De Payns se décala sur le banc, afin de faire un peu de place aux nouvelles arrivantes, puis il se saisit du gobelet que lui tendait Romy.

— Salut, Alec, dit Ana, laissant Romy s'asseoir à côté de lui. Désolé de m'incruster, mais Charles voulait absolument voir Ollie.

De Payns se contenta de sourire, tandis que Romy déposait un baiser sur sa joue. Tout juste sortie de son entretien, elle était très élégante en chemisier sans manches, en parfaite Parisienne un jour d'été.

— Alors ? Ça s'est bien passé ? s'enquit-il avant d'avaler une gorgée de café.

— On s'est très bien entendus, répondit Romy, rayonnante. Ils m'ont vraiment plu.

— C'est qui « ils » ?

— Le Conseil Tyrol.

— Il est question de schnaps et de culottes courtes en cuir ? plaisanta de Payns.

— Non, dit Romy en riant. Ils sont basés à Genève ; ce sont d'anciens économistes et intellectuels de la Banque mondiale.

De Payns ne fut guère emballé ; dans son univers, un « intello » ne pouvait être qu'un baratineur ou un communiste.

— Et qu'est-ce qu'ils font, exactement ?

— Ils travaillent sur les politiques et font de la recherche pour le compte de l'OCDE et de l'UE. Ils ont besoin de quelqu'un pour se focaliser sur les moteurs historiques des disparités de richesses entre l'Europe occidentale et l'Europe orientale. C'est tout à fait mon truc.

De Payns leva son gobelet pour porter un toast. Un peu plus loin, Oliver et Charles se disputaient pour déterminer qui s'élancerait le premier du haut du toboggan.

— Je savais que ce doctorat me servirait à quelque chose.

Ana se pencha vers de Payns, ses cheveux noirs tombant en cascade.

— À propos de servir à quelque chose, tu n'aurais pas une cigarette, Alec ?

— Officiellement non, répondit-il en sortant son paquet de Marlboro et son briquet de la poche de son coupe-vent, pour les tendre à Ana.

— Oups, pardon, dit-elle, avec une grimace désolée à l'intention de Romy.

— Ce n'est pas bien grave, dit celle-ci, tout de même légèrement agacée. C'est juste que je ne veux pas que les garçons voient leur père fumer.

De Payns leva ses mains vides, comme pour prouver

qu'il était blanc comme neige, puis Ana alluma une cigarette et lui rendit son paquet.

— J'ai honte mais je suis incapable de boire un café sans une cigarette, se désola-t-elle, se mordant la lèvre inférieure.

Interrompue par la sonnerie de son téléphone, elle en consulta l'écran, puis s'excusa et se leva pour répondre.

— Alors, tu es satisfaite de cet entretien ? demanda de Payns à son épouse.

— Tout s'est très bien passé, si j'en crois les questions qu'ils m'ont posées.

Ana de retour sur le banc, il considéra un instant les deux femmes :

— Comment se fait-il que vous soyez ensemble toutes les deux ?

— On s'est retrouvées par hasard à la station Port-Royal, répondit Romy.

— Nous sortons de chez le médecin, précisa Ana. Charles a toujours un peu mal aux oreilles en été, sans doute à cause du pollen.

— Une vraie coïncidence, conclut Romy.

Un regard sur sa montre indiqua à de Payns qu'il lui restait encore vingt minutes avant de retrouver Templar et Brent. Ceux-ci avaient passé la journée de l'autre côté de la frontière belge, à Mons, afin de procéder à une première reconnaissance et d'évaluer les zones de couverture des trois relais télécom auxquels le téléphone du VIP pakistanais se connectait tous les jeudis en fin d'après-midi. Un examen d'une carte de la région leur avait déjà appris que la zone commune aux trois relais était située légèrement à l'ouest de la ville, en dehors des remparts de l'enceinte médiévale, au nord et au sud de la rue des Compagnons et de ses environs boisés. Il s'agissait d'une opération « coup d'œil », pour reprendre le terme prisé par Templar, dont l'objectif était de repérer les éventuels obstacles pouvant se dresser lors de l'opération proprement dite, comme un commissariat au cœur de la zone de mission, ou encore une école primaire dont la rue risquait quotidiennement d'être encombrée de véhicules de parents d'élèves à l'heure de la sortie des classes.

« Attention aux gitans ! » avait plaisanté de Payns, à l'intention de Templar.

Deux ans auparavant, ils avaient filé un scientifique de la Marine française retrouvant son officier traitant du Mossad, le service de renseignement israélien. Après avoir suivi sa cible sur le pont d'Arcole, Templar avait été abordé par une gitane, qui avait monopolisé son attention pendant que son frère, pensant avoir affaire à un touriste, tentait de lui faire les poches par-derrière. Ces deux voleurs ne le lâchant pas, Templar avait pris les choses en main. La séquence vidéo était devenue célèbre à la Boîte ; on y voyait Templar agripper le gitan par le col et la boucle de sa ceinture puis, d'un geste souple, le jeter par-dessus le parapet du pont, dans la Seine. L'action était si brève qu'on pouvait ne pas la voir pour peu qu'on cligne des yeux à ce moment-là.

De Payns estimait avoir le temps de terminer la rédaction de la *demande de criblage*, ou DDC, qu'il avait commencée. La DDC était une demande faite par un OT à son administration afin de savoir si une personne d'intérêt qu'il souhaitait approcher, ou qui s'intéressait à lui d'un peu trop près, était connue des services étatiques français, quels qu'ils soient. Sa première rencontre avec

Ana Homsi, puis le dîner chez le couple, avaient éveillé sa méfiance à l'encontre de la nouvelle amie de Romy, et l'épisode du parc, le matin même, ne l'avait aucunement rassuré. Une semaine après avoir été diplômée, Romy se voyait donc proposer un emploi, non pas de la part de l'OCDE ou du FMI, mais par un *think tank* basé à Genève. Quelques recherches sur le Conseil Tyrol lui avaient appris que cet organisme avait pour objectif de vacciner l'ensemble de la population africaine et de faire annuler la dette des pays en voie de développement.

Ana Homsi lui posait un véritable problème. Elle avait fait sonner une alerte dans son esprit à deux reprises – la première quand elle s'était immiscée avec talent dans le cercle de connaissances de la famille de Payns, *via* l'école maternelle et les cours de karaté, puis quand elle n'avait cessé de remplir leurs verres de vin, au cours du dîner chez elle, en touchant à peine au sien. S'il lui avait jusque-là accordé le bénéfice du doute, le fait qu'Ana ait intercepté Romy sortant de son entretien avant même qu'elle n'ait eu l'occasion d'en parler avec lui le contrariait fortement. C'était typiquement le genre d'intervention auxquelles il procédait sur ses sources potentielles.

Il acheva sa courte demande de criblage, rédigée à la troisième personne du singulier – comme devait l'être tout rapport d'un officier traitant au sein de la Boîte. Sur ce document, il avait décrit l'apparition soudaine de la famille Homsi dans sa vie personnelle, citant les deux principaux suspects – #ANA HOMSI# et #RAFI HOMSI# – et précisant leur adresse et les divers renseignements dont il se souvenait à leur sujet – autant dire pas grand-chose. Il ignorait tout de l'emploi de Rafi et n'en savait pas davantage concernant l'historique d'Ana. Sur la fiche, il avait détaillé ses conversations avec celle-ci, mais plus il écrivait, plus ça sonnait creux. En relisant la DDC, il prit conscience qu'il n'avait rien de concret à reprocher à Ana et sa famille ; il justifia donc sa demande par le fait qu'elle avait interrogé Romy à propos du métier de son mari. Au moment où il cliqua sur « Envoyer », il eut la conviction qu'il n'avait affaire qu'à un cas ordinaire de nouveaux amis intégrant la vie d'un agent secret et qu'il passerait pour un parano, mais il n'avait pas oublié le conseil donné par un ancien instructeur de la DGSE : mieux vaut être parano et embarrassé que complaisant et mort.

## Trente

En se rendant dans la cuisine pour se servir un verre d'eau, de Payns trouva Alain Portmann, un type de DGS assez direct, et Julien Laval, son acolyte, qui l'attendaient.

— Salut, Alec, lui lança Portmann, sur un ton gêné, hésitant entre autorité et amabilité. Tu as une minute pour bavarder un peu ?

De Payns sourit. Portmann était « très FBI », disait-on au sein de la Boîte : costume noir, chemise blanche, cravate banale et imperméable taupe, même en plein été. Entrés la même année dans les services de renseignement français, ils avaient effectué plusieurs séjours ensemble à Cercottes, notamment pour maîtriser les armes à feu. Portmann avait ensuite pris le chemin de DGS, et de Payns un autre.

— Bien sûr, répondit ce dernier.

Ils s'isolèrent dans une salle d'interrogatoire équipée d'une table rectangulaire blanche en plastique avec de chaque côté une chaise de bureau couverte de tissu. Un miroir était fixé sur un mur, et un dôme de verre, au plafond, renfermait les caméras et micros nécessaires pour enregistrer tout ce qui se disait en ces lieux.

Portmann entra sans attendre dans le vif du sujet, préférant garder les yeux baissés sur son dossier plutôt que de regarder de Payns :

— Te rappelles-tu avoir signé une renonciation concernant toute aide en matière judiciaire pour tout ce qui relève de la sécurité nationale ?

— Tout à fait.

Les employés des services de renseignement français, s'ils devaient être interrogés, n'étaient pas autorisés à faire appel à un avocat et n'avaient pas le droit de garder le silence. Ils n'avaient d'autre droit que celui de s'asseoir dans une pièce et subir les accusations lancées par des collègues. Ce genre de procédure n'avait rien de personnel, et il n'était pas question d'y admettre un professionnel de la justice.

Portmann récita ses premières questions sur un ton robotique :

— As-tu dit la vérité concernant la destruction de cinq passeports français à Palerme ? Y a-t-il une raison quelconque qui t'empêche de t'exprimer en toute franchise ? As-tu discuté de cette opération avec qui que ce soit en dehors de la DGSE ?

Après cette entrée en matière classique, Portmann se montra plus précis :

— Récupérer trois millions d'euros, ça fait beaucoup pour un chef de mission de la Boîte, non ? Tu ne serais pas contre un tel bonus, j'imagine ?

De Payns haussa les épaules.

— On t'a proposé trois millions d'euros en échange de cinq passeports français, poursuivit Portmann, brandissant une copie du rapport de De Payns sur l'opération Falcon. Et tu déclares les avoir détruits.

— C'est ça, j'ai détruit ces…

— C'étaient d'authentiques passeports, Alec, intervint Laval, dont le visage brut lui donnait des airs de fermier n'ayant pas pris le soleil depuis un moment. Ils devaient l'être, pour être acceptés par Sayef Albar…

— … et pour que tu gardes ta tête sur tes épaules, ajouta Portmann, avec une emphase pas nécessaire.

— Je suis au courant des détails de Falcon, messieurs, merci, lâcha de Payns.

— C'est bon à savoir, dit Portmann. Comment as-tu réagi quand l'opération a tourné au fiasco ?

— J'ai détruit les passeports sur le quai voisin du terminal des ferrys de Palerme.

— De quelle façon ?

— Je les ai déchirés, couvertures comprises, en trente ou quarante morceaux, que j'ai ensuite jetés dans plusieurs bennes à ordures.

— Qui était avec toi ?

— Personne.

— Qui t'a vu agir ?

— Personne.

— Tu as un moyen de prouver ce que tu dis ?

— Non.

— Tu n'aurais pas toi-même vendu ces passeports à Mourad ? insista Laval, parcourant le rapport de De Payns, ses yeux bleus plissés sous l'effet de la suspicion. Trois millions d'euros… *pas dégueulasse** !

— Je n'ai pas besoin de trois millions d'euros, réagit de Payns, comprenant qu'ils touchaient à l'objectif de la conversation.

— Sérieux ? Et ton appartement ?

— Qu'est-ce qu'il a, mon appartement ? soupira de Payns.

— Tu n'es pas installé dans un logement de fonction.

— Non, en effet.

Il se retint d'ajouter : « Parce que les connards amateurs de cocktails mondains comme toi passent leur carrière à magouiller pour rafler les meilleurs appartements parisiens que possède le gouvernement. »

— La vie à Paris est chère, fit remarquer Laval. Surtout quand on a une femme qui tient à habiter dans le XIV^e^ arrondissement.

De Payns resta muet.

— Les trois quarts de ton salaire sont engloutis par le loyer, ajouta Portmann. Et ta femme ne travaille pas.

— Elle a passé cette année à préparer un doctorat à la Sorbonne, renchérit Laval.

De Payns savait ce qu'ils essayaient d'insinuer.

— Le QI de mon épouse est plus élevé que la somme de tous ceux qui se trouvent dans cette pièce, et elle a un diplôme pour le prouver. Où voulez-vous en venir ?

— Tu perçois un salaire de fonctionnaire, Alec, tu vis à Montparnasse, et les frais d'études de ta femme ont dû être salés.

— Et soudain, un agent de migration italien te propose de partager trois millions d'euros en échange de quelques passeports français authentiques, enchaîna Portmann. Des passeports dont il faut te débarrasser parce qu'une opération a tourné au vinaigre, comme c'est pratique.

De Payns posa un regard agressif sur Portmann :

— Deux personnes sont mortes, ce soir-là. Je ne suis

pas certain que « pratique » soit le meilleur terme pour qualifier ce qui s'est passé.

L'autre détourna le regard et se racla la gorge. De Payns ajouta :

— Je sais bien ce que Commodore a proposé, je l'ai déclaré dans mon rapport.

— Qui règle le loyer de l'appartement de Montparnasse ? cracha Laval.

— Je perçois une indemnité de résident parisien.

Les deux hommes de DGS gloussèrent. L'indemnité en question s'élevait à deux cent quatre-vingts euros par mois ; certains la surnommaient l'« indemnité Grigny », en référence à une lointaine banlieue sud, car il était impossible de vivre à Paris avec une somme si dérisoire.

— Bon, comment tu te débrouilles, alors ? lâcha Laval, d'un ton moqueur. Madame a un papa plein aux as ?

De Payns se leva brusquement, faisant bruyamment racler les pieds de sa chaise, et se sentit malgré lui adopter une posture de combat.

C'est alors qu'on frappa à la porte. Celle-ci s'ouvrit, laissant apparaître Philippe Manerie. Le patron de la sécurité de DGS offrit un sourire à Laval, qui avait les yeux exorbités de stupeur, puis s'adressa à Portmann :

— Je prends le relais, merci.

Les deux agents de DGS sortis, non sans avoir prudemment évité de trop approcher de Payns, Manerie invita ce dernier d'un signe de la tête à le suivre. Sans un mot, ils descendirent les quelques marches menant à une porte s'ouvrant sur les jardins de l'ancien fort.

— J'ai entendu dire que vous aviez fait une escapade

à l'étranger, dit Manerie, tandis qu'ils marchaient vers l'est. Vous n'auriez pas quelque chose à me dire ?

— Il faut que Jim arrête de me coller. Je ne mélange pas boulot et vie personnelle.

— Entendu, je lui en toucherai un mot. Bon, où étiez-vous ? En Turquie ? En Syrie ?

— Vous savez très bien que je ne peux pas en parler. Au fait, vous avez transmis la photo où on me voit en compagnie de Moran ?

— Non, mais c'est moi qui pose les questions, pour le moment. Shrek a-t-il vu l'endroit où vous avez jeté les passeports ? Vous le protégez, peut-être ?

De Payns secoua la tête :

— Qu'est-ce que vous avez, à DGS, à être obsédés par ces putains de passeports ?

— Trois millions d'euros, ça fait beaucoup d'argent, Alec. J'ai vu de mes yeux ce que certains OT étaient prêts à faire pour empocher une telle somme sans risque.

Ils s'immobilisèrent près du vieux bosquet, au pied du mur à l'est du fort.

— Laissez tomber cette histoire de passeports, dit finalement Manerie en allumant une cigarette. Je veux savoir qui nous a vendus en Sicile.

— Ce n'est pas Shrek, lâcha de Payns, par réflexe.

— Vous en avez la certitude ?

— J'ai davantage confiance en lui qu'en vous.

— Si je vous ai dans le viseur, c'est que mon boulot me l'impose. À propos, vous devriez me remercier de vous avoir empêché de faire une connerie avec Laval. Si vous l'aviez frappé, vous auriez eu droit à une période de séances hebdomadaires avec la psy. Alors cessez de m'éviter, Alec. Je veux savoir qui Briffaut et Frasier soupçonnent d'être la taupe. Une partie aux enjeux autrement plus importants se joue, et je ne tiens pas à être à la traîne.

Manerie parti, de Payns gagna d'un pas vif le hall d'entrée du Bunker, l'esprit harcelé par mille questions concernant l'opération Falcon, la fuite mystérieuse et les trois millions d'euros.

Grâce à sa carte magnétique, il se rendit au dernier étage, où se trouvait le bureau de Briffaut. Il devait à tout prix contrecarrer toute tentative de Manerie, Portmann ou Laval de le torpiller de façon à l'éjecter de l'opération Alamut. L'enquête sur le MERC était capitale; il était essentiel qu'il ne soit ni gêné ni distrait pour la mener correctement. Abordant l'espace lambrissé, il se figea en découvrant, dans la salle des assistants, Briffaut en discussion avec Frasier et un autre individu. Dissimulé derrière un buffet, il vit les trois hommes hocher la tête, comme s'ils s'étaient mis d'accord sur un point. Quelques secondes plus tard, Briffaut regagna son bureau, suivi de Frasier, tandis que le troisième larron s'éloignait : Shrek.

# Trente et un

Ils commencèrent par établir l'environnement technique à Mons, avec l'aide de la DT. Ils partaient de zéro car le numéro de téléphone recevant chaque jeudi un appel de dix minutes était également démarqué et ne révélait par conséquent aucune donnée concernant son propriétaire ou l'adresse de celui-ci. Cet appareil n'était même pas belge ; la DT avait confirmé qu'il avait été acheté en France et qu'il était relié à un réseau français. À l'arrière du sous-marin – le fourgon d'observation –, les techniciens avaient repéré grâce à l'IMSI catcher les trois relais télécom auxquels ce téléphone se connectait durant la nuit, situant ainsi la zone où vivait la personne qui les intéressait. L'appareil n'étant alors pas déplacé pendant cette période, son IMEI avait pu être établi et relié à une adresse. Il s'agissait d'un immeuble moderne du nord-ouest de Mons, dans la vieille ville. De Payns suivait l'opération depuis une chambre d'hôtel voisine, un casque radio sur les oreilles. Quand le propriétaire allait au travail, son téléphone se déplaçait, et la filature débutait. L'équipe opérationnelle prenait alors en photos toute personne se déplaçant de façon identique et sortant de l'immeuble en question. Deux spécialistes en filature furent ensuite postés près du bâtiment, et un technicien appela le numéro depuis le sous-marin. Un membre de l'équipe repéra alors la cible : une femme, qui répondit à son mobile alors qu'il n'y avait personne d'autre dans les environs.

Âgée d'environ trente-cinq ans, cette femme de type arabe, élégamment vêtue, était accompagnée de deux filles d'à peu près neuf et douze ans. Satisfait de voir l'enquête progresser, de Payns tenait tout de même à avoir une confirmation de ses soupçons sous la forme d'un appel téléphonique en provenance de la Mercedes d'Islamabad. Émis à 18 h 15 au Pakistan, il serait réceptionné à 15 h 15 à Mons. Or, le jeudi, la cible restait chez elle jusqu'à 15 h 25, avant d'aller chercher ses filles à l'école. S'ils avaient donc localisé le téléphone correspondant au numéro composé à Islamabad, ainsi que sa propriétaire, les membres de l'équipe Alamut attendaient de voir celle-ci répondre à un appel du cadre du MERC.

Il avait été décidé de la suivre. Après avoir accompagné à pied ses filles à l'école, elle se rendit dans un café. Un technicien de l'équipe l'imita et s'installa à une table voisine, muni d'un détecteur de la taille d'un iPhone qui lui confirma qu'elle avait le téléphone sur elle.

De Payns avait en outre mis en place un dispositif de filature ; quand la femme sortirait du café, cinq personnes se relaieraient pour la suivre, rendant compte en temps réel de l'évolution de la situation au sous-marin, dans lequel il avait pris place avec les agents de la DT.

Alors qu'elle était encore attablée, de Payns vérifia que tout le monde était à son poste :

— Y check, lança-t-il dans le micro intégré à un collier glissé sous son tee-shirt, tandis que le bouton pour parler se trouvait dans la poche de son pantalon.

Les confirmations se succédèrent :

Jéjé.

Danny.

Paulin.

Véhicule.

— OK Y, reçu fort et clair, répondit de Payns. Jéjé, tu as l'alerte.

— Jéjé, reçu.

Ancien plongeur de combat dans la Marine, Jéjé avait été recruté par la DGSE à l'approche de la trentaine. Cet élément aussi intelligent que résistant donnerait le top départ de l'opération.

Quarante-cinq minutes de silence radio plus tard, la voix de Jéjé se fit entendre dans les oreillettes de De Payns :

— Alerte, alerte, alerte. La cible sort à l'instant du café : veste marron, jean, sac à main noir. Elle descend la rampe Borgnagache vers le sud et la place de Vannes, trottoir côté numéros impairs. Elle vient vers toi, Paulin.

— Aguilar, reçu, dit de Payns. On bouge place de Vannes.

Le sous-marin démarra, tandis que les agents en filature poursuivaient leurs échanges réguliers :

— Danny, reçu. Visuel. De l'autre côté de la rue.

— Paulin, reçu. Je passe échelon 1 quand elle arrive à ma hauteur.

— Véhicule, reçu, on reste en attente, dit le conducteur d'une petite Citroën, dont la passagère était prête à en sortir d'un bond pour poursuivre à pied.

— Jéjé, elle se dirige vers la gare de Mons. Danny, reste en échelon 2 après que Paulin a pris le relais.

— Danny, reçu.

— Paulin, visuel. Au contact. Elle a pris à droite sur la place de Vannes. Elle marche lentement.

— Danny, visuel.

Le sous-marin se dirigeait à présent vers le boulevard Charles-Quint, qui donnait sur la gare de Mons.

— Aguilar, boulevard Charles-Quint, en amont de la cible.

Vingt secondes plus tard, ils virent la femme en veste marron passer de la place de Vannes au boulevard Charles-Quint, puis tourner à gauche vers la gare.

— Aguilar, visuel sur la cible. Elle marche vers le sud sur le boulevard Charles-Quint, vers la gare, côté numéros impairs.

— Jéjé, je me positionne à la gare, annonça l'ancien homme-grenouille.

— Aguilar pour Véhicule, dépose un piéton à la gare, côté ligne sud.

— Véhicule, reçu.

De Payns avait mis en place une filature classique pour une cible prenant le train.

Ils suivraient cette femme jusqu'à la gare, où un membre de l'équipe serait posté sur le quai d'en face. Quand elle se rendrait sur le quai correspondant à son train, l'agent posté sur l'autre quai joindrait par radio un collègue se trouvant à la station précédente et lui signalerait la position de la cible sur le quai. L'agent placé en amont n'aurait qu'à prendre place dans le train et s'installer dans la voiture dans laquelle la cible embarquerait selon toute vraisemblance. Celle-ci ne se douterait alors de rien. L'objectif de la mission était de déterminer où elle se rendait pour le deuxième jour d'affilée.

Sous les regards de l'équipe française, elle descendit à la station suivante, vers le nord, à la hauteur d'un quartier constitué d'immeubles de bureaux trapus et de centres médicaux séparés par de vastes espaces arborés. Il y avait également quelques commerces qui, sans être tout à fait haut de gamme, étaient assez chics. Les agents suivirent leur cible jusqu'à un bâtiment blanc moderne qui, à en croire le panneau fixé à l'entrée, hébergeait des consultants en management, des ingénieurs et des chercheurs en biologie. Un membre de l'équipe signala que leur inconnue avait pris l'ascenseur et en était sortie au deuxième étage, dont l'unique occupant était une société belge de biotechnologies du nom de GrowTEK.

Tandis que l'équipe de filature prenait note des faits et gestes quotidiens de la cible, la DT établit un *trombinoscope* de tout son immeuble. Typiquement, ce genre de galerie de portraits comprenait également les noms des acteurs principaux d'une opération, ainsi que leurs contacts, leurs habitudes et les lieux qu'ils fréquentaient, le tout regroupé dans un dossier.

Ayant établi que la cible demeurait au 2206 – c'est-à-dire au numéro 6 du deuxième étage du deuxième bâtiment –, les techniciens dissimulèrent des caméras dans le signal lumineux vert indiquant la sortie dans le couloir, exactement face à la porte qui les intéressait. Ce dispositif permettrait à de Payns et son équipe de découvrir qui vivait avec la cible et qui lui rendait visite. Ces personnes seraient à leur tour suivies et photographiées, jusqu'à être identifiées.

De retour au Bunker de Noisy, de Payns mit à profit les photos et informations glanées pour établir un diagramme résumant l'ensemble de leurs connaissances – le *dispositif* – sur un panneau de liège, dans une salle dédiée à l'opération.

Il s'affaira à identifier le nom de la cible principale et à préciser son emploi. Son nom étant affiché sur la boîte aux lettres et sur la sonnette de l'appartement, cette femme n'avait apparemment rien à cacher, ce que confirma l'équipe chargée de vérifier son courrier. Une identité non dissimulée pouvant être un leurre, les agents procédèrent à des recoupements avec ses factures et son permis de conduire belge.

Deux semaines plus tard, son équipe n'ayant pas chômé, de Payns, dans son bureau de Noisy, relisait le compte rendu qu'il avait rédigé à l'intention de Matthieu Garrat, l'adjoint de Briffaut, qui était en charge de l'opération de Mons. Ils avaient établi avec une certitude de quatre-vingt-dix pour cent que la détentrice du téléphone recevant les appels hebdomadaires de dix minutes émis par un dirigeant du MERC, au Pakistan, était une certaine Anoush al-Kashi. Ayant émigré du Pakistan deux ans auparavant avec son époux et ses deux filles, elle n'avait fait preuve d'aucun comportement dénotant une quelconque formation dans le domaine du renseignement. Cela étant, les Français, en deux semaines de surveillance serrée, n'avaient pas une fois aperçu son mari, que de Payns et Garrat auraient préféré voir à son côté. Un conjoint introuvable ou sur lequel il était impossible d'enquêter soulevait des doutes et des risques. Malgré cela, de Payns était prêt à passer à la phase « contact » et à montrer son visage. Il en avait assez de se terrer dans une chambre d'hôtel ou dans un fourgon et de punaiser des photos sur un panneau de liège. Le moment était venu de faire ce pour quoi il était formé. Il ne lui restait plus qu'à obtenir le feu vert de Garrat pour s'inviter dans la vie d'Anoush al-Kashi.

Après une ultime relecture de son rapport, il cliqua sur « Envoyer », puis patienta trente secondes avant d'éteindre son ordinateur. On était en plein été, à Paris, et de Payns avait envie de jouer au football avec ses fils et de boire du vin avec sa femme.

# Trente-deux

Tapi dans un coin du Bunker, le bureau de Matthieu Garrat offrait une vue dégagée vers le sud, sur les arbres et les toits de Paris. De Payns prit le temps d'en profiter lorsqu'il se présenta sur le pas de la porte, un mug de café dans la main et quelques Advil dans l'estomac.

— Entre, Alec, assieds-toi, lui dit Garrat avec un geste de la main.

De Payns s'assit sous le regard plein d'intelligence du numéro 2 de la division Y.

— Super boulot sur l'opération Alamut. Il y a du monde avec toi, j'imagine ?

— Templar dirige l'équipe de soutien, répondit de Payns.

— Excellent, apprécia Garrat, dont le crâne rasé scintillait sous l'éclat du soleil matinal. Tu sembles prêt à passer à la phase contact.

— Nous sommes tous prêts. Il ne faut pas perdre cette femme, c'est notre unique lien avec le MERC.

De Payns n'eut pas à insister outre mesure ; Frasier, Briffaut et Marie Lafont voulaient voir l'opération Alamut passer à la phase suivante, et Garrat n'allait pas s'y opposer.

— Vous êtes neuf, pour le moment, dit ce dernier, pianotant sur son clavier, les yeux rivés sur l'écran. De combien d'éléments avez-vous besoin pour la suite ?

— Il faudrait que l'effectif actuel de l'équipe Alamut soit maintenu. Cela nous fera assez de personnel pour effectuer une PEC si nécessaire.

— Entendu, ça se comprend.

Une *prise en compte* consistait à contrôler une zone de façon à permettre à une équipe de correctement gérer une prise de contact et de surveiller la cible avec le soutien d'un solide dispositif de sécurité invisible.

— Comment allons-nous baptiser la cible ?

— Corneille.

— C'est noté, dit Garrat, tapotant sur ses touches. Quelle sera votre approche ?

De Payns détailla l'opération : l'équipe opérationnelle dirigée par Templar poursuivrait la surveillance de Corneille, tandis que les techniciens infiltreraient son ordinateur et sa messagerie électronique et fixeraient une balise sur sa voiture. Ayant supervisé les recherches au sujet de la cible, il en livra l'essentiel à son supérieur : d'origine pakistanaise, cette femme était mariée à un pharmacien lui aussi pakistanais, et le couple avait deux filles de neuf et treize ans. Traductrice indépendante – profession assez répandue dans la région de Bruxelles – du français à l'ourdou, elle était également capable de traduire du pachtoune ou du panjabi en français ou en anglais. Concernant ses téléphones, elle possédait un mobile belge dont elle se servait quotidiennement, ainsi qu'un appareil démarqué français – celui-là même qui suscitait l'intérêt de l'équipe – qu'elle n'utilisait qu'une fois par semaine, le jeudi après-midi. Le fait qu'elle vive apparemment seule avec ses filles pouvait indiquer un divorce mais aussi une forme d'exil, auquel cas ce point pouvait être un levier pour la recruter. Son métier de traductrice en était un autre, potentiellement, si elle était à la recherche de clients.

— Nous prendrons note de ses courriers électroniques et passerons au crible ses amis et sa famille, ajouta de Payns. Je devrais être en mesure de te soumettre une idée de manœuvre pour le premier contact d'ici deux semaines.

— Tiens-moi régulièrement informé, dit Garrat. Vu le budget que nous consacrons à cette affaire, j'ai besoin de munitions pour le justifier. C'est compris ?

— Entendu, dit de Payns avec un sourire.

— J'insiste. Lafont nous soutient, et le fait qu'il soit question d'armes biologiques fait pencher en notre faveur la bien-pensance politique, mais donne-moi rapidement de bonnes infos ; je ne t'apprendrai rien en te disant que nos comptables sont près de leurs sous.

— C'est noté.

Garrat se redressa et, calé contre le dossier de son fauteuil, caressa sa cravate :

— À part ça, la DDC nous est revenue.

— Ah oui ! dit de Payns, se remémorant sa demande de criblage sur Ana et son mari, Rafi. En rentrant de mission, je découvre que ma femme a une nouvelle bonne copine ; je suis prudent, c'est tout.

— On n'est jamais trop prudent. Enfin, des vérifications ont été faites, il n'y a rien de suspect chez les Homsi.

Voyant un léger rictus se dessiner sur les lèvres de

Garrat, de Payns devina qu'un commentaire était imminent.

— Si une telle femme apparaissait dans mon entourage, j'y réfléchirais à deux fois avant de tirer la sonnette d'alarme. Peut-être même que je la laisserais s'approcher de plus près encore, si tu vois ce que je veux dire…

De Payns se sentit quelque peu gêné pour Garrat et sa plaisanterie douteuse, ce dont ce dernier ne se rendit pas compte. Il fit pivoter l'écran vers de Payns tout en insistant lourdement :

— Avec cette nana, je serais même assez partant pour une opération « sous couverture » quand ça lui chante…

La photo avait été envoyée par DGS, accompagnant le compte rendu signifiant qu'Ana Homsi ne figurait sur aucune base de données ou liste de personne surveillées du gouvernement français. Ce cliché numérique provenait des dossiers du personnel d'un cabinet de comptables où elle avait travaillé avant d'être mère à plein temps ; il confirmait qu'il n'y avait pas erreur sur la personne, que DGS avait bien enquêté sur celle qui intéressait de Payns. Cette femme aux longs cheveux noirs et aux grands yeux ronds n'était pas sans rappeler la Claudia Cardinale de la grande époque. La photo datait de huit ou neuf ans, estima de Payns.

— Pas mon genre, lâcha-t-il en se levant.

— T'es qu'un foutu menteur ! s'esclaffa Matthieu Garrat, tandis que de Payns sortait de la pièce. Cette femme est le genre de tout le monde !

# Trente-trois

Après un footing autour du Bunker, de Payns entra juste avant 10 heures dans la salle de sport du sous-sol. Il n'y avait là qu'une seule personne, assise sur un banc de musculation, les yeux rivés sur son téléphone. Il but quelques gorgées à la fontaine à eau, puis attrapa des gants de boxe dans le placard, se dirigea vers le sac de frappe et actionna le minuteur fixé au mur réglé sur trois minutes. Il se mit en garde basique et, balançant son corps, commença par des coups légers, alternant crochets et directs du droit. Répartissant son poids sur ses pointes de pieds, il laissait l'inertie donnée par ses jambes et ses hanches porter ses coups.

Haletant et les jambes en coton lorsque le minuteur sonna, il reprit son souffle, se demandant pourquoi il n'effectuait pas cet exercice trois fois par semaine pour se maintenir en forme. Alors qu'il tentait de se convaincre de s'imposer deux autres rounds de trois minutes, une voix s'éleva dans son dos :

— Tu appelles ça de la boxe ?

Il se retourna et se retrouva face à Shrek en tenue moulante de jiu-jitsu brésilien.

— J'appelle ça un type rouillé, répondit-il.

— Laisse-moi deviner : ton examen physique annuel est pour le mois prochain, c'est ça ? dit Shrek, sans cacher son amusement. Je t'ai prévenu, pourtant, non ? C'est pas inné, tu ne peux pas rester au top toute ta vie sans rien faire, mon pote. Il faut bosser.

— Ouais, ouais…

Si de Payns avait l'allure d'un ancien rugbyman ex-pilote de chasse, Shrek évoquait plutôt un universitaire capable de vous laminer aux échecs. Mais ce dernier entretenait son physique, était ceinture noire et moniteur de wing chun. De Payns, quant à lui, fumait un paquet de cigarettes par jour et s'efforçait tant bien que mal de retrouver la forme en vue de son check-up annuel. Shrek avait vu juste ; ses talents naturels de boxeur s'étaient sans doute évaporés avec sa jeunesse.

— Allez, voyons ce que tu as dans le ventre, dit Shrek, se dirigeant vers le placard.

— Tu plaisantes ? Il est hors de question que je subisse une séance d'entraînement avec toi. Je m'en sors à peine face au sac de frappe.

— Ça ira, ne t'en fais pas, assura Shrek, qui lança une paire de gants noirs d'arts martiaux mixtes à son ami. Je ne te ferai pas mal.

— Tu parles, railla de Payns, qui ôta ses gants de boxe pour enfiler les autres.

— En tout cas, je te promets d'épargner ton honneur.

Shrek se dirigea vers le tatami d'arts martiaux bleu disposé dans le coin nord de la salle. Les deux hommes retirèrent leurs chaussures avant de fouler les nattes souples, de Payns redoutant la suite.

— Tiens, au fait, je crois t'avoir vu en grande discussion avec Frasier, l'autre jour, près du bureau de Briffaut, lâcha-t-il innocemment en s'étirant les épaules.

— C'est précis, ça, dit Shrek avec un sourire. Tu ne serais pas un espion, toi, par hasard ?

C'était là du Shrek pur jus : éluder en douceur avec une touche d'humour. Si de Payns insistait, Shrek lui donnerait l'impression que c'était lui qui avait un problème.

— J'ai pensé que tu essayais d'arracher une augmentation de salaire, précisa-t-il tout de même. C'est ce que tout le monde dit, en tout cas.

Le regard de Shrek s'assombrit :

— Ah oui ? Et qui est ce « tout le monde », exactement ?

— Ha ha, je t'ai eu, mon salaud !

— Enfoiré, répliqua Shrek, avant d'effleurer du poing un des gants de son adversaire.

Les deux amis s'éloignèrent légèrement l'un de l'autre, puis de Payns prit une posture de combat défensive, poings levés et jambes fléchies. Shrek pivota sur le côté et, en quelques pas rapides, fit un tour complet sur lui-même et décocha un coup de pied retourné qui toucha de Payns à la hauteur du plexus solaire. Projeté en arrière, celui-ci chuta sur les fesses. Toussant en se remettant du choc, il leva les yeux vers Shrek.

— Tu n'as pas dit que tu ne me ferais pas mal ? souffla-t-il, haletant et prenant conscience que ce retour à l'entraînement serait douloureux.

Shrek haussa les épaules :

— Je suis un espion ; j'ai menti.

De Payns se releva d'un bond et, ayant retrouvé son sang-froid, adopta une autre position de combat.

— Oups… tu n'espères pas m'avoir au ju-jitsu, quand même ? ricana Shrek.

— On va voir ça…

Les deux combattants décrivirent un cercle, restant face à face, Shrek à présent plus méfiant car devinant que son adversaire imposerait une lutte au sol à la première occasion.

De Payns fit mine de viser le torse de Shrek, qui voulut parer cette menace en enchaînant un coup de pied et un coup de poing, mais il s'y attendait. Ayant esquivé le poing gauche de Shrek, il lui bloqua la main droite du coude et allongea le bras, faisant pression sur son coude, ce qui le souleva du sol. Pour éviter une fracture du bras, Shrek n'eut d'autre choix que de se baisser. Profitant de son inertie, de Payns se jeta au sol, entraînant Shrek avec lui. Il cala aussitôt son avant-bras sur le cou de son ami, ce qui lui permit d'enchaîner avec une prise d'étranglement qu'il eut tout le loisir de serrer.

Ayant tapé le sol de la main pour s'avouer vaincu sur cette prise, Shrek se releva. Les deux hommes se retrouvèrent face à face, à égalité, un partout. Ils auraient pu en rester là, mais Shrek soulevant un sourcil interrogateur, de Payns décida de poursuivre le combat. Shrek lâcha un coup de pied circulaire sur la cuisse de De Payns, puis un coup de poing. De Payns se glissa à l'intérieur du bras tendu et, d'un coup de hanche, jeta son adversaire sur le tatami. Ce dernier esquiva le coup suivant d'une roulade et se releva. Sans lui laisser le temps de retrouver son équilibre, de Payns se jeta sur lui, cherchant à effectuer une nouvelle prise sur le bras, mais Shrek s'écarta et riposta par un coup de pied latéral qui toucha les côtes flottantes de De Payns. Esquivant ensuite un coup de poing du gauche en se baissant, de Payns projeta son ami au sol et l'immobilisa de nouveau au moyen d'un avant-bras plaqué sur la gorge. Cette fois, Shrek parvint à se dégager et abattit le coude gauche sur l'oreille droite de De Payns, qui en resta étourdi un instant. Roulant chacun d'un côté, ils se remirent d'un bond en position de garde, le souffle court.

De Payns avait conscience de ne pas être en forme, comme en témoignait le filet de sueur qui ruisselait entre ses omoplates.

— Pas mal, pour un échauffement, vu ton âge, siffla-t-il, luttant pour retrouver sa respiration.

— C'est toujours mieux que de s'étirer, répliqua Shrek d'une voix rauque. Allez, on y retourne.

Il laissa échapper un petit cri lorsqu'il tendit le bras pour se saisir des verres à vin, dans le buffet. Une côte, sur le flanc gauche, lui donnait l'impression de vouloir lui percer la peau.

— Ça va, chéri ? s'inquiéta Romy, depuis le canapé.

— Oui, ça va, j'ai fait un peu d'entraînement avec Shrek, répondit-il en remplissant les verres de riesling.

— Et tu le regrettes, comme chaque fois.

— Je n'ai pas eu le choix. Il m'a coincé à la salle de sport.

— Tu as mal où, exactement ? Il reste du baume du tigre.

— Aux côtes, aux jambes, à l'estomac et aux bras, débita de Payns, tendant un verre à son épouse.

— Tu as besoin d'un bon massage, dit-elle en goûtant le vin.

Il se rendit compte qu'elle portait le bas de survêtement

rose qui la faisait ressembler à l'héroïne de *Jinny de mes rêves*[1].

— Oui, peut-être un de ces massages au cours desquels moi aussi je te caresse, dit-il, avec un clin d'œil.

— Marché conclu, *monsieur*, à condition que tu fasses sortir les garçons du bain.

De Payns posa son verre et se leva un peu trop vivement, ce qui lui arracha un cri de douleur, sa cuisse meurtrie se rappelant à son bon souvenir.

— Du calme, mon grand guerrier, gloussa Romy. Respecte d'abord ta part du marché.

1. Série télévisée américaine des années 1960, où Jinny, une princesse des *Mille et Une Nuits*, se retrouve à vivre à notre époque.

# Trente-quatre

Dans la pièce sécurisée opérationnelle du Bunker, de Payns écoutait Brent et Templar répéter leurs plans pour l'établissement d'un « environnement[1] » autour d'Anoush al-Kashi, alias Corneille ; dès que ce serait chose faite, il irait au contact. Tels des commerciaux, les deux hommes soulignaient les forces de leurs projets, assurant au chef de mission qu'il ne finirait pas ses jours enterré dans la forêt de Calmeynbos. Pour être certaine qu'aucune contre-mesure pakistanaise n'était à craindre, l'équipe récolterait autant de renseignements que possible sur l'environnement de Corneille, en particulier concernant sa famille, ses amis, son lieu de travail et ses loisirs. Après la première phase, qui avait consisté à établir l'identité de la destinataire des appels à Mons, et confirmer son lien avec son correspondant à Islamabad, il s'agissait à présent d'effectuer son environnement

1. Les différentes étapes jusqu'à obtenir d'une source humaine ce que les services secrets recherchent consistent à (dans l'ordre) : effectuer l'environnement technique, l'environnement opérationnel, l'environnement au contact. Viennent ensuite les phases d'approche, de recrutement et de manipulation.

opérationnel, afin que l'équipe Alamut dispose de suffisamment de détails pour permettre à de Payns de s'infiltrer dans l'univers de Corneille de façon plausible.

Brent détailla les aspects techniques de l'opération, évoquant en particulier les caméras braquées sur l'entrée de l'immeuble de Corneille, un objectif étant dissimulé dans l'œil d'un ours en peluche posé sur la plage arrière d'une voiture, et un autre dans du mobilier urbain. Brent demanderait à un de ses hommes de fixer sur la voiture de la cible – une petite BMW gris métallisé – un appareil qui leur permettrait de suivre ses déplacements et l'activité de son téléphone mobile. Ayant établi qu'elle avait un compte Gmail, qu'elle consultait sur un ordinateur portable Toshiba, ils n'avaient aucune difficulté à intercepter ses courriers électroniques. Ils avaient en outre déjà piraté ses deux mobiles, qui étaient désormais sur écoute, tandis que ses activités sur les réseaux sociaux étaient surveillées de près.

Par ailleurs, Templar disposait de suffisamment de personnel pour mettre en place des rotations de trois équipes mixtes se relayant pour encadrer les divers trajets de Corneille, que ce soit pour conduire ses filles à l'école, les ramener chez elle l'après-midi, se rendre à l'école de danse ou à des rendez-vous professionnels, parmi lesquels des passages réguliers dans les locaux de GrowTEK. L'emploi de plusieurs équipes pour effectuer ce travail leur fournirait des données précises sans courir le risque d'être repérés, au cas où l'ISI ait placé des guetteurs à Mons.

— On s'occupe aussi de sa boîte aux lettres, ajouta Templar, signifiant par là que le courrier de Corneille serait intercepté et lu avant d'être remis en place en son absence. On a déjà reproduit la clé du hall d'entrée. On n'a toujours pas vu son mari, mais il fait évidemment partie de l'environnement. On l'identifiera, ainsi que ses contacts.

Ils abordèrent ensuite l'aspect logistique de l'opération. Procéder à un environnement digne de ce nom pouvait demander jusqu'à un mois, ce qui impliquait des changements d'équipe, et donc des retours à Paris. Néanmoins, la surveillance s'effectuerait vingt-quatre heures sur vingt-quatre ; les agents devraient donc se disséminer dans divers hôtels et gîtes, réglant leurs chambres en liquide et se retrouvant à un point de rendez-vous tous les matins ou tous les soirs. L'ambiance n'était pas à la légèreté, et de Payns l'avait bien remarqué ; s'ils avaient mené ensemble la phase initiale, à Islamabad, en échappant aux regards ennemis, la partie qui s'annonçait à présent serait d'un autre genre. Ils s'apprêtaient à cerner une cible en lien direct avec un VIP cadre d'un centre de recherche sur les armes biologiques pakistanais. Si l'ennemi avait mis en place des mesures de contre-surveillance à Mons, celles-ci étaient à coup sûr le fait d'éléments professionnels et sans pitié.

— Tout sera parfaitement propre, promit Templar. Il leur faudra passer par le spiritisme pour savoir qu'on est là.

Templar et Brent partis, de Payns se concentra sur son identité fictive, à savoir Sébastien Duboscq, qu'il avait déjà incarné à plusieurs reprises en Europe et aux États-Unis. Cette légende était consultant pharmaceutique représentant la société AlphaPharma Consulting, qui possédait des locaux à Paris – sa raison sociale volontairement banale rendait la tâche plus ardue pour les agences de renseignement étrangères cherchant à en identifier les propriétaires. Il l'entretenait une fois par mois, en se rendant à son bureau du IXe arrondissement, en répondant par e-mail à des clients potentiels et en assistant à des conférences en Allemagne et aux Pays-Bas. Duboscq approcherait Corneille en sollicitant ses services de traductrice, lui expliquant vouloir être assuré que ses clients pakistanais et des pays voisins comprennent le contenu de son site Internet ; il lui en fallait donc une version en ourdou et une autre en pachtoune. Sébastien Duboscq était un homme élégant et calme qui ne semblait pas avoir de soucis financiers, à en croire ses costumes de prix et ses chaussures de qualité. En passant au crible les photos prises à Mons témoignant des goûts de luxe de Corneille en matière de sacs à main et autres accessoires, de Payns en avait conclu que le MICE de cette femme penchait peut-être du côté de l'ego. Elle avait l'allure d'une bourgeoise orientale immigrée en Europe qui se laisserait peut-être tenter par une idylle avec un contact professionnel parisien sexy. De Payns prit note de passer chez le coiffeur et de réfléchir à une eau de toilette pour homme… Paco Rabanne peut-être – un parfum qui laisserait entendre que Sébastien Duboscq était prêt à s'amuser un peu, sans toutefois vouloir se jeter sur n'importe qui.

Un métro le mena vers l'est et au Vestiaire de la Boîte, où il prit une douche. Il jeta ensuite son dévolu sur le costume bleu marine suspendu dans son casier, assorti à une chemise blanche neuve et des chaussures marron Bowen achetées en Angleterre. Après avoir glissé tout ce qui concernait Alec de Payns dans une enveloppe en papier kraft, il sortit d'une autre le portefeuille, le téléphone et divers effets appartenant à Duboscq. Enfin, il enfila une montre en or assez fine à son poignet et une chevalière rétro à son doigt.

Le trajet en métro jusqu'à l'appartement de Duboscq lui prit douze minutes, dont il profita pour assembler le Nokia de son personnage. Il récupéra son courrier dans la boîte aux lettres, dans l'entrée de l'immeuble où se situait son appartement vide au-dessus d'un restaurant de la rue Godot-de-Mauroy, puis il traversa la chaussée jusqu'au local d'AlphaPharma Consulting. Il lui fallut grimper quelques marches pour entrer dans le minuscule espace ; il y avait là un bureau, deux chaises, un canapé, un téléphone fixe et un ordinateur. Ce n'était pas grand-chose, mais c'était suffisant.

Il alluma la lumière et s'installa, tandis que dans un bureau voisin, sur le même palier, le courtier en assurance beuglait au téléphone. Il alluma l'ordinateur et se carra dans le fauteuil acheté en solde, s'efforçant de se mettre dans la peau de Sébastien Duboscq. Il disposait de deux des meilleures équipes de terrain en Europe, dirigées par Templar, qui surveillaient déjà la cible à Mons. Si, en fouinant profondément dans la vie privée de Corneille, les agents apportaient la confirmation que son environnement ne montrait aucun signe de présence d'agents ou de surveillance de l'ISI, de Payns aurait toute latitude pour s'immiscer dans le décor d'ici deux semaines. Ses pensées dérivèrent vers l'opération Falcon et l'entretien désastreux avec les hommes de DGS à propos des passeports estimés à trois millions d'euros. Leur intervention signifiait que le fiasco de Palerme n'était pas encore classé, et que Frasier n'avait pas encore rédigé son rapport final. De Payns n'avait donc rien à offrir à Manerie. Il se demanda une énième fois pourquoi les choses avaient si mal tourné en Sicile, s'attardant sur le mystère constitué par l'élégant individu aperçu sur le ferry. S'agissait-il réellement de Mourad ? Dans l'affirmative, pourquoi était-il sorti de sa planque pour participer à une opération purement de terrain ? Selon la rumeur, Mourad était en relation avec les cadres de l'organisation d'Oussama ben Laden et soupçonné de financer des cellules dormantes à Paris, Londres, Madrid et Francfort. Or il avait émergé de son refuge sécurisé – où que soit ce lieu – pour surveiller personnellement Michael Lambardi sur le ferry, puis dans le bar. Pourquoi ?

Un bruit de talons résonna sur le parquet du palier, puis cessa.

— Sébastien ? appela une voix féminine. Tu es là, *chéri* ?

— Claire ! Entre, je t'en prie, répondit de Payns, redevenu Sébastien Duboscq, le charmant célibataire.

La porte en verre dépoli s'ouvrit vers l'intérieur et Claire, la blondinette qui « se tapait tout le boulot » chez les courtiers en assurances d'à côté, se pencha dans la pièce, collée au montant de la porte. Elle portait une jupe droite noire et un chemisier rouge assez ample censé dissimuler ses formes – sans succès.

— Il me semblait bien que c'était toi, dit-elle en sortant un paquet de cigarettes souple de sa ceinture. Tu étais encore parti à l'aventure, Seb ?

— Oui, si pour toi bosser dur, c'est de l'aventure, répondit de Payns, acceptant la cigarette proposée. Les clients sont partout dans mon business. Je passe ma vie à bouger, tu sais ce que c'est.

— Arrête, tu vas me faire pleurer ! lâcha Claire, écartant les plaintes de De Payns. Je donnerais tout pour passer une semaine dans la peau d'un homme ; voyager de-ci de-là, faire tout ce dont j'ai envie…

— Ce n'est pas si génial, nuança l'espion, tandis qu'elle lui tendait son briquet.

— Tu parles ! rétorqua la blonde, allumant à son tour sa cigarette. Il n'y a que les mecs pour se plaindre de leur liberté.

# Trente-cinq

Avant de se rendre à sa réunion de 9h30, de Payns prépara le petit déjeuner pour les garçons et regarda *Bob l'éponge* avec eux. Ils discutèrent des filles et des brutes de la cour de récréation tout en faisant cuire des gaufres, « façon papa, avec plein de sucre et de cannelle ». Patrick lui demanda quand il serait en âge de jouer au rugby.

— Pourquoi au rugby ? s'étonna de Payns à mi-voix, peu désireux que Romy surprenne leur conversation car elle avait ce sport en horreur. Je croyais que tu adorais le football ?

— Parce que tu as joué au rugby, toi ! J'ai vu tes photos d'école.

— Bon, on demandera à ta mère, biaisa-t-il, versant du sirop d'érable.

— Je lui en ai déjà parlé !

— Et... ?

— Elle a dit : « Hors de question », dit Patrick en souriant. Il faut que tu la fasses changer d'avis, papa.

— Ah bon ? répondit de Payns en rigolant. Et qu'est-ce que ça va donner, d'après toi ?

— Peut-être en lui demandant gentiment ? intervint Oliver, les yeux écarquillés.

Après avoir visionné deux épisodes de *Bob l'éponge*, de Payns n'avait aucune envie de bouger. Dès la première semaine de septembre, Patrick retournerait à l'école et Oliver entrerait en CP. Il songea à l'époque où son cadet ne parlait pas encore, et voilà que le petit bonhomme s'apprêtait à apprendre à lire et à écrire. Il avait pleinement conscience des années qui défilaient, non seulement par rapport à son âge, mais également à sa famille. Pendant qu'il disparaissait en peaufinant la dernière ruse ou manipulation en date, ses fils faisaient du karaté, jouaient au football et regardaient *Bob l'éponge*, fiers d'en suivre les épisodes en anglais. Pensant à sa famille, il se prit à regretter de ne pas évoluer dans une sphère professionnelle plus morale ; dans son univers, la famille était un point faible à exploiter. La plupart des individus rationnels étant prêts à tout pour épargner tout malheur à leurs proches, les enfants entraient évidemment dans l'équation. Il avait toujours évité de trop y réfléchir, jusqu'au jour où Romy, à son retour de Palerme, lui avait lancé : « Tu veux dire que c'est ce que tu fais aux gens ? Tu t'en prends à leur famille ? »

« Eh oui, c'est ce que je fais », se dit-il, sirotant son café devant le dessin animé.

Il embrassa ses fils et leur suggéra de laisser leur mère faire la grasse matinée, puis il se glissa hors de l'appartement peu avant 8 h 30.

Dans le bureau de Dominique Briffaut, de Payns et Matthieu Garrat détaillaient au patron de la division Y les raisons les incitant à estimer que l'environnement opérationnel était suffisamment abouti pour que l'on passe à celui au contact.

La phase d'observation, qui s'était prolongée trois semaines, sous la direction de Templar, n'avait rien révélé de particulier concernant Corneille, si ce n'est le fait qu'elle critiquait souvent son mari dans ses courriers électroniques et au téléphone, rêvant de davantage de liberté. Ses communications téléphoniques avec le mystérieux cadre du MERC avaient été enregistrées et transmises aux cryptographes de la CAT, qui n'avaient pas déniché le moindre message codé dans les conversations banales abordant des sujets tels que le shopping, la circulation et la cantine des filles. Dans des pays tels que le Pakistan ou l'Iran, il n'était pas inhabituel que les fonctionnaires gouvernementaux travaillant sur des questions sensibles apprennent à leurs familles et amis à ne jamais leur poser de questions concernant leur travail, ni même l'évoquer. Corneille respectait scrupuleusement cette règle, et son correspondant n'était pas très bavard. Briffaut se saisit du dossier rassemblant les transcriptions de ces échanges téléphoniques et l'ouvrit au hasard :

*Cadre MERC : Comment vas-tu ?*

*Corneille : Bien.*

*Cadre MERC : Et les filles ?*

*Corneille : Elles sont heureuses.*

*Cadre MERC : Il fait beau ?*

*Corneille : Oui, un temps superbe.*

*Cadre MERC : Et le travail ?*

*Corneille : Je suis débordée.*

— C'est tout ? soupira Briffaut.

De Payns hocha la tête :

— Ces conversations sont si banales qu'il faut au moins envisager la possibilité que Corneille soit formée à certaines techniques de renseignement.

Briffaut haussa les épaules ; dans le monde de l'espionnage, il fallait également accepter le fait que des gens sur écoute aient des échanges insipides.

Ils passèrent en revue un certain nombre de photos de Corneille, qui confirmèrent qu'il fallait viser du côté de son ego, concernant l'effet de levier MICE. Dotée d'un visage séduisant et d'un corps pulpeux, elle portait, sur l'un de ces clichés, un pantalon ample en soie et un corsage moulant, tenue nettement moins discrète que celle d'une Pakistanaise typique.

— Une fille de l'équipe de Templar a suivi Corneille dans un bar, le Club Latino, dit de Payns. D'après elle, le prof de danse de la boîte est un type avec une belle gueule mais dans le genre glauque ; tout est détaillé dans la section rapports.

Briffaut grimaça en parcourant les photos :

— On n'a pas repéré de contre-surveillances ?

— Rien du tout. L'environnement n'a rien détecté.

Garrat orienta la discussion sur les échanges électroniques entre Corneille et d'autres femmes d'origine moyen-orientale installées en Europe, dans lesquels elle déclarait vouloir se séparer de Fadi – l'époux absent –, qu'elle accusait de la contrôler et de se radicaliser.

Briffaut referma le classeur et le fit glisser vers Garrat, puis il se tourna vers de Payns :

— Avez-vous un plan pour approcher Corneille, si le feu vert est donné pour aller au contact ?

— Oui, je sais comment procéder.

Le chef de la division Y hocha la tête, l'esprit déjà tourné vers une autre problématique :

— C'est bon pour moi. J'en parle à Frasier, vous aurez le verdict avant ce soir.

# Trente-six

La nouvelle gare de Mons, immense temple de béton blanc, aurait pu être le fruit des amours du *Theme Building* de l'aéroport de Los Angeles – construction aux allures de soucoupe volante –, et de l'opéra de Sydney. De Payns descendit du train intercités qu'il avait pris à Bruxelles, après un trajet en Thalys depuis Paris, puis il traversa le hall impeccable jusqu'à l'aire réservée aux taxis, à l'extérieur. Il donna à un chauffeur l'adresse de l'hôtel Saint-Georges, qu'il avait choisi car il était situé à l'écart des artères principales de la ville. Il avait réglé sa chambre d'avance dans une agence de voyages parisienne et en liquide, prétendant qu'on lui avait volé son portefeuille et qu'il avait dû puiser dans la réserve de billets dont il disposait en cas d'urgence. Il se présenta à la réception en tant que Sébastien Duboscq et gagna le troisième étage, où il entra dans sa chambre qu'il inspecta de fond en comble. Il observa également la rue depuis sa fenêtre, cherchant à repérer des individus installés dans une voiture à l'arrêt ou un fourgon de livraison n'ayant visiblement rien à livrer.

Il alluma la télévision, qui captait les chaînes belges et françaises, et s'allongea sur le lit double. Il avait contacté Corneille depuis Paris l'avant-veille. Après s'être présenté, il lui avait dit qu'il avait un déplacement prévu à Bruxelles en fin de semaine et avait proposé qu'ils se rencontrent à Mons afin de discuter de la traduction de son site Internet. Son taux d'adrénaline était maintenant élevé. Le moment était venu de passer à l'action, de faire ce pour quoi la division Y avait été créée, et ce pour quoi il avait été spécifiquement formé. Il savait conduire à toute allure, manipuler une arme à feu et fabriquer une bombe, certes, mais s'immiscer dans une vie humaine jusqu'à en faire partie, puis trahir la confiance accordée par la cible, constituait un défi d'un tout autre ordre. C'était une manœuvre difficile à initier, plus encore à maintenir, et surtout dangereuse si la cible bénéficiait d'une protection quelconque. Pour paraître calme et naturel, un officier traitant se devait d'être minutieux et travailleur. On pouvait le comparer à un canard sur un étang, agitant frénétiquement ses pattes palmées sous la surface sans rien en laisser paraître.

Toujours étendu sur le lit, il cocha mentalement toutes les cases : AlphaPharma Consulting disposait d'une adresse officielle, et la société était enregistrée au registre du commerce ; sa liste de clients et de contrats pouvait être vérifiée. Si des agents de l'ISI fourraient leur nez dans le local parisien d'AlphaPharma, ils ne trouveraient pas Sébastien Duboscq à son bureau mais feraient sans doute la connaissance de Claire, qui leur dirait tout ce qu'elle savait sur l'homme avec qui elle avait fumé une cigarette encore quelques jours auparavant. Sébastien avait une carte d'identité, un permis de conduire et une adresse personnelle, et il laissait derrière lui un sillage d'interventions sur Facebook et LinkedIn. Sa ligne téléphonique professionnelle était reliée au service administratif de la division Y, qui pouvait en outre confirmer l'existence de ses deux clients les plus récents. Ces préparatifs étaient essentiels ; si une cible était surveillée par un service secret étranger, celui-ci ne manquerait pas de vérifier l'identité fictive de De Payns ; au moindre détail louche, un bon agent tirerait sur le fil jusqu'à défaire toute la couverture.

Corneille et Sébastien avaient prévu de se retrouver au Café du Havre à 18 heures. Assez tôt pour paraître professionnel, tout en laissant la possibilité de prolonger l'échange de manière plus informelle et décontractée en début de soirée. Il était crucial que cette première rencontre se déroule au mieux. Après une douche et un rasage, de Payns ouvrit le coffret Paco Rabanne tout juste acheté et s'aspergea de déodorant et de parfum. Il effectua un premier passage sur le lieu de rendez-vous à 17 h 28, en tenue quelconque, afin de mémoriser le décor, de manière à repérer le moindre détail suspect lorsqu'il se présenterait une demi-heure plus tard. Le café était situé à l'angle de l'avenue principale de la ville et d'une rue transversale très fréquentée. De Payns savait précisément de quelle façon des agents se positionneraient autour et dans l'établissement, mais rien ne le fit tiquer.

De retour à l'hôtel, il enfila son costume et ses chaussures anglaises. Muni d'une petite sacoche en cuir, il longea les trois pâtés de maisons le séparant du café, où il se présenta avec deux minutes d'avance. Il s'installa dos à un mur, à une place offrant une vue sur la rue, l'entrée et le couloir menant aux toilettes. Les Belges dînant encore plus tard que les Français, l'endroit était quasiment désert. Au moment même où la serveuse lui demandait s'il attendait quelqu'un, Corneille fit son apparition. Élégante, elle portait un chemisier de soie bleu foncé, un pantalon blanc à pattes d'éléphant, avec des escarpins à talons bas. De Payns se leva d'un bond, tout sourire, ce qui la fit rougir.

— Bonjour, Anoush, dit-il, la main tendue. Sébastien Duboscq, d'AlphaPharma.

— Bonjour, monsieur Duboscq, répondit-elle, manifestement quelque peu troublée.

— Appelez-moi Seb, je vous en prie, dit de Payns, qui contourna en un instant la table pour tirer la chaise d'en face à l'intention de Corneille. Vous êtes ponctuelle, cela me change agréablement.

Il estimait qu'un commentaire positif sur le professionnalisme d'un interlocuteur était toujours plus efficace qu'une flatterie sur son apparence ou ses vêtements.

— Vous avez eu de mauvaises expériences avec des traducteurs ? dit Corneille, s'asseyant sur la chaise présentée.

Il lui expliqua qu'il avait parfois besoin de traductions dans des délais assez brefs, occasionnellement des textes techniques pas forcément à la portée de tous les traducteurs.

— C'est-à-dire ?

— Bien entendu, certains passages sont exclusivement consacrés à des notions purement pharmaceutiques ou chimiques, en particulier les comptes rendus d'essais ou de régimes expérimentaux, et tout cela n'est pas toujours facile à traduire en langue exotique.

Corneille s'esclaffa, ce qui permit à de Payns d'admirer sa dentition parfaite.

Celui-ci ajouta, souriant tout en consultant le menu :

— Vous avez déjà eu l'occasion de traduire des textes scientifiques ?

— Pas vraiment, avoua-t-elle. Mais j'ai eu sous les yeux quelques traductions franchement désopilantes.

Elle était charmante, songeait de Payns, même si elle avait eu la main un peu lourde en se parfumant avec Opium. Poursuivant sur la ligne fixée, il lui expliqua qu'il souhaitait faire traduire son site Internet en ourdou et en pachtoune, ses missions lui étant en grande partie confiées par des groupes pharmaceutiques et agricoles jugeant prometteurs les marchés en développement au Pakistan, en Iran et dans les pays voisins.

— Sachez qu'il vous faudra signer un accord de non-divulgation, précisa-t-il, une fois qu'il eut compris qu'elle était intéressée et dotée de l'expérience technique requise. Je ne décroche des contrats que parce que mes clients savent que je ne révélerai rien les concernant à leurs concurrents.

Tout en restant charmant, il maintenait une certaine distance entre eux. Quand ils eurent achevé leur dîner, il ne commanda pas de seconde bouteille de vin, faisant ainsi clairement comprendre à Corneille que cette entrevue restait avant tout un rendez-vous d'affaires. Avant qu'elle ne s'engouffre dans un taxi, il lui serra la main et la remercia d'être venue, puis il proposa qu'ils se retrouvent une semaine plus tard ; il aurait alors l'accord de non-divulgation et le contrat, qu'elle n'aurait plus qu'à signer.

— C'est moi qui vous remercie, dit-elle en se glissant

de côté sur la banquette arrière du véhicule. Ce sera certainement un travail intéressant.

Tandis qu'elle disparaissait dans la nuit tombante, de Payns fut submergé par la vague d'excitation classique après un premier contact. Il en allait systématiquement ainsi quand il sortait de l'ombre, quand il cessait d'être un fantôme.

## Trente-sept

De Payns était censé passer la journée suivante à Paris pour s'occuper de ses cinq autres identités fictives et rencontrer ses contacts. Dans le deuxième café Internet dans lequel il s'installa, il trouva sur sa messagerie un courrier électronique comportant un acronyme et un numéro correspondant à Briffaut. Il ressortit et, trois cents mètres plus loin, appela un numéro de service de la Boîte au moyen d'un mobile démarqué. Lorsqu'il donna son identifiant, son interlocutrice lui révéla qu'une réunion d'urgence était programmée le jour même à midi, au Bunker.

Quand il se présenta au bureau de Briffaut, de Payns trouva Marie Lafont assise sur le canapé réservé aux visiteurs, tandis que Briffaut concluait une communication sur sa ligne fixe. En s'asseyant, il constata que son patron avait retiré sa cravate, ce qui généralement était le signe que Dominique Briffaut comptait descendre dans l'arène.

— Du nouveau sur ces saletés d'armes biologiques ? lança-t-il à Marie Lafont, la forçant à lever les yeux de son mobile.

— Nous n'allons pas tarder à le savoir, répondit-elle.

Briffaut raccrocha et se leva :
— Un véhicule nous attend au garage.

Ils s'installèrent dans un fourgon Mercedes gris métallisé dont les sièges arrière étaient orientés face à face et séparés du conducteur par une cloison insonorisée. Les véhicules des chefs de section étaient supposés être de véritables pièces sécurisées sur roues, ce dont de Payns n'avait jamais été vraiment convaincu. Tandis qu'ils filaient vers le sud, au-delà du périphérique, Briffaut lui expliqua qu'un ressortissant afghan était détenu à l'hôpital sécurisé de la base aérienne de Villacoublay.

— Il a été capturé par une patrouille du RPIMa[1] dans la province de la Kapissa, précisa-t-il.

— Dans la Kapissa ? s'étonna Marie Lafont. On a encore des paras en Afghanistan ?

— À des fins logistiques et humanitaires, répondit Briffaut sans se démonter.

Marie Lafont secoua la tête, lassée des éternelles magouilles.

— Bon, d'accord ; une unité de « logistique » française attrape ce type et l'envoie à Paris. Pourquoi ?

— Nous allons le découvrir sous peu, conclut Briffaut.

Après avoir suivi la N118 vers le sud, ils s'engagèrent sur l'A86, et de Payns vit bientôt la base aérienne de Villacoublay apparaître sur sa gauche. Les hommes en poste à la guérite les laissèrent passer, puis ils se dirigèrent vers un imposant bâtiment administratif, au

1. Régiment de parachutistes d'infanterie de marine.

pied duquel le fourgon s'immobilisa. De Payns, Briffaut et Marie Lafont empruntèrent ce qui ressemblait à une entrée de service à l'arrière de la structure. Ce faisant, de Payns se sentit assailli d'émotions surgies de son passé ; jamais il n'avait eu l'occasion de pénétrer dans ce bâtiment contrôlé par les services secrets français. Durant sa carrière dans l'Armée de l'air, il avait été cantonné au centre opérationnel, plus moderne et situé plus à l'ouest sur la base. Il marqua un temps d'arrêt sur le seuil, cédant le passage à Marie Lafont, ce qui lui permit de lever les yeux vers le ciel, dans lequel deux Mirage volaient en formation, l'ailier suivant son leader. Tout en plissant les yeux pour distinguer les marquages des appareils, il fut comme transporté en un autre lieu et à une autre époque, en l'occurrence au 11 septembre 2001. Il était en plein exercice de combat aérien quand le contrôle au sol les avait contactés :

— Marcou Hôtel, de Dijon.

— Marcou Hôtel ? avait répondu de Payns.

— Marcou Hôtel, fin de l'exercice, fin de l'exercice. Reportez stable[1].

— Hôtel stable, lança de Payns, étonné par cet ordre.

— Hôtel, prêt pour top TOD[2] ? demanda la tour de Dijon.

---

1. Cela signifie qu'il doit signaler quand lui et les autres avions ont un cap et une altitude stables après avoir arrêté toute évolution.

2. TOD pour *time of day* : permet une synchronisation de tous les postes radio dont les communications peuvent être cryptées grâce à des sauts de fréquences multiples par seconde. Une mauvaise synchronisation simultanée (« top TOD ») des postes radio concernés les rendrait inopérants. Cette procédure ne se fait en principe que dans un cadre de conflit.

— Hôtel, prêt.

— Hôtel : trois, deux, unité, top TOD.

Après être passé en mode cryptée, de Payns entendit dans son casque :

— Marcou Hôtel, check.

— Hôtel, en fréquence, répondit-il.

— Hôtel reçu. RTB asap[1]. Pas de restrictions vitesse et altitude.

C'est à cet instant que le rythme cardiaque de De Payns s'emballa. RTB signifiait « retour à la base », et « pas de restrictions » indiquait qu'il avait pour ordre de regagner la base le plus vite possible, quitte à passer en vol supersonique. Au sein de l'environnement parfaitement contrôlé de l'Armée de l'air française, on n'avait quasiment jamais vu un pilote bénéficier d'une totale liberté en matière de vitesse et d'altitude.

— Hôtel, reçu, répondit de Payns. Raison du RTB asap ?

— Vous sera donnée au sol.

— Hôtel, reçu. Retour Dijon.

Pousser son avion jusqu'à Mach 2 à l'altitude de son choix était une rareté ; de Payns se rappelait encore à ce jour la sensation de son corps gorgé d'adrénaline quand il s'était posé à Dijon et avait reçu l'ordre d'effectuer un roulage jusqu'à la zone « armement », avant que son appareil ne soit poussé en arrière à l'intérieur d'un hangar à l'épreuve des bombes. Des missiles air-air réels furent aussitôt fixés sous les ailes du Mirage, et les pilotes eurent pour consigne de rester dans leur cockpit.

1. L'abréviation *asap* ou *as soon as possible* signifie « dès que possible ».

Ce n'est que lorsque son mécano gravit l'échelle mobile afin de désactiver son siège éjectable que de Payns put enfin demander à quoi rimait ce cirque.

— New York est attaqué, répondit le mécano, clairement stressé. Les tours jumelles du World Trade Center sont en feu. C'est la Troisième Guerre mondiale !

Dans son siège, de Payns, en entendant cette nouvelle, songea qu'il n'y avait pas de meilleur endroit que le cockpit d'un Mirage 2000 armé pour débuter une guerre mondiale. Il se fit également la réflexion que ce nouveau conflit ne ressemblerait pas aux précédents, et que le renseignement constituerait un élément clé pour la victoire.

Les « mécanos armement », appelés affectueusement « Pétafs », reprogrammèrent les Mirage, activant les systèmes de tir réel des missiles infrarouge courte portée Magic II et des MICA EM « fire and forget » complétant les canons de 30 millimètres. Le réglage des postes de radio fut modifié, provoquant des sauts de mille fréquences par seconde pour un meilleur cryptage. L'escadrille fut placée en mode « alerte à deux minutes », ce qui voulait dire qu'au retentissement éventuel de la sirène, les pilotes devaient avoir décollé en moins de deux minutes. Pour ce faire, ils devaient rester des heures durant sanglés dans leur cockpit, en bout de piste, dans l'attente du « scramble » ou décollage d'alerte. Les instructions concernant la direction à prendre leur seraient alors communiquées en vol.

Pouvant toujours ressentir dans son corps les restes du stress et de l'excitation d'autrefois, de Payns suivit du regard Marie Lafont et Briffaut entrant dans le bâtiment. Songeant également aux missions qui avaient suivi, en Afghanistan et en Irak, il eut la sensation de voir resurgir la fatigue qu'elles avaient provoquée, comme si celle-ci était restée tapie dans ses os pendant toutes ces années. Chassant ces souvenirs, il pénétra à son tour dans le bâtiment, curieux de découvrir ce que l'Afghanistan lui réservait cette fois, dans sa nouvelle carrière.

Le service de renseignement disposait de son propre hôpital, ainsi que d'une prison, de dortoirs et d'un restaurant. L'hôpital rappelait l'Amérique des années 1970, jusqu'aux cloisons de verre festonné et aux fontaines à eau installées dans des renfoncements du couloir recouvert de linoléum. De Payns, Briffaut et Marie Lafont suivirent un agent assez corpulent jusqu'à une chambre individuelle, dans laquelle ils retrouvèrent Anthony Frasier auprès d'un lit, le visage largement dissimulé sous un masque blanc.

Obéissant à un signe de Frasier, l'agent tendit des masques aux nouveaux arrivants et sortit de la pièce.

— Ils l'ont baptisé Fazel, dit Frasier, désignant l'individu alité. Il est arrivé il y a une heure.

Ils s'approchèrent de « Fazel » : visiblement âgé d'une trentaine d'années, cet homme aux cheveux noirs coupés court et rasé de près aurait pu être originaire d'Iran, du Pakistan ou encore d'Afghanistan. Il était connecté par des tubes à divers appareils. Un autre jeune homme de type moyen-oriental d'environ vingt-cinq ans se tenait au côté de Frasier.

— Il y a deux jours, des militaires français, en investissant un village, ont trouvé trente-sept cadavres et un unique survivant, à savoir notre Fazel ici présent, raconta Frasier. Le médecin de l'unité a examiné quelques corps et constaté de fortes hémorragies, ce qui l'a incité à soupçonner un agent chimique ou biologique. Le seul survivant a été évacué dans un hôpital de Kaboul ; son état se dégradant, le médecin militaire a suggéré son transfert en France, devinant que nous serions partants pour lui poser quelques questions sur l'origine de son mal.

— Comment se fait-il qu'il ait survécu ? s'enquit Briffaut, tendant le menton vers Fazel.

Frasier haussa les épaules :

— Il est dans le coma, mais nous allons le réveiller, et nous avons un interprète pour nous aider. L'équipe médicale de la DO est au labo, quelques portes plus loin, occupée à analyser son sang.

Tandis que l'interprète saluait les trois nouveaux venus d'un signe de la tête, Frasier passa la tête par la porte de la chambre et appela le médecin :

— Nous sommes prêts.

Le médecin militaire les rejoignit dans la chambre et s'approcha de son patient, dont il vérifia les constantes vitales sur un écran, puis il se saisit d'une grosse seringue et le piqua.

— Laissez-lui environ deux minutes, dit-il à Frasier.

Tout le monde patientait en silence quand, quelques instants plus tard, le patient se mit à ouvrir lentement les yeux, appréhendant peu à peu son nouvel environnement. Le médecin procéda à une vérification en braquant une lampe torche sur ses pupilles, puis Frasier se racla la gorge.

— Il est à vous, dit le médecin, avant de sortir de la pièce.

Frasier se tourna vers l'interprète :

— Expliquez-lui que nos intentions sont amicales, qu'il est en France et en sécurité.

Le jeune homme débita la phrase dans la langue de Fazel, qui secoua la tête et répondit.

— Il voudrait savoir ce qui est arrivé au village, traduisit l'interprète.

— Au village ? répéta Frasier. Cet endroit n'a pas de nom ?

Après qu'on lui eut traduit cette question, Fazel répondit par un monologue décousu. L'interprète hocha longuement la tête et posa de lui-même quelques questions, avant de se retourner vers les Français :

— Il dit qu'il se rendait à Kaboul, en provenance du nord. Un chauffeur de poids lourd l'a pris en stop puis l'a déposé à un carrefour proche du village, qui se trouve près de la lisière est de la forêt du Nouristan, non loin de la frontière avec le Pakistan. Il y est entré vers 4 h 30 du matin et a puisé de l'eau dans une vieille citerne pour se laver. Il n'a pas bu cette eau car il était muni de sa propre bouteille. Alors qu'il attendait que les habitants du village se réveillent pour leur demander de la nourriture, il s'est senti très mal au bout d'une heure. Comme il s'était lavé le visage avec l'eau de la citerne, il a supposé que celle-ci était croupie. Son état a empiré, et il a vomi trois fois. Il n'a rien remarqué tant qu'il faisait nuit mais, l'aube venue, il s'est rendu compte qu'il vomissait du sang. Paniqué, il a cherché de l'aide dans le village, sans trouver personne. Il a frappé à des portes, mais personne ne lui a répondu. En regardant par la fenêtre d'une habitation, il a vu trois personnes, dont un enfant, gisant au sol dans une mare de sang.

Il est entré et a constaté qu'ils étaient morts, du sang s'écoulant par tous les orifices. Craignant d'être atteint du même mal, il a bu toute l'eau de sa bouteille. Il avait alors du mal à marcher et souffrait de diarrhée sanguinolente. Il a jeté un coup d'œil dans d'autres maisons, dont tous les occupants étaient morts. Tous avaient perdu d'importantes quantités de sang par la bouche, le nez et le rectum. De plus en plus faible et incapable de se déplacer, il a perdu connaissance. Il a repris conscience grâce à l'intervention de soldats étrangers ; il devait être 6 h 30 ou 7 heures.

— Et ensuite ? relança Frasier.

L'interprète traduisit la question, et Fazel y répondit.

— Il se rappelle s'être dit que ces soldats n'étaient ni américains ni australiens, alors peut-être français. Il a cru qu'il allait mourir. Puis il s'est réveillé ici. Il demande quel jour nous sommes. Il pense être resté inconscient plusieurs jours.

La section des services de renseignement basée à Villacoublay disposait d'un système de communication indépendant et de ses propres pièces sécurisées ; les agents de la DGSE se rendirent dans l'un de ces bureaux insonorisés où les attendaient leurs collègues de la DO. Frasier discuta un moment avec le chef de l'équipe scientifique, puis il s'empara de quelques feuillets et rejoignit le groupe qui s'était installé à une table de conférence.

— *Clostridium*, lâcha-t-il en secouant la tête. Où ai-je entendu ce terme récemment ?

— Ce n'est pas la bactérie que les Russes soupçonnent d'être cultivée au MERC ? hasarda Briffaut. C'est donc ça, son effet sur ses victimes ?

Frasier leva légèrement la main, comme pour inciter les autres à se calmer :

— La bactérie *Clostridium* se trouve également à l'état naturel, en dehors des laboratoires mettant au point des armes biologiques. Nous allons effectuer davantage de tests pour établir avec certitude ce que nous avons là.

Il se tourna vers de Payns et ajouta :

— Je ne vous demande pas de foncer tête baissée, concernant Alamut, mais si vous avez le choix, privilégiez l'option la plus rapide, compris ? J'ai comme l'impression qu'il y a urgence.

# Trente-huit

De Payns referma le dernier dossier de la DR transmis par Marie Lafont, dont la lecture était déprimante ; des unités françaises avaient pris le contrôle du village afghan empoisonné et effectué des analyses des cadavres et de l'eau de la citerne. Cela faisait à présent une semaine que Fazel avait été transféré à Villacoublay, et les médecins de la DO étaient parvenus à la conclusion que les échantillons prélevés en Afghanistan contenaient des souches modifiées de *Clostridium perfringens* en suspension dans l'eau destinée à la consommation. La bactérie avait forcément été manipulée car la toxine epsilon de type D – ETX-D –, découverte dans ces prélèvements, était exclusivement sécrétée par un variant de *Clostridium perfringens* que l'on ne trouvait pas naturellement dans le corps humain. Par ailleurs, aucun animal ou organe d'animal n'avait été retrouvé dans la citerne ou en amont dans son circuit d'approvisionnement. La toxine de la bactérie avait provoqué des hémorragies internes de grande ampleur chez les victimes, ainsi que de nombreux dysfonctionnements d'organes. Les cadavres étaient gonflés de pustules gazeuses. La Boîte n'avait pas été en mesure de déterminer l'origine de cette manipulation, toutefois certaines communications militaires interceptées par la DGSE avaient révélé que les Russes soupçonnaient le MERC de travailler sur une arme biologique à base de *Clostridium* modifiée.

De Payns posa le dossier et se frotta le visage. Les photos des cadavres étaient si affreuses qu'il n'avait eu la force d'en détailler que quelques-unes avant de les écarter. Il devait à tout prix accélérer l'opération Alamut. Un peu plus tôt dans la semaine, il avait eu un deuxième entretien avec Corneille, à Mons. La Boîte lui avait donné l'ordre de passer à la vitesse supérieure, d'agir plus vite et plus brusquement que d'ordinaire. Il consulta sa montre, puis se leva ; il était l'heure de retrouver Garrat, Marie Lafont et Templar.

Garrat résuma la deuxième rencontre entre de Payns et Corneille. Progrès important, celle-ci avait signé un contrat et un accord de non-divulgation. À mesure que leur collaboration se concrétiserait, l'espion français lui réclamerait des informations et des éclairages qui la mèneraient dans la zone grise où légalité et loyauté se faisaient plus floues. Cette escalade devait ensuite déboucher sur la signature d'un contrat modifié plus contraignant quant à la confidentialité. C'était ce deuxième contrat, cette officialisation de la plongée en zone grise, qui pouvait à terme propulser la cible en zone noire. Il était plus facile de demander à quelqu'un d'enfreindre la loi quand il s'en était déjà quelque peu écarté. Ce nouveau contrat renfermerait les clauses qui pourraient par la suite être utilisées pour faire chanter la cible. « Comment ça, nous vous avons piégée ? C'est bien votre signature, non ? Et c'est bien vous, sur cette photo, signant le contrat avec cet espion français ? » À ce stade avancé, un officier traitant tel que de Payns, quand il devait gérer une cible voulant faire marche arrière, n'avait qu'à brandir le contrat et énoncer quelques évidences : « Je me demande si votre accord écrit de nous livrer des documents gouvernementaux pakistanais classifiés intéresserait le chef du contre-espionnage de l'ISI. Il y trouverait même la somme que nous vous avons versée. »

L'argent était le moteur du recrutement de la cible, avec des sommes de plus en plus importantes à mesure que celle-ci s'enfonçait dans du gris de plus en plus foncé. Du moins jusqu'à un certain point. En effet, les services secrets français avaient la réputation d'être assez pingres. Dès lors qu'elle avait plongé une cible en zone noire, la Boîte cessait de la rémunérer pour se contenter d'un simple chantage : « Continuez à nous livrer des informations, cher ami, sinon nous transmettons votre dossier à l'ISI. »

Ce n'était cependant pas l'option privilégiée par de Payns, qui, du moins dans un premier temps, préférait que Corneille en arrive à lui faire confiance, à l'apprécier, ce dont il profiterait pour découvrir l'identité de l'individu qui la contactait régulièrement depuis le MERC.

Garrat enchaîna avec la surveillance électronique mise en place à Mons. D'après les comptes rendus, Corneille avait raconté par e-mail à des amies avoir fait la connaissance d'un « Français mignon ». Elle avait même avoué par téléphone à l'une d'elles que s'il était partant, elle n'hésiterait pas à avoir une aventure avec Sébastien Duboscq.

Garrat secoua la tête, hilare, en lisant à haute voix une phrase de la transcription :

— « Ce n'est pas seulement son physique qui me plaît ; c'est un véritable gentleman. » Et écoutez ça ; son amie lui demande : « Mais il est français ; il n'est pas trop arrogant ? » Corneille répond : « Il est sûr de lui, c'est vrai, mais il est aussi très drôle. »

— Assez plaisanté, l'interrompit de Payns. A-t-elle montré les contrats à quelqu'un ?

— Non. Elle ne les a pas transmis par courrier électronique, et elle n'a demandé conseil à personne quant à la signature, que ce soit par l'un de ses deux mobiles ou par sa ligne fixe.

De Payns se tourna vers Templar :

— Aucun agent étranger ne la surveille ?

— Non, on est sur le coup depuis plus d'un mois, et tout est OK.

Avoir établi le contact avec Corneille était une bonne chose mais ce n'était qu'une première étape. L'objectif de l'opération Alamut était de découvrir l'identité du cadre du MERC et de tenter d'entrer en contact avec lui. De Payns était désireux de hâter le processus sans trop se lier à Corneille. Il avait conscience de ce qu'on attendait de lui, mais il tenait à respecter la règle qu'il s'était fixée – et qu'il avait toujours respectée jusque-là – de ne pas coucher avec des cibles.

— On peut y aller, alors, dit-il. On passe à l'étape suivante, Matthieu ?

— Je vous donne le feu vert, répondit Garrat. Vous pouvez remonter à Mons dès demain ?

Le Thalys à destination de Bruxelles quitta la gare du Nord à 9 h 25. De Payns se détendit dans le siège, aussi confortable que dans un avion, tandis que la rame prenait de la vitesse. Après la réunion avec Garrat, il avait appelé Corneille et lui avait proposé de la retrouver le lendemain le temps d'un déjeuner, afin de discuter de certains projets. Elle avait accepté, et il était redevenu Sébastien, dans son élégant costume, filant vers la Belgique dans un nuage de parfum Paco Rabanne.

L'accélération de l'opération Alamut l'avait contraint à reporter les rendez-vous de ses autres identités fictives, ce qu'il n'appréciait guère, ses semaines parisiennes étant précisément structurées, chaque jour consacré à un personnage distinct. En temps normal, il prenait rendez-vous avec une cible par téléphone ou par e-mail, puis il réglait les détails logistiques de son déplacement, réclamant si nécessaire le soutien d'une équipe. La DGSE ayant le gaspillage d'argent en horreur, les ressources à la disposition de De Payns se réduisaient ou augmentaient en fonction des autres besoins opérationnels. Concernant Corneille, l'équipe était passée de neuf à quatre éléments, dont un photographe placé à distance et chargé de prendre des photos de Corneille et lui au café.

Bien que déterminé à ne pas coucher avec Corneille, il était décidé à donner à cette nouvelle rencontre une touche plus romantique que précédemment. Les conversations privées de la cible ayant révélé que Sébastien lui plaisait, il capitaliserait là-dessus sans trahir son épouse.

La veille au soir, Romy et lui s'étaient servi deux verres de vin avant de se coucher de bonne heure. L'époque où ils s'étaient rencontrés – alors qu'il était un fringant pilote de chasse et elle consultante en politique au sein d'un *think tank* – était définitivement révolue.

Alors célibataires et sans enfants, ils étaient l'un comme l'autre bien différents d'aujourd'hui. Il esquissa un sourire en revoyant en pensée la scène de sa première rencontre avec Romy, dans un bar, alors qu'elle était accompagnée de son petit ami. Il avait incité ce dernier à trop boire, à tel point qu'il avait vomi. Il avait par la suite trouvé Romy sur son lieu de travail en lui disant que puisqu'elle était une authentique Française, il lui fallait un authentique Français, c'est-à-dire un qui tenait l'alcool.

— J'ai déjà un petit ami, avait-elle répondu.

— Et pourtant, me voici, avait-il rétorqué.

S'ils n'avaient jamais perdu le sens de l'humour qui les avait rapprochés, l'aspect romantique de leur relation n'avait pas été évident à maintenir après l'arrivée des garçons. La longévité standard sur le terrain, pour un chef de mission de la division Y, était de cinq ans, après quoi il ou elle s'éclipsait, vaincu par l'épuisement ou l'alcoolisme, ou alors promu derrière un bureau, comme l'avait été Garrat. Cinq années de terrain pour le compte de la Boîte étaient largement suffisantes pour ruiner un mariage. Or de Payns était agent opérationnel depuis sept ans et surchargé de travail. Il devait faire vivre simultanément cinq identités fictives, ce qui lui imposait de mentir en permanence pour entretenir la crédibilité de ces légendes, l'obligeant également à effectuer d'innombrables démontages et remontages de téléphones quand il passait d'un personnage à un autre. Il lui était interdit de confier à Romy ce qu'il faisait et il ne pouvait en divulguer que la moitié au Clan, et encore, seulement une fois l'opération définitivement terminée. Un tel mode de vie avait tendance à isoler, d'autant plus que la DGSE avait pour politique d'empêcher les chefs de mission de se fréquenter, de façon à éviter qu'ils ne discutent entre eux et comparent leurs expériences.

Templar avait divorcé, et Shrek était encore marié mais n'avait pas d'enfants. Pour de Payns, sa famille était devenu son socle, même si elle devait être comme une île psychologique séparée du continent qu'était sa carrière. Romy était le rocher auquel il s'accrochait, le repère essentiel pour son équilibre mental. Il piégerait la Pakistanaise qu'ils avaient baptisée Corneille, mais il était hors de question qu'il la baise.

## Trente-neuf

L'appel téléphonique survint au cœur de la nuit, conséquence du décalage horaire et de l'impossibilité pour son associé de le contacter depuis son lieu de travail, où il occupait un poste très élevé. Le Professeur accepta l'appel et écouta attentivement sans dire grand-chose.

— L'homme qui nous intéresse est tout juste de retour du Pakistan. D'après ce que j'ai compris, il a livré un rapport à CP.

— CP ? répéta le Professeur.

— Contre-prolifération, le service qui lutte contre le déploiement d'armes nucléaires ou biologiques. Je n'ai pas eu ce compte rendu sous les yeux mais je suppose qu'il est question de l'opération Cimeterre.

— Ils se sont rendus à Islamabad ?

— Oui. Je vous tiens au courant dès que je dispose de davantage de détails.

Le Professeur remercia son interlocuteur et mit fin à la conversation, puis il gagna la cuisine et signala à son garde du corps qu'ils sortaient. Ils se rendirent au MERC, et il entra dans le centre de recherche où travaillaient quelques-uns des plus éminents cerveaux d'Asie.

Descendu au niveau B5, il emprunta le long couloir, ouvrit la porte du fond et alluma la lumière de l'immense laboratoire. Celui-ci était pourvu du matériel numérique le plus récent qui soit, en provenance des États-Unis, d'Allemagne et du Japon. Parmi les autoclaves, centrifugeuses et accélérateurs de particules, certains avaient été acquis de façon illégale et étaient si modernes qu'il n'était pas encore possible de s'en servir en ces lieux car on n'y disposait pas encore de la puissance informatique nécessaire pour les faire fonctionner.

En journée, une équipe de trente-cinq scientifiques isolait des bactéries, les cultivait, les modifiait et les faisait se reproduire selon différents scénarios et dans diverses conditions. Au cours des vingt années écoulées, le MERC avait accueilli des experts venus d'Afrique du Sud, d'Iran, de Corée du Nord et de Russie. Ceux-ci avaient détruit des milliers de lots de culture bactérienne n'ayant pas donné satisfaction, et perfectionné et développé de multiples souches, jusqu'à en obtenir de suffisamment stables – pour être transportées en toute sécurité – et capables de prospérer dans l'eau, milieu dans lequel elles attendraient d'être introduites dans les cellules réceptrices vitales que l'on trouvait sur les parois intestinales de mammifères tels que la chèvre, le mouton, les bovins… et l'humain.

Responsable de la gangrène gazeuse, une pathologie douloureuse et mortelle, la bactérie *Clostridium perfringens* était l'arme biologique la plus anciennement connue par l'homme. Depuis des lustres, des individus ou du bétail atteints de gangrène gazeuse étaient régulièrement mis en contact avec les réserves d'eau ennemies, généralement un puits ou une citerne.

Son dernier usage militaire connu datait de la guerre de Sécession américaine, dans les années 1860. Cet agent pathogène n'était ni subtil ni futé ; dès lors qu'il était ingéré par un organisme, il se contentait de déclencher une guerre bactériologique dans son appareil digestif, s'en prenant aux organes vitaux, ce qui provoquait rapidement des hémorragies internes, des pertes de sang massives et enfin une mort douloureuse. Cette bactérie ne tuait pas la totalité de ses victimes – ce n'était pas nécessaire. Handicaper lourdement un millier de personnes à partir d'une source d'eau empoisonnée suffisait à détruire le moral, monopoliser les effectifs médicaux au détriment d'autres malades et déclencher une panique générale, que ce soit au sein d'un camp militaire ou de toute une ville.

L'exploit de Youssef était d'avoir réussi à isoler une souche que l'on pouvait stabiliser – du moins autant que c'était possible concernant un agent pathogène si agressif – et modifier de façon qu'elle se multiplie dans l'eau, plutôt que de s'y dégrader.

Il arpenta son laboratoire souterrain sur toute sa longueur, méditant sur sa quête. Son parcours au lycée puis à l'université, au Pakistan, lui avait ouvert les portes de Stanford, aux États-Unis, où il avait décroché un doctorat en bactériologie. Ses études avaient été financées par l'armée américaine, qui lui avait ensuite proposé un poste dans un de ses laboratoires. Ses supérieurs étaient loin d'imaginer que ce jeune Pakistanais surdoué était issu d'une famille de fermiers originaire du sud de l'Iran. La mère de Youssef était devenue orpheline au milieu des années 1950, quand une société pétrolière française s'était débarrassée de résidus chimiques issus de forages dans un canal asséché. Or cet oued alimentait un ancien aquifère dans lequel des communautés agricoles puisaient de l'eau. La mère de Youssef avait vu ses parents mourir dans un hôpital miteux, déchirés par des hémorragies internes à cause de la cupidité française. L'empoisonnement du sol avait en outre ravagé le cerveau de tante Lavi, que Youssef adorait ; elle avait dû s'installer chez sa sœur, où jusqu'à la fin de ses jours elle n'avait fait que chantonner des comptines pour son neveu et sa nièce. Autrefois composée de fiers propriétaires terriens, la famille de la mère de Youssef avait été détruite par les Occidentaux, l'obligeant à mener une vie au rabais au Pakistan, devenu son pays d'adoption. Ses proches n'avaient pas tous la vengeance à l'esprit ; sa sœur, par exemple, était influencée par leur père, un homme bienveillant et bien loti par la vie qui, s'étant quelque peu éloigné de sa culture pakistanaise, ne trouvait rien à redire au fait d'adopter un mode de vie occidental. Youssef, en revanche, s'était de plus en plus rapproché de la mentalité de sa mère iranienne et de sa haine à l'encontre des Français. Doté d'un esprit affûté et fort d'une instruction très poussée, il avait fait serment de faire plier les arrogants Français grâce à sa meilleure arme, à savoir la supériorité de son intellect.

Un jour, en regagnant son bureau de professeur associé au sein de l'université nationale d'Islamabad, après avoir donné un cours sur les toxines bactériennes, il avait trouvé dans la pièce un homme aimable mais à l'air menaçant qui l'attendait. Cet individu, que Youssef n'avait depuis jamais connu sous une autre appellation que « le Colonel », lui avait proposé de prendre la direction d'un laboratoire, avec toute une équipe sous ses ordres.

Au fond du laboratoire tout en longueur, le Professeur déverrouilla une épaisse porte blindée et insonorisée, puis se glissa dans le passage avant de la refermer et de la verrouiller. Il descendit deux volées de marches et parvint dans une vaste salle remplie de cages. La douce lueur rougeâtre de l'éclairage de veille jetait comme un voile inquiétant sur cet espace clos où cent trente personnes étaient prisonnières.

Il passa devant ces gens et entra dans son bureau, où il alluma la lampe et s'installa face à son ordinateur sécurisé – qui n'était pas connecté au monde extérieur, ni même à un réseau gouvernemental pakistanais. Le niveau B6 du centre de recherche secret disposait de son propre parc de serveurs, et d'une base de données de recherches scientifiques alimentée manuellement une fois par semaine par des agents de cybersécurité de l'ISI. Au cœur de la section cryptée de ce système informatique interne était dissimulé le secret de l'opération Cimeterre : les chercheurs avaient découvert que si *Clostridium perfringens* produisait naturellement une toxine bactérienne dangereuse – plus mortelle que celle de *Clostridium botulinum* et *Clostridium tetani*, et cent fois plus mortelle que celle de *Clostridium septicum* –, il était possible de rendre cet organisme agressif plus redoutable encore. En analysant des documents cliniques dérobés en Corée du Nord et datant des années 1960, le Professeur avait reproduit les expériences menées sur *Clostridium perfringens* des décennies auparavant, avant d'être rapidement abandonnées. Il avait alors compris les raisons ayant poussé ces scientifiques d'autrefois à renoncer à ce programme. Les Nord-Coréens avaient isolé la souche la plus virulente – qui produisait la toxine epsilon, ou ETX – qui, quand on l'injectait ou la glissait dans la nourriture d'une chèvre ou d'un mouton, tuait l'animal en une à trois heures. Foie, reins, cœur, poumons, cerveau, ainsi que le système nerveux central, étaient anéantis par une cascade d'œdèmes, de lésions, de destruction de la barrière hémato-encéphalique et de dégâts au niveau cellulaire. Tout cela se traduisait par des hémorragies internes massives et la dégradation des fonctions physiologiques, pour se conclure par une épouvantable agonie caractérisée par une forte diarrhée. Il n'existait aucun vaccin contre la toxine ETX, et nul antibiotique n'était suffisamment puissant pour la freiner. Si un humain en absorbait une certaine dose, il mourait en moins de trois heures.

Dès que la toxine ETX avait été isolée et que les services de renseignement occidentaux avaient eu vent de son développement, elle avait immédiatement été placée sur la liste des armes biologiques interdites en raison de la menace qu'elle représentait pour l'humanité. Des lignées cellulaires exclusivement humaines telles que G-402, HRTEC ou ACHN étant extrêmement sensibles à la toxine epsilon, celle-ci avait été classée agent biologique de catégorie B par le CDC américain – le Centre pour le contrôle et la prévention des maladies – et par le gouvernement français. Impressionnés par le potentiel dévastateur de la toxine ETX en cas d'attaque biologique de grande envergure, les premiers chercheurs à l'avoir étudiée s'étaient trop focalisés, selon le Professeur, sur la façon de la propager en terrain ennemi. Pensant intégrer la bactérie sécrétant cette toxine à des aérosols ou des bombes, ils s'étaient heurtés au besoin sans cesse croissant d'en augmenter la concentration et la quantité, de façon que son emploi se révélait efficace sur de vastes zones et de fortes populations, tâche très onéreuse et gourmande en ressources.

L'innovation apportée par le Professeur réduisait à néant la contrainte d'une dose de *Clostridium perfringens* extrêmement concentrée. Il avait préféré se focaliser sur le développement d'une souche agissant dès le premier contact avec sa cible. Cette innovation consistait à isoler les enzymes sialidases – dont la présence permettait aux protéines ETX de facilement se fixer sur les cellules intestinales – et de favoriser leur production au sein même de *Clostridium perfringens*. Cela garantissait que même si le produit ingéré ne contenait qu'une faible quantité de bactérie, la toxine sécrétée par celle-ci provoquait un taux d'infection supérieur à la normale. La bactérie était optimisée pour agir. Pour reprendre l'expression prisée par les jeunes chercheurs placés sous les ordres du Professeur, *Clostridium perfringens*, en étant programmée pour produire des sialidases, était « parée à faire feu ». Et elle pouvait atteindre son objectif avec une faible dose. Le point le plus important était que, désormais, elle restait mortelle diluée dans de l'eau.

Songeant à l'appel téléphonique reçu quelques minutes plus tôt, Youssef médita sur le dilemme se présentant à lui : lâcher l'agent pathogène modifié dans le cadre de l'opération Cimeterre, et ainsi venger la famille de sa mère, ou poursuivre les tests jusqu'à obtenir une souche parfaite. Bien que perfectionniste, il se devait de ne pas négliger les renseignements fournis par sa source parisienne. Si les Français étaient à ses trousses et se rapprochaient de lui, il était temps de passer à l'action. Il fallait lancer l'opération Cimeterre.

Il fit quelques pas, longeant les cages. Certains prisonniers remuèrent, levant la tête ou regardant à travers les barreaux. C'étaient tous des communistes ou des insurgés, certains étant même chrétiens ou juifs. La plupart étaient des étudiants littéralement kidnappés lors de manifestations ou réunions politiques illégales et envoyés au Professeur, chez qui ils participaient malgré eux à l'effort national. Leur appartenance religieuse et leur orientation politique n'avaient aucune importance, estimait Youssef. La science ne croyait en aucun dieu.

Dans la principale salle du laboratoire, il alluma la lumière et se posta face à la baie vitrée donnant sur la cellule de test entièrement peinte en blanc. À l'intérieur étaient étendues, en tas, plusieurs jeunes personnes nues et ensanglantées. Pas une ne bougeait. Elles avaient toutes succombé après avoir avalé une cuillerée d'eau infestée de *Clostridium perfringens*.

Il regagna son bureau sous les regards des détenus, puis se connecta au service de messagerie crypté mis en place par l'ISI et sélectionna un des partenaires de son projet dans la case « Destinataire ». De cet appareil, ses messages étaient transmis aux bureaux de l'ISI au sein du MERC ; de là, son e-mail serait transféré par le système sécurisé du service de renseignement.

Il laissa passer quelques secondes, pensant à sa mère et à sa tante, puis il écrivit :

*Activez Cimeterre.*

Puis il cliqua sur « Envoyer ».

Il était prêt.

## Quarante

Lorsque Corneille entra dans le café, de Payns remarqua avant toute autre chose sa nouvelle coupe et ses ongles fraîchement vernis. Humant les odeurs des produits du salon de coiffure, il s'attarda un instant sur sa masse de cheveux noirs attachés en chignon au sommet du crâne, dévoilant son cou et les petits anneaux d'argent ornant ses oreilles. Si elle n'était pas son genre, il fallait reconnaître qu'elle se mettait parfaitement en valeur.

— Bonjour, Sébastien, dit-elle avec un grand sourire.

Elle le salua à la française, lui faisant la bise avec une légère étreinte. Après quelques minutes de bavardage anodin, elle lui remit les traductions qu'il lui avait demandé d'effectuer.

— Ce n'est pas comme si j'étais en mesure de vérifier moi-même la qualité de votre travail, glousse-t-il, remarquant tout de même que ces textes étaient rédigés en alphabet occidental et en ourdou. Vous n'avez pas rencontré trop de difficultés avec les termes techniques ?

— Non, ça s'est plutôt bien passé, répondit-elle en dépliant une serviette sur ses genoux. Quand j'ai affaire à un mot dont je ne saisis pas pleinement le sens, j'effectue quelques recherches.

De Payns sourit et fit glisser une enveloppe sur la table.

— Qu'est-ce que c'est ? s'étonna-t-elle en haussant les sourcils.

— Vos honoraires, mille euros. C'est plus pratique en liquide. Recomptez cette somme, je vous prie.

Corneille sortit les billets et les compta un à un. Quelque part de l'autre côté de la baie vitrée ouest du café, un agent de l'équipe de Templar enregistrait la scène en haute définition.

— Quel plaisir d'être payée si rapidement, apprécia-t-elle. En général, mes clients gouvernementaux me font attendre deux mois.

Ils passèrent commande, puis de Payns avança dans la manipulation en se lançant dans ce qu'il espérait devenir une discussion productive :

— Quand vos premières traductions auront été acceptées et publiées, j'aurai un travail plus spécifique à vous confier.

— Vraiment ?

Il lui tendit la deuxième série de textes à traduire, qui provenaient du Bunker.

— Le réseau de ce business est parfaitement développé du côté pharmaceutique ; je sais exactement qui nous devons cibler et à qui proposer nos services. En revanche, la facette agricole – biotechnologies, techniques agricoles, recherches chimiques – est plus éparse.

— Pardonnez-moi, mais… « éparse » ?

— Moins clairement définie, moins concentrée, vous voyez ?

— Disséminée un peu partout, vous voulez dire ? suggéra-t-elle en souriant.

— Oui, voilà, je ferais mieux d'employer des termes plus simples.

Il expliqua que les produits et machines que ses clients souhaitaient exporter au Moyen-Orient ne bénéficiaient pas toujours d'un réel marché, les groupes de recherche et développement étant souvent dissimulés dans des installations ou campus dépendant d'universités ou de gouvernements. Il était donc difficile de prospecter auprès de clients potentiels si « épars ».

Anoush hocha la tête, indiquant qu'elle saisissait le problème, mais elle n'ouvrit pas la bouche.

— Il arrive que nous ayons un centre de recherche parmi nos clients potentiels, mais comment savoir si on y développe des pesticides, des herbicides, des OGM ou des engrais ? Comment savoir si ces gens travaillent sur des vaccins pour les poulets ou sur une meilleure production des vaches laitières ?

Anoush haussa les épaules :

— En effet, ça peut être tout et n'importe quoi.

Changeant de sujet, de Payns désigna par la baie vitrée un homme qui laissait son chien uriner sur un vélo attaché.

— Sympa, ce type, dit-il avec un clin d'œil. Je parie qu'il ne laisserait pas son chien se soulager sur son propre vélo. Il pourrait être parisien !

Corneille s'esclaffa et convint que de Payns n'avait pas tort, puis son rire mourut, et elle reprit :

— Bon, de quels centres de recherche parlons-nous, au juste ?

Prenant soin de conserver un ton neutre, de Payns

énuméra quatre installations en Arabie Saoudite, en Irak et au Koweït. Et d'ajouter :

— N'oublions pas votre pays ; on trouve au Pakistan certains des meilleurs scientifiques du Moyen-Orient.

— Je ne sais pas grand-chose à ce sujet, réagit Corneille, sous le regard attentif de De Payns.

Le repas servi, il orienta la conversation sur des sujets plus personnels. Il l'interrogea sur ses enfants et la laissa esquiver la question de son mari et éviter de préciser qu'elle en était séparée. Quand vint le moment du café, il passa à une nouvelle étape :

— Je suis à Mons pour quelques jours, cette fois. Qu'y a-t-il d'intéressant à voir, par ici ?

Elle baissa les yeux sur son café, puis releva la tête avec un sourire plein d'espoir :

— Je peux vous faire visiter la ville, si vous voulez…

— Avec grand plaisir, répondit de Payns, un sourire carnassier aux lèvres.

## Quarante et un

De Payns profita de sa pause de l'après-midi pour contacter Templar et l'informer de ses projets pour la soirée : Corneille voulait lui faire découvrir le Club Latino, mais ils avaient prévu de se retrouver dans un autre bar avant.

Templar lâcha un rire gras de sous-entendus :

— Je te signale qu'elle a passé un bon moment dans un institut de beauté avant de te rejoindre, tout à l'heure. Ça devient sérieux, mon pote !

— Ne commence pas à me les briser.

— Alors baise-la, un point c'est tout. C'est quoi, ton problème ? Tu as des doutes sur tes performances ?

De Payns arpenta une heure durant les rues principales de la ville, dont il constata qu'elle possédait une petite enceinte médiévale en son cœur, les quartiers plus modernes étant situés en périphérie. Il dénicha une librairie au charme ancien et pittoresque, où il acheta une première édition de *Huit affaires pour Biggles*[1],

1. Biggles, aventurier et as de l'aviation, est le personnage principal d'une série de romans policiers et d'espionnage (dont *Huit affaires pour Biggles*), créée par l'auteur britannique William Earl Johns après la Seconde Guerre mondiale.

paru en 1954. En fin d'après-midi, il s'autorisa une sieste dans sa chambre d'hôtel, puis se doucha et enfila des vêtements décontractés. À 18 h 58, il entra dans le bar dont lui avait parlé Corneille et commanda une bière légère et un verre de riesling – l'apéritif préféré de la Pakistanaise – avant de s'installer à une petite table ronde près de l'entrée. Corneille fit son apparition trois minutes plus tard. En se levant, il devina qu'elle était nerveuse. Après avoir bu et ri ensemble, ils n'eurent qu'à longer deux pâtés de maisons pour gagner le Club Latino, où Corneille avait réservé une table avec banquette, non loin de l'estrade. De Payns la laissa s'installer avant d'en faire autant, ce qui lui permit de s'asseoir au bord de la banquette. La serveuse se présenta portant deux margaritas sur un plateau ; ils trinquèrent et burent de nouveau. De Payns prenait soin de ne pas s'enivrer, notamment en versant régulièrement de petites quantités de son cocktail entre ses pieds, quand Corneille regardait ailleurs. Ils commandèrent de la viande de bœuf effilochée à la cubaine et d'autres boissons. Alors qu'ils en étaient à leur troisième margarita, servie pendant le repas, le groupe attaqua son concert par un morceau instrumental faisant la part belle aux bongos, et que les notes aiguës d'une trompette venaient relever.

Pour souligner son propos, Corneille, se pencha vers de Payns, qui fut alors enveloppé par sa chaleur et son parfum. À l'instant où il achevait son plat, l'éclairage fut réduit et le professeur de danse du club apparut sur la piste en parquet, au pied de l'estrade, sous un projecteur. La foule de clients – dont Corneille – poussa des acclamations en applaudissant.

L'accent du professeur de danse était si marqué que

de Payns avait un mal fou à saisir ce qu'il disait, ce qui n'était manifestement pas le cas des autres clients, qui se levèrent comme un seul homme pour se diriger vers la piste. Corneille le prit par la main et l'entraîna dans une danse latine.

Une demi-heure plus tard, il s'effondra sur la banquette, en sueur et haletant après l'effort. Corneille commanda un pichet de margarita, visiblement à présent désireuse de bavarder avec lui. Alors qu'une chanteuse se joignait au groupe sur l'estrade, Corneille se pencha de nouveau vers de Payns, au point de lui effleurer le cou du bout des lèvres.

— Comment réagiriez-vous si un membre de votre famille devenait soudain excessivement porté sur la religion ? lui chuchota-t-elle d'une voix tremblante.

— Ce serait une situation difficile.

Elle lâcha une sorte de grognement, puis se redressa et leva les yeux au ciel avant de se rapprocher de De Payns.

— Mon mari… laissa-t-elle tomber.

— Vous n'avez pas à vous justifier.

— Je sais, mais c'est dur de vivre en Belgique, avec toute cette liberté, de voir ces femmes mener leur vie comme bon leur semble, et…

De Payns porta son verre à ses lèvres, attendant la suite.

— Mon mari et moi nous sommes installés ici il y a deux ans. Notre vie était merveilleuse, à l'époque. Il avait un bon boulot.

Les oreilles dressées, l'agent secret français se pencha à son tour vers sa compagne d'un soir, tandis que la chanteuse et les musiciens se lançaient dans un morceau latino-américain assez bruyant.

— Malheureusement, la mosquée que nous fréquentions était infestée de radicaux, et Fadi s'est lié à eux. Du jour au lendemain, il m'a interdit de consommer de l'alcool et m'a fait part de sa volonté de retourner vivre au Pakistan d'une façon plus morale. Mais moi, j'ai refusé de renoncer à ma liberté.

— Il ne vit plus en Belgique ?

— Ses vêtements sont toujours dans l'armoire, et les filles espèrent qu'un jour il apparaîtra à la porte d'entrée, mais il est rentré à Islamabad, où est sa place, selon lui.

— Il a trouvé du travail, là-bas ? s'enquit de Payns, songeant que le cadre du MERC entre deux âges était peut-être l'époux en question.

— Oui, mais dans les faits, il est basé à Dubai.

La cible n'était donc pas le mari. Sans se soucier du sien, de Payns remplit le verre de Corneille, qui se pencha de nouveau vers lui :

— En Europe, les femmes ont tout loisir d'être indépendantes, pour peu qu'elles aient fait des études et décroché un emploi leur assurant un salaire.

— Exact. Ou alors si leur famille est riche ; c'est également une stratégie qui fonctionne.

— Je suis bien placée pour en parler, soupira la Pakistanaise.

— Vraiment ? réagit de Payns, très intéressé car voyant se profiler une occasion de titiller la facette « ego » de l'équation MICE de Corneille, qui en cet instant se livrait avec une grande franchise.

— Oui, mais c'est aussi une prison.

Le Français laissa passer un moment, hochant la tête au rythme de la batterie du groupe, afin de ne pas paraître trop empressé.

— Au Pakistan, vous voulez dire ?

Elle acquiesça.

— Ils vous accordent de nombreux privilèges mais vous gardent à l'œil en permanence.

— Qui ça « ils » ?

— Le gouvernement, la police… répondit Corneille, agitant son verre.

— Votre famille est impliquée dans la politique ? C'est pour cela que vous parlez anglais et français ?

— Non, ma famille est composée d'universitaires, de scientifiques, expliqua Corneille, à présent éméchée, à en croire ses paroles vacillantes. Je ne vous ai pas dit la vérité à propos de ces installations.

— Quelles installations ? Au Pakistan ?

Elle tenta d'avaler encore un peu d'alcool.

— Oui, j'en sais un peu plus à ce sujet que ce que je vous ai dit.

De Payns haussa les épaules, simulant une relative indifférence. Et Corneille d'ajouter :

— Il y a en périphérie d'Islamabad un centre qui ressemble en tout point aux instituts de recherche qui vous intéressent.

De Payns fronça les sourcils, comme s'il ne comprenait pas de quoi elle parlait. Elle poursuivit :

— Officiellement, cet endroit abrite la Société agrochimique pakistanaise. On y développe en principe des engrais et des pesticides. En réalité, on y mène des recherches de pointe pour le compte du gouvernement… Pour l'armée… pour être précise.

Après cet aveu, Corneille jeta un regard à la ronde, comme aux aguets. Malgré son cœur lui martelant soudain les côtes, de Payns sut conserver une voix parfaitement calme :

— L'armée ? Mais en quoi sont-ils concernés par l'agriculture ?

— L'agriculture ? lâcha Corneille, avec un rire désabusé. Je ne suis pas certaine qu'il soit vraiment question d'agriculture derrière les murs de ces bâtiments.

De Payns avait les tripes nouées ; si l'ISI la surprenait lui confiant ces renseignements, ils la tueraient, c'était une évidence. Il réagit fidèlement à sa légende :

— Très bien, c'est une bonne chose à savoir pour notre marketing, mais comment se fait-il que vous soyez au courant de ces détails ?

— Mon frère est le chef du programme d'armement biologique chimique de ce centre, avoua Corneille, entre deux hoquets. Je lui parle une fois par semaine au téléphone.

— Ah, d'accord, je comprends, lâcha de Payns sur un ton délibérément désinvolte, alors que son esprit faisait des bonds.

« L'homme que nous avons dans le collimateur est son frère, et c'est le grand patron du MERC ! », réalisa-t-il.

C'est avec une grande prudence qu'il prononça la phrase suivante :

— Il pourrait peut-être me donner un coup de pouce concernant des clients potentiels, non ?

Corneille secoua la tête et pivota vers lui :

— Vous ne comprenez pas ; Youssef est à la tête d'un programme de recherche sur les armes, j'en suis certaine. Il est totalement sous le contrôle du gouvernement ; il n’est autorisé à me parler que dix minutes une fois par semaine.

De Payns fit mine d’être dérouté par ces précisions.

Soudain, une expression nouvelle, proche de la panique, se dessina sur le visage de Corneille :

— N’en parlez jamais à qui que ce soit ! Vous devez me le promettre !

— Je vous le promets, jura de Payns, levant les mains tandis qu’elle lui tapotait le torse.

— Je ne plaisante pas ; s’ils apprennent que je vous ai dit tout cela, nous sommes morts, vous et moi.

## Quarante-deux

Le Thalys entra en gare du Nord peu avant 11 heures. De Payns en sortit et se mêla au flot des voyageurs, sous la célèbre voûte du grand hall. Il n'avait pas la gueule de bois, par bonheur, ce qui n'était sans doute pas le cas de Corneille. Elle était totalement ivre lorsqu'il l'avait fait monter dans un taxi et accompagnée jusque chez elle, à tel point qu'il avait dû la soutenir jusqu'à la porte de son appartement et payer la babysitter.

Après un rapide regard à la ronde, en quête d'une éventuelle filature, il s'engouffra dans l'Escalator menant aux quais du métro, où il dut patienter sept minutes avant l'arrivée d'une rame à destination de Gare-d'Austerlitz. Alors qu'il s'installait dans un wagon loin d'être rempli, le téléphone de Sébastien Duboscq vibra. C'était en principe au cours de ce trajet souterrain qu'il démontait ce mobile, en vue de changer d'identité au Vestiaire. C'était Corneille.

— Anoush, dit-il, après avoir accepté l'appel. Vous êtes matinale, dites-moi.

— Ne vous moquez pas de moi, grogna la Pakistanaise, avec la voix d'une personne ayant clairement trop bu la veille. Merci beaucoup d'avoir payé la baby-sitter.

— Je vous en prie. Vous sembliez tellement pressée de faire de votre canapé votre nouveau lit…

Ils bavardèrent avec légèreté quelques minutes durant, puis soudain Corneille changea de ton :

— Au fait, je vous ai dit certaines choses, hier soir… Je… Je n'aurais pas dû, vraiment.

— Ne vous en faites pas, je vous ai promis de garder ça pour moi. D'autre part, il est possible que je change de boulot sous peu, donc ça n'a pas vraiment d'importance pour moi, en définitive. Ce qui compte vraiment à mes yeux, c'est que vous m'ayez fait confiance, j'en suis très touché. Retournez dormir un peu, nous nous revoyons dans une semaine.

Il l'entendit presque se mordiller la lèvre.

— Vraiment ?

— J'essaye de me souvenir précisément de tout ce que vous m'avez dit, assura de Payns en la taquinant pour dédramatiser et la rassurer. Maintenant, je suis intrigué !

— Je dramatise peut-être un peu trop. Je n'aurais pas dû vous parler de lui, et maintenant vous voilà contraint de garder ce secret.

— Je comprends, pas de souci, dit le Français en riant. Mais vous, ça va aller ?

— Oui, pas de problème, mais je vous en prie, oubliez ce que je vous ai confié hier soir.

— Anoush…

— Revoyons-nous la semaine prochaine, quand vous serez de retour à Mons, mais ne parlons pas de ça par e-mail, d'accord ?

De Payns percevait presque la terreur de Corneille dans sa voix.

Après avoir conclu la conversation, il démonta le téléphone alors que le métro approchait de la station Gare-d'Austerlitz.

Il passa la plus grande partie de la journée à rédiger son compte rendu. La soirée passée en compagnie de Corneille était une percée majeure ayant permis d'établir que l'individu qui les intéressait, le cadre du MERC, était un certain Pr Youssef Bijar, frère d'Anoush et ancien professeur de bactériologie. Quoique ravi d'avoir obtenu ces informations, de Payns estimait ne pas être celui qui devait poursuivre la mission. En effet, l'étape à venir consistait à se rapprocher de la famille de Corneille, or celle-ci appréhendait déjà sa relation naissante avec lui – du moins elle en redoutait les conséquences pour Sébastien Duboscq. Si elle était terrifiée à l'idée de ce que son frère ou l'ISI avaient le pouvoir d'infliger à son nouvel ami, il était à craindre qu'elle se ferme comme une huître et refuse de le laisser davantage s'immiscer dans sa vie et sa famille.

Il avait signalé à Briffaut, Garrat et Marie Lafont qu'il était prêt à leur faire un point de la situation. Disposant d'une vingtaine de minutes avant l'heure de la réunion, il se servit un grand café noir et sortit sous le soleil matinal. Il alluma une cigarette et fit quelques pas sur les pelouses cernant l'ancien fort, en quête d'un banc sur lequel se détendre et étirer ses jambes. En cette fin d'été, il était encore temps de savourer la chaleur ambiante avant l'arrivée de l'automne et de ses vents frais. Fatigué sans être totalement exténué, il était surtout sujet à une lassitude mentale plus que physique. Malgré cela, il se concentra sur les événements de la veille au soir et sur l'appel téléphonique de Corneille, le matin même. Abandonnée dans un pays étranger, cette femme était très vulnérable ; elle était censée ne rien dire à propos de son frère, tout en lui parlant une fois par semaine. L'historique des services polonais et est-allemands avait appris à de Payns que toute police secrète était d'autant plus efficace qu'elle obligeait ses victimes à s'autocensurer. Tirant sur sa cigarette et sirotant son café, il songea à Romy, Patrick et Oliver. De quels dangers menaçait-il au quotidien leur existence ? Si sa famille en venait à apprendre qui il était vraiment, et ce qu'il faisait, vivrait-elle avec cette même peur au ventre ?

Il vit Briffaut surgir par la double porte de la salle de sport et se diriger vers lui avec un mug de café à la main. Bien que son aîné de quinze ans, Dominique Briffaut avait encore une démarche vive.

— Vous n'en auriez pas une pour moi ? demanda le chef de la division Y en s'asseyant sur le banc. En vous voyant avec une foutue clope au bec, j'en ai soudain eu envie d'une, moi aussi.

De Payns tendit le paquet à son patron et, quand celui-ci le lui eut rendu, s'alluma une nouvelle cigarette.

— J'ai lu votre compte rendu concernant Corneille, dit Briffaut, tétant sa cigarette. Beau boulot. Comment souhaitez-vous procéder ? Convaincre

Corneille de contacter Bijar pour nous ? Ou retourner à Islamabad et tenter de lui parler directement ?

— Il faut passer par Corneille, on n'a pas le choix, et il faut que ce soit à Islamabad, car jamais il ne s'éloignera de cette ville. Cela dit, je ne suis pas certain d'être l'homme de la situation.

Briffaut tira sur sa cigarette avant de se tourner vers son officier traitant :

— Ce n'est pas ce que Frasier a envie d'entendre pour l'instant. Il voit dans cette affaire une bonne nouvelle crédible à donner au Président.

De Payns approuva d'un signe de la tête et précisa :

— Je ne demande pas à me retirer de l'opération, je dis simplement que je ne suis probablement pas l'agent idéal pour pousser le contact jusqu'où il faudra peut-être le faire.

— Vous estimez être allé assez loin avec elle ?

— Oui, c'est à peu près ça. Elle est morte de trouille à l'idée de m'en avoir trop dit hier soir.

— Elle a peur pour vous ?

— C'est ça. J'ai déjà assisté à ce genre de réaction. Elle craint que ses liens avec son frère soient un point négatif à mes yeux, la concernant. Elle panique et se reproche de m'en avoir trop dit.

— Donc, elle risque de ne plus rien vous confier à ce sujet, de peur que ça vous incite à la laisser tomber ?

— C'est une réelle possibilité.

— Mais pourquoi ? glousa Briffaut. Parce qu'elle est tombée sous votre charme ?

— Ne vous fichez pas de moi.

Briffaut secoua la tête :

— Vous comptez en parler à Marie ? Elle sera difficile à convaincre.

De Payns, en leur exposant ses conclusions, fit part de sa façon de voir les choses :

— Ma relation avec elle a pris un tour amical. Je suis devenu trop proche de la cible. Ça risque de ruiner nos chances de contacter Bijar.

— Avons-nous donné un nom de code pour ce type ? s'enquit Briffaut.

— Loup gris, ça convient à tout le monde ? proposa Marie Lafont, ce à quoi les autres acquiescèrent.

De Payns la sentit se crisper, prête à en découdre avec lui. Elle lui demanda :

— Si je peux me permettre, qu'entendez-vous exactement par « trop proche » ?

— Quand une cible se livre un peu trop, il arrive qu'elle fasse marche arrière, afin de conserver l'excitation des premiers moments, intervint Briffaut. Il est possible que nous soyons dans ce cas de figure.

— Alors, Alec, proche à quel point ? relança Marie Lafont, avec un sourire ironique.

— On a bu ensemble, on a ri comme deux amis.

— Vous avez baisé avec elle ? demanda-t-elle.

Garrat et Marie Lafont s'esclaffèrent, et de Payns en fit autant, plutôt que de se vexer.

— Non, je ne suis pas allé jusque-là.

Garrat se tourna vers Marie Lafont :

— Je te l'avais bien dit.

— Bon, ça suffit avec ça, gronda Briffaut.

— D'accord, d'accord, céda Marie Lafont. Mais je tiens à souligner que « trop proche », en général, ça veut dire qu'il y a eu baise et que la relation a évolué, s'est complexifiée. Ayant perdu un moyen de faire pression, il est plus difficile de manipuler la cible.

— Dans ce cas, je ne suis pas « trop proche » de la cible, et je peux peut-être encore lui forcer la main en lui laissant espérer certaines choses, hasarda de Payns, qui regretta aussitôt ses paroles, songeant qu'on attendait fréquemment des agents féminins qu'elles fassent appel au sexe pour solidifier un contact.

— Comme c'est aimable à vous, lâcha Marie Lafont, tout en sarcasme.

— L'objectif de l'opération Alamut est d'accéder au MERC par un intermédiaire humain, rappela de Payns. Il est toujours possible de passer par Corneille, mais si elle se repent déjà de m'en avoir trop dit, je ne pense pas qu'une relation sexuelle nous fasse progresser.

— Ça fait longtemps que je ne suis pas allé sur le terrain, mais je peux prêter main forte, lâcha Garrat, le plus sérieusement du monde.

Deux secondes s'écoulèrent dans un silence total, puis les autres rirent tous aux éclats, à tel point que Briffaut dut se tapoter la poitrine pour mettre fin à une quinte de toux de fumeur, tandis que Garrat rougissait d'embarras.

— Quel est le problème ? se défendit-il, n'appréciant que très peu d'être ridiculisé par ses collègues. Je suis divorcé, ça ne me pose aucun souci.

Les rires calmés, Marie Lafont se tourna vers Garrat :

— As-tu lu les e-mails cochons de Corneille, Matthieu ?

— Bien sûr.

— Eh bien, ils parlaient de ça, dit-elle, désignant de

Payns, à qui elle s'adressa ensuite. Bien tenté, Aguilar. Le sexe n'est qu'en option, d'accord, mais vous ne lâchez pas ce contact. Nous touchons presque au but.

De Payns considéra Briffaut, qui haussa les épaules :

— Elle a raison. Vous devriez relire les e-mails de Corneille.

## Quarante-trois

Marie Lafont suivit de Payns jusque dans son bureau.

— Désolée, dit-elle, tandis qu'il remisait deux dossiers dans son coffre. Si vous avez une meilleure idée pour toucher Loup gris et le MERC, je suis prête à vous écouter, mais Matthieu n'a pas mis les pieds sur le terrain depuis cinq ans ; sur une opération aussi délicate, il déconnerait à coup sûr.

— D'accord, c'est bon, je m'y colle, céda de Payns, se laissant aller dans son fauteuil.

— Non, ce n'est pas bon. J'ai fait ce genre de chose quand j'étais célibataire, mais vous, vous êtes marié et père de famille.

Il écarta les bras :

— Des suggestions ?

— Vous pourriez aller jusqu'à échanger quelques baisers bien chauds avec elle, pour ensuite lui dire que vous avez un aveu à lui faire : vous êtes marié et vous voilà déchiré entre le désir qu'elle vous inspire et le serment sacré que vous avez fait à votre épouse.

— Vous êtes sérieuse ? s'esclaffa de Payns. Ça fonctionne, ce genre de truc ?

— Si vous voulez qu'elle cherche à vous attirer à elle, plutôt qu'à vous repousser, oui, ça peut marcher.

— Elle peut aussi penser que je suis un fumier marié qui veut prendre du bon temps…

Soudain, Briffaut surgit à la porte.

— Frasier vient d'ordonner une réunion en urgence à propos de l'opération Alamut. Prenons ma voiture.

Cinq personnes s'étaient réunies dans la plus petite pièce sécurisée de la CAT, au dernier étage du bâtiment. Il y avait là de Payns, Briffaut, ainsi que Marie Lafont et son second de CP et génie en chimie, à savoir Joseph Ackermann. Frasier était installé en bout de table, aussi agité que d'habitude. Il se lança :

— Comme certains d'entre vous le savent, j'ai différé la publication du rapport final de l'opération Falcon car, pour tout vous dire, je voulais davantage de détails sur ce qui s'était produit. Ne voyez pas dans ces mots une critique des éléments fournis par Aguilar et son équipe – il a bien fallu mettre un terme aux comptes rendus ; on n'allait pas éternellement interroger tout le monde.

Frasier croisa le regard de De Payns, qui acquiesça, puis le patron de la Direction des opérations poursuivit :

— Il y a cinq jours, j'ai chargé Shrek de retourner en Sicile, avec pour mission de reconstituer ce qu'on sait et éventuellement de glaner quelques renseignements supplémentaires. Il est rentré hier et, en plus de son rapport, m'a remis quelques échantillons prélevés sur place.

Frasier distribua un court compte rendu comprenant des photos de sortes de granules sur un arrière-plan sombre. De Payns parcourut ces clichés pris avec un objectif grand angle et montrant des intérieurs d'anciens entrepôts, ainsi qu'une sortie de canalisation carrée couverte d'une grille en fer.

— Il a remonté la piste de Commodore – et celle de Mourad, estimons-nous – jusqu'à un entrepôt tout près des quais de Palerme. L'endroit était abandonné, mais il a empoché quelques granules étranges repérés dans une canalisation. Ceux-ci contiennent essentiellement du chlore mais également de légères traces de *Clostridium perfringens*. D'après nos labos, c'est exactement la même souche bactérienne que celle trouvée dans les échantillons prélevés dans le village afghan. Ils contiennent donc la… substance manipulée.

D'un regard, il réclama l'aide des deux dirigeants de CP. Ackermann vola à son secours :

— La toxine epsilon de type D, monsieur.

— Quel rapport entre la Sicile et l'Afghanistan ? s'étonna de Payns, stupéfait que ces deux affaires soient liées.

Frasier passa le relais à Ackermann, qui expliqua que les échantillons avaient été testés à six reprises :

— Nous avons chaque fois obtenu le même résultat. Les échantillons de chlore sont à présent sous scellés dans un coffre réservé aux germes contagieux, mais je confirme qu'ils ont été exposés à une souche virulente de *Clostridium perfringens* qui n'a rien de naturel.

— C'est-à-dire ?… intervint Briffaut.

— C'est-à-dire que cette souche a été modifiée, manipulée. Ces prélèvements contiennent de la toxine epsilon, que l'on trouve naturellement chez la chèvre mais qui est mortelle pour l'être humain, qui n'a pas de défense à lui opposer ; elle réduit nos entrailles en bouillie et provoque une gangrène gazeuse.

Briffaut qui, quand il prenait un ton sérieux, paraissait encore plus impressionnant physiquement, considéra un moment le scientifique clairement angoissé :

— Ces échantillons ont été prélevés à Palerme ? En quoi l'opération Falcon est-elle liée à cette arme biologique qui déclenche une gangrène gazeuse, bon sang ? demanda-t-il en se tournant vers de Payns. Expliquez-moi comment un échange de passeports bidon peut influer sur la mise au point d'une arme biologique ?

L'agent secret haussa les épaules :

— Je ne dispose d'aucune information reliant Commodore à quoi que ce soit ressemblant à cette histoire. Ce type n'était rien d'autre qu'un crétin utile qui vendait des identités fictives à des terroristes.

— Savons-nous qui a modifié cette bactérie ? s'enquit Briffaut.

Ackermann se contentant d'un geste d'impuissance, Marie Lafont intervint :

— Seules quelques nations ont travaillé sur la toxine ETX dans le but d'en faire une arme biologique. La Russie et l'Afrique du Sud ont mis un terme à leurs programmes au cours des années 1980 ; quant à la Corée du Nord, elle s'y est également essayée durant un temps, mais elle est aujourd'hui focalisée sur les bombes atomiques. Cela nous laisse le Pakistan et l'Iran, mais le programme iranien concerne essentiellement le sarin et la ricine, sans compter qu'ils consacrent eux aussi une bonne partie de leurs ressources au nucléaire.

— On en revient donc au Pakistan, conclut Briffaut. Autant dire le MERC, non ?

— Nous n'en avons pas la confirmation, mais c'est le plus probable, reconnut Marie Lafont. En tout cas, c'est certainement dans cette direction que fouinent les Services russes.

Le regard de Frasier s'attarda brièvement sur chaque participant, puis il reprit la parole :

— Nous sommes donc à peu près certains qu'un programme de mise au point d'une arme biologique se déroule au MERC pakistanais, et les Russes estiment qu'il y est question de *Clostridium*. Puis nous avons cette bactérie qui est testée à des fins militaires dans un village afghan, et maintenant, nous retrouvons la même souche modifiée en Europe.

— Comment l'utilisent-ils ? demanda de Payns.

— La bactérie semble optimisée de façon à proliférer dans l'eau, répondit Ackermann. Les gars du labo ont dû faire appel à une aide externe car la toxine epsilon de type D qu'ils savent identifier a elle-même été modifiée.

— Que faut-il en déduire ?

— Nous y réfléchissons.

— Il semblerait que l'affaire prenne de l'ampleur, conclut Briffaut, tourné vers Frasier. Avons-nous des théories à nous mettre sous la dent ?

Frasier rassembla ses documents :

— Cet entrepôt a été nettoyé la veille de l'arrivée de Shrek ; ce qu'il contenait a été transféré ailleurs, dit-il, désignant de Payns. Le temps nous est compté ; trouvez-moi des réponses.

# Quarante-quatre

En ce vendredi après-midi, de Payns avait une opération à remettre sur les rails. Il avait laissé Corneille trop boire, et peut-être s'était-il montré un peu trop amical avec elle. Quoi qu'il en soit, elle s'était trop confiée à lui à propos de son frère, au cours de leur dernière rencontre, puis soudain elle s'était refermée.

Elle était terrifiée, et c'était compréhensible. Puisqu'il lui était impossible de passer le relais à un collègue, il n'avait d'autre choix que de rétablir lui-même le lien qui s'était esquissé entre eux. Après avoir sillonné Paris, il entra dans un cybercafé du Marais, d'où il envoya un e-mail à Corneille, lui annonçant qu'il était de retour en Belgique et lui demandant si elle était disponible pour le voir. Puis il se rendit en métro sur la rive gauche. Après trois autres escales, il se connecta dans un autre cybercafé. Une réponse l'attendait sur la messagerie de Sébastien Duboscq, envoyée dix-huit minutes après son e-mail initial. Elle était partante. Le cœur de De Payns se serra lorsqu'il lut sa suggestion d'emprunter le bateau d'un ami pour explorer le canal dès le lendemain. Il aurait voulu passer le week-end avec Romy et les garçons, arpenter les marchés, assister au match de football de Patrick, acheter des fournitures scolaires pour Oliver… mais s'il ne rétablissait pas au plus vite la situation avec Corneille, il serait peut-être trop tard pour empêcher les Pakistanais de mettre en œuvre ce qu'ils concoctaient.

Il lui répondit :

*À 11 heures à la marina ? Je vous appelle avant d'arriver. Seb.*

Il rentra chez lui plus tôt que d'ordinaire, non sans s'être arrêté en chemin pour acheter des fleurs ; c'était un peu cliché mais ça fonctionnait parfois. En ouvrant la porte de l'appartement, il entendit des enfants qui couraient en braillant. Il intercepta Oliver, le temps d'une embrassade, puis il gagna la cuisine, où il trouva Romy, un verre de vin à la main. Visiblement un peu pompette, elle lui donna un baiser appuyé et humide. Ana Homsi était là, sur le balcon, finissant sa cigarette. Elle rentra et lui fit la bise.

— Je ne le savais pas… Romy m'a appris que tu as été pilote de chasse ! lui dit la nouvelle amie de sa femme.

— C'était il y a une éternité, répondit-il, souriant, alors que Romy lui servait un verre. Aujourd'hui, je suis un gratte-papier ; il faut beaucoup de managers pour faire voler un seul avion.

— Un gratte-papier autorisé à porter des chaussures de sport, fit-elle remarquer en levant son verre.

— *Casual Friday*. Le vendredi, c'est mode détente au boulot, expliqua-t-il en lui rendant son toast.

Ils emmenèrent les enfants dans une brasserie du quartier pour un dîner de bonne heure, qui se résuma à les gaver des croque-monsieur les plus chers de Paris.

De Payns devinait d'avance que de toute façon, ses fils réclameraient un bol de céréales à leur retour à l'appartement. Ana sortit sur le trottoir le temps d'une cigarette et il révéla à sa femme qu'il allait devoir travailler tout le week-end :

— Je suis désolé, je ne le ferais pas si ce n'était pas indispensable. Romy encaissa sa déception mieux que ne l'auraient fait bien d'autres femmes, le menton calé dans les mains et regardant son mari avec ses yeux verts qui voyaient plus que quiconque en lui.

— Patrick joue au poste d'attaquant demain, dit-elle. Il sera déçu que tu ne sois pas là pour le voir.

— C'est vrai ? C'est fantastique, j'aimerais tellement être présent.

— Je filmerai le match.

De Payns était abattu. Si certaines privations imposées par son job étaient parfois compensées par l'intérêt général, jamais il ne récupérerait ces moments perdus avec ses fils. Il changea de sujet.

— Pourquoi elle m'a parlé de mon passé de pilote ?

— Oh, ce n'est rien. Ana se demandait ce que tu faisais pour rester en forme et du coup, je lui ai expliqué que tu avais servi… au combat, je veux dire.

Il se contenta de sourire, se rappelant que DGS n'avait rien relevé d'alarmant au sujet de cette femme et de son mari. Il fallait qu'il se détende et qu'il laisse sa vie de famille être une vie de famille ordinaire.

# Quarante-cinq

En avance à son rendez-vous fluvial, de Payns se dirigea vers l'ouest du port de plaisance du Grand Large, où étaient amarrés yachts et bateaux à moteur. Ce lac artificiel permettait d'accéder à la mer du Nord par le canal Nimy. Il fit halte non loin de la marina, où de nombreux plaisanciers embarquaient afin de profiter d'un samedi sur l'eau, peut-être la dernière journée estivale. Il sortit le mobile de Sébastien Duboscq et appela Corneille.

— Je suis arrivé en avance, dit-il sur un ton enjoué. Cet endroit est fantastique ! Quel est notre bateau ?

Elle lui répondit qu'ils navigueraient à bord du *Marianne*, un imposant bateau à moteur amarré à l'extrémité nord de la marina.

— Je vous retrouve dans une demi-heure ! dit-elle avec enthousiasme. Je vais chercher le pique-nique et j'arrive.

De Payns poursuivit son chemin vers le nord et repéra le *Marianne* en bout de jetée ; c'était un véritable palace flottant d'une douzaine de mètres. La seule autre personne présente sur la jetée s'activait sur son bateau, plus près du quai. De Payns se hissa sur le caillebotis en bois et tendit le bras vers le tableau arrière pour ouvrir le portillon. Faisant quelques pas sur le pont arrière, il constata qu'il était encore couvert d'une fine couche de rosée due à la fraîcheur de la nuit. Pas de trace de pas. Il enchaîna par un tour sommaire du bateau, jetant un coup d'œil par les hublots, au cas où quelqu'un les aurait attendus à l'intérieur, mais ne vit personne. Enfin, il s'installa sur un siège inclinable disposé sur le pont arrière.

Lorsque Corneille apparut à l'heure convenue, il perçut instantanément un changement en elle. Les cheveux en queue-de-cheval, elle portait un sweat-shirt à capuche et un bas de survêtement blancs. Ses courbes épanouies dans cette tenue décontractée, elle semblait plus sûre d'elle que lors de leurs précédentes rencontres.

— Rangez ceci, le temps que je lance le moteur, lui intima-t-elle en lui tendant deux sacs de courses remplis, dont l'un contenait deux bouteilles de champagne Mumm.

Elle ouvrit la cabine et traversa le pont principal, tandis qu'il remisait le pique-nique et l'alcool dans le mini-frigo. Il sentit qu'elle avait opté pour un parfum plus léger que son Opium habituel – peut-être Arpège.

Alors que les moteurs s'éveillaient à la vie en grondant sous ses pieds, il remplit deux coupes de champagne et rejoignit Corneille.

— Merci, dit-elle en en saisissant une. C'est vous le matelot ; il est temps de larguer les amarres !

Ce qu'il fit. De retour sur le pont, il la trouva déjà à la barre, éloignant le bateau de son point d'amarrage vers le centre du Grand Large. Ils filèrent plein nord, en direction du canal Nimy, dans lequel ils se glissèrent, côté ouest du lac, sur les eaux scintillantes sous l'éclat du soleil. Ils trinquèrent et burent tout en naviguant.

— Je ne vous imaginais pas adepte de la plaisance, dit de Payns, sincèrement impressionné. Je croyais que vous aviez baigné dans le monde universitaire ?

— Mon père était un amoureux de la mer, dit Corneille avec un sourire. Il participait à des régates et construisait ses propres bateaux. Mon frère ne partageant pas sa passion, il ne restait que moi.

— Sympa, apprécia de Payns, portant sa coupe à ses lèvres. Vous êtes un garçon manqué, alors ?

Corneille s'esclaffa, avec comme de la nostalgie dans son regard :

— Ça, je ne sais pas. J'imagine que quand un père a une fille raffolant de la vie en extérieur et un fils plongé dans les bouquins, il est logique qu'il passe beaucoup de temps avec sa fille.

De Payns décela quelque chose de plus profond sous ces paroles légères mais préféra ne pas creuser de ce côté.

— Vous naviguiez dans le golfe Persique, je suppose ?

— Oui, ses bateaux étaient amarrés à Karachi. Nous allions généralement aux îles au large de la Somalie, voire jusqu'à Bahreïn et Abou Dabi. Nous avons même atteint les Maldives, pendant des vacances, ce dont nous avons profité pour visiter les îles voisines. J'ai eu tous mes permis de navigation avant d'avoir vingt ans.

De Payns était heureux pour Corneille, soulagé de la découvrir pleine de ressources ; elle était dans son élément sur un bateau, moins victime, donnant davantage qu'à terre l'impression d'être capable de gérer les obstacles se présentant sur son chemin.

— Vous semblez surpris, dit-elle en riant.

— En toute franchise, je ne pensais pas les femmes pakistanaises autorisées à barrer de tels engins, mais je me trompe peut-être ?

— Non, vous avez plutôt raison, mais une jeune Pakistanaise, pour peu qu'elle ait la chance d'avoir un père merveilleux, peut jouir d'une vie merveilleuse.

— Jusqu'au jour où vous vous êtes mariée ?

Elle s'esclaffa si bruyamment qu'elle inspira involontairement du champagne, si bien que de Payns dut lui donner quelques tapes dans le dos. Il sentit la chaleur de sa peau, à travers le tissu, et la hanche de Corneille frôla son entrejambe.

— C'est toute l'histoire de ma vie, dit celle-ci, après s'être remise. Alors que mon père m'avait toujours dit qu'il me laisserait être celle que je voudrais être, mon époux s'est un beau jour découvert une vocation du côté d'Allah. Du jour au lendemain, il m'a totalement oubliée, et c'est toujours le cas aujourd'hui.

Ils naviguèrent une heure durant, riant et buvant, faisant signe aux embarcations croisées, certaines transportant des familles quand d'autres filaient avec Guns N' Roses en fond sonore, volume maximal. Corneille immobilisa le bateau contre une petite jetée bordant un parc traversé par un sentier réservé aux cyclistes. De Payns débarqua d'un bond du *Marianne*, qu'il amarra avant de rejoindre Corneille sur le pont, où elle s'affairait déjà à disposer pain, fromage, olives et houmous.

Alors qu'elle préparait une tartine, elle suspendit soudain son geste :

— J'ai repensé à notre conversation de l'autre soir.

— Ah oui ?

— À propos de mon frère.

Devinant sa cible mal à l'aise, l'agent secret prit l'initiative :

— Moi aussi, j'y ai réfléchi.

— Je ne voulais pas vous effrayer…

— Non, non, je tiens à ce que vous sachiez que je ne porte pas de jugement sur lui sous prétexte que son laboratoire collabore peut-être avec l'armée. Ce doit être un homme très intelligent. Converser avec lui est certainement une expérience fascinante.

— Vous le pensez vraiment ? souffla Corneille, clairement soulagée.

— Absolument. Certains des plus grands esprits scientifiques de l'histoire se sont consacrés à des projets militaires. N'est-ce pas Archimède qui a mis au point une catapulte d'une puissance inédite, lors du siège de Syracuse ?

— Je suis ravie de vous entendre réagir ainsi. Mon frère est un homme exceptionnel, je suis très fière de lui.

Elle se tut un instant puis ajouta :

— Je suis certaine que vous vous entendrez bien, tous les deux.

— Vraiment ? Pourquoi donc ? dit de Payns, faisant de son mieux pour ne pas paraître trop intéressé.

— Parce que vous vous intéressez à son domaine de recherche – et vous avez dit que vous souhaitiez bénéficier de contacts professionnels plus solides en Asie et au Moyen-Orient.

De Payns hocha la tête, l'air décontracté, alors qu'en

vérité, il réfléchissait à toute allure ; il devait s'engouffrer dans la brèche.

— Qui sait, Anoush ? Vu où me conduisent mes voyages, mes pas croiseront peut-être un jour ceux de votre frère.

Le regard de Corneille s'éclaira :

— Vous comptez vous rendre au Pakistan ?

De Payns sourit, puis s'octroya une gorgée de champagne.

— Il m'arrive de parcourir les pays de cette région, mais je n'en vois que des chambres d'hôtel et des bureaux. Je ne serais pas contre quelques moments de détente, là-bas. Je suis un amoureux de l'histoire ancienne ; j'ai, en particulier, toujours rêvé de visiter certains des sites moghols si bien préservés que l'on trouve dans votre pays. D'après ce qu'on dit, cela donne la sensation de remonter dans le temps.

— Ce serait merveilleux, s'enthousiasma Corneille, rayonnante. J'ai moi-même prévu d'y retourner bientôt. Vous pourriez loger chez moi le temps de votre séjour.

— Mais… votre mari ?

Elle sourit et secoua la tête :

— Oh ! non, pas chez lui. Ma famille possède un petit appartement, dans lequel vous pourriez vous installer.

De Payns vit là une occasion à ne pas manquer.

— C'est une invitation très généreuse, mais je ne veux surtout pas vous gêner ni vous mettre dans une situation délicate vis-à-vis de votre famille, dit-il.

— Il n'y a aucun risque, ne vous en faites pas.

— Dans ce cas, c'est très tentant… Votre frère sera-t-il là ?

— Pourquoi cette question ? s'étonna Corneille, déroutée.

De Payns tempéra son enthousiasme ; il ne pouvait pas se permettre de ruiner ce coup de chance :

— Je m'entendrais bien avec lui, selon vous. Je serais ravi de faire sa connaissance.

Elle se détendit :

— C'est vrai, malheureusement il n'est pas tout à fait libre de ses déplacements, en raison de la nature de son travail. Il ne peut aller nulle part ou presque, à vrai dire, en dehors de son laboratoire et de sa maison, et je suis la seule personne qu'il est autorisé à fréquenter. Je pourrais l'inviter à dîner, si vous voulez.

— Ce serait formidable, affirma de Payns en souriant. Quand partez-vous pour Islamabad ?

— Dans trois semaines.

De Payns avait pleinement conscience que ce serait peut-être là l'unique chance qui s'offrirait à lui :

— C'est parfait, je serai à New Delhi, à ce moment-là, et j'ai un client à Lahore. Islamabad se trouve légèrement plus au nord ; je louerai une voiture pour vous rendre visite.

— Je vous tiens au courant, dit Corneille en levant son verre.

De Payns en fit autant et trinqua avec elle :

— À la science !

## Quarante-six

L'équipe de la mission Alamut n'avait que très peu de temps pour se réunir. Marie Lafont étant en déplacement en Allemagne, il lui fut impossible d'être présente. Briffaut fit venir de Payns et Garrat dans la pièce sécurisée du dernier étage. L'ambiance était soudain passée à l'urgence, ce qui généralement indiquait que Frasier avait fait le point sur leurs projets avec un membre du gouvernement et que des résultats étaient attendus… pour la veille…

— Nous avons deux opérations simultanées, résuma Briffaut, qui avait relevé les manches de sa chemise comme à son habitude. La DO a chargé une équipe d'enquêter du côté des allées et venues à l'entrepôt de Palerme, afin de déterminer ce qui y a été stocké, en quelle quantité et où la marchandise a disparu. Elle a pu être transférée par bateau ou par avion, voire, si elle n'était pas trop volumineuse, à pied, dans quelques sacs à dos.

De Payns avait aidé ses collègues de la DO à lancer leurs recherches. Ils avaient à leur tête Louis Bianco, un agent fiable ; s'il était possible de découvrir ce qu'avait renfermé l'entrepôt en suivant la piste logistique, alors il y parviendrait.

— La seconde opération est évidemment Alamut, et c'est pour en parler que je vous ai fait venir ici, poursuivit Briffaut. Il faut trouver un moyen de nous rapprocher du MERC et d'obtenir la confirmation que c'est de là que provient cette souche de *Clostridium perfringens*. C'est notre seule chance de remonter à la source de cette saleté.

Les Français n'avaient aucune autre carte à jouer que la relation nouée par de Payns avec Corneille.

— Selon votre compte rendu, vous êtes invité à dîner avec Loup gris et Corneille à Islamabad, rappela Briffaut. Avons-nous la certitude que ce n'est pas un piège ?

De Payns savait quelle réponse son patron attendait de lui. Il lui était impossible d'affirmer que cette invitation n'était pas un coup fourré, mais Briffaut ne voulait pas que cela soit officiellement mentionné. Son unique objectif était que la sécurité de son OT soit assurée pour lui permettre de passer à la vitesse supérieure sur cette opération extrêmement dangereuse. Il voulait l'entendre lui confirmer qu'il dînerait bel et bien avec Corneille et Loup gris à Islamabad, et très rapidement. Les doutes et les « si » n'étaient pas tolérés pour le patron de la division Y.

De Payns posa sur le bureau deux exemplaires de son rapport d'une réunion matinale avec Templar :

— Les échanges téléphoniques et électroniques interceptés laissent penser que Corneille a une attitude protectrice, me concernant. J'estime donc qu'il n'y a rien à craindre de son côté. Le véritable test surviendra à Islamabad, quand elle organisera un dîner et me présentera à son frère. C'est à ce moment-là que Loup gris et l'ISI réagiront.

S'ensuivit un silence. Tous trois avaient conscience que participer à un tel dîner – sous le nez de l'ISI, au Pakistan – serait très dangereux, non seulement pour de Payns, mais également pour le reste de l'équipe.

Briffaut se racla la gorge et s'empara d'un exemplaire du rapport de son agent :

— Nous devons accélérer les choses sur cette opération, comme vous le savez, mais j'espère que votre papier indique clairement comment vous comptez gérer les risques.

De Payns énuméra les précautions prévues. Une équipe de reconnaissance de la Boîte avait décollé le matin même à destination d'Islamabad, où elle disposerait d'une semaine pour mettre en place l'équipement de ville, notamment des IS, des tourniquets, des plans de support, des hôtels, des plans d'exfiltration et des jeux de rendez-vous. Dès lors que tout cela serait fait, l'équipe opérationnelle – Templar, Danny, Jérôme, Paulin et Simon – passerait une semaine à se familiariser avec ce dispositif – en particulier en étudiant à fond les plans et les photos prises par la première équipe – avant de se rendre à Islamabad. Deux jours plus tard, de Payns en ferait autant, prêt à dîner avec Corneille et Loup gris.

De Payns récapitula les points essentiels ; l'équipe de soutien ne compterait que cinq agents, mais ceux-ci seraient disséminés un peu partout dans l'environnement, qui se limitait à l'appartement de Corneille et à l'hôtel de De Payns, sans oublier les trajets depuis et à destination de l'aéroport international. L'appartement de Corneille ferait l'objet d'une attention particulière – de Payns ne portant aucun micro, l'équipe devrait être postée suffisamment près de lui pour intervenir en cas de besoin, sans se faire remarquer. Templar avait suggéré que l'on pose des micros sans fil autour de l'appartement, estimant que l'ISI le fouillerait, en quête de mouchards, mais ne chercherait pas plus loin. Les membres de l'équipe de soutien logeraient dans des hôtels trois étoiles, tandis que de Payns descendrait au Marriott, qui, en plus de correspondre à la légende de Sébastien Duboscq, offrait plusieurs points d'entrée ou de sortie. Les établissements pourvus de plusieurs issues étaient privilégiés dans le cadre d'opérations menées par la DGSE, car ils permettaient d'envisager plusieurs procédures pour l'exfiltration – laquelle, dans ce cas, serait également établie avant l'arrivée de De Payns au Pakistan.

— Et la voiture ? s'enquit Briffaut. Vous n'allez sans doute pas de nouveau passer par le contact qui vous a mis en relation avec l'agence Hertz, lors de votre précédent séjour ?

— Templar achètera un véhicule dans une auberge de routards. Les voitures ne constitueront pas un problème ; notre souci principal sera l'appartement et les agents de l'ISI qui accompagneront vraisemblablement Loup gris. L'équipe me perdra de vue vers 18 heures, quand j'entrerai dans l'appartement, pour y retrouver Dr. Death[1] et ses gardes du corps.

— Je n'aime pas ça, grommela Briffaut, qui se pencha en avant. On doit pouvoir glisser un ou deux émetteurs dans l'appartement, non ?

1. Personnage principal de la mini-série éponyme. « Dr. Death » peut être traduit par « Dr la Mort ».

— Si l'ISI le fouille avant mon arrivée et découvre des micros, je suis mort.

— Le risque en vaut peut-être la chandelle, hasarda Garrat.

De Payns secoua la tête :

— Non, carrément pas.

Ils l'attendaient non loin de la sortie de la station de RER Port-Royal. De Payns aperçut Jim Valley à travers les portes vitrées centenaires récemment rénovées. Dès qu'il le vit apparaître, Jim sortit par une autre issue en se coiffant de sa casquette : « Suis-moi. » Laissant une bonne distance entre eux, ils marchèrent cinq minutes vers le nord, jusqu'au jardin des Grands Explorateurs. À la hauteur de la célèbre fontaine aux statues féminines soutenant un globe terrestre, Jim retira sa casquette : « Cesse de me suivre. » De Payns repéra alors Philippe Manerie installé sur un banc du parc. Il l'y rejoignit et s'y assit à l'autre extrémité, laissant un grand vide entre eux.

— Nous sommes encore trop près de mon quartier à mon goût, mais il y a du mieux, grogna de Payns en allumant une cigarette. Que voulez-vous ?

— Moi aussi, ça me fait plaisir de vous revoir, Alec, ricana Manerie, coiffé d'un feutre gris foncé malgré le grand soleil parisien. Je ne me suis peut-être pas montré assez clair concernant la nature de notre relation : vous étiez censé me tenir au courant de la traque de la taupe au sein de la division Y.

— Je ne suis pas dans le secret de cette enquête, Manerie, je vous l'ai déjà dit, et comme vos gars vous le confirmeront, je suis soupçonné d'avoir vendu des passeports à Sayef Albar pour trois millions d'euros.

— Joli changement de sujet, Alec, mais un détail important vous a échappé, à propos de votre ami.

— Shrek ?

— J'ai appris qu'il était retourné en Sicile.

De Payns souffla un panache de fumée et observa un moment la fontaine.

— Je n'ai pas eu son rapport sous les yeux.

— Ce n'est pas ce que je vous ai demandé.

— Quoi, alors ?

— Qu'est-ce que M. Tibet est allé fabriquer à Palerme ?

— Vous travaillez dans le même bâtiment que Marie Lafont, il me semble ? Posez-lui donc la question.

L'expression de Manerie changea à ces mots, son regard pâle soudain plus dur ; l'espace d'une seconde, de Payns vit le masque du soldat des forces spéciales.

— Marie Lafont, vous dites ? Cette escapade n'est donc pas liée à l'opération Falcon ?

De Payns comprit qu'il avait gaffé. Il devait à présent faire preuve d'une grande prudence.

— Je n'en sais rien, je n'ai pas lu son rapport.

— Oubliez ce foutu rapport ! Lafont n'est pas sur Falcon. En quoi s'intéresse-t-elle à Palerme ?

— Je n'en ai aucune idée, monsieur le directeur. Je ne lui ai pas parlé de ma mission à Palerme, pas plus qu'à Tibet.

— Mais vous savez qu'il s'est rendu en Sicile à la demande de Lafont, apparemment. Que cherche-t-elle là-bas ?

De Payns haussa les épaules, mais Manerie ne le lâchait plus :

— Marie Lafont s'occupe de contre-prolifération ;

elle n'enverrait pas sur le terrain quelqu'un comme Guillaume Tibet si l'affaire n'était pas importante. Ce n'est pas comme si ce type était un scientifique ou un ingénieur. Alors dites-moi pourquoi la division Y fouine encore à Palerme.

— Je ne sais pas, résista de Payns, avec la sensation d'être percé par le regard de son tortionnaire.

Celui-ci soupira et se leva lentement :

— Vous savez ce que j'avais pour habitude de dire aux soldats des guérillas marxistes que nous capturions en Afrique, autrefois ?

De Payns afficha une moue d'indifférence, puis leva la tête, les yeux plissés :

— Quoi donc ?

— « Si tu mens, tu meurs », lâcha Manerie, qui écrasa son mégot. Après ça, ces communistes n'avaient généralement plus jamais l'occasion de parler à qui que ce soit.

De Payns regarda Manerie s'éloigner.

Les jets de la fontaine lui paraissaient soudain très bruyants.

Il s'éveilla peu après 1 heure du matin, alors qu'il se mettait à pleuvoir. Il dormait généralement peu avant un départ en opération. Il se leva et fit quelques pas dans l'appartement, jeta un coup d'œil dans la chambre des garçons et à la porte d'entrée. Il inspecta également les fenêtres, ainsi que le loquet du balcon, dont il vérifia qu'il était positionné de la même façon que lorsqu'il était allé se coucher. Dans la rue, en contrebas, il chercha à repérer des véhicules récemment garés ou dont la présence semblait peu naturelle, ou encore avec des occupants dans l'habitacle. Or la rue était plongée dans l'obscurité et, comme dans toutes les artères parisiennes, le feuillage des arbres masquait une bonne partie de la vue. Le regard perdu dans la nuit, il vit des questions jaillir dans son esprit. Qui les avait vendus, à Palerme, et que savait ce traître à propos de l'opération Alamut ? Il songea également à Corneille et à la raison qui l'avait incitée à l'inviter à dîner chez elle, à Islamabad. Allait-il vraiment entrer dans cet appartement, avec Loup gris et ses brutes de l'ISI ? Allait-il devoir les affronter seul au cœur d'Islamabad ?

Chassant cette nervosité typique à l'aube d'une mission, il rejoignit Romy au lit. Il aurait voulu l'étreindre, comme si c'était la dernière fois, mais il ne voulait pas l'effrayer. En fin de compte, il s'appuya simplement contre l'épaule de son épouse, écoutant sa respiration et le bruit de la pluie parisienne. Il aurait aimé profiter de ces moments, mais son esprit était déjà focalisé sur la semaine à venir.

## Quarante-sept

L'avion se posa vers midi à l'aéroport international Indira-Gandhi. De Payns embarqua ensuite à bord d'une navette à destination de New Delhi, où il prit dans un hôtel trois étoiles une chambre qu'il avait réglée d'avance en liquide à Paris. En jean, baskets et coupe-vent, il avait en outre dans sa valise à roulettes une veste sport, un pantalon plus habillé et des chaussures de ville. Après s'être installé, il s'offrit une promenade dans la verdure paisible des jardins moghols du centre-ville. Il assembla le mobile de Sébastien Duboscq et appela Corneille peu après 14 heures pour la prévenir de son arrivée prochaine. Entendre sa voix enthousiaste fut un réel soulagement pour de Payns, qui avait redouté d'y déceler une crispation trahissant une coercition dont elle serait l'objet.

— J'en ai presque terminé à New Delhi, dit-il. Qui aurait cru que les gens parlaient également ourdou et panjabi, par ici ? J'étais persuadé de n'entendre que de l'hindi autour de moi. Du coup, j'aurai peut-être encore du travail à vous confier, Anoush.

— C'est vrai que beaucoup de gens parlent ourdou, dans le nord de l'Inde, même s'ils sont tout de même plus nombreux au Pakistan.

— En tout cas, heureusement que j'avais vos traductions dans mon ordinateur. J'ai imprimé quelques textes et je les ai montrés à nos associés.

Corneille passa sans plus tarder au sujet qui l'intéressait en priorité :

— Youssef vient dîner chez moi dimanche soir. Dites-moi que vous serez là, je vous en prie.

De Payns répondit qu'elle pouvait compter sur lui.

— J'irai sans doute visiter les ruines de Taxila samedi, et je vous verrai dimanche.

Il dîna dans un café voisin de son hôtel, puis s'envola dès le lendemain à destination d'Islamabad, où l'avion se posa à temps pour le déjeuner. Il prit une chambre au Marriott, situé au nord de la ville, à moins de vingt minutes à pied de l'appartement de Corneille.

Logé au cinquième étage, il bénéficiait d'une vue vers l'est, sur le lac Rawal, au-delà duquel se devinaient dans le lointain les premiers contreforts du massif du Pir Panjal. Il fouilla sa chambre, en quête d'éventuels micros ou caméras puis, après avoir glissé une aiguille dans le montant de la porte en guise de bouletage, il ressortit et remonta Aga Khan Road vers le nord-est. Deux minutes lui suffirent pour parvenir à un arrêt de bus, où il patienta un moment, tandis que les véhicules défilaient à toute allure. Quand il eut la certitude que nul ne l'observait, il colla une gommette blanche sur le côté du panneau vitré couvrant les horaires de bus – le plan de support de son infiltration. Reprenant sa marche en explorant la ville, il passa à la hauteur du bâtiment abritant le parlement pour, peu après, atteindre le parc de Lake View, où il consulta sa montre. Il repassa devant l'arrêt de bus exactement deux heures après y avoir fixé sa gommette blanche, afin d'y découvrir les réponses à son signal. Quatre autres gommettes étaient à présent collées autour de celle de De Payns, indiquant ainsi que l'équipe de soutien était en place et avait pris note de l'arrivée du chef de mission. De Payns « nettoya » le plan de support en retirant les cinq gommettes, puis il en disposa une nouvelle en haut à droite du panneau. Les stickers « bien arrivé » comptaient parmi les plus importants car ils confirmaient que l'ensemble de l'équipe était en place et prête à agir. Pour de Payns, cela lui donnait le signal qu'il pouvait « vivre » sa légende. S'il éprouvait à un moment ou à un autre le besoin de contacter son équipe de soutien, il fixerait une gommette jaune sur le panneau des horaires de bus et laisserait passer une heure avant d'y revenir. S'il y trouvait une autre gommette jaune, cela signifierait qu'il retrouverait Templar une heure plus tard dans les toilettes du rez-de-chaussée de l'hôtel. Une gommette blanche barrée d'une croix noire indiquerait la présence d'une complication ou d'un contretemps nécessitant six heures pour être réglé, après quoi Templar collerait une gommette blanche sur le panneau.

Dans la peau de sa légende, de Payns était désormais un homme d'affaires en déplacement jouissant d'un jour de repos, ce qui lui fournissait l'occasion d'effectuer une discrète reconnaissance de l'équipement de ville déjà appris par cœur mais à distance. Dans le hall de l'hôtel Marriott, il s'intéressa aux excursions proposées et trouva une visite des antiques ruines de Taxila. Il réserva une place à bord d'un véhicule dont le départ était fixé le lendemain à 9 heures et demanda à être réveillé par téléphone à 6 heures. Jouer les touristes était toujours une bonne chose, surtout qu'il remarqua dans l'espace salon du hall un Pakistanais d'une bonne trentaine d'années ostensiblement vêtu à l'américaine et faisant mine de lire un journal. Il repéra l'autre agent de la police secrète dès l'instant où il émergea dans la rue. Plus massif que son collègue posté dans le hall, il portait une veste sport noire en cuir et des boots. De Payns se détendit ; il avait passé tant d'années à se livrer à de tels ballets, entre cible et suiveur, que cela lui semblait presque normal ; cette comédie ne lui posait aucun problème. En revanche, le poids de son isolement s'abattait sur lui dès lors qu'il se retrouvait seul dans sa chambre d'hôtel ; ses pensées dérivaient alors du côté de Romy et des garçons, qu'il n'avait même pas la possibilité de regarder en photo. En effet, les agents de la Boîte étaient systématiquement fouillés avant chaque départ en opération, afin de confirmer qu'aucun détail de nature personnelle ne risquait de relier leur légende à leur vraie vie.

Flânant dans les rues, il acheta quelques babioles locales dans un souk, plaisantant avec les vendeurs. Une demi-heure plus tard, son suiveur renonça, rassuré par le comportement on ne peut plus ordinaire de sa cible. Même si cela passait très mal au cinéma, la vérité de l'espionnage était que la capacité à endormir la méfiance d'une filature sauvait beaucoup plus de vies d'agents que le kung-fu, avec de bons alignements trois points et rien de compromettant dans ses bagages.

Quand il fut raisonnablement certain que la police secrète ne s'intéressait plus à lui, il suivit le tourniquet qu'il avait répété à Paris, au détail près qu'il effectua ce trajet à l'envers, de façon que ses suiveurs ne le reconnaissent pas le jour où il lui faudrait s'en servir pour de bon. Le tourniquet consistait en un itinéraire précis reliant l'appartement de Corneille au Marriott. À son point de départ serait fixée une gommette verte sur un poteau de signalisation, indiquant que l'équipe était en place. Il ne ferait que constater la présence du signal, sans y toucher. Templar aurait disposé des agents – des « bougies » – le long du trajet d'un quart d'heure. Si ceux-ci ne détectaient aucun suiveur, une gommette verte serait alors collée sur le plan de support de fin de tourniquet. Dans le cas contraire, de Payns y découvrirait une gommette rouge. La présence d'une croix noire sur celle-ci serait le signe d'une volonté manifeste des agents ennemis d'arrêter où de s'en prendre physiquement à l'espion français. Cela imposerait une exfiltration d'urgence, également mise en place par l'équipe de soutien et précédemment répétée par de Payns à Paris.

Il regagna l'hôtel par un itinéraire autre que le tourniquet, puis il dîna au café situé en face du Marriott. Son téléphone – celui de Duboscq, qui ne servait qu'à ses échanges avec Corneille, en aucun cas avec son équipe de soutien – sonna.

— Bonjour, Anoush, dit-il en souriant.

— Youssef est amateur des plats traditionnels très épicés, dit-elle sur un ton espiègle. J'aimerais vous offrir quelque chose de fort, cela vous tente ?

— Avec plaisir, répondit de Payns, jouant le jeu du sous-entendu. Il faudra que je pense à apporter un extincteur pour ma bouche.

— Nous sommes pakistanais, pas tamouls ! s'exclama Corneille, avec un rire strident. Votre bouche ne sera pas incendiée, je vous le promets.

— Ce sera parfait, tant qu'il y a quelque chose de plus doux pour me rincer le gosier ensuite.

— J'ai quelque chose de très bon qui vous attend au frais à l'heure où je vous parle.

Quand il fit son retour dans le hall du Marriott, de Payns aperçut un nouvel agent de la police secrète installé dans le même fauteuil que son collègue. Il esquissa un sourire et monta directement dans sa chambre. Le bouletage était au sol, et son alignement trois points totalement déplacé. Cela n'avait rien de surprenant. Un chercheur en armes biologiques surveillé de près avait prévu de dîner avec sa sœur et un mystérieux ami français ; l'ISI ne pouvait que s'intéresser à ce dernier, fouiller sa chambre et ses bagages et le suivre au fil de la journée, c'était un minimum. Conscient de tout cela, de Payns ne perdait pas un instant de vue que son job consistait à hypnotiser l'ennemi par un comportement banal, jusqu'à l'agacer tant le suivre était une mission ennuyeuse. Il devait adopter les mouvements et l'allure d'un innocent étranger et ne s'intéresser qu'à ce qui pouvait capter l'attention d'un touriste lambda, tout cela sans jamais laisser ses suiveurs deviner qu'il était formé aux techniques d'espionnage.

## Quarante-huit

Le trajet en minibus jusqu'à Taxila fut essentiellement marqué par le discours amical du chauffeur et ses commentaires experts sur la taille des fermes, la production agricole et le rôle de l'irrigation au sein de la République islamique. Sa sélection musicale était en grande partie constituée de titres d'Helen Reddy, de Dionne Warwick et de Demis Roussos. De Payns se fit la réflexion qu'aucun de ces artistes n'était réputé pour sa piété, mais peut-être figuraient-ils sur une liste approuvée par le gouvernement à l'intention des professionnels du tourisme.

Ils visitèrent à pied les antiques habitations, dont les plus anciennes dataient de 1000 av. J.-C. De Payns bavarda avec un couple américain qui, après Israël, la Turquie et la Jordanie, découvrait à présent la vallée de Peshawar. Ils étaient assez amusants, et Amy parlait même un peu français. Quentin, son mari, fit lire à de Payns un prospectus trouvé au souk et qui, dans un anglais douteux, promettait un « karaoké américain » ; selon ses nouveaux amis, il s'agissait d'un code pour indiquer que cet établissement servait de l'alcool.

— Ils ont donné ça à un Américain, qui estime qu'un Français en aura un meilleur usage ? s'esclaffa de Payns.

Le soleil se couchait lorsque le minibus le déposa à son hôtel. Après avoir dîné, il se dirigea vers les ascenseurs, remarquant au passage que le fauteuil des agents de la police secrète était maintenant vide. Moins de deux jours avaient suffi pour qu'ils se lassent de lui, n'ayant rien noté d'intéressant dans sa chambre ni dans ses allées et venues. D'un point de vue opérationnel, tous les signaux étaient au vert.

Après une douche, il constata qu'il n'était aucunement fatigué mais plutôt plein d'énergie. Tenté par une bière, il repêcha dans la poche de son jean le prospectus du karaoké américain. Un coup d'œil sur le plan d'Islamabad lui apprit que l'établissement en question n'était situé qu'à deux pâtés de maisons de l'hôtel. Or il n'était pas encore 21 heures. Il se rhabilla et sortit.

Le bar se trouvait au sous-sol d'un modeste hôtel situé sur le boulevard. Il n'eut qu'à brandir le prospectus sous le nez du portier pour que celui-ci l'autorise à entrer. La musique rock et le long bar dominant vingt-cinq tables rondes lui donnèrent la sensation de se retrouver dans un café étudiant parisien. Balayant les lieux du regard le temps de s'adapter à la faible luminosité, il repéra des Européens en vêtements occidentaux buvant de la bière et du vin, activité généralement uniquement autorisées dans les hôtels accueillant les étrangers. De Payns supposa que la police d'Islamabad se moquait que ces derniers s'alcoolisent, tant que les locaux – et surtout les femmes – n'en faisaient rien.

Il s'installa sur un tabouret, à l'extrémité du bar, de façon à bénéficier d'une vue sur l'entrée. Vieille habitude. Le bar proposant Budweiser et Heineken, il opta pour une Heineken fraîche, tandis que la sono lançait un tube de Richard Marx. Se désaltérant, il s'efforça de controler ses émotions. Il n'était pas sain, quand on était sur le point de ruiner la vie de quelqu'un, de commencer à s'en inquiéter. Autrefois, il avait dû gérer ce genre d'appréhensions en survolant le Kosovo, et il devait à présent faire de même. L'objectif de la mission était d'accéder au MERC par le biais de Loup gris ; il était essentiel de rester focalisé sur Corneille en tant que maillon indispensable au succès de l'opération, de ne plus la voir comme une femme dont il était sur le point de mettre la vie en danger. Il passa en revue dans sa tête les manœuvres à venir, le tourniquet et l'exfiltration. Il avala une gorgée de bière et s'attarda ensuite sur tous les *cas non conformes*, les « Et si… ? ». « Et si je suis arrêté aussitôt après être entré dans l'appartement ? Et si la police secrète torture Anoush sous mes yeux, afin de me faire parler ? Et si, après un dîner réussi, je les trouve m'attendant dans ma chambre d'hôtel ? Et si un membre de mon équipe de soutien a déjà été arrêté ? » Et enfin, le cas non conforme le plus problématique : « Et si je m'étais précipité ? Et s'il nous avait fallu trois semaines de plus pour effectuer nos reconnaissances et la mise en place de l'opération ? »

« Peut-être suis-je en train d'avaler ma dernière bière… », pensa de Payns.

Ayant vidé son verre, il leva la main à l'intention du barman et commanda une autre Heineken.

Tandis que ce dernier récupérait les euros du Français, ce fut au tour de *Listen to your Heart*, de Roxette, de jaillir à volume maximal des enceintes.

— Je ne sais jamais de quand date cette chanson, dit une voix, tout près de De Payns. Des années 1980, 1990, voire 2000 ? Ce truc pourrait être sorti n'importe quand, si vous voyez ce que je veux dire.

Arraché à sa rêverie, l'agent français découvrit à côté de lui un type d'une quarantaine d'années – un Américain, à en croire son accent – appuyé sur le bar, un billet de cinquante euros entre les doigts.

— La même chose que lui, lança-t-il au barman.

Celui-ci ouvrit une Heineken et empocha l'argent.

— Je penche pour les années 1990, poursuivit l'Américain. Mais qui chante, exactement ? Berlin ou Roxette ?

Cette question fit rire de Payns, qui lui aussi confondait parfois ces deux groupes ; d'autre part, le caractère intemporel de ce titre le rendait difficile à situer.

— Roxette, sans aucun doute, répondit-il. Mais ne me demandez pas en quelle décennie ce titre est sorti.

Le barman plaqua sur le bar la monnaie de l'Américain, qui en profita pour l'apostropher :

— De quelle année date cette chanson, Narek ?

Il fit glisser quelques pièces en guise de pourboire, ce qui lui valut un bref signe de remerciement du barman.

— Je ne sais pas, répondit Narek qui devait avoir environ vingt-cinq ans. C'est un classique rock, mais plutôt ancien.

Lorsque l'Américain se tourna vers lui, de Payns, durant un bref instant, crut se voir dans un miroir. Cet homme était doté de la même ouverture d'esprit professionnelle que lui, parfaitement à l'aise pour aborder des inconnus tout en sachant ne pas trop se faire remarquer. Légèrement moins grand que le Français, il portait un pantalon chino et un polo bleu foncé. Rien n'attirait l'attention sur sa personne, pas plus sa coupe de cheveux banale que son visage fraîchement rasé. Comme de

Payns, il se rasait deux fois par jour de façon à toujours passer inaperçu. L'agent de la DGSE était prêt à parier son salaire du mois que ce type n'était affublé d'aucun tatouage, pas plus que de piercings ni d'autres bijoux. Aucune odeur n'émanait de lui – ni après-rasage, ni eau de Cologne –, et contrairement à la plupart des Américains, il avait enfilé un polo sans logo.

— Peter, des States, se présenta-t-il. Je suis commercial.

— Sébastien, de Paris. Consultant.

Ils élevèrent tous deux leur verre mais ne les entrechoquèrent pas.

— Roxette était un groupe bizarre, tout de même, enchaîna de Payns. Ils étaient suédois mais chantaient en anglais.

— Comme ABBA.

— Oui, mais ABBA a enregistré des chansons en suédois. Il me semble que Roxette n'a sorti que des titres en anglais ou en espagnol.

— Et en portugais. Je les ai entendus un jour à Rio, dans un taxi ; enfin, je crois que c'était eux, mais bon, c'était peut-être Berlin…

De Payns s'esclaffa, appréciant l'humour de cet individu.

— C'est sympa, Rio ?

— J'y ai vendu quelques commutateurs de données à une boîte brésilienne et ils m'ont invité quelques jours aux jeux Olympiques. J'ai assisté à des épreuves de boxe et de saut en hauteur, et j'ai vu un peu de javelot. C'est une ville super cool.

— Je n'ai jamais mis les pieds au Brésil, dit de Payns.

— Et c'est votre première fois au Pakistan ?

— Non, j'en suis à mon quatrième ou cinquième séjour, répondit l'agent français, à présent réellement détendu. Mais c'est la première fois que je prends une bière ailleurs qu'à l'hôtel.

Peter gloussa :

— Le patron est le père de Narek. La police lui fiche la paix tant qu'il ne sert que des Occidentaux.

— Pas très flatteur de parler de « karaoké américain », non ? Je croyais que c'étaient surtout les Français qui étaient catalogués alcoolos ?

— Il voulait baptiser son établissement le Bar clandestin, au début, mais il s'est ravisé, préférant ne pas trop attirer les flics à sa porte. Alors oui, du coup il fait passer les Ricains pour des alcoolos, mais bon, ça va, on a connu pire comme insulte.

— Vous vendez du matériel de télécommunications, donc ? relança de Payns, tout en se doutant que ce n'était pas la réalité.

— Ouaip. Chiant comme la mort. Et vous ?

— Je suis consultant dans les industries pharmaceutique et chimique ; en ce moment, je travaille sur la traduction de documents, répondit de Payns, certain que Peter n'en croyait pas un mot.

— Vous traduisez les brochures de vos clients ?

— Oui, mais pas uniquement. Tout le reste aussi. Quand un fabricant de produits chimiques français ou américain souhaite vendre ses articles dans cette région, il est indispensable que ses sites Internet et son matériel de marketing comprennent des versions en farsi, en ourdou ou en pachtoune, en fonction de la langue pratiquée par les clients visés.

— Oui, c'est normal, convint Peter, qui leva la main,

l'index et le majeur dressés, à l'intention du barman. Et les affaires marchent ?

— Je suis débordé.

— Moi, je suis épuisé, dit l'Américain, considérant les billets entassés devant lui.

— Ils vous surchargent de boulot ?

L'autre haussa les épaules.

— C'est surtout les déplacements incessants qui me rincent. Je passe mon temps à faire de nouvelles rencontres, sans jamais vraiment connaître personne.

— C'est vrai que c'est exténuant, abonda de Payns, à présent certain qu'ils parlaient de la même chose. On se lie à certaines personnes, mais avec toujours en tête des objectifs plus lointains.

Les bières servies, le barman piocha un billet parmi la liasse de Peter, de toute évidence habitué aux usages en vogue dans les bars américains. De Payns se remémora le jour où il s'était pour la première fois installé dans un bar américain, à New York ; quand la barmaid avait tendu le bras pour se servir dans les billets de la personne qui l'accompagnait, il avait eu le réflexe d'interrompre le geste de l'employée.

— Sans compter la solitude, ajouta Peter. On a beau avoir une famille à la maison, on consacre toute notre énergie à des gens qu'on ne connaît pas vraiment.

— De l'énergie simulée, qui plus est, souligna de Payns, sirotant sa bière. Et nos proches, au pays, ne reçoivent plus notre attention.

Les deux hommes échangèrent un regard ; allaient-ils parler famille ? Se débiter des mensonges à propos de ceux qu'ils aimaient ?

Le visage de Peter se referma.

— Vous entendez ça ? dit-il, l'index dressé, tandis que *Hungry Like the Wolf* résonnait dans la salle. C'est Duran Duran. Typiquement années 1980.

## Quarante-neuf

C'est d'un pas délibérément lent que de Payns se rendit chez Corneille. Il fit halte dans une boutique, où il acheta un bouquet de fleurs bleues. Il s'intéressa ensuite à un assortiment de loukoums, dans le coin alimentaire de l'échoppe, et opta pour quelques friandises couvertes de sucre glace, plus pâles que leurs équivalents européens, qui lui furent remises dans une petite boîte en carton. Puis il poursuivit son chemin dans les rues animées par l'activité des cafés et des restaurants.

L'appartement de Corneille était situé au premier étage d'un immeuble à trois niveaux comprenant deux logements à chacun d'entre eux.

Il pressa l'Interphone à 18 heures précises.

— Bonjour, Sébastien, résonna la voix de Corneille. Je suis au numéro 4, au premier étage.

S'ensuivit un bourdonnement, puis le bruit d'un verrou coulissant, ce qui permit à de Payns d'ouvrir la porte d'entrée. Ayant réussi à convertir sa nervosité en enthousiasme, il s'élança dans l'escalier de bonne humeur. Juste avant de toquer à la porte du numéro 4, il vérifia l'état de ses paumes ; elles étaient sèches, c'était bon signe.

Corneille l'accueillit avec une bise sur chaque joue. Il se félicita une fois de plus de ne pas avoir les mains moites car elle portait un haut violet en mousseline de soie et sans manches, si bien qu'il ne put éviter de lui effleurer le biceps.

— Oh ! C'est pour moi ? s'exclama-t-elle en découvrant les fleurs et la boîte en carton.

— J'espère que vous aimez les loukoums.

— J'adore ça ! répondit Corneille en se dirigeant vers la cuisine, d'où émanait une odeur appétissante. À propos, savez-vous que contrairement à ce que l'on dit souvent, les loukoums sont une création perse, et non turque ?

D'une propreté impeccable, l'appartement comprenait deux chambres, et l'immeuble datait d'une vingtaine d'années. N'apercevant pas la moindre trace des filles de Corneille ni de son époux, de Payns supposa qu'il s'agissait là d'un cadeau typique, au Moyen-Orient, d'un père à sa fille, afin qu'elle jouisse d'une certaine indépendance et d'un bien à son nom. Un refuge, en quelque sorte, pour les jeunes musulmanes.

Corneille émergea de la cuisine avec une bouteille de riesling tout juste sortie du réfrigérateur.

— Je croyais qu'on ne consommait pas d'alcool au Pakistan ? s'étonna le Français.

— Oui, bien sûr, et personne ne fume de joints en Belgique, c'est ça ?

Elle versa le vin, et il se saisit d'un verre.

— Qu'avez-vous dit à votre frère, à mon sujet ? Y a-t-il quelque chose qu'il faut que je sache ?

— Je lui ai simplement expliqué dans quelle branche vous travaillez et la nature de la mission que vous m'avez confiée. Il est ravi de se joindre à nous ce soir.

Tandis qu'ils buvaient, Corneille interrogea de Payns à propos de ses visites touristiques. Il évoqua ses clients à New Delhi et le mal fou qu'il avait à conserver une vague maîtrise des nombreuses langues parlées dans cette partie du monde. Se rappelant soudain les fleurs offertes, la Pakistanaise alla chercher un vase dans la cuisine. En la suivant, de Payns repéra la porte arrière signalée par Templar. Dans ce type d'appartement, la cuisine était pourvue d'une issue donnant sur les sorties de secours. D'un regard, il constata que l'escalier extérieur aboutissait sur un parking en béton, exactement comme le lui avait précisé son équipe.

Après avoir disposé les fleurs dans un vase, Corneille ouvrit le four et remua le contenu d'un plat en céramique.

Un mouvement, en contrebas, attira l'œil de l'espion ; il vit un Land Cruiser noir équipé de grosses antennes se garer. Deux costauds en tenue décontractée en sortirent, tandis que le chauffeur restait sur son siège. Le plus impressionnant des deux individus portait un coupe-vent noir et un pantalon de randonnée gris, son pistolet 9 mm calé en évidence sur sa hanche. Il leva les yeux et croisa le regard de De Payns.

Ce dernier s'efforça de sourire :

— Je crois que votre frère est arrivé.

Une petite voix s'éleva dans sa tête : « Mais qu'est-ce que je fous ici, putain ? »

Corneille le rejoignit à la fenêtre et leva les yeux au ciel :

— Il en fait vraiment des tonnes…

De retour dans le salon, de Payns jeta un coup d'œil côté rue et aperçut un autre Land Cruiser noir, ainsi que la Mercedes classe S qui lui était familière. Des agents à la même allure que leurs collègues postés à l'arrière arpentaient la rue dans les deux sens, marmonnant de temps à autre un mot dans le revers de leur coupe-vent.

De Payns sursauta lorsque retentit la sonnerie de l'Interphone.

— Ha ! ha ! Je me sens moins seule, s'esclaffa Corneille en ouvrant la porte. Ce bruit semble conçu pour provoquer des crises cardiaques !

Quelques secondes plus tard, on frappa à la porte de l'appartement, et Corneille ouvrit. L'individu solidement charpenté qui apparut évoqua instantanément Templar dans l'esprit de De Payns ; corpulent mais baraqué, parfaitement entraîné et dangereux. Le garde du corps entra dans la pièce, laissant derrière lui une silhouette nettement plus frêle : Dr. Death, alias Loup gris.

Fidèle en tout point au cliché professoral, le chercheur était un homme de taille modeste affublé d'une paire de lunettes. Sa veste de sport marron, son pantalon kaki et son gilet moutarde confirmaient que les scientifiques du monde entier étaient tous dotés du même goût vestimentaire plus que douteux. Ignorant de Payns, le premier garde du corps procéda à une vérification de l'appartement, Loup gris restant sur le seuil avec un deuxième ange gardien. Tandis que ce dernier dévisageait le Français, son collègue fit un bruit invraisemblable en ouvrant les armoires et en tirant le rideau de la douche.

— Nous devons attendre un instant, s'excusa Corneille, à l'intention de son invité. Désolée, j'ai oublié de vous avertir de ce détail.

— J'ai bien fait de ne pas apporter de whisky, plaisanta de Payns, souriant à Loup gris.

Le savant ne donna pas l'impression d'avoir entendu quoi que ce soit. Quant à son garde du corps, il ne se départait pas de son regard noir.

Un vacarme se fit entendre dans l'escalier de secours, où un autre agent vérifiait les autres issues du bâtiment. Celui qui fouillait l'appartement aboya quelque chose, probablement en communication avec celui qui parcourait les marches extérieures. De Payns, s'il ne saisit aucun mot de cet échange, imagina qu'il devait se résumer à quelque chose comme « Tout est OK », ou alors « Occupons-nous de cette tapette française ; on lui met une cagoule sur la tête directement. »

Le premier garde du corps revenu dans le salon, il fit signe à Loup gris d'entrer et, posant la main sur le bras du Français, lui indiqua de le suivre. Dans la chambre d'amis, qui ne contenait qu'un lit et quelques cartons de rangement, l'agent fouilla minutieusement le Français, en quête d'armes et d'appareils électroniques. Il s'empara du Nokia et, après l'avoir observé un instant, s'adressa à de Payns dans un français hésitant :

— Vous avez besoin de ça pour manger ?

De Payns secoua la tête. L'autre démonta l'appareil d'une main experte et lui tendit les morceaux.

De retour dans le salon, il constata que l'autre garde du corps était posté dans le couloir, tandis que celui qui l'avait fouillé prenait place au niveau de la porte d'entrée. De Payns se tourna vers Loup gris et le salua avec son sourire le plus chaleureux. Le chercheur ne lui accorda qu'une poignée de main réticente, le visage fermé.

— C'est donc vous, le fameux « Frenchman », lâcha-t-il, sans une once d'humour.

## Cinquante

— Vous êtes un ami d'Anoush de passage à Islamabad ? dit Dr. Death en prenant place à table.

— Tout à fait. Je m'intéresse aux anciennes routes commerciales et aux antiques cités situées entre le Moyen-Orient et l'Inde. Comme je suis ici pour quarante-huit heures, j'en ai profité pour visiter les ruines de Taxila.

— C'est intéressant. Anoush et vous travaillez ensemble, c'est ça ?

De Payns haussa les épaules :

— Oui, plus ou moins. Je suis consultant, et Anoush effectue de la traduction pour un de mes clients. C'est comme ça que nous avons fait connaissance.

Voyant la discussion lancée et qu'elle en était le sujet, Corneille se rendit dans la cuisine. De Payns, quant à lui, jouait son rôle d'invité innocent :

— Et vous, professeur ? Êtes-vous marié ? Avez-vous des enfants ?

— Non, malheureusement, répondit le chercheur, étonné par ces questions. Mais vu ce que je compte faire du monde, je préfère ne pas en avoir.

De Payns aurait volontiers tué ce type sur place,

mais il lui fallut rire à cette atroce confidence, afin de créer une relative empathie. Il avait la sensation que Dr. Death jouait avec lui. Dès que sa sœur fut hors de portée de voix, il se pencha en avant et souffla de sa voix lente et sifflante :

— Vous savez que le mari d'Anoush est un de mes meilleurs amis ? Nous avons fait une partie de nos études ensemble, et c'est moi qui les ai présentés l'un à l'autre.

— Je l'ignorais, répondit prudemment de Payns. Je n'ai malheureusement pas eu l'occasion de faire sa connaissance.

Loup gris regarda son vis-à-vis droit dans les yeux avant de reprendre :

— Je ne comprends pas qui vous êtes. Je ne comprends pas ce que vous faites ici. Je ne comprends pas la nature de votre relation avec ma sœur, que j'estime déshonorante pour elle et pour notre famille. J'ai la très nette impression qu'il y a quelque chose de louche dans tout ça.

De Payns sentait la corde se serrer autour de son cou. Loup gris se montrait délibérément ambigu, cherchant à déclencher une réaction plutôt qu'à lancer une accusation. Sa voix posée lui semblait encore plus dangereuse qu'une agression verbale directe. Ce type était futé ; il voulait jouer avec ce « petit Français ». De Payns savait qu'il devait partir, et vite. Vite, mais sans se faire arrêter. Devant à tout prix casser le rythme imposé par Loup gris, il songea que la meilleure défense était peut-être l'attaque.

— Comment ? s'exclama-t-il, simulant l'indignation. Qu'insinuez-vous, exactement ? Je suis ici parce que j'ai été invité par une amie et collègue. J'imagine que vous êtes quelqu'un d'important, mais ça ne vous donne pas le droit de me parler ainsi.

Ayant perçu le changement de ton de la conversation, Anoush émergea de la cuisine, inquiète. De Payns prit les devants :

— Écoutez, Anoush, votre frère m'accuse de me comporter de façon déshonorante, ce que j'apprécie peu. Je suis navré, mais je ne vais pas rester. Je ne suis pas venu pour créer un esclandre. Je vous souhaite une bonne soirée, nous nous recontacterons plus tard.

Il se leva et s'adressa sèchement à Loup gris :

— Bonsoir, professeur. Je vous prie d'accepter mes meilleurs vœux pour la suite, il n'était pas dans mon intention de vous déranger par ma seule présence.

De Payns se dirigea vers la porte d'entrée sous le regard amusé de Dr. Death, que la situation ravissait, de toute évidence.

Évitant tout geste brusque qui aurait pu déclencher une réaction de la part du garde du corps, il attrapa son coupe-vent suspendu au porte-manteau, à côté de la porte de la cuisine. Il n'avait plus qu'une option : simuler l'embarras et réussir à atteindre la rue. Les paumes à présent moites, il sentit, en enfilant son coupe-vent, les morceaux de son mobile s'entrechoquer dans sa poche.

Dans l'entrée, l'autre garde du corps ne bougea pas d'un pouce lorsque de Payns passa à sa hauteur. Sans le regarder directement, le Français guettait le moindre geste ; s'il faisait mine de dégainer une arme, il le frapperait à la gorge, lui prendrait son pistolet et s'occuperait ensuite de son collègue. Si son cœur ne battait pas encore à tout rompre, de Payns sentait tout de même son pouls dans sa gorge, avec la sensation soudaine d'être très à l'étroit. Quoique prêt à affronter un épisode de violence, il gardait à l'esprit qu'il devait à tout prix éviter une confrontation. « Contente-toi de sortir de cet immeuble sans incident », s'intima-t-il. Dès l'instant où son équipe l'aurait en visuel, il n'aurait plus rien à craindre, certain que les gars de Templar étaient de taille face à ceux de l'ISI. Templar avait autrefois exfiltré une agente grillée au Caire, qu'il avait gardée trente-six heures en sécurité, pendant que la police secrète passait la ville au peigne fin. Il avait réussi à la rapatrier à Paris, au prix d'une balle dans la jambe d'un de ses hommes et du doigt d'un autre, perdu dans une portière de voiture claquée sur sa main, ce qui en somme était un bilan assez satisfaisant.

Il se retourna – pivotant du côté du garde du corps afin de ne pas le perdre de vue – pour faire ses adieux à Corneille. Celle-ci avait les joues ruisselantes de larmes, sa magnifique chevelure soudain plaquée sur le visage. Elle voulut l'étreindre mais il lui serra la main.

— Merci pour cette merveilleuse soirée, Anoush.

Derrière Corneille, l'homme qui avait le pouvoir de tuer des millions de personnes avec son arme biologique regardait de Payns par-dessus l'épaule de sa sœur, un sourire aux lèvres.

— Bonne soirée, professeur Bijar, dit le Français.

L'autre ne répondit pas.

De Payns se dirigea vers la cage d'escalier ; quarante-trois marches le séparaient encore de la rue, si toutefois il n'était pas arrêté avant par une cagoule sur la tête ou une balle dans le dos. Il était à la merci de l'ennemi. Sur son cuir chevelu coulait une sueur glacée.

Il s'engagea dans la plus interminable volée de marches de son existence.

## Cinquante et un

À Cercottes, on apprenait à réguler sa respiration quand la peur vous coupait le souffle. Un OT laissant sa peur prendre le dessus sur son physique risquait de voir baisser son taux d'oxygène dans le cerveau, et sa capacité à prendre des décisions en pâtissait. Des simulations semblables étaient également au programme dans l'Armée de l'air, afin de faire comprendre aux apprentis pilotes l'effet de la privation d'oxygène sur les fonctions cognitives. Moins ils inspiraient d'oxygène, plus ils rencontraient de difficultés pour démonter un pistolet où mener à bien une manipulation de base quelconque.

Ce détail à l'esprit, de Payns comptait les marches en inspirant profondément par le nez. Au cours de la demi-heure à venir, il lui faudrait prendre les bonnes décisions, en bon professionnel. En cet instant, Romy et les garçons appartenaient à une autre vie. Dans son dos, il sentait la présence d'au moins un garde du corps, qui le suivait à une distance prévenant toute agression. Un coup de poing de l'arrière de la main, bien placé juste sous la rotule, offrirait peut-être au Français le temps nécessaire pour lui subtiliser son arme. Bien que prêt à réagir à la moindre violence, il n'était pas dans son intention de la déclencher. Il n'avait qu'une pensée en tête, jouer son rôle jusqu'au bout, laisser les suiveurs le filer sans jamais leur donner l'impression qu'il était un espion hautement entraîné.

Il ouvrit la porte du hall d'entrée à la trente-huitième marche. Au moment de tirer sur la poignée, il aperçut le reflet du deuxième garde du corps sur le panneau vitré. Ce dernier n'avait pas d'arme brandie mais ses mains étaient clairement prêtes à en faire surgir une.

Dans la rue, de Payns vit la Mercedes noire garée au pied de l'immeuble, où le stationnement était en principe interdit. Derrière ce véhicule qu'il connaissait par cœur ou presque se trouvait le Land Cruiser, sur laquelle étaient appuyés deux agents de l'ISI, l'un portant un pistolet-mitrailleur MP5 en bandoulière.

Les deux hommes se redressèrent en voyant de Payns sortir de l'immeuble. Dans le dos du Français, le garde du corps numéro 2 dit quelque chose à ses collègues. Sur le trottoir d'en face, la lueur orangée d'une cigarette vola dans les airs, puis un autre garde – armé d'un fusil d'assaut – s'écarta d'un réverbère et se joignit à ses collègues pour regarder passer l'étranger.

En passant à la hauteur du Land Cruiser, de Payns leur adressa un signe de la tête puis se lança dans la longue marche qui devait le reconduire à son hôtel. Cette rue modérément fréquentée était située au nord du quartier d'affaires central et à l'ouest de l'enclave diplomatique. Il constata que les locaux, après un seul regard sur le Land Cruiser garé derrière la Mercedes, choisissaient de marcher sur le trottoir opposé.

De Payns avait à présent pour mission de suivre le tourniquet et offrir à son équipe – ses bougies – l'occasion de repérer d'éventuels suiveurs ; ils lui signaleraient ensuite leur verdict sur le plan de support final. Si, en parvenant au panneau publicitaire de l'arrêt de bus, il trouvait une gommette rouge barrée d'une croix, il devrait alors regagner son hôtel comme si de rien n'était. Ce serait la partie la plus critique ; il n'y aurait pas de rupture suivant un point de passage obligé, pas de course poursuite en voiture ou de *bang-bang*, terme en vogue à la Boîte pour désigner l'usage des armes à feu. Si de Payns était suivi, il lui faudrait accomplir une des tâches les plus ardues que l'on pouvait exiger d'un officier traitant, à savoir déambuler aussi tranquillement qu'un homme détendu ne craignant pas à chaque instant qu'un fourgon surgisse à son coté pour l'enlever. Il devrait faire comme si tout allait bien, comme s'il ne se trouvait pas à Islamabad, comme si le chef du programme d'armes biologiques pakistanais ne l'avait pas quasiment accusé d'être un espion. Il lui faudrait endormir la méfiance des suiveurs.

Tout en marchant, il sortit son paquet de cigarettes de son coupe-vent et en alluma une, prenant soin de donner l'impression de déambuler au petit bonheur. Il savait que certaines attitudes permettaient, à quelqu'un comme Templar par exemple, de repérer ceux qui faisaient partie du jeu ou non, même au beau milieu d'une foule. Ça et leurs chaussures.

Au premier carrefour, de Payns vira à droite et traversa le passage piéton. Il se déplaçait à présent perpendiculairement à la rue dans laquelle se trouvait l'appartement de Corneille. Il était 18 h 27 lorsqu'il passa à la hauteur d'un café en angle dont le panneau d'affichage était disposé en terrasse ; il s'agissait du plan de support de départ, sur lequel il repéra une gommette verte. Le tourniquet était donc prêt, Templar et son équipe en place. Cela le calma légèrement.

Progressant toujours de la même démarche lente et paisible alors que son cœur semblait prêt à sortir de sa poitrine, il s'apprêta à traverser la chaussée afin de se diriger de nouveau vers l'ouest, dans une rue transversale. Ce faisant, jetant naturellement un regard sur sa gauche, il eut la quasi-certitude d'apercevoir un fourgon vert se garant sur le trottoir, à environ quatre-vingts mètres de là. Il se reprocha sa paranoïa et s'intima de cesser d'imaginer des choses qui n'existaient pas.

Il traversa, regardant un peu partout tel un touriste, mais intérieurement impatient d'atteindre la fin du tourniquet et de découvrir une gommette verte sur le panneau d'affichage de l'arrêt de de bus. Parvenu sur le trottoir d'en face, il longea la double vitrine d'un magasin pourvu de centaines de portants, où l'on aurait juré que s'approvisionnaient la moitié des femmes d'Islamabad. Le café mitoyen marquait le point de départ du tourniquet. S'il avait été chargé de le mettre en place, de Payns aurait placé une bougie dans cet établissement, avec pour mission de repérer un éventuel suiveur débouchant à l'angle. Sans chercher à localiser ses collègues, il jeta son mégot dans le caniveau sans ralentir et plongea les mains dans les poches de son coupe-vent. Les pièces détachées du Nokia sous ses doigts, il se garda de les assembler en public, de crainte que cela ne soit interprété comme une provocation.

La première branche du tourniquet se prolongeait sur deux pâtés de maisons. Deux adolescents en skateboard le frôlèrent à toute allure, et une famille comprenant un troupeau de marmots bruyants et mécontents sortit d'un restaurant, le père adoptant le langage corporel universel signifiant : « Taisez-vous et montez dans la voiture. »

Abordant la fin de la dernière partie du tourniquet, de Payns dut s'arrêter à un passage piéton. La première bougie devait désormais l'observer, pendant que la bougie numéro 2 filait vers le plan de support, prête à recevoir par radio un ordre de Templar lui indiquant quelle gommette coller sur le panneau de l'arrêt de bus. En réalité, une équipe de soutien digne de ce nom percevait dès la première bougie si l'OT qu'elle était chargée de protéger était suivi ou non. Le rôle des deux suivantes était d'en apporter une simple puis une double confirmation. Un tourniquet efficace, en plus d'établir de façon certaine qu'il y avait une filature, donnait aussi aux bougies l'occasion d'évaluer la stratégie et les effectifs ennemis.

Attendant que le signal passe au vert, il tenta d'avaler sa salive, malgré sa gorge sèche. En dépit de la fraîcheur de cette soirée dans la capitale pakistanaise, de Payns avait la nuque moite. Les piétons enfin autorisés à traverser la chaussée, il reprit sa marche et s'engagea dans une rue moins fréquentée légèrement courbe, dans laquelle se trouvait, sur le trottoir d'en face, l'arrêt de bus marquant le terme du parcours. Parvenu à sa hauteur, il regarda à droite et à gauche ; un fourgon s'engouffra dans la rue et se gara. Le Français attendit un creux dans la circulation, traversa la chaussée et suivit le trottoir, esquivant les quelques passants. L'arrêt de bus était tout proche. Contrairement à ce que l'on voyait en Europe, ce dernier n'avait pas de panneau publicitaire éclairé. Après avoir dû s'écarter pour céder le passage à une femme se présentant en sens inverse, il se retrouva à la hauteur du plan de support. Il baissa les yeux une fraction de seconde, espérant découvrir une gommette verte.

Elle était rouge. Et barrée d'une croix.

## Cinquante-deux

Les douze dernières minutes avaient donc permis à de Payns d'établir qu'il était suivi et en danger, et il lui en restait environ dix-sept pour gagner d'un pas tranquille le hall d'entrée du Marriott. Une fois sur place, il disposerait de trois minutes pour lancer sa procédure d'exfiltration ; il ferait mine de se rendre dans sa chambre pour se coucher, alors qu'en réalité il lui faudrait embarquer à bord d'un véhicule qui lui ferait franchir la frontière pakistanaise.

Pour l'heure, son job consistait à ne rien faire, à se comporter comme si rien ne clochait, alors que dans ses pensées défilaient une dizaine de scénarios à base de sous-sol, de batteries pour poids lourds, de pinces… Comme précédemment, il se focalisa sur sa respiration afin d'alimenter correctement son cerveau en oxygène et ainsi mieux s'en servir pour endormir la méfiance de ses suiveurs.

Au terme d'une marche interminable, il parvint au Marriott. Il consulta sa montre : 18 h 59. Il disposait encore de trois minutes pour se présenter au rendez-vous d'exfiltration, cinq minutes grand maximum. Son équipe ayant lancé le chronomètre, il gagna directement sa chambre. Les hôtels sélectionnés par les agents français étaient systématiquement pourvus d'issues à l'arrière du bâtiment ; au Marriott, un long couloir longeant les cuisines et les bureaux de l'administration débouchait sur une ruelle et un espace réservé aux livraisons : son point de récupération. Concentré, il fourra rapidement ses affaires dans sa valise, visualisant d'avance le palier, l'escalier de secours et le couloir menant à l'espace de livraison. Il presserait le pas, sans courir, ce qui lui prendrait cent trente-cinq secondes, à en croire l'essai qu'il avait effectué le jour de son arrivée.

Il referma sa valise à roulettes, puis vérifia que les pièces de son Nokia étaient toujours dans son coupe-vent, avant de faire de même avec la liasse de billets en euros dans la poche de son Levi's. Portant son bagage de la main gauche, il conservait la droite libre. Après une longue expiration, il ouvrit la porte. Le couloir était désert. Il sortit de la chambre, referma en douceur le battant et prit sur sa droite. À la hauteur des ascenseurs, il jeta les morceaux du Nokia dans une poubelle, conservant tout de même la carte SIM – si l'urgence était de décamper d'Islamabad, il aurait peut-être un jour besoin de recontacter Corneille.

Il ouvrit la porte de l'issue de secours, la referma sans un bruit et dévala les marches de l'escalier de béton. L'écho de ses baskets et de sa respiration était assourdissant dans cet espace confiné. Il adopta un rythme régulier, plutôt que de privilégier la vitesse pure, ce qui lui permit de poursuivre en silence. Il descendit les dix étages sans trébucher ni faire couiner ses baskets. Il se sentait malgré tout piégé, comme si à tout moment il risquait de se trouver face à un agent de l'ISI déterminé à s'en prendre à lui – à en croire la gommette rouge barrée d'une croix.

Au pied de la cage d'escalier, il fit brièvement halte devant la porte du rez-de-chaussée. Celle-ci donnant sur le couloir menant à l'issue arrière du bâtiment, elle n'était pas située dans le champ visuel du poste habituel des policiers installés dans le hall de l'hôtel. Il craignait davantage qu'une réceptionniste de nuit le surprenne lorsqu'il émergerait de l'escalier de secours ; si cette personne était aux ordres de l'ISI, elle préviendrait aussitôt ses collègues. De Payns n'avait aucun moyen de contrôler ce détail.

Baissant les yeux sur sa montre, il constata qu'il lui restait vingt-six secondes avant sa prise en charge. Il tira sur la porte, jeta un coup d'œil dans le hall – la réceptionniste était occupée par un client tout juste arrivé. Il se glissa dans le couloir, puis croisa le regard d'un employé de ménage. Il lui sourit et poursuivit son chemin en direction de la porte du fond, qui lui fit l'effet d'un phare le guidant en pleine tempête. Le cœur battant la chamade, il avait la sensation que chacun de ses pas, sur le linoléum, résonnait comme un signal d'alarme. Il passa à la hauteur d'un placard ouvert contenant le matériel de ménage, puis il fit pression sur la barre horizontale de la porte du fond afin de l'ouvrir, et se retrouva dans l'espace de livraison. Une unique veilleuse éclairait le quai de déchargement, la zone dégagée permettant les demi-tours et la rue elle-même étant plongées dans l'obscurité. Tandis que la porte se refermait, de Payns jeta un dernier regard dans le couloir et vit l'employé de ménage ; il l'avait suivi et le dévisageait.

Il était à l'heure au point de rendez-vous mais il n'y

avait là ni véhicule ni équipe de soutien. Il gagna le trottoir, d'où il scruta les ténèbres des deux côtés, bien que cette rue soit à sens unique.

Le noir total, pas le moindre mouvement.

Dans son dos, la porte grinça. Il se retourna et vit l'employé qui passait la tête par l'ouverture. Sans doute âgé d'une petite cinquantaine d'années, cet homme était assez trapu et manifestement physiquement affûté. De Payns soutint son regard et y lut de la peur, réaction logique puisque le Français, en cet instant, se demandait s'il lui était possible de se jeter sur lui pour le maîtriser. Tandis que de Payns évaluait la distance qui les séparait – environ huit mètres –, l'autre lui sourit. Ce type ne parlait pas français, et lui pas davantage ourdou. Il s'en approcha ; il n'avait qu'à glisser le pied dans l'entrebâillement de la porte et se saisir du Pakistanais avant qu'il ne hurle.

Alors que les deux hommes n'étaient plus séparés que de six mètres, l'employé de l'hôtel trouva en lui quelques mots d'anglais :

— Votre valise.

Il lui tendait quelque chose difficile à identifier. À quatre mètres de cet homme, de Payns posa sa valise, prêt à bondir sur lui, quand soudain il distingua ce qu'il voulait lui remettre.

— Pour la valise, insista l'employé, tendant l'étiquette nominative en cuir qui visiblement s'était détachée du bagage de De Payns.

Celui-ci lâcha un soupir de soulagement si brutal qu'il s'en étouffa presque.

— Putain… souffla-t-il, essuyant un peu de bave sur ses lèvres.

Il se saisit de l'étiquette et rendit à l'employé son sourire apeuré, devinant que son visage avait dû annoncer une violence imminente aussi sûrement qu'une enseigne lumineuse.

— Merci, dit-il en anglais.

À présent suffisamment proche de cet homme pour le réduire au silence à jamais, de Payns entendit un bruit de moteur dans son dos. L'employé referma la porte et disparut dans l'hôtel.

L'espion français se retourna et découvrit Templar au volant d'une Toyota Camry blanche. Danny, autre membre de l'équipe de soutien, ouvrait déjà le coffre. De Payns récupéra sa valise, rejoignit ses collègues et monta dans le coffre, qui se révéla couvert d'un tapis de yoga. Danny le recouvrit plus ou moins d'autres bagages, puis lui désigna une bouteille d'eau, deux pommes et quelques barres de céréales calées dans le fond. Il y avait là en outre un pistolet noir 9 mm qui ressemblait fortement à un SIG. Danny tapota ensuite une bouteille vide avec son bouchon, ce à quoi de Payns acquiesça : la route serait longue, sans pause toilettes.

# Cinquante-trois

Malgré les efforts de Templar et de Danny, qui avaient fait de leur mieux pour lui installer un nid confortable dans le coffre de la Camry, de Payns sentait douloureusement le moindre cahot, tandis que les bruits de la route résonnaient tel un rugissement permanent dans ses oreilles. Cinq minutes après le départ, il décida de se mettre à l'aise autant que possible, et de se détendre. Il avala une pomme et but de l'eau. Un léger filet d'air frais lui parvenait de quelque part, mais il n'avait pas la moindre idée de la direction prise ni de leur destination.

Il passa en revue l'habituelle check-list de fin de mission. Quelles erreurs avait-il commises ? Qui était susceptible de l'identifier ? L'opération se soldait-elle par un succès ?

La réponse à cette dernière question était évidente : le Pr Youssef Bijar, directeur scientifique du plus important centre de recherche sur les armes biologiques du Pakistan, ne leur offrirait aucun accès au MERC. Cet homme ne comptait pas coopérer avec eux et n'était pas facilement manipulable. S'il était sans doute un cerveau brillant, c'était par ailleurs un être humain épouvantable, peut-être un peu fou. La formation dispensée au sein de la Boîte abordait les bases de la psychologie, notamment les personnalités extrêmes ; ces individus – que de Payns devait suffisamment comprendre pour se lier d'amitié avec eux, pour ensuite les manipuler et faire pression sur eux – étaient souvent dotés d'un puissant intellect et d'une forte personnalité attirant des adeptes. Cependant, ils étaient généralement solitaires, isolés, terriblement dangereux, mesquins et vindicatifs. Leur excès de confiance s'accompagnait d'une paranoïa ruinant leur vie, et leurs succès étaient marqués par le sceau de la dépravation. L'aveu de Loup gris, quand il avait expliqué la raison pour laquelle il n'avait pas voulu avoir d'enfants, avait de quoi glacer le sang. De Payns avait eu affaire à des personnages terrifiants, au fil de sa carrière au sein de la Boîte, mais Loup gris était un cas à part ; c'était la première fois qu'il croisait le chemin d'un scientifique criminel et sociopathe assumant pleinement ces deux travers. La plupart des chercheurs et ingénieurs travaillant à l'élaboration d'armes de destruction massive s'efforçaient de se justifier, clamant que leur intellect supérieur les plaçait au-dessus des notions morales, ou que leurs inventions ne pouvaient être comprises par le commun des mortels nettement moins bien instruit qu'eux. Même les scientifiques retournés au profit de la France s'accrochaient fréquemment à leurs illusions. Loup gris, quant à lui, avait simplement admis sans détour ne pas vouloir engendrer des enfants dans un monde où des individus tels que lui avaient toute latitude pour sévir. Même si jamais il ne serait en mesure de le prouver, de Payns avait la forte impression que

Loup gris avait deviné qu'il était lui-même père de famille. Ses mots n'avaient été qu'une provocation délibérée, qui ne pouvait que hanter tout parent à qui elle parvenait.

Quelles erreurs de Payns avait-il commises ? Il n'était pas évident de répondre à cette question, les fautes à éviter n'étant pas précisément recensées sur quelque fiche. La France avait pour objectif d'accéder au MERC et avait tenté sa chance. Peut-être auraient-ils pu patienter un mois de plus, voire six mois ou un an, accumulant davantage de renseignements, multipliant les reconnaissances et consolidant la relation entre de Payns et Corneille. Ils auraient eu beau décaler le moment du contact, ils se seraient toujours heurtés à Loup gris.

Pouvait-on l'identifier ? se demanda de Payns. Oui, de toute évidence. Loup gris, au moins quatre gardes du corps et les agents qui l'avaient suivi à partir de l'hôtel l'avaient tous vu de près ; c'était à déplorer mais c'était un des inconvénients du fait d'« être au contact ». Une chose était certaine, de Payns ne regagnerait pas son appartement de Montparnasse avant d'avoir la certitude de ne plus avoir quiconque dans son sillage. Le sort d'Amin le hantait encore, et il était bien décidé à ne pas mener l'ISI à sa famille.

L'ultime question concernait le sort de Corneille, mais il lui fallait se l'ôter de l'esprit ; il avait bien des problèmes à régler avant de se soucier d'un adversaire.

Soulevé de trois centimètres par un cahot, il fut réveillé par le choc en retombant sur le tapis de yoga. Il laissa échapper un petit cri et eut besoin d'une seconde pour se rappeler où il se trouvait. Dans l'obscurité totale, il essuya un filet de salive sur sa joue. Il avait sans doute dormi profondément ; la Toyota avait ralenti et, à en juger par ses soubresauts et les bruits de graviers projetés à l'arrière, il était évident qu'ils n'étaient plus sur une route goudronnée. Il consulta sa montre : 23 h 45.

La voiture s'immobilisa, et il entendit Templar discuter avec un homme – probablement un fonctionnaire, d'après sa voix. Tous deux échangeaient dans un mélange d'anglais, de français et d'ourdou, et le ton semblait bon enfant. Ils étaient certainement à la frontière, estima de Payns. Templar était plutôt doué dans de telles situations, et il fut autorisé à poursuivre sa route en un temps record. Ils roulaient depuis suffisamment longtemps pour être en Inde ou en Afghanistan. Selon la procédure de sécurité habituelle, l'OT chargé de mettre en place l'exfiltration d'urgence, en l'occurrence Templar, n'en avait pas livré les détails au reste de l'équipe.

Quatre-vingt-dix minutes plus tard, la Camry s'immobilisa, effectua une courte marche arrière, puis Templar coupa le contact. De Payns savoura ce silence magnifique tandis que ses os remerciaient le ciel pour ce répit. Il tendit l'oreille, espérant percevoir un bruit de moteur d'avion ou les échos d'un port, mais il n'entendit que la voix de Templar, à travers la banquette arrière :

— Aguilar, ne bouge pas, *vieux frère*. On change de véhicule, et ensuite tu prendras place à l'avant.

— OK, répondit de Payns.

Immobile dans les ténèbres et appréciant le silence, il savait à présent que son exfiltration s'effectuerait par la route, dans la nature, et non par avion ou par bateau. Il mit la main sur la deuxième pomme, l'avala, puis il dévora une barre de céréales fourrée de morceaux d'abricot séchés et de pétales de chocolat.

Un quart d'heure plus tard, durant lequel Templar et Danny avaient trifouillé la radio, s'amusant de la musique pop locale diffusée, de Payns entendit un bruit de moteur de voiture, laquelle se rapprocha jusqu'à se coller au flanc de la Camry. Des portières s'ouvrirent, et il y eut une conversation. La Camry s'affaissa du côté conducteur, le côté passager s'étant soudain allégé, puis Templar s'adressa à de Payns :

— On te fait bientôt sortir. Danny vérifie notre prochaine voiture.

Peu après, le coffre s'ouvrit, et Templar dégagea les bagages et cartons empilés autour de De Payns. Il faisait nuit noire, sans lune.

— C'est bon, dit Templar.

De Payns lui agrippa le bras et fut hissé hors du coffre. Ses jambes manquèrent de peu de se dérober lorsqu'il posa le pied à terre.

Ils se trouvaient dans un parc, en bordure d'un lac et près d'un modeste bâtiment aux allures de toilettes publiques. De Payns comprit que cet endroit était une zone de pique-nique. Deux véhicules étaient stationnés sur le parking : la Camry et une Passat gris métallisé.

— Tu as une envie pressante ? proposa Templar, désignant les toilettes. Si oui, fais vite, je ne tiens pas à m'éterniser ici.

La Camry s'éloigna, Danny au volant et l'homme ayant convoyé la Passat jusqu'à eux sur le siège passager.

— Danny ne reste pas avec nous ? s'étonna de Payns en se dirigeant vers les toilettes.

— Non, il part de son côté. On continue seuls, toi et moi.

## Cinquante-quatre

De retour sur le parking, de Payns trouva Templar installé sur le siège conducteur, une enveloppe orange dans les mains.

— À partir de maintenant, tu t'appelles Georges Morel, dit Templar en allumant le plafonnier.

— Super. On est où ?

— En Afghanistan.

De Payns ouvrit l'enveloppe et y trouva un passeport français au nom de Georges Antoine Morel, avec sa photo, ainsi qu'une carte d'identité et un permis de conduire français, un mobile Nokia et son chargeur.

— Occupons-nous de ton ancienne identité, ajouta Templar.

Ils sortirent de la valise à roulettes le passeport établi au nom de Sébastien Duboscq, qu'ils déchirèrent, puis ils détruisirent les cartes d'embarquement, reçus et autocollants à codes-barres, vestiges de ses vols récents, ainsi que le plan de New Delhi. Templar demanda ensuite à son collègue de retourner ses poches et jeta tous les papiers qu'il avait sur lui. Il se débarrassa également de la chemise et du coupe-vent de De Payns, à qui il remit un sweat-shirt noir et une veste de cuir marron qui avait déjà bien vécu.

— La Boîte t'a préparé un compte Facebook, et apparemment tu apparais en quatrième position des résultats d'une recherche « Georges Morel » sur Google. Tu es un journaliste qui s'intéresse à la justice sociale et aux actions en faveur du climat.

— Je me plais déjà, ironisa de Payns.

— Tu es entré avec moi en Afghanistan hier, en provenance du Turkménistan. Moi, je suis ton photographe. Tu es journaliste indépendant et tu fais des recherches sur les effets du réchauffement climatique dans la région.

— Entendu.

— Si on te pose la question, le nord du Pakistan et l'est de l'Afghanistan rencontrent des problèmes dus à une mauvaise gestion des aquifères. Du sel remonte en surface, ce qui fait que l'eau des nappes phréatiques n'est pas du goût du bétail.

De Payns était systématiquement ébahi par tout ce que son ami sortait de son chapeau. Et ce dernier d'ajouter :

— Ça te paraît plausible ?

— J'y ai cru dès les premiers mots. On travaille pour quel magazine ?

— Pour un webzine : *Action socialiste sur le climat*. Ça te va comme un gant.

De Payns s'esclaffa.

— Ils ont déjà publié nos reportages ?

— Brent a bricolé un truc au Bunker. Quand on tape le nom du webzine sur Google, on tombe sur un site miroir sur lequel figurent nos photos et nos articles. Ça ne tiendra pas plus d'une semaine mais ça nous suffira.

— Qui a rédigé les articles ?

— Tu te rappelles comment Thierry s'y est pris pour écrire le scénario du *Pardon du lac* ? demanda-t-il alors que de Payns hochait la tête. Eh bien, il a refait le coup de l'IA, qui lui a pondu un texte mêlant les bouteilles de plastique jetées dans l'océan, la protection des baleines et les qualités de Cuba.

— Tu as des photos ?

— Oui, à l'arrière, dans l'appareil photo. Charlie s'en est occupé.

— C'est qui, Charlie ?

— C'est le type qui nous a apporté cette voiture. Il est basé à Kaboul.

— Et ce sont des photos de quoi, exactement ?

— De bétail malade. Il y a également des interviews de fermiers expliquant que les nappes d'eau souterraines sont ravagées.

— Charlie a tranquillement débarqué là-bas et pris des photos ? Et les fermiers lui ont répondu sans souci ?

— Oui, c'est comme ça que ça fonctionne, apparemment, répondit Templar en mettant le contact de la Passat. Qui aurait cru que le journalisme était un métier si facile ?

— On a donc des images. Et concernant les prises de notes ?

— Ouvre le calepin que je t'ai donné et écris deux ou trois trucs à propos des aquifères empoisonnés et des fermes à faible rendement. Et date tout ça d'hier.

Cigarette à la bouche, ils s'élancèrent dans un décor aride ponctué de zones verdoyantes. La beauté rurale du paysage était entachée par les camions ayant rendu l'âme et autres épaves métalliques abandonnées sur le bas-côté.

Tandis que son cou et son dos se décrispaient peu à peu, de Payns reprit la parole :

— Où sommes-nous, exactement ? Et quelle est notre destination ?

— Nous sommes au sud de Kaboul, répondit Templar, qui lui tendit une carte routière. Nous filons vers l'ouest et Zahedan, qui se trouve de l'autre côté de la frontière iranienne.

Une vingtaine d'heures de route semblait nécessaire pour atteindre cette grande ville iranienne ; ils sortiraient d'Afghanistan par l'ouest du pays.

— On décolle à 18 h 30 ce soir, ajouta Templar. Nos places ont été réservées et réglées depuis Paris. On rentre à la maison avec une escale à Istanbul.

— Qu'est-ce qui s'est passé exactement lors de mon rendez-vous avec Loup gris ? s'enquit de Payns, qui avait besoin d'en savoir plus.

Templar secoua la tête, des cordes de piano visibles sous la peau de son cou de taureau.

— J'ai l'impression qu'on a épuisé notre quota de chance, toi et moi.

— C'est catastrophique à ce point-là ?

— Il faut qu'on parle un peu, soupira Templar.

— À propos de quoi ? s'étonna de Payns, ayant noté un changement de ton chez son ami.

— On a été vendus.

— Putain ! s'emporta de Payns, qui se cala contre son dossier, à la recherche d'un objet à frapper. Putain de merde !

— Pas avant le rendez-vous, heureusement. On avait réussi à installer quelques micros sans fil près de l'entrée de l'immeuble de Corneille. Quand tu es parti,

Loup gris est sorti juste derrière toi, tu t'en es rendu compte ?

— Non, je ne me suis pas retourné, répondit de Payns, soudain très las.

— Donc il était là, au milieu de la rue, entouré de ses gardes du corps, et alors que j'étais sur le point de me barrer sur le tourniquet, son téléphone a sonné.

— Celui de Dr. Death, tu veux dire ?

— C'est ça. Il sort son mobile de son affreuse veste et prend l'appel. Et devine ce qu'il dit ?

— Je sais pas. Vas-y, balance.

— *Bonjour,* en français, dit Templar.

— Tu déconnes ? Putain ! Non !

— Il a discuté avec un Français, confirma Templar.

De Payns avait la sensation d'avoir du papier de verre dans la gorge ; c'en était trop.

— Et qu'est-ce qu'il a dit ?

— Il a eu l'air étonné. Il a dit : « Aguilar ? Ce playboy, c'est Aguilar ? »

De Payns s'affaissa, anéanti. On l'avait trahi. Seule une poignée de personnes au monde avaient connaissance de ce pseudonyme et étaient autorisées à l'employer.

— Autre chose ?

— Il a dit quelque chose comme : « J'aurais préféré l'apprendre il y a une heure. » Puis il a raccroché et ordonné à ses gardes du corps de te suivre. C'est à cet instant que j'ai compris qu'il fallait t'exfiltrer d'urgence.

De Payns avait le cerveau en ébullition, et pas uniquement parce qu'il se demandait qui les avait trahis depuis Paris au cœur d'une opération ; il évaluait également les probabilités que l'ISI s'en prenne à Romy,

Oliver et Patrick, qu'il lui était pour l'heure impossible de contacter pour leur dire de filer de l'appartement. Où se seraient-ils réfugiés, d'ailleurs ? Et quel collègue aurait-il pu charger de prendre soin d'eux ? Il aurait pu demander à Shrek de lui rendre ce service, mais une question s'imposait : qui était la taupe ?

Un autre détail lui vint à l'esprit :

— Si la mission est corrompue, l'exfiltration l'est peut-être également, non ?

Templar acquiesça de la tête :

— J'ai payé les billets en cash mais je l'ai fait à Paris…

— Il faut modifier nos plans. Rentrons à Paris chacun de notre côté.

— Tu veux garder la voiture ?

— Mais toi, comment tu vas faire ?

— T'inquiète, je me débrouille. Je te quitterai à Gardêz, qui est encore à environ deux heures de route. Tu continueras avec la voiture.

Fumant dans l'obscurité en se rapprochant de Gardêz, ils traversèrent une zone bombardée, à en juger par les cratères le long de la route.

— Parle-moi de Dr. Death, dit Templar. Qu'est-ce qui s'est passé dans l'appartement ?

— Ce type est cinglé. Il a dit qu'il y avait quelque chose de louche chez moi…

— Quel scoop ! ironisa Templar.

— Il m'a accusé de déshonorer sa sœur, de vouloir cocufier son meilleur ami.

— C'est bien notre bonhomme ? On a eu le nez creux ?

— Oui, on a la confirmation que Loup gris dirige

la recherche scientifique au MERC et que c'est une véritable ordure.

— Quoi d'autre ? demanda Templar, considérant son passager.

— Peu importe, éluda de Payns, agacé que son ami lise si bien dans ses pensées.

— Allez, accouche, je vois bien qu'il a dit autre chose qui te tracasse.

De Payns inspira profondément, en proie à une terrible angoisse à propos de ses enfants.

— S'il n'a jamais voulu fonder de famille, c'est parce qu'il ne voudrait pas qu'elle vive dans un monde où il fabrique ses armes biologiques. Voilà ce qu'il a dit, en gros.

— Oh ! merde, s'esclaffa Templar. Là, j'ai vraiment besoin d'un verre…

# Cinquante-cinq

Alors qu'ils s'étaient arrêtés pour se soulager, de Payns laissa échapper un petit cri en s'extirpant de la voiture.

— Tu es blessé ? s'inquiéta Templar.

— Non, j'ai seulement encore un peu mal à l'épaule ; je me suis entraîné avec Shrek l'autre jour.

— Tout le monde se fait défoncer par Shrek, plaisanta Templar. Comment va-t-il, à propos ?

De Payns haussa les épaules, remonta sa braguette et s'assit sur le capot de la Passat, tandis que son ami finissait son affaire.

Ce dernier tourna la tête par-dessus l'épaule :

— Je ne vous vois plus souvent ensemble.

— Il bosse pas mal sur un truc, en ce moment, biaisa de Payns, ne sachant pas si Templar était au fait de l'expédition de Shrek à Palerme.

— Avec Frasier ?

De Payns dressa les oreilles :

— Pourquoi tu dis ça ?

— Je les ai vus discuter à la CAT.

De Payns médita sur cette information, ce qui fit réagir son collègue :

— Un souci ?

— Tu ne t'es jamais demandé pourquoi Falcon avait déconné ?

— Pas plus de quarante fois par jour, répondit Templar.

S'étant reboutonné, il sortit un paquet de cigarettes de sa poche et regagna la voiture. Puis il se figea, saisissant soudain ce que sous-entendait de Payns.

— Tu rigoles ? Shrek ne nous a pas trahis ! Impossible !

— Je ne sais pas si tu es au courant, mais Manerie a pris contact avec moi. Il voulait savoir en détail ce qui s'était passé à Palerme. Il est beaucoup question d'une taupe, apparemment.

— Manerie enquête sur Falcon ? Je croyais qu'ils avaient confié ça à un de ses adjoints.

— Oui, je sais… Manerie accuse plus ou moins Shrek, et maintenant Shrek se comporte bizarrement.

— Manerie enquête sur Shrek ? Par rapport à l'opération Falcon ? Mais pourquoi ?

— Aucune idée, avoua de Payns en allumant une cigarette. Il passe son temps à me coincer avec son gorille, Jim Valley.

— Il a de quoi te faire chanter ?

— Oui, mais ce n'est pas une histoire de fric, juste un rendez-vous que je n'ai pas signalé.

— Il a des photos ?

De Payns ne put s'empêcher de rire :

— Évidemment. J'adore ces types de DGS.

— Mais que vient faire Shrek dans cette affaire ?

De Payns prit le temps de réfléchir avant de répondre :

— Manerie insinue que je ne le connais peut-être pas

si bien que je le crois. Il m'a rappelé que Shrek était le seul autre agent à bord du ferry en provenance de Sardaigne, puis au Bar Luca. Il n'était donc pas loin des passeports ni de l'argent.

— Toi aussi, souligna Templar.

— Je sais, mais Manerie s'intéresse surtout aux conclusions de la Boîte concernant Falcon.

— Tu lui as tout dit ?

— Non, j'ai esquivé. Je lui ai dit que Briffaut avait reçu mon compte rendu et celui de l'équipe de soutien, mais qu'il ne m'avait pas fait lire son rapport final, qu'il a transmis à Frasier, lequel n'a pas encore validé le tout.

— Pourquoi Manerie ne s'adresse pas directement à Briffaut ?

Ils échangèrent un regard qui s'éternisa une seconde de trop. Templar fut le premier à rompre le silence :

— Tu es fou ! Pas Briffaut, quand même !

De Payns se redressa d'un bond du capot de la voiture et fit quelques pas en cercle :

— Je sais que Briffaut ne peut pas être la taupe. Pourtant, alors même qu'on est à Islamabad, dans la gueule du loup, Dr. Death reçoit un coup de téléphone de quelqu'un qui lui parle d'Aguilar et de la Boîte.

— Si ce n'est ni moi ni toi, ni Shrek ni Briffaut…

— Brent était au courant de certains détails.

Templar secoua la tête, tandis qu'un convoi de deux camions passait à leur hauteur.

— Brent est des nôtres. La sœur de sa grand-mère a été torturée à mort par la Gestapo pour avoir nourri des pilotes alliés. Il est fiable.

De Payns faisait toujours les cent pas, une idée se formant peu à peu dans son esprit.

— À quoi tu penses ? lui lança Templar, soudain préoccupé. Tu as l'air inquiet.

— On pensait que le tourniquet nous servirait entre 20 h 30 et 21 heures, c'est-à-dire après le dîner.

— Oui, et on s'y était préparés, mais tu es ressorti beaucoup plus tôt que prévu de l'appartement.

— Je sais bien. En descendant l'escalier, j'ai espéré de toutes mes forces que ton équipe soit en place.

— Et alors ?

— Alors celui qui a contacté Dr. Death par téléphone connaissait mon planning.

Templar poursuivit le raisonnement :

— Il pensait qu'au moment où il appelait Loup gris, tu serais à table avec lui. Qu'est-ce que ça veut dire ?

— Ça veut dire que quelqu'un veut éliminer tous les membres de l'équipe Falcon.

Parvenus au sommet d'une colline, ils aperçurent les pâles lueurs de Gardêz en contrebas. Contrairement à ce qui se faisait en Europe, on ne laissait pas l'électricité branchée toute la nuit dans les villes afghanes. Des soldats afghans en véhicule tout-terrain blindé avaient dressé un modeste campement sur un éperon rocheux, non loin de la route, mais sans établir de point de contrôle, si bien que les Français passèrent sans être arrêtés.

— Il y a une station-service ouverte vingt-quatre heures sur vingt-quatre de l'autre côté de la ville, dit Templar. Fais le plein là-bas, je filerai à ce moment-là.

— Tu as de l'argent ?

— Suffisamment.

De Payns sortit une liasse de billets américains et d'euros de sa poche et remit cinq cents dollars à son ami.

— Tu ne m'as pas parlé de l'ISI, au fait, dit-il. Qui s'est lancé à ma poursuite ?

— Deux agents à pied, un sous-marin et une voiture. Aussitôt après avoir raccroché, Loup gris les a lancés à tes trousses. On était baisés.

— Pourquoi ils ne m'ont pas arrêté au bas de l'immeuble ?

— Il a peut-être préféré éviter de perdre la face sous les yeux de sa sœur ? Ou alors il a seulement voulu te faire peur, tout en te faisant une faveur, dans l'espoir que ça lui serve un jour.

— C'est-à-dire ?

— Tu sais comment sont ces types. Un beau jour, il demandera l'asile politique à la France ; tu seras convoqué à Évreux et tu le trouveras dans une cellule. Il te dira : « Vous vous souvenez de moi ? Je vous ai rendu service, autrefois. Aujourd'hui, c'est à votre tour de m'aider. »

De Payns sourit à cette évocation de la réputation de bienveillance de la France. Au cours de sa première année au sein de la Boîte, il avait fait partie d'une équipe chargée de transférer un opposant politique syrien à Paris. Celui-ci était prêt à révéler quantité de renseignements confidentiels à propos du régime d'Assad, en échange de quoi la France ferait venir sa famille, à qui elle accorderait la citoyenneté française, et ferait un don de huit cent mille euros à son parti. Quand il fut établi que cet homme ne songeait qu'à ses intérêts et tentait de détruire ses rivaux en propageant des ragots infondés, la CAT décida de se séparer de lui, et de Payns reçut l'ordre de s'en occuper. Il conduisit le Syrien à un carrefour parisien bondé, lui remit l'attaché-case contenant la somme promise et lui signifia de descendre de la voiture.

— Où est ma famille ?

— C'est votre problème, répondit de Payns.

— Sans protection, je suis un homme mort ! protesta le Syrien, en panique totale. J'ai trahi la moitié des hommes politiques et des généraux du régime d'Assad.

— C'est votre problème, répéta le Français, qui se pencha pour ouvrir la portière côté passager.

Le corps du Syrien fut retrouvé dix jours plus tard flottant dans la Seine. Aux yeux de la Boîte, cet épisode avait eu valeur de test pour de Payns, qui l'avait passé avec succès. Loup gris n'aurait droit à aucune contrepartie si un jour il réclamait des faveurs. La France ne fonctionnait pas de cette façon.

Après l'appel de son associé, le professeur s'était adressé à ses hommes de main :

— Suivez-le jusqu'à l'hôtel et attendez. Voyons qui sont ses complices. Il n'y a pas d'intérêt à retirer le fromage quand on peut attraper d'autres souris.

Alors qu'il s'engouffrait dans la Mercedes, sa sœur sortit de l'immeuble en courant :

— Comment as-tu osé me faire ça, Youssef ! Comment as-tu osé dire ces horreurs à mon ami, chez moi ! Et tu t'étonnes que je préfère vivre en Europe ?

— Remonte chez toi, dit Youssef, aussi aimablement que possible. Ce n'est pas ta faute.

— Je le sais bien, s'emporta Anoush, son charmant visage rougi sous l'effet de l'indignation. C'est ta faute !

Tandis que le Français disparaissait dans l'obscurité de la nuit, Youssef s'expliqua :

— Tu ne pouvais pas savoir que cet homme était maléfique. Pour ces Occidentaux, une femme mariée sans son mari… commença-t-il en haussant les épaules, ce n'est qu'un jeu.

Il lui intima de regagner son appartement, afin d'éviter qu'elle ne dise quoi que ce soit le forçant à hausser le ton. Bien que soupçonnant que quelque chose clochait avant même d'avoir fait la connaissance du Français, il avait voulu gérer la mauvaise conduite de sa sœur sans pour autant en faire une affaire d'État.

— Tu ferais mieux d'aller te coucher, suggéra-t-il, pour aussitôt se rendre compte que ce n'était pas la bonne chose à dire.

— Je ne suis pas à tes ordres, Youssef Bijar ! s'écria-t-elle. Je ne t'appartiens pas ! Je suis la fille de mon père, ne l'oublie pas !

— Comment pourrais-je l'oublier ? Mais j'insiste, tu ferais mieux de rentrer chez toi, plutôt que de rester dans la rue.

La colère d'Anoush s'amplifiait. Si la plupart de ses hommes étaient à présent aux trousses de l'espion, son chauffeur et son garde du corps ne quittaient pas des yeux la sœur de leur patron, laquelle criait de plus en plus :

— S'il y a quelqu'un à qui adresser des reproches, c'est moi, pas lui !

— Rentre chez toi ! Tout de suite ! ordonna Youssef.

— Je lui ai parlé de ton travail, de ta position dans la hiérarchie du centre. Je t'ai décrit comme un homme admirable, même si le monde entier est écœuré par ce que tu fais.

Un jeune couple et ses enfants pressèrent le pas sur

le trottoir d'en face, faisant mine de ne rien entendre de la dispute.

Le professeur baissa la voix :

— Dernière chance, petite sœur : remonte dans ton appartement.

— Tu aurais pu être quelqu'un de formidable, Youssef, mais tu ne peux rien dire de ce que tu fais dans ce centre de recherche, n'est-ce pas ? Allez, avoue, qu'est-ce que tu fabriques exactement là-bas ?

Il aurait voulu s'expliquer avec elle, lui reprocher de jouir de l'agréable mode de vie occidental prisé par leur père, tandis que leur mère et leur tante subissaient l'enfer solitaire de leur histoire oubliée. Il aurait voulu lui dire que leur famille du côté maternel était faite de grandeur et de persévérance que la société pétrolière française leur avait arrachées. Ils auraient tous dû supporter ensemble cette blessure, mais Anoush et leur père étaient trop occupés à voguer sur leurs bateaux décadents et à boire de l'alcool en secret. Il resta toutefois muet, car sa sœur n'ignorait rien du fond de sa pensée.

Il prit place à bord de la Mercedes et claqua la portière. Voilà que ça recommençait : une fois de plus, le comportement d'Anoush le contraignait à choisir entre la sécurité du Pakistan et le bien-être de sa propre sœur. Il se permit une longue inspiration, conscient du regard de l'agent de l'ISI braqué sur lui, dans le rétroviseur. La décision qui s'imposait à présent n'était pas si difficile à prendre car ce n'était pas une première ; sept ans auparavant, il avait déjà réagi quand son père lui avait posé trop de questions et avait commis l'erreur de le juger. Il était décédé peu après d'une « crise cardiaque » inattendue. Youssef devait maintenant s'occuper d'Anoush.

Il songea à sa jeunesse au côté de sa petite sœur si sociable. Anoush et son père faisaient du ski et naviguaient pendant que lui ne demandait qu'un endroit tranquille pour lire. Être le plus intelligent de la famille n'avait pas été facile, et être celui qui défendrait l'honneur de la famille – et vengerait les pertes subies – ne le rendrait jamais populaire. Mais tel était son rôle.

Il tapota sur son téléphone. Tandis que la liaison s'établissait, Anoush rentra comme une furie dans son immeuble.

— Colonel, dit-il, quand son correspondant eut décroché. Nous avons un problème de sécurité.

# Cinquante-six

Ils ne disposaient que d'une arme à feu, à eux deux. De Payns insista pour que Templar la conserve. Un petit sac à dos calé sur l'épaule, celui-ci se fondit dans les ombres sans même un regard en arrière.

Ils se trouvaient dans la banlieue nord de Gardêz. En arrivant à la station-service, de Payns constata qu'elle était en particulier ouverte toute la nuit pour tous les camions en provenance où à destination de Kaboul. Il était 5 h 24 du matin. Évitant la file de véhicules à moteur Diesel, de Payns se dirigea vers une pompe à essence. Après avoir fait le plein, il se rendit à la caisse muni d'euros et de dollars américains et patienta derrière un chauffeur de camion qui réglait son gas-oil. C'est alors qu'il prit conscience de la présence de deux agents de la Police nationale dans l'espace café, sur sa gauche. Il leur adressa un bref sourire, ce qui ne lui valut rien d'autre que deux regards noirs. Âgés d'une petite trentaine d'années, ils étaient chacun armé d'un pistolet Sigma 9 mm calé sur la hanche et d'un fusil d'assaut AKM en bandoulière. Son tour venu, de Payns désigna du bras la pompe à essence et demanda une grande bouteille d'eau, un téléphone à carte prépayée et un paquet de Marlboro. Il proposa ses euros et ses dollars américains ; le jeune caissier accepta les euros.

En regagnant sa voiture, il sentit que les deux flics le suivaient. L'air vibrait sous l'effet du ronronnement de moteurs Diesel, des camions s'ajoutant régulièrement à la file.

— Bonsoir, monsieur, lui lança en anglais le plus grand des deux policiers. Vous avez encore une longue route à faire ?

De Payns se retourna et sourit :

— Je me rends à Kaboul.

— Américain ? demanda le moustachu.

— Français.

— Ah, lâcha le grand. Vous êtes loin de chez vous. Pour quelle raison êtes-vous en Afghanistan ?

— Je suis journaliste. Morel. Je m'appelle Georges Morel. Je prépare un article sur les aquifères du nord du Pakistan et de l'est de l'Afghanistan.

— C'est votre voiture ?

— Tout à fait.

Le grand flic s'approcha de l'avant de la Passat en grimaçant :

— Vous comptez rester encore longtemps en Afghanistan ?

— Non, je repars d'ici deux jours, répondit de Payns, priant pour que ces types le laissent tranquille.

— Très bien, dit le grand, à présent souriant. Si vous aviez prévu de rester plus de trente jours en Afghanistan, il aurait fallu que vous changiez vos plaques. Un véhicule immatriculé au Pakistan, c'est à éviter.

De Payns roula à bonne allure plein nord, ne rencontrant qu'un unique point de contrôle, où on ne lui demanda pas de s'arrêter. Il était 7h43 lorsqu'il parvint à la périphérie de Kaboul. Il se faufila dans la ville, à la recherche d'un café Internet. Quand il en eut repéré un, il y entra et s'installa devant un ordinateur. Il ouvrit un compte Gmail au nom de Charles Paris et envoya un bref message, avec son nouveau numéro de téléphone, à Dennis London, mieux connu sous le nom de Mike Moran.

De retour au volant, il roula cinq minutes, passant devant des soldats vêtus d'uniformes variés se prélassant en fumant sur des véhicules de transport de troupes blindés. La ville semblait moins ravagée par les bombardements que deux ans auparavant, lors de son précédent séjour. Ayant remarqué un restaurant dont l'enseigne était rédigée en anglais, et manifestement ouvert, il y entra et découvrit avec plaisir que la patronne était française. Il lui commanda du café, un *pain au chocolat* et une omelette. Alors qu'elle s'éloignait, son téléphone à carte sonna.

— Allô ?

— Room service, vous avez demandé à être réveillé, dit une voix masculine en anglais. Ça fait un bail, mon pote.

— Oui, trop longtemps.

— On se retrouve quelque part ? proposa Moran.

— Ce serait top, dit de Payns en versant du sucre dans son café. Tu es toujours au même endroit ?

— Affirmatif. Je t'attends à la porte.

— Dans une heure.

De Payns raccrocha, avala son omelette et but son café, puis il empocha le pain au chocolat et regagna la Passat.

Arrivé en avance sur la route Tajikan, dans le nord de Kaboul, il arpenta le trottoir, passant devant la base des forces spéciales de la police. La ville et ses quatre millions d'habitants s'activaient, formant une mêlée de chevaux, de motos, de limousines et de camions militaires. L'un des plus importants marchés du pays se trouvait de l'autre côté de la route par rapport à la base. Des soldats et des policiers patrouillaient dans les rues, et le premier bruit à troubler l'aube était généralement le vrombissement d'un hélicoptère survolant la base. L'endroit était une véritable forteresse, précaution indispensable car un ancien chef de la police de l'époque des talibans avait trahi ses anciens collègues pour offrir ses services au nouveau gouvernement soutenu par les Américains. Ce simple changement d'allégeance avait déclenché une quinzaine d'années de tentatives d'assassinats, d'attentats à la bombe et d'enlèvements de divers collaborateurs de la Police nationale.

De Payns adopta un itinéraire tortueux afin de repérer d'éventuels curieux s'intéressant à lui, sans rien noter d'inquiétant. Une heure exactement après avoir discuté avec Moran au téléphone, il se dirigea vers la porte sécurisée principale de la base. Avant qu'il ne l'atteigne, un Afghan en *shalwar kameez* et coiffé d'un *pakol* lui agrippa le bras. Il se crispa instantanément mais l'individu lui souffla de se détendre ; c'était Moran. Ils fendirent la foule jusqu'à une rue latérale où les attendait une Toyota Land Cruiser noire garée sur l'espace livraison d'une blanchisserie.

— Grimpe là-dedans, intima Moran, ouvrant une portière arrière.

Les deux hommes installés dans l'habitacle, l'Afghan

assez costaud au volant mit le contact et le véhicule s'ébranla.

Moran ôta sa coiffe et dut lutter pour retirer sa chemise qui lui arrivait aux genoux.

— J'ai horreur de ces trucs, grommela-t-il en se débarrassant de sa tenue locale, sous laquelle il portait un pantalon chino clair et un polo foncé. Solidement charpenté, cet homme aux cheveux noirs s'entretenait physiquement, c'était une évidence.

— Comment vas-tu, Alec ? s'enquit l'Anglais, une main tendue.

De Payns la serra et sourit malgré lui :

— On dirait que tu as rajeuni. Tu fais du yoga ?

— Même pas, répondit Moran, avec un clin d'œil. Second divorce. C'est la joie qui me fait rester jeune.

Mike Moran avait deux ans de moins que de Payns et avait passé l'intégralité de sa vie professionnelle au sein du SIS. Les deux hommes se connaissaient depuis l'enfance, à l'époque où leurs grands-parents se voyaient une fois par an. Au cours de la Seconde Guerre mondiale, leurs grands-pères s'étaient battus aux côtés de De Gaulle sous la bannière des Forces françaises libres. Celui de Moran avait épousé une Anglaise puis était devenu directeur de banque à Southampton, tandis que celui de De Payns était retourné en France pour s'occuper de sa forêt de pins dans les Landes, tout en restant proche de celui qui deviendrait par la suite président de la République. Depuis, les deux familles se retrouvaient une fois par an, en été, à Bournemouth, habitude qu'avaient conservée les parents de Mike et de De Payns.

— Il faut qu'on arrête de se voir en douce comme ça,

dit Mike, avant de changer de ton. Que se passe-t-il ? Tu as un problème ?

— Oui, et il faut que je rentre à Paris par mes propres moyens.

Mike hocha lentement la tête.

— J'imagine que tu ne ferais pas appel à moi si ce n'était pas un cas de force majeure. Comment va ta maman ?

— Elle raffole de Netflix, même si les nombreux jurons qu'elle entend dans les séries l'agacent.

— Ha ! ha ! C'est typiquement elle, s'exclama Mike.

Il se pencha vers l'avant et demanda quelque chose au chauffeur dans la langue locale. Après quelques échanges et hochements de tête, ce dernier croisa le regard de De Payns dans le rétroviseur. Mike se redressa :

— Abed peut te faire embarquer à bord d'un avion cargo du gouvernement, mais il se pose à Francfort. Ça te convient ?

— Ce sera parfait.

À l'aéroport international Hamid-Karzaï, ils passèrent à la hauteur de groupes de soldats et de véhicules équipés d'énormes mitrailleuses et parvinrent au fond de l'enceinte, dans l'annexe gouvernementale et militaire. Au portail de cette zone, des soldats contrôlèrent le dessous du véhicule au moyen de baguettes prolongées d'un miroir, et un autre en fit le tour avec son chien. De Payns sortit son passeport au nom de Georges Morel de sa veste et le tendit à Moran, qui se chargea de parler aux militaires. Abed les conduisit ensuite vers une interminable série de hangars à l'épreuve des bombes. Profitant de la climatisation de la Toyota, ils voyaient l'air matinal miroiter sous l'effet de la chaleur. Le véhicule s'immobilisa près de plusieurs hangars de fret, dans lesquels étaient empilées de grosses palettes enveloppées de film plastique et arborant des enseignes européennes telles que Siemens ou Krupp. Cet endroit était clairement le dépôt où étaient stockées les marchandises en provenance d'Allemagne.

Au point de contrôle suivant, Abed gratifia d'un grand sourire l'Afghane en tenue d'agent de sécurité et sans voile qui s'approcha d'eux. Vu ses propos à la limite du flirt, et ce malgré le regard de la garde, qui semblait vouloir dire « Dans tes rêves, mon pote », de Payns déduisit que ces deux-là se connaissaient bien. Une tablette sous le bras, elle contourna la Toyota, prit place sur le siège passager puis se tourna vers la banquette arrière.

— Lequel de vous est Georges Morel ? demanda-t-elle tandis que de Payns levait la main, tout sourire. Vous avez des amis haut placés, *monsieur*. Mais je dois tout de même vous inscrire sur le manifeste de transport. Cela vous pose un problème ?

— Absolument pas, répondit de Payns, qui lui tendit son passeport.

Elle tapota sur son iPad, inscrivant l'identité fictive du Français, ainsi que le numéro de son passeport.

— Il me faut une adresse, dit-elle.

— Place d'Armes, à Versailles, en France, lui répondit de Payns, qui épela le tout.

Quand elle en eut terminé, elle cliqua sur « Envoyer ».

— Suivez-moi, dit-elle en sortant du Land Cruiser.

Moran tendit la main à son ami :

— Bonne chance, mon frère.

— Merci, Mike. Je te revaudrai ça.

— Tu m'offriras une bière et on sera quittes, répliqua l'Anglais, fidèle à leur habitude – quoi que l'un fasse pour l'autre, ce dernier ne s'endettait que d'une bière.

De Payns s'extirpa de la Toyota et la regarda s'éloigner. Aucune brise ne soufflait entre les bâtiments, et la température frôlait sans doute les quarante degrés. Suivant l'Afghane, il franchit une porte blindée et entra dans un modeste espace salon dans lequel s'entassaient d'autres palettes et colis. Il y avait là surtout des filtres à eau, probablement destinés aux nouvelles infrastructures de distribution de l'eau en Afghanistan.

La garde décrocha le talkie-walkie fixé à son brêlage et y prononça quelques mots en allemand, puis elle fit signe à de Payns :

— Vous pouvez monter à bord par l'escalier avant.

Muni de bouteilles d'eau et de biscuits piochés dans l'espace salon, de Payns sortit sur le tarmac et se dirigea vers un DC-10 affublé sur sa dérive d'un acronyme qui lui était inconnu. Il gravit l'escalier amovible et découvrit un espace réduit ne comprenant qu'une rangée de sièges derrière le poste de pilotage.

— Vous êtes Morel ? lui demanda un pilote, avec un accent néerlandais à couper au couteau.

De Payns acquiesça, et le Néerlandais lui précisa qu'ils décollaient d'ici quarante minutes. Et d'ajouter :

— Vous êtes le seul passager, n'hésitez pas à vous étaler.

L'espion inclina le dossier de son siège et laissa ses

paupières s'affaisser, songeant à Islamabad, à Palerme et à un appel téléphonique reçu par Dr. Death. S'attardant également sur la gangrène gazeuse, il s'interrogea sur les projets de ce salopard.

## Cinquante-sept

De Payns parvint à la gare de l'Est aux alentours de 6 heures du matin, en provenance directe de Francfort. Il traversa le grand hall, à l'affût d'éventuels suiveurs, puis prit l'Escalator menant à la station de métro, où il s'offrit un petit déjeuner. Après avoir délibérément allongé son itinéraire en prenant une correspondance, il parvint place de la République. À 8 heures, passant ostensiblement derrière la statue centrale, il effectua le signal en passant la main dans ses cheveux, puis attendit 8 h 30 pour entrer au Café français, où une équipe de la Boîte était prête à l'escorter sur un IS. À 9 h 16, Alec de Payns s'assit dans le bureau de Briffaut, la porte fermée.

— J'ai entendu parler de l'appel téléphonique reçu par Loup gris, dit Briffaut en s'installant à son tour. Nous l'avons tracé, et tout ce qu'on peut en dire, c'est qu'il a été passé depuis un appareil français. La communication est probablement passée par un relais télécom situé dans la moitié nord du pays.

— De Paris ?

Briffaut haussa les épaules :

— Nous avons un enregistrement de la conversation ; une tentative d'identification de la voix est en cours.

— Merde… laissa échapper de Payns en secouant la tête. Quelqu'un a lâché mon pseudo en pleine opération…

— On s'en occupe.

— Et ma famille ?

— DGS nous dit que tout va bien de ce côté-là. Et vous, ça va ?

— Je suis encore en un seul morceau, mais Loup gris s'est montré très hostile. C'est un type terrifiant, capable de n'importe quoi.

Briffaut le considéra un instant avant de réagir :

— Faites-moi un compte rendu rapide et ensuite allez dormir, vous ne m'êtes d'aucune utilité dans cet état.

— Il faut à tout prix identifier cette taupe. Nous aurions dû être en plein dîner au moment où ce traître a appelé Loup gris, qui aurait répondu alors que j'étais face à lui. Je n'aurais pas eu la moindre chance de m'en tirer.

— C'est un détail intéressant.

— Très peu de personnes étaient au courant de l'horaire de ce dîner, souligna de Payns. J'en ai parlé à Templar, qui vous a adressé un rapport par e-mail, que vous avez transféré à Frasier et Lafont.

— Personne ne m'a interrogé sur l'horaire de ce rendez-vous, dit le chef de la division Y. Je demanderai aux deux autres s'ils ont été abordés sur ce point.

Il se tut un instant et reprit :

— À part ça, il y a du nouveau. La DR a recherché d'autres cas d'hémorragies internes de masse accompagnées de ces pustules gazeuses. La Croix-Rouge nous a signalé un tel épisode survenu il y a six jours dans le nord de la Birmanie, qui a fait trente-cinq victimes.

Nous essayons de récupérer des échantillons pour les analyser, mais les photos dont nous disposons déjà ressemblent énormément à celles prises par notre patrouille en Afghanistan. D'après les autopsies, ces personnes sont mortes environ trois heures après avoir ingéré la bactérie. Cette saleté agit très rapidement, apparemment.

— Cette arme biologique fonctionne, alors ?

Briffaut hocha la tête :

— La question est de savoir ce qu'ils comptent faire avec.

Nasim consulta l'horloge murale et mit un terme à la réunion. L'équipe « projet » avait un client très important à satisfaire au cours des deux jours à venir, toutefois il était également lié par d'autres engagements qui ne pouvaient attendre. Il congédia donc les cinq personnes qui travaillaient sous ses ordres. Après leur départ, il sortit un nouveau téléphone à carte prépayée de son coffre-fort et l'empocha, puis il prit l'ascenseur et sortit du bâtiment.

La fin de l'été approchait à Paris. Se mêlant aux passants, il se dirigea vers la station de métro Rambuteau, où il embarqua à bord d'une rame filant vers le nord. Il en descendit à République, où il se fondit dans la foule. Si son physique était on ne peut plus banal dans son pays natal, sa taille et son allure lui valaient de nombreux regards appuyés à Paris. Or il aimait se fondre dans la masse quand il le pouvait. Dans les ruelles du côté sud de la place de la République, il dénicha un café Internet n'accueillant pour l'heure que trois clients. Après avoir allumé l'ordinateur vers lequel on l'avait orienté, il y inséra la minuscule clé USB fixée au porte-clés de son bureau, grâce à laquelle il lança Mozilla. Il ouvrit ensuite sa messagerie électronique cryptée enregistrée sous un nom lambda, puis consulta sa montre : 14 h 58. Il patienta deux minutes avant d'envoyer un e-mail dont le contenu se limitait au numéro de son nouveau mobile à carte prépayée. Puis il ferma la messagerie et le navigateur et effaça l'historique à sept reprises avant de redémarrer l'ordinateur.

Il marchait à présent dans les charmantes rues du quartier juif de Paris. Bien qu'ayant grandi au Pakistan, ses parents n'étaient pas portés sur la haine, et lui-même appréciait le calme de cette partie de Paris. Ceux qui supposaient que les activités non déclarées de Nasim en faisaient automatiquement un antisémite se trompaient. Il possédait simplement des talents très demandés lui rapportant beaucoup d'argent – de quelle autre façon un ancien agent de renseignement pouvait-il rentabiliser ses connaissances ? Il n'allait tout de même pas les laisser inexploitées ? Ce n'était pas la haine qui motivait Nasim, mais l'argent.

Le mobile vibra dans sa poche. Il répondit :

— La dernière info a été appréciée, dit-il sans préambule. Le puissant Aguilar sur le terrain à Islamabad ? Il est soit totalement désespéré, soit très fort.

— J'ai une autre info, dit son correspondant. Frasier a tout juste finalisé son rapport sur l'opération Falcon. Il est convaincu que les passeports ont été détruits à Palerme. Aguilar est donc innocenté.

— Hmm… laissa échapper Nasim, passant devant une pizzeria puis une boutique de chaussures punk. Il n'y a donc plus d'espoir de mettre la main sur ces passeports. Ça fait qu'il nous en manque cinq.

— Je ne peux pas y faire grand-chose.

— Vu le poste que vous occupez, permettez-moi de ne pas être d'accord sur ce point.

S'ensuivirent un silence puis un soupir.

— Je n'étais pas à Palerme, je vous rappelle, fit remarquer l'autre sur un ton qui ne plut guère à Nasim. Ce n'était pas mon boulot de récupérer ces passeports.

— Vous étiez tout de même censé me prévenir qu'ils étaient sur place, riposta Nasim, qui fit halte près d'une rangée d'arbres. Et ensuite, vous avez oublié de m'avertir que notre ami Aguilar était à bord du ferry.

— Je l'ignorais.

— Vous le savez, à présent, et moi il me manque cinq passeports français, insista Nasim, se demandant jusqu'à quel point il pouvait se montrer pressant avec son interlocuteur.

Un silence s'éternisa, puis l'autre reprit :

— Que voulez-vous que je fasse ?

— Servez-vous de votre position. Après tout, il me reste encore l'argent pour cinq passeports français à dépenser.

# Cinquante-huit

De Payns rédigea un rapport préliminaire de deux pages sur l'opération Alamut et le dîner avec Corneille. Alors qu'il s'apprêtait à éteindre son ordinateur, un appel interne émis par « Briffaut, D. » lui apparut.

— Oui ? répondit-il.

— Rejoignez-moi dans mon bureau. Tout de suite.

Brent Clercq et Briffaut étaient concentrés sur l'ordinateur de ce dernier lorsque de Payns les rejoignit.

— Regardez ça, dit Briffaut, désignant l'écran. Ne serait-ce pas Mourad ?

— Étienne a récupéré cette photo auprès de la société de ferrys, précisa Brent, faisant allusion à un jeune agent de la division Y. C'est lui, Alec ?

De Payns plissa les yeux. L'image granuleuse était une copie écran issue d'un antique système de vidéosurveillance et transférée par e-mail. Il reconnut l'extérieur des toilettes du ferry et devina que cette séquence datait de l'après-midi où Commodore et lui avaient débarqué à Palerme en provenance de Cagliari.

— Oui, je pense que c'est lui, mais comment Étienne

a-t-il su qui chercher ? s'étonna-t-il, tout en manipulant la souris afin d'agrandir l'image.

— Votre rapport précise l'endroit et le moment où vous avez repéré l'homme que vous estimez être Mourad, c'est-à-dire à l'extérieur des toilettes, lorsque Commodore en est ressorti, environ dix minutes avant l'amarrage.

— Oui, je pense que c'est lui. Cela dit, on ne distingue pas clairement son visage, je reconnais surtout sa silhouette et ses vêtements.

Sur les images, l'individu en question regardait sans le moindre doute Commodore tout juste sorti des toilettes, et le langage corporel des deux hommes trahissait quelques mots échangés.

— Personne ne sait qui est ce type ? s'enquit de Payns.

Briffaut secoua la tête :

— Le secteur « monde arabe » travaille sur cette photo, mais elle n'est pas vraiment utilisable. Et nous n'avons que ça et votre portrait-robot, qui nous est le plus utile pour l'instant. C'est tout ce que nous avons.

— Nous n'avons même pas la certitude que ce type soit vraiment Mourad, fit remarquer de Payns.

— Sinon, nous avons quelque peu progressé du côté du problème de Palerme, dit Briffaut. En plus de sa découverte principale, à savoir des traces de toxine epsilon dans l'entrepôt, Shrek a appris que Michael Lambardi profitait de l'agence immobilière de son frère David, à Palerme, pour effectuer quelques tâches administratives telles que sa facturation, sa comptabilité et… ses appels téléphoniques.

De Payns haussa les sourcils :

— Il m'a parlé de David, mais je ne l'ai jamais vu.

— Voici les relevés téléphoniques de Commodore, annonça Briffaut, se saisissant d'une liasse d'impressions posée derrière son ordinateur. L'équipe de Brent a bossé sur les télécoms de notre homme.

Examinant les documents, de Payns constata qu'ils avaient isolé deux numéros utilisés par Michael Lambardi. Si l'un, visiblement consacré à ses affaires et ses contacts locaux, n'était relié qu'à des numéros italiens et de façon assez irrégulière, le relevé de l'autre, un téléphone démarqué, présentait un motif qui sautait aux yeux : Lambardi n'utilisait ce mobile que pour émettre un seul appel, une fois par jour.

— En creusant sur ce numéro de téléphone, nous avons établi qu'il a été en liaison avec des relais télécom du nord du Pakistan, probablement à Islamabad, ainsi que d'autres en Europe, particulièrement en Italie et en Espagne. Cela étant, il a le plus souvent appelé un contact en France.

— Putain… laissa échapper de Payns. Mais alors, ce qui s'est passé à Palerme… ça concerne quoi, au juste ?

Son patron lui désigna les feuillets :

— Regardez les dates. Pendant une semaine, ces appels ont abouti dans la moitié nord de la France, sans doute à Paris, et ensuite, deux jours avant que l'opération Falcon ne tourne au fiasco, Commodore a appelé en Italie.

— Nous savons que Commodore était aux ordres de Sayef Albar et Mourad, mais que fichait celui-ci à Paris ?

— Sayef Albar tente de s'implanter en Europe. La Sicile est peut-être une tête de pont pour eux ?

— Pour quoi faire ? Pour entreposer leur merde qui donne la gangrène ?

Briffaut haussa les épaules :

— J'ai besoin de plus d'informations.

De Payns fut conduit par une Audi de la Boîte jusqu'à un parking de la Muette Nord, où il changea de véhicule. Après une traversée de Paris, il fut déposé dans le quartier du Vestiaire sécurisé de la Boîte peu après minuit.

Sur place, il se délesta des vêtements de Georges le journaliste pour enfiler ceux d'Alec de Payns, puis il glissa les affaires de son alter ego dans son casier. Après avoir récupéré sa montre et fourré son portefeuille et ses clés dans sa poche, il fut soudain assailli par une vague de fatigue et de paranoïa qui l'obligea à agripper le bureau pour ne pas s'effondrer. Le regard de Dr. Death marqué au fer rouge dans son esprit, il n'avait aucune certitude de pouvoir rentrer chez lui en toute sécurité. Mais il le fallait. Il avait un besoin vital de se ressourcer auprès des siens.

Il atteignit rapidement la station de métro Port-Royal, d'où il se lança dans la longue marche jusqu'à son appartement. Il était presque 1 heure du matin lorsqu'il se glissa dans la cuisine sur la pointe des pieds. La lumière de la hotte aspirante avait été laissée allumée, alors que Romy lui répétait sans cesse de ne pas oublier de l'éteindre. Ce qu'il fit, le sourire aux lèvres, plongeant la pièce dans une semi-obscurité.

Puis il se retourna lentement, soudain conscient d'une odeur nouvelle, très légère et familière… Masculine. On aurait dit de l'eau de toilette Old Spice, alors qu'il n'en portait pas. Il gagna le salon et, par réflexe, jeta un coup d'œil dans la rue par la grande fenêtre, par-dessus le balcon.

Sur le point de passer du côté des chambres, il distingua grâce à la faible lueur dispensée par les lumières de la ville un petit tas sur la table basse – le portefeuille et les clés de Romy. Il écarquilla les yeux ; bien que conscient d'être particulièrement épuisé et paranoïaque, il jugea que ce détail clochait. Sa femme posait toujours ses affaires sur le meuble de l'entrée, près de la porte, au point que c'était devenu une plaisanterie récurrente entre eux, de Payns disant que c'était tendre la perche à un voleur opportuniste, qui n'avait qu'à passer la tête dans l'appartement pour tout piquer. Où était le téléphone de Romy, à propos ? Très organisée, elle posait toujours son iPhone à côté de son portefeuille et de ses clés.

Il retira ses baskets et traversa sans un bruit et à l'aveugle le couloir, que l'éclairage urbain n'atteignait pas. Il passa la tête dans la chambre de Patrick et Oliver ; la couette de l'aîné était aux couleurs du Paris Saint-Germain, celle du cadet à la gloire de Buzz l'Éclair.

Il se glissa dans la pièce. Les garçons n'étaient pas là. Sans doute dormaient-ils avec leur mère, selon leur habitude quand il était absent. Il se rendit dans l'autre chambre et, dès l'instant où il y entra, il sut qu'elle était vide. Pas de bruits de respiration, pas de chaleur ni d'odeurs corporelles. Il alluma la lumière ; un bruit blanc s'imposa dans son esprit. Le lit était vide, même pas défait.

Il sortit d'un geste son mobile de sa poche et composa le numéro de Romy. Il tomba directement sur la messagerie. Il laissa quelques mots légers, puis lui envoya un texto. Malgré ses efforts pour conserver son calme, il sentait ses nerfs prêts à lâcher.

Haletant, il ouvrit les armoires et regarda sous le lit, puis il fit le tour de l'appartement en enchaînant les jurons, en panique et terrifié. Encombré de parasites suraigus telle une antique radio portative, son cerveau était harcelé par des images de Dr. Death, d'Islamabad, de gangrène gazeuse provoquée par des armes biologiques, de perceuse approchant ses enfants…

Il s'empara des clés de la voiture, enfila ses chaussures et sortit en trombe de l'appartement.

Il descendit deux par deux les marches de l'escalier de secours jusqu'au parking souterrain et trouva la Volkswagen familiale garée à sa place habituelle. Il la contourna, jeta un regard dessous, puis l'ouvrit. Tout semblait normal – une figurine Buzz l'Éclair était abandonnée sur la banquette arrière, et une liste de manuels scolaires à acheter sur le siège passager. Il mit le contact et fit défiler les dernières destinations recherchées par Romy, sans remarquer quoi que ce soit d'étrange. Il s'intéressa ensuite à l'historique des appels téléphoniques enregistré sur le tableau de bord : Ana avait appelé la veille à 15 h 49 ; Romy n'avait pas répondu mais l'avait rappelée à 16 h 02, pour une conversation qui avait duré six minutes.

De retour à l'appartement, il s'assit sur le canapé, respirant à pleins poumons pour se calmer. Il sortit ensuite son mobile et envoya un texto à Ana : *Tu es réveillée ?*

La réponse lui parvint vingt secondes plus tard : *Maintenant, oui.*

Il l'appela, et elle répondit immédiatement. Après

s'être excusé de la déranger à une heure si tardive, il lui expliqua qu'il avait trouvé l'appartement vide.

— Tu ne saurais pas où sont Romy et les garçons, par hasard ? Tu les as vus, aujourd'hui ?

— J'ai appelé Romy pour lui poser une question à propos des chaussures autorisées ou pas à l'école, en vue de la rentrée des garçons, la semaine prochaine, répondit Ana d'une voix endormie. On a bavardé un peu et on a prévu de se retrouver au parc dans les deux jours qui viennent. Ils n'ont quand même pas disparu ? Ils sont peut-être chez les parents de Romy ?

— Non, elle ne serait pas partie là-bas sans emporter son portefeuille ni ses clés. Le nounours d'Oliver est encore là, il ne peut pas dormir sans.

De Payns savait ce qu'il lui restait à faire : la sécurité personnelle des OT de la Boîte était à la charge de DGS, et le protocole, en cas de problème, était de contacter un numéro d'urgence et de le signaler. Après avoir mis un terme à sa conversation avec Ana, il composa le numéro que tout agent opérationnel devait connaître par cœur. Une voix masculine lui demanda son numéro d'officier traitant puis, quand il le lui eut donné, resta un temps muette avant de reprendre :

— Je ne peux rien vous dire.

— Quoi ? Comment ça, vous ne pouvez pas…

— Il y a des instructions. Je vous transfère.

La ligne émit quelques clics puis un bourdonnement comme si un numéro était composé…

— Bonsoir, Alec.

De Payns reconnut cette voix.

— Manerie ? Bon sang, c'est vous ?

## Cinquante-neuf

— J'attendais votre appel.

Une rage glacée s'empara de De Payns.

— Vous « attendiez » ? C'est quoi, ce bordel, Manerie ! Où est ma famille ?

— Soyez en bas de votre immeuble dans dix minutes, répondit Philippe Manerie. Et comme on dit dans les films, pas un mot à quiconque – n'oubliez pas votre serment.

La communication coupée, de Payns considéra son mobile. Le directeur de DGS lui ordonnait de taire la disparition de sa famille et lui rappelait le serment fait à son entrée au sein de la Boîte, lequel comprenait entre autres une obéissance totale aux consignes de sécurité imposées par la hiérarchie. Quand un supérieur précisait à un agent que tel détail était secret, celui-ci devait nier en avoir connaissance jusqu'à ordre contraire. Cette règle ne souffrait aucune exception.

Sa respiration saccadée était assourdissante. S'il possédait les aptitudes et la personnalité nécessaires pour gérer diverses situations dans lesquelles sa vie était en danger, savoir sa famille menacée déclenchait en lui une peur animale.

Il reprit son téléphone, songeant à contacter Shrek ou Templar, voire Briffaut, puis il décida d'attendre d'avoir vu Manerie. Son expérience reprenant le dessus, il se rappela que, lorsque cela était possible, effectuer une reconnaissance du lieu d'un rendez-vous valait toujours la peine. Il dévala de nouveau l'escalier de secours et émergea dans le parking. Il était à présent 1 h 29. Il se rendit au fond de l'aire de stationnement, jusqu'à l'espace grillagé contenant divers compteurs d'eau et d'électricité et dans lequel le gardien de l'immeuble rangeait du matériel comme des pompes de vidange et des échelles. Se servant des anneaux en métal de son porte-clés, de Payns crocheta le cadenas de la porte et fonça vers un coin où tuyaux et canalisations disparaissaient dans le bâtiment, vers le haut. Il cala une échelle contre le mur à cet endroit, et plongea la main dans la cavité, d'où il récupéra un objet enveloppé dans un sac en toile cirée. Il en sortit un pistolet CZ 9 mm, en vérifia le cran de sécurité et le chargeur, le glissa dans sa ceinture et remit le sac à sa place. Enfin, il sortit de la cage grillagée et referma le cadenas.

La rue était glissante après une récente averse. Il s'éloigna de son appartement d'une centaine de mètres, guettant d'éventuels détails anormaux, puis traversa la chaussée. Se mouvant dans l'ombre des arbres, il était le seul être humain dans la rue. Soudain, une alarme retentit dans son cerveau ; un fourgon d'artisan bleu était garé à cinquante mètres à l'ouest de son immeuble. Or peu d'artisans résidaient à Montparnasse. Alors qu'il se dirigeait vers le véhicule suspect, un SUV Audi noir se présenta et s'immobilisa à la hauteur de son immeuble. Sachant le regard de ses occupants braqué sur l'entrée de son bâtiment, de Payns s'en approcha à pas de loup sans quitter l'ombre. Une seule personne à bord, apparemment. Il passa sur la chaussée. Un peu plus loin, un moteur de camion démarra. En regardant au travers des vitres de l'Audi, de Payns vit Manerie seul au volant, le visage fantomatique sous la lueur rougeâtre du tableau de bord. Il ouvrit brusquement la portière côté passager, ce qui fit sursauter Manerie.

— Dites-moi où est ma famille !

— Montez, ordonna le patron de DGS, réduisant, d'un regard qui avait connu les zones de guerre africaines, de Payns à l'impuissance.

L'agent obtempéra et l'Audi s'élança.

— Romy et les gosses sont en sécurité, ajouta le directeur.

En pantalon chino et polo sous un coupe-vent, il était affublé de la tenue de terrain standard des espions quand ils n'incarnaient pas une légende. De Payns, en pivotant, aperçut une petite valise à roulettes sur la banquette arrière.

— Vous partez quelque part, Manerie ?

— Mêlez-vous de vos affaires. Votre épouse et vos fils participent à un exercice.

— Un exercice d'enlèvement ? enragea de Payns. Pourquoi ne pas m'avoir prévenu ?

Manerie ne répondit pas. De Payns s'emporta :

— Et quel rapport avec notre recherche de la taupe ? Qu'est-ce qui se passe, putain ?

Manerie esquissa un sourire :

— Aujourd'hui à 17 heures, je passerai un coup de téléphone à l'équipe opérationnelle qui mettra un terme à l'exercice. Tout le monde sera content, et votre petite famille retrouvera sa vie douillette à Montparnasse.

De Payns tourna la tête vers Manerie, avec une furieuse envie de lui loger une balle dans le crâne.

— « Vous » passerez un coup de téléphone ? s'exclama-t-il. Bon Dieu de merde, vous me menacez ?

Alors que l'Audi s'arrêtait au feu rouge, Manerie se tourna vers de Payns. Lisant dans les yeux du directeur, celui-ci comprit :

— C'est vous ?

Manerie haussa les épaules.

— C'est vous, la taupe ? explosa de Payns, au bord de la nausée en pensant à sa famille. Bon sang, Manerie, qu'est-ce que vous avez foutu ?

Le feu passé au vert, Manerie écrasa l'accélérateur. De Payns, incapable de s'en empêcher, fit jaillir son CZ et en enfonça le canon dans le cou du conducteur.

— Garez-vous.

L'Audi se rapprocha du trottoir, sur un arrêt de bus, en face du Café Odessa. De Payns accentua sa pression sur son arme, contrôlant sa respiration mais ayant toutes les peines du monde à contenir ses émotions.

— Il semblerait que nous soyons dans une impasse, dit Manerie, la tête plaquée contre la vitre. J'ai organisé cette manœuvre pour que tout se termine bien.

— Vous vous êtes servi de ma famille ?

— C'est ce qu'on appelle un levier. Vous êtes expert en la matière, je crois ?

De Payns enfonça davantage le canon du pistolet, puis soudain le retira, laissant un cercle comme gravé sur la peau de Manerie, sous son oreille droite. Romy et les garçons étaient sa priorité ; il devait à tout prix se contrôler.

Manerie se redressa en se frottant le cou :

— Voici ma proposition : vous faites le mort, vous ne parlez à personne, vous n'initiez aucun protocole. Vous pouvez même prendre une journée de congé, si cela ne déclenche aucune alerte. Dès que je suis loin d'ici, je passe ce coup de téléphone. Pour votre famille, tout cela n'aura été qu'un exercice ; ils auront aidé la France.

— Pourquoi je vous ferais confiance, Manerie ? Vous êtes un traître.

— Parce que vous n'avez pas le choix, Alec.

Ils se défièrent un moment du regard, sachant tous deux que de Payns céderait.

— Je ne comprends pas, dit celui-ci. Pourquoi moi ? Qu'est-ce qui justifie tout ça ?

Manerie s'esclaffa :

— Vous m'avez coûté trois millions d'euros et vous vous interrogez sur la justification de mes actes ? C'est amusant.

— Les passeports, vous voulez dire ?

De l'autre côté de la rue, un fourgon de boulangerie s'immobilisa devant le Café Odessa, d'où sortit une personne.

— Vous m'avez vendu pour trois millions d'euros ?

— Vous n'étiez pas supposé être à bord de ce ferry. Dès l'instant où vos yeux se sont posés sur notre ami, un grand ménage a été ordonné. Cet homme n'aime pas qu'on le voie.

— J'étais censé mourir, ce soir-là ? enragea de Payns.

— Ce n'est pas moi qui l'ai décidé. Je l'ai prévenu que cinq passeports français authentiques l'attendaient à Palerme, et que le rendez-vous était déjà fixé pour l'échange. Notre ami a voulu avoir une petite discussion avec Commodore sur le ferry, mais là il s'est rendu compte qu'un agent de la DGSE le dévisageait. Autant vous dire qu'il n'était pas content !

— Tout s'est décidé à la dernière minute, à Cagliari. Commodore m'a demandé de l'accompagner au rendez-vous ; je l'ai rejoint depuis Marseille.

— Il n'en a rien dit à ses contacts, j'imagine qu'il en a payé le prix.

— Mais Commodore devait récupérer l'argent…

Manerie s'esclaffa de nouveau, sincèrement amusé :

— Trois millions d'euros dans les mains d'une andouille comme Michael Lambardi ? Il n'a jamais été question que Commodore voie la couleur de ce fric.

Manerie consulta sa montre, puis effectua un demi-tour et remonta la rue dans le sens inverse. De Payns n'était toujours pas convaincu :

— Je ne comprends toujours pas pourquoi vous nous laissez en vie, ma famille et moi. Qu'avez-vous à y gagner ?

Le petit sourire qui se dessina sur les lèvres de Manerie s'adressa davantage à lui-même qu'à son passager.

— Vous avez un peu semé la pagaille, avec votre escapade ; pendant les quatorze prochaines heures, vous vous abstiendrez de titiller le nid de guêpes, dans mon intérêt comme dans le vôtre. Je suis certain que nous nous comprenons sur ce point.

— Mon escapade ? répéta de Payns, se rappelant que Manerie avait en vain essayé de lui faire dire où il se rendait. Vous m'avez également trahi à Islamabad ?

Le sourire de Manerie se mua en un rictus de haine :

— Trahi ? Ne m'associez pas à ce terme, de Payns.

Je me suis battu pour la France autant que vous et votre glorieuse ascendance. Je n'ai rien dit à propos de Mike Moran, et ce des années durant. Vous appelez ça de la trahison ?

— Je n'ai jamais vendu de secrets opérationnels, moi.

— Allez vous faire foutre, de Payns. Moran est un agent du SIS, il a prêté serment à un service de renseignement étranger.

— Je n'ai rien caché de mes liens avec les Moran, quand j'ai intégré l'Armée de l'air, puis la Boîte. Ce sont des amis de la famille.

— Vous n'avez jamais précisé que vous retrouviez Mike Moran quatre fois par an dans un bar. Règle numéro 1 : « Ne pas se soûler en compagnie d'espions étrangers. »

L'Audi se gara devant l'entrée de l'immeuble de De Payns.

— Attendez jusqu'à 17 heures, ordonna Manerie. Je suis toujours le patron de DGS, je serai prévenu si vous déclenchez quoi que ce soit.

De Payns ouvrit la portière et s'extirpa de l'habitacle. Manerie fila sans lui laisser le temps d'ajouter un mot.

En proie à une terreur sans nom, il se dirigea vers son immeuble. Alors qu'il lançait un dernier regard en direction du fourgon stationné un peu plus loin, il vit sa portière côté passager s'ouvrir, et un homme poser le pied sur le trottoir. La quasi-obscurité nocturne ne l'empêcha pas de reconnaître cette silhouette.

# Soixante

Briffaut et Shrek s'approchèrent de lui, et le fourgon les doubla avant de s'éloigner.

— Montons chez vous, proposa Briffaut. Nous n'avons pas beaucoup de temps.

Dans la cuisine, tandis que Shrek préparait du café, Briffaut et de Payns s'installèrent à la table, une cigarette à la bouche.

— Templar et Brent sont dans le fourgon, avec des détecteurs IMSI braqués sur Manerie. Vous savez où il compte filer ?

— À l'aéroport, forcément, répondit de Payns. Mais je ne sais pas quel avion il compte prendre. Comment avez-vous su qu'il y avait un problème du côté de ma famille ?

— Vous avez passé un appel téléphonique, dit Briffaut, l'air penaud.

— Ana ? Sans déconner, vous épiez mes conversations ?

— Dès que ça a tourné au vinaigre à Palerme, la Boîte a exigé qu'on vous mette sur écoute. Désolé.

— Et quand avez-vous compris que Manerie était la taupe ?

— Hier soir, vous avez dressé la liste des personnes au fait des détails de votre rendez-vous avec Corneille et Loup gris. Vous, moi et Templar ne pouvant être à l'origine de cette fuite, nous avons envisagé Lafont. Je l'ai appelée, et elle a vigoureusement nié. Restait Frasier, la dernière personne au courant de l'opération Alamut.

— Ce n'était pas lui, quand même ?

— Non, je n'y croyais pas. Quand je l'ai contacté, il m'a expliqué que le dossier finalisé avait été remisé dans le coffre de la DO mais qu'il ne l'avait pas lu. Il s'était contenté de mes commentaires verbaux. Une question se posait donc : qui avait accès à ce coffre ?

— Le directeur de DGS, répondit de Payns, secouant la tête. La sécurité intégrée pour les opérations compromises.

— J'ai demandé à l'officier de service cette nuit à DGS de vérifier les accès au coffre de Frasier le jour de votre dîner raté ; il m'a répondu qu'il avait été ouvert quatre fois ce jour-là. Nous avons visionné les séquences de vidéosurveillance des heures correspondantes.

— Et vous avez vu Manerie…

— Il a ouvert le coffre à 12 h 11, pendant que Frasier déjeunait. Le soir même, à Islamabad, Templar a enregistré Loup gris recevant un appel.

Shrek posa les cafés sur la table de la cuisine.

— Peut-on avoir la confirmation que c'est la voix de Manerie ? s'enquit de Payns.

— Ce n'est pas lui, dit Briffaut en sortant son portable. Nous supposons que c'est Mourad qui a passé ce coup de téléphone. Écoutez ça.

Une voix douce se fit entendre, apparemment celle

d'un individu cultivé d'origine sud-asiatique, avec quelques nuances anglophones.

De Payns hocha la tête :

— Nous avons donc un lien qui regroupe Dr. Death, la toxine epsilon et le raid mené par Sayef Albar à Palerme ?

Le téléphone de Briffaut vibra. Il accepta l'appel et posa quelques questions avant de raccrocher.

— C'était Templar. Ils ont intercepté un appel téléphonique émis depuis la voiture de Manerie. Nos gars fouinent du côté de l'opérateur pour en déterminer le destinataire, ce qui peut prendre une heure.

Son café dans la main, de Payns se laissa aller contre le dossier de sa chaise et considéra Shrek, son vieil ami :

— Où étais-tu passé, ces derniers temps ?

Shrek haussa les épaules.

— Il était avec moi, dit Briffaut.

— Avec vous ?

— Nous surveillions Manerie, mais aussi…

— Moi ?

— Manerie m'avait prévenu que DGS enquêtait sur nous deux, intervint Shrek. Il a tenté de me faire chanter pour que je lui livre des infos de Noisy, alors je suis allé voir le patron. On a essayé de décortiquer ce qui s'est passé à Palerme, en espérant comprendre ce que Manerie redoutait qu'on découvre.

— Je sais pourquoi ça a déconné, là-bas, dit de Payns. On avait promis l'argent à Manerie, en échange des passeports. Ayant embarqué à bord du ferry, à Cagliari, j'y ai aperçu malgré moi Mourad, qui a décidé de faire le ménage.

— C'était vraiment Mourad, alors ?

— Oui, d'après Manerie.

Briffaut appela un nouveau correspondant et lui ordonna d'envoyer ce qu'ils avaient sur cet homme à toutes les agences de renseignement, ainsi qu'aux commissariats et aux ambassades.

— L'image est de piètre qualité, mais nous n'avons rien d'autre.

## Soixante et un

Voyant l'Audi se glisser dans le parking de l'aéroport de Paris-Charles-de-Gaulle, Templar demanda à Jean-Michel Legrand, qui conduisait le fourgon, de se garer.

— Impossible de tenter quoi que ce soit sur lui pour l'instant, dit-il tandis que le véhicule de Manerie disparaissait.

Il était un peu plus de 2 heures du matin, et l'activité renaissait déjà dans l'aéroport. Templar avait une mission prioritaire : retrouver la famille d'Aguilar et la lui rendre saine et sauve. Complication supplémentaire, les deux enfants et leur mère pensaient participer à un exercice, et Aguilar tenait à ce qu'ils n'apprennent pas la vérité, si une telle chose était possible. Si Romy découvrait qu'ils avaient réellement été enlevés, elle ne resterait pas longtemps mariée à la Boîte.

Derrière lui, à l'arrière du fourgon, Brent Clercq était en communication téléphonique avec une équipe de la DT restée à la CAT, à qui il demandait une fois de plus si l'on avait déterminé le relais télécom de réception de l'appel passé par Manerie. Leurs collègues étaient en relation avec l'opérateur de téléphonie mobile, qui se montrait coopératif, mais la recherche prenait du temps.

Templar avait été entraîné à patienter, à économiser son énergie pour ensuite, le moment venu, exécuter les ordres reçus avec une précision impitoyable. Il avait notamment agi de la sorte en tant que parachutiste des forces spéciales en Irak et en Afghanistan, ainsi que lors de reconnaissances lointaines en Afrique. Tel était son rôle au sein de la Boîte ; c'était un homme qu'on oubliait, un visage anonyme dans la foule, une personne sur qui nul ne s'attardait, et ce jusqu'à ce que, le moment venu, il passe à l'action. Malgré son expertise dans l'art de la patience, cette attente lui déplaisait fortement, à tel point qu'il regrettait d'avoir accepté cette mission. Étant ami avec Aguilar et Romy depuis l'époque où les garçons étaient encore bébés, il devait fournir un réel effort pour contenir sa rage. S'ils avaient été dans le bush angolais, il aurait brutalisé Philippe Manerie jusqu'à ce que le traître le supplie de le laisser le conduire où il avait caché Romy, Patrick et Oliver. Il ne se trouvait pas en Afrique, hélas, et avait la sensation d'être en équilibre instable ; Manerie avait le dessus pour l'heure, et Templar n'avait d'autre choix que d'attendre l'information manquante.

Après quasiment deux heures d'attente, le téléphone sonna à l'arrière du fourgon, et Brent répondit. Il discuta une trentaine de secondes avec son correspondant, puis se pencha vers Templar :

— Attigny, au nord-est du relais télécom 1328 de Dijon. J'ai les coordonnées.

Templar joignit aussitôt Briffaut pour lui communiquer le renseignement.

— Nous avons un Caracal[1] à l'annexe militaire, répondit le patron de la division Y. Rappelez-moi dès que vous approchez du relais et nous appellerons Valley.

L'hélicoptère Caracal de l'Armée de terre les emporta vers l'est dans l'aube naissante, survolant la campagne qui s'étendait à perte de vue. À l'approche des coordonnées du relais télécom, Templar demanda au pilote de se poser dans un pré, non loin d'une ferme. Le paysage se devinait déjà lorsqu'ils descendirent de l'appareil, à proximité d'une rivière. Le pilote coupa le moteur.

— On en a pour deux heures, lança Templar, sortant fusils d'assaut, jumelles et matériel radio de leurs sacs.

L'hélicoptère s'étant approché sous le vent de la zone ciblée et à moins de trente mètres d'altitude, il avait la certitude que leur arrivée n'avait pas été remarquée.

Templar, Brent et Jean-Michel s'élancèrent à travers la campagne, en direction du relais télécom blanc qui se dressait sur une modeste crête, entre quelques bosquets. Deux fermes se trouvaient à l'est du relais, et une troisième au nord-ouest. Tapi dans le sous-bois, Templar se saisit de ses jumelles et observa. Jean-Michel en fit autant.

— La ferme la plus au sud, murs blancs, toit en tuiles, dit Templar.

— Reçu, répondit Jean-Michel.

— J'aperçois un tracteur, un camion, une moto, et une moissonneuse dans la grange, il me semble.

---

1. Hélicoptère de transport militaire de l'Armée de l'air et de l'aviation légère de l'Armée de terre.

— Reçu. Tout paraît OK.

Templar s'intéressa à la ferme voisine, située plus au nord que la première :

— La ferme du nord, toit en tuiles blanc. Ce n'est pas un fourgon, là ?

— Je vois un fourgon Renault noir garé à l'arrière du bâtiment, confirma Jean-Michel. Et une Audi dernier modèle derrière.

Ces deux types de véhicules étaient fréquemment utilisés par les employés de la Boîte. D'autre part, aucun engin agricole n'était visible.

— Garde-la à l'œil, souffla Templar, tout en examinant la troisième ferme de l'autre côté de l'éperon rocheux, qui avait tout d'une ferme authentique.

S'ensuivirent quatre-vingt-dix minutes d'attente, durant lesquelles ils poursuivirent leur surveillance, puis Jean-Michel rompit le silence :

— On a du monde près de la ferme nord. Ils sont de la maison, on dirait.

Templar pivota en direction de la ferme concernée, à trois cents mètres de distance, et vit un homme marcher dans la cour, tandis qu'un autre – plus costaud et coiffé d'une casquette noire – allait à sa rencontre.

— Le baraqué avec une casquette noire, c'est Valley, dit Templar, sans quitter les deux hommes des yeux. Brent, dis au patron qu'on est en place, prêts à réagir dès que Valley reçoit un appel.

Brent obtempéra, puis transmit l'ordre reçu :

— On ne bouge pas pour l'instant.

Les deux hommes scrutés par Templar fumaient ; Jim Valley semblait expliquer quelque chose à l'autre, lui donner un ordre.

— C'est parti, intervint Brent, qui gardait un œil sur l'écran de son ordinateur portable. Il y a un appel entrant. Ça passe par notre IMSI.

Templar vit dans ses jumelles Valley sortir un téléphone de la poche de sa veste, accepter l'appel et porter l'appareil à son oreille.

— On a notre confirmation, dit Brent. Jim Valley vient de répondre à un appel de Philippe Manerie.

— Laissez votre matos, ordonna Templar, qui se leva et se délesta de son sac à dos. Et n'oubliez pas : on n'effraie pas les gosses.

Ils quittèrent leur poste d'observation peu après 7 heures, descendant de la crête par son versant opposé de façon à ne pas être repérés depuis la ferme. Ils étaient chacun armés d'un Heckler & Koch 416, un fusil d'assaut auquel Templar n'avait rien à reprocher, même s'il lui préférait son prédécesseur, le FAMAS, surnommé le Clairon, qui avait fait ses preuves en Afrique. Ils étaient en outre équipés de sacoches fixées à la taille contenant des colliers de serrage en plastique et du chatterton, étant donné qu'ils ignoraient le nombre d'adversaires qu'il leur faudrait maîtriser. Profitant de la présence de dépendances autour de la ferme, Templar envoya Jean-Michel un peu plus à l'ouest, afin qu'il intervienne par l'autre côté. Il se glissa quant à lui dans la grange principale, qui se révéla vide et d'où il eut tout loisir de détailler les lieux. Le premier garde, le plus petit des deux hommes aperçus, était rentré dans le bâtiment, tandis que Valley, à présent installé à l'avant du fourgon, trifouillait sur son téléphone en terminant sa cigarette. Le véhicule formait un angle mort pour Valley ; de plus, en s'en approchant par le côté, Templar ne serait pas vu depuis la ferme.

Après une brève course à découvert, il s'approcha sur la pointe des pieds de la portière ouverte et abattit la crosse de son Heckler sur la tempe de Jim Valley. D'instinct, ce dernier détourna la tête, ce qui atténua le choc, lequel fut tout de même suffisamment violent pour quasiment lui arracher l'oreille gauche.

Il se défendit d'un coup de pied percutant tel un bélier le plexus solaire de Templar, qui tituba. Puis il enchaîna avec un crochet du gauche qui ne fit qu'effleurer son adversaire, suivi d'un violent coup de coude sur la joue gauche qui le mit à terre, sur le dos. Valley s'abattit sur lui et tenta de le neutraliser au moyen d'une prise d'étranglement de ju-jitsu, que Templar contra par une riposte du coude droit qui atteignit si bien son but qu'on entendit comme le son de quelques dents volant en éclats. Le fusil d'assaut de Templar gisant un peu plus loin dans l'herbe, les deux hommes roulèrent sur le sol. Valley se releva et assena un coup de pied sur le nez de Templar qui fit voler du sang et de la morve dans les airs. Alors que celui-ci tentait de s'en remettre, il reçut un nouveau coup de la botte de Valley, qui cette fois l'envoya au tapis. Valley se jeta sur lui et, tout en lui comprimant le larynx de la main gauche, abattit son poing droit sur son visage. Se libérant un bras à la dernière seconde, Templar dévia le coup du biceps et plongea les doigts dans l'œil gauche de Valley. Lequel eut un mouvement de recul, gémissant de douleur et relâchant son emprise. Templar se dégagea d'un mouvement de hanches et roula sur lui-même pour riposter par une prise d'étranglement. Le bras serré autour du cou de

Valley, il positionna ses jambes contre le dos de l'autre et tira violemment en arrière. S'avouant vaincu, Valley donna des tapes sur le sol, qui se firent de moins en moins énergiques à mesure que son cerveau n'était plus irrigué. Bien que massif et affûté, Valley finit par perdre connaissance. Templar lui passa aussitôt des colliers de serrage en plastique aux poignets et aux chevilles, puis lui appliqua un morceau de chatterton sur la bouche.

Enfin, il s'adressa par radio à ses collègues :

— Valley maîtrisé.

Il leur demanda également où ils en étaient ; Jean-Michel signala qu'il approchait de la ferme par l'ouest, mais Brent ne répondit pas.

Templar se releva et, après un regard autour de lui, récupéra son fusil d'assaut. Essuyant de la manche le sang qui ruisselait de son nez éclaté, il se dirigea vers le nord de l'habitation. Personne. À l'ouest de la grange vide se trouvait une porcherie qui ne servait plus. Il la contourna à pas feutrés puis aperçut le petit garde braquant un pistolet sur la tête de Brent, dont le fusil était dans l'herbe. Surpris par l'apparition de Templar, le garde orienta son arme vers ce dernier. Saisissant sa chance, Brent répliqua par un coup de poing du revers de la main puis se baissa au sol. Templar avança de deux pas et atteignit d'un coup de pied circulaire le genou droit du garde, dont il brisa l'articulation. Son adversaire s'effondrant comme une pierre, Brent l'empoigna et, lui écrasant le poignet, lui arracha son pistolet.

— Menotte-le et bâillonne-le, lui intima Templar. Je vais voir si d'autres types rôdent dans les parages.

Il fila vers l'ouest de la ferme, son arme braquée face à lui.

— Jean-Michel, t'es là ? lança-t-il par radio.

— Un autre garde est à l'instant sorti par l'avant de la maison, un mug de café dans la main. Il allume une cigarette.

— Armé ?

— Un pistolet, dans son étui.

— Approche par l'ouest, j'arrive de l'autre côté.

Décrivant un cercle, Templar courut vers l'est de l'habitation, de laquelle s'échappaient les échos de dessins animés matinaux. Revenu près de l'avant du bâtiment en laissant un sillage sanguinolent sur le béton, il marqua un temps d'arrêt et jeta un coup d'œil au-delà du coin. Il aperçut le garde installé sur une chaise en bois sur la terrasse, son café dans une main et sa cigarette dans l'autre. Jean-Michel surgit par l'autre côté et abattit la crosse de son fusil sur le crâne du garde, dont les dents raclèrent les planches lorsqu'il s'effondra. Son mug vola en éclats. Voyant qu'il tentait de se relever, Templar lui écrasa le poignet du pied et le réduisit au silence d'une main plaquée sur la bouche.

— Il y a qui d'autre, à l'intérieur ?

L'homme secoua la tête, les yeux exorbités, réaction que Templar jugea absurde, malgré sa réputation.

— Une personne ? insista-t-il.

Le garde acquiesça.

— Plus d'une personne ?

Son prisonnier secouant la tête, il lui ordonna de se taire, l'index sur les lèvres. Jean-Michel se chargea de le menotter. Après avoir une nouvelle fois essuyé son visage ensanglanté, Templar entra dans la maison, son pistolet brandi, et perçut des odeurs d'omelette et de café qui firent gargouiller son estomac. Sur sa droite se présentait une porte, qu'il poussa sans un bruit pour découvrir une chambre dans laquelle on avait récemment dormi. Un peu plus loin dans le couloir, une autre chambre comprenait deux lits, qui avaient également servi peu auparavant. Il se glissa dans la salle de bains, où il s'essuya le visage avec du papier-toilette, qu'il maintint ensuite sur son nez cassé. Il se rendit ensuite dans le salon avec cuisine à l'américaine. Sur sa droite, deux garçons étaient captivés par un épisode de *Bob l'éponge*. Il abaissa son arme et la dissimula dans son dos. Le plus jeune des bambins – Oliver – leva alors la tête.

— Bonjour, Gaël ! lança-t-il, avant de se retourner vers la télévision.

Patrick daigna négliger l'écran deux secondes à peine, tout juste le temps de lâcher un mot :

— Salut.

— Bonjour, les garçons, répondit Templar qui, balayant la pièce du regard, se dirigea vers le coin cuisine.

Il y trouva Romy de Payns s'activant sur les plaques de cuisson. Même en jean et tee-shirt, cette blonde aux yeux verts dotée d'un corps d'athlète restait toujours aussi élégante. Elle leva la tête de la poêle :

— Gaël !

Il lui répondit d'un sourire. Dans le dos de Romy, le quatrième garde, stupéfait, chercha à se saisir de son arme. Brent se matérialisa à cet instant précis et lui empoigna le bras, tandis que Jean-Michel apparaissait de l'autre côté.

— Exercice terminé, dit Templar, avec un signe de tête à l'intention de ses hommes, qui entraînèrent leur prisonnier à l'extérieur, par la porte du côté cuisine.

Romy et ses fils n'avaient manifestement aucune idée de ce qui s'était déroulé ni du danger qu'ils avaient couru. Elle s'approcha de lui et lui fit la bise.

— Tu saignes, dis donc, constata-t-elle, avant d'attraper un rouleau d'essuie-tout.

— Je me suis cogné dans une porte.

— Tiens ça un moment, lui dit-elle en plaquant un morceau d'essuie-tout sous son nez. Cet exercice a été quelque peu contraignant, mais ça a beaucoup amusé les garçons.

Elle revint à ses plaques de cuisson et lui demanda :

— Tu veux une saucisse dans ton omelette ?

## Soixante-deux

Affalé sur le canapé de Briffaut, de Payns était exténué et déprimé. Sans parler de la nausée qu'il devait à son angoisse et à son sentiment de culpabilité. En plus d'avoir passé tant de temps loin de ses enfants, voilà qu'il les mettait en danger. Le cauchemar de tout espion.

Installé à son bureau, Briffaut manipulait deux téléphones simultanément. Il mit un terme à une conversation, puis demanda à Shrek où en était l'enquête sur la cargaison sicilienne.

— La DR doit revenir vers nous ; ils ont fait appel à Interpol, qui traque les marchandises douteuses.

— Ne les lâchez pas, ordonna Briffaut, avant de donner d'autres appels.

La télévision était allumée sur France 24. Soudain, une phrase éveilla l'attention de De Payns ; il s'empara de la télécommande et monta le son. À l'écran apparaissait à présent la photo en couleur d'une séduisante blonde d'une trentaine d'années. Or il connaissait ce visage – ou plutôt, Sébastien Duboscq connaissait ce visage. Le journaliste poursuivit :

— La direction centrale de la Police judiciaire a

identifié le cadavre repêché dans la Seine il y a trois jours ; il s'agit de Claire Fouchet, trente-quatre ans, courtière en assurances domiciliée à Paris. Son corps, le visage sérieusement défiguré, a été découvert par le commandant d'un bateau-mouche, et les enquêteurs ont lancé un appel à témoin…

Un inspecteur de police évoqua ensuite de la torture à mots couverts.

— Ça va, Alec ? s'inquiéta Briffaut.

De Payns, se laissa retomber sur le canapé.

— Claire Fouchet… lâcha-t-il en désignant l'écran. Elle travaillait dans le bureau voisin de celui de Sébastien Duboscq.

— Elle a été torturée ? demanda Shrek.

De Payns hocha la tête, comme hypnotisé par les images.

— Quels que soient nos ennemis, ils sont à Paris.

— Mettez nos contacts dans la police au courant, ordonna Briffaut à Shrek. Et il me faut les résultats d'Interpol à propos des mouvements de marchandises en Sicile.

Le téléphone de De Payns sonna. « T » s'afficha sur l'écran, mais c'est Romy qu'il eut en ligne.

— Eh ben, dis donc, c'était saoulant leur truc, dit-elle avec entrain. Mais bon, les garçons l'ont pris comme des vacances. On s'apprête à embarquer à bord d'un hélicoptère ; Ollie est fou de joie !

De Payns fut assailli par une émotion si violente qu'il eut un mal fou à articuler le moindre mot ; il la contint en se pinçant l'arête du nez :

— Vous allez bien, les garçons et toi ?

— Oui, bien sûr, mais Gaël s'est cassé le nez. Il s'est pris une porte, apparemment.

— Oui, dit de Payns en riant. Ça lui arrive souvent.

Il raccrocha.

— Je ne peux pas retourner à notre appartement, dit-il en s'affaissant. Ma vraie identité est potentiellement grillée.

— J'ai une idée, dit Briffaut. Laissez-moi faire.

Ils se rendirent dans une pièce sécurisée, où Briffaut s'assit à une extrémité de la table de la salle de réunion. Marie Lafont les rejoignit bientôt accompagnée de Joseph Ackermann, son génie en substances chimiques. Garrat s'installa entre Templar et Shrek. Une carte d'Europe et d'Asie était projetée sur l'écran mural.

— Nous disposons de beaucoup d'informations mais il est pour l'heure difficile d'en tirer un tout cohérent, déclara Briffaut. Jim Valley est détenu à la CAT, et nous n'avons pas encore prévenu DGS. Son interrogatoire débutera bientôt.

Tous baissèrent la tête ; personne, au sein de la Boîte, n'aimait aborder le sujet des traîtres. Briffaut enchaîna :

— Voici ce dont nous sommes certains : des traces d'une souche modifiée de *Clostridium perfringens* ont été trouvées à Palerme, dans un entrepôt, et cette même souche a été testée dans un village afghan, où elle a tué plus de trente personnes. Notre informateur – Fazel – est tombé gravement malade après s'être simplement lavé le visage avec l'eau contaminée.

— Nous avons reçu les résultats des analyses de la Croix-Rouge, à propos de l'empoisonnement du village birman, intervint Joseph Ackermann. C'est cette même bactérie modifiée qui en est responsable.

De son pointeur laser, Briffaut désigna Islamabad sur la carte :

— Le MERC est situé ici. Nous ne disposons d'aucune preuve que c'est de cet endroit que provient cette arme biologique, cependant nous avons dans le viseur deux personnes liées à l'arme biologique que nous estimons avoir été conçue dans ce centre.

Il fit un signe de la tête à Marie Lafont ; aussitôt, trois photos apparurent à l'écran.

— Voici l'homme que nous connaissons sous le nom de Mourad, poursuivit le chef de la division Y, pointant l'image granuleuse extraite d'une séquence de vidéosurveillance, sur la gauche. Chef de Sayef Albar, il a juré d'implanter ce groupe terroriste au cœur de l'Europe ; c'est pour cela qu'il a tenté d'acheter cinq passeports français.

Le point lumineux passa sur la photo centrale.

— Voici Michael Lambardi, également appelé Commodore. Agent de migration aux ordres de Mourad, il a été tué par ce dernier. De légères traces de la souche de *Clostridium perfringens* modifiée ont été trouvées sur des granules de chlore dans un entrepôt de Palerme loué par le frère de Commodore, David Lambardi.

Briffaut passa au troisième cliché :

— Et voici Youssef Bijar, que nous avons baptisé Loup gris. C'est le directeur du programme de recherche scientifique du MERC d'Islamabad. Quand Aguilar a filé de la ville après le fiasco qu'a été leur dîner, Loup gris a reçu un appel téléphonique d'un individu que nous pensons être Mourad. Sa voix correspond aux enregistrements que nous avons récoltés au fil des années. Mourad connaissait le pseudonyme d'Aguilar et savait qu'il travaille pour nous. Cet appel à destination de Loup gris est d'une importance cruciale, car le MERC est contrôlé par l'ISI.

Briffaut laissa passer un silence, puis reprit :

— Nous pouvons en conclure que le MERC, sous l'égide de l'ISI, met au point une arme biologique pour le compte d'une organisation associée à l'ISI – Sayef Albar – déterminée à s'en servir en Europe.

Les personnes présentes acquiescèrent toutes.

— Maintenant, la question est : où est cette arme biologique, de quelle quantité en disposent-ils et qu'est-ce que Sayef Albar projette de faire avec ? conclut Briffaut.

La réunion terminée, ils se séparèrent, ayant chacun des appels téléphoniques à passer. Un café à la main, de Payns regagna son bureau accompagné de Shrek. Le haut-parleur du téléphone branché, ils furent mis en communication avec la DR, à la CAT, à qui ils demandèrent une mise à jour des relevés de marchandises expédiées par mer et par air depuis Palerme. Rien ne leur parut anormal. Le plus gros problème était la taille de ce qu'ils cherchaient. Un petit récipient rempli de *Clostridium perfringens* modifié pouvait être glissé dans un bagage à main pour ensuite être vidé dans un réservoir d'eau potable de taille modeste. Les essais de déclenchement de gangrènes gazeuses avaient été menés en empoisonnant des sources d'eau potable, visant des villages, mais à quoi ressemblerait une attaque de plus grande envergure ? Et comment les terroristes transporteraient-ils leur matériel bactériologique sans être repérés ? Selon le compte rendu de Shrek, l'entrepôt de Palerme mesurait environ trente mètres sur vingt.

Or un tel volume n'aurait pas été nécessaire s'il n'avait fallu y entreposer que quelques récipients destinés à être transportés par coursiers. Les contenants dissimulés dans l'entrepôt de Palerme étaient par conséquent forcément plus imposants que quelques bouteilles dans un sac à dos. Sayef Albar n'aurait pas pris le risque de louer un si vaste espace s'il n'en avait pas eu l'utilité.

Un mouvement du côté de la porte attira l'œil de De Payns, qui y découvrit Templar et Ackermann.

— On descend à la cafétéria, dit Templar. Tu veux qu'on te rapporte quelque chose ?

De Payns se carra dans son fauteuil :

— Tu es resté bien discret, pendant la réunion, Joseph.

Le scientifique haussa les épaules :

— J'attends que Marie m'interroge pour intervenir.

— J'ai bien envie de t'interroger, moi. Si on résume l'affaire, les Pakistanais ont développé un agent provoquant une gangrène gazeuse et dont l'efficacité est maximale quand il est dilué dans l'eau, or nous avons tous besoin d'eau au quotidien.

— Oui, évidemment, convint Ackermann.

— Si tu étais à la place des terroristes et que ton objectif était de répandre cette horreur en Europe, quelle méthode de distribution choisirais-tu pour provoquer un maximum de dégâts ?

Ackermann prit le temps de réfléchir, contemplant le plafond, avant de répondre :

— L'idéal serait de verser une quantité aussi importante que possible de cette bactérie dans un réservoir d'eau d'une grande ville comme Londres, Paris ou Madrid, mais…

— Mais ça ne fonctionnerait pas, devina de Payns.

— Pas vraiment, en effet. Il faudrait une énorme quantité de cette arme biologique pour que cela ait une réelle influence sur la qualité de l'eau distribuée dans un réseau urbain, sans compter que ces réseaux sont équipés de filtres et subissent des traitements chimiques chargés de décimer les agents pathogènes bactériologiques.

— Même ceux conçus par l'homme pour tuer ?

— La souche mise au point au MERC est très résistante, c'est vrai, et elle peut compter sur des enzymes sialidases qui contrent les effets diluants de l'eau, si bien qu'elle est encore active quand elle parvient dans un intestin.

— Mais… ?

— Mais pour en arriver là, la bactérie doit franchir les stations de traitement des eaux et résister à leurs nombreux produits chimiques. Si elle atteint le réseau de distribution de l'eau, c'est une autre histoire ; on pourrait s'attendre alors à de très nombreuses victimes.

# Soixante-trois

L'équipe Alamut déjeuna tôt. Briffaut avait demandé à ses hommes de réfléchir ensemble pour ensuite lui proposer une solution.

Dominique Briffaut composa un numéro à quatre chiffres sur le téléphone fixe de son bureau. Frasier décrocha aussitôt. Briffaut lui signifia que la France étant susceptible d'être ciblée par les terroristes, puisque l'arme biologique avait été entreposée tout près, en Italie, il fallait alerter la DGSI, l'équivalent de la Boîte sur le territoire national. Frasier donna son accord sur ce point, puis Briffaut poursuivit :

— D'ici dix minutes, on te demandera d'autoriser une transaction que j'ai initiée. J'aimerais que tu la valides.

— Et qu'est-ce que je dois valider, exactement ?

— Je voudrais remercier Manerie à ma façon.

S'ensuivit un long silence.

— OK, c'est bon, vas-y, accepta enfin Frasier. De mon côté, je préviens la DGSI.

Briffaut joignit ensuite le directeur financier et lui fit part en détail de son opération. Puis il se saisit d'un vieux Nokia et fit défiler les contacts. Ayant trouvé celui qu'il cherchait, il lança l'appel et fut accueilli par une secrétaire.

— Veuillez transmettre à M. Sharif que M. Roche le rencontrera à 12h30, lui demanda-t-il.

Il coupa la communication sans laisser le temps à sa correspondante de réagir. Puis il se leva, rajusta sa cravate et sortit du bâtiment. Sous un grand soleil, il franchit le portail de sécurité latéral et se dirigea vers le nord et la verdure du stade Huvier. Il acheta une baguette, du salami et du fromage, ainsi qu'un café, et s'installa à une table pourvue d'un parasol. Six minutes plus tard, un individu corpulent d'origine indienne vêtu d'un costume de prix et portant des lunettes de soleil s'approcha à petits pas du vendeur de café, à qui il acheta un gobelet avant de s'asseoir à la table de Briffaut. Les deux hommes firent mine de ne pas se connaître.

— Monsieur Roche, murmura le nouvel arrivant, remuant son café. Ça fait un bail…

— Merci d'être venu, monsieur Sharif, répondit Briffaut, tandis qu'une femme et ses trois chiens passaient à leur hauteur. Nous déplorons une défection dans les plus hautes sphères, ce matin.

— Qui ?

— Philippe Manerie.

Sharif cessa de touiller son breuvage et considéra Briffaut par-dessus ses lunettes :

— C'est un peu plus haut que les hautes sphères, ça.

— Il mange à plusieurs râteliers depuis un certain nombre d'années.

— La France et le Pakistan, vous voulez dire ?

— C'est cela, confirma Briffaut, qui mordit dans sa baguette. Mais nous estimons qu'il a trahi ces deux pays au profit d'Israël. Il a disparu ce matin, et nous supposons qu'il se trouve à présent à Islamabad. En tout cas, c'est de là-bas que provenaient toutes ses meilleures informations récemment.

— Vraiment ?

— Tout à fait, assura Briffaut qui, ayant englouti la baguette, sirotait son café. Nous tenons à vous faire savoir que même s'il nous fournit des renseignements depuis le Pakistan, nous les considérerons comme non fiables. Je dis cela pour que les choses soient claires.

— Compris.

— Ceci vous intéressera peut-être, ajouta Briffaut, faisant glisser sur la table un feuillet sur lequel était inscrit un numéro de compte bancaire.

Sharif s'en empara et le glissa dans sa poche.

— Passez une bonne journée, dit Briffaut, qui se leva, son café à la main.

## Soixante-quatre

De Payns n'étant pas censé détenir chez lui un CZ 9 mm appartenant la Boîte, Briffaut lui avait demandé de le restituer. Après avoir déjeuné, il descendit à l'armurerie et au stand de tir situés dans les boyaux du Bunker, où Zac avait souvent d'intéressantes vidéos en cours de lecture sur sa télévision, ainsi que les meilleurs ragots du bâtiment à partager.

— Tiens, enregistre le retour de ce flingue, s'il te plaît, lui dit-il en lui tendant le pistolet. J'ai environ deux ans de retard.

Zac sortit sa boîte Tupperware de macarons ; de Payns en choisit un à la framboise, puis remarqua sur l'établi un pistolet coincé dans un étau et vivement éclairé.

— Tu travailles sur quoi ?

— Les balles à blanc abîment les armes. Si on en abuse, je n'ai plus qu'à démonter l'arme et la réparer. Ils en tirent par milliers à Cercottes.

— Je n'avais jamais pensé que les balles à blanc provoquaient des dégâts, dit de Payns, mâchonnant sa friandise.

— La plupart des gens pensent qu'elles ne contiennent rien, mais en réalité elles renferment une charge explosive : de la poudre et deux ou trois autres composants. La différence avec les cartouches réelles est qu'il n'y a qu'un rembourrage de papier à l'intérieur. Or les armes de qualité n'aiment pas tirer du papier.

— Elles ne sont pas vraiment « à blanc », en fin de compte ?

— Non, c'est plus un faux-semblant. D'un côté, elles ont l'air normales, mais ce qui en sort de l'autre n'est pas ce que tu pensais y avoir mis.

De Payns resta figé, l'esprit en ébullition.

— Merci, Zac.

L'équipe se retrouva dans la pièce sécurisée à 1 heure du matin.

De Payns s'adressa à Ackermann :

— Joseph, tu as dit que pour mener avec efficacité une attaque de grande envergure au moyen de *Clostridium perfringens* modifié, il faudrait en verser dans les réserves d'eau d'une ville en quantité trop importante pour que ce soit faisable, sans oublier les nombreux filtres et traitements appliqués dans les stations de traitement des eaux, c'est bien ça ?

— Oui, l'eau passe par sept étapes, à peu près. Le traitement de l'eau est un procédé très élaboré.

— Quelle est la dernière étape ?

Joseph Ackermann consulta ses documents :

— Il s'agit d'un traitement chimique à base de chlore, ou de chloramine, dans les stations les plus modernes.

— Et comment ajoute-t-on ce chlore à l'eau ?

Ackermann brandit une brochure en couleur sur laquelle on voyait de gros barils bleus en plastique.

— Ce sont comme des cartouches que l'on insère

dans les canalisations, en toute fin de parcours. L'eau y est traitée au chlore ; quand elle en ressort, les bestioles qui ont survécu aux six premières étapes sont mortes.

De Payns repensa aux paroles de Zac, qui avait qualifié les balles à blanc de faux-semblants :

— Et si ces récipients contenaient autre chose que du chlore ?

— Eh bien, le traitement final ne serait pas appliqué, répondit Ackermann, perplexe.

— D'accord, et quel autre traitement subit l'eau, après cet ajout de chlore ?

— Aucun. Sauf pour les particuliers dont le robinet de la cuisine est équipé d'un filtre.

— Que se passerait-il, et ce n'est qu'une hypothèse, si on remplaçait le chlore de ces barils par la souche de *Clostridium perfringens* modifiée ?

— Quelle horreur, lâcha Marie Lafont, les traits crispés.

Ackermann déglutit péniblement.

Briffaut se tourna vers Shrek :

— La bactérie a été prélevée sur des granules de chlore, je crois, sur les échantillons que vous avez rapportés de Palerme ?

— Exact, confirma Shrek, les yeux plissés.

— Nos gars transportent peut-être dans leur entrepôt d'authentiques cartouches de traitement de l'eau, dont ils remplacent le chlore par du *Clostridium perfringens*…

— Ces barils seraient donc débarqués au port de Palerme, puis, après avoir été vidés et remplis de bactéries, chargés sur un navire, déduisit Briffaut. Contactez la DR, ils agiront plus vite que n'importe qui. Le chlore est une substance dont le transport est dûment enregistré ; voyons qui en livre et en expédie à Palerme.

Marie Lafont s'empara d'un des téléphones posés au centre de la table et se détourna de ses collègues.

La première réponse leur parvint de la capitainerie du port de Palerme vingt-trois minutes plus tard. Shrek prit l'appel de la DR et brancha le haut-parleur. Une société répondant au nom de Rotterdam Associates avait demandé à importer quatorze containers de filtres à eau Scandland en provenance d'Australie, ce qui correspondait au total à deux cent cinquante tonnes de chlore. Un nom figurait sur le formulaire : Gina Bolaro. L'employée de la DR précisa l'adresse indiquée sur la fiche : 1625, via Fiametta.

— Je connais, intervint Shrek. C'est l'Agenzia immobiliare di Palermo, qui appartient à David Lambardi. C'est cette société qui a loué l'entrepôt. À quelle date a-t-elle réexpédié ces containers ?

— Le 28 juillet, lui répondit son interlocutrice. Il y en avait quatorze, qui ont été chargés sur le *Baltic Lady*. Le transitaire est Global Transit Group.

Les personnes présentes échangèrent des regards.

— C'est noté, dit Shrek. Quelle était la destination de ce navire ?

La réponse lui fut donnée après un bref silence :

— Le port d'Alexandrie, en Égypte.

Les services de sécurité italiens coopéraient bien avec Briffaut, mais les documents détaillant les expéditions de chlore au départ de leur pays étaient précis et totalement en règle.

— Qu'y a-t-il donc de spécial en Égypte ?

demanda-t-il. Pourquoi envoyer ces containers là-bas ? Une histoire entre chiites et sunnites, peut-être ?

La femme de la DR ajouta que les containers de chlore avaient été déchargés du *Baltic Lady* le jour de son arrivée à Alexandrie.

— Merci, tenez-nous au courant s'il y a du nouveau, dit Briffaut, avant de couper la communication.

Il considéra son équipe, puis ils discutèrent encore de Palerme. Il fut rapidement établi que Gina Bolaro était une identité fictive. Ils n'eurent pas le temps de pousser plus loin leurs recherches, car la sonnerie du téléphone les interrompit. Marie Lafont décrocha.

— C'est encore la DR, dit-elle en branchant le haut-parleur.

— Nous avons du nouveau, annonça leur interlocutrice. Les containers ont été déchargés à Alexandrie et ont passé la douane sans souci, pour aussitôt être de nouveau chargés, par un autre transitaire. Nous ne l'avons appris que parce que le port d'Alexandrie est équipé de radio-identification et que notre contact sur place a été vérifié.

Briffaut lâcha un juron à mi-voix avant de demander :

— Sur quel navire les containers ont-ils été chargés ?

— C'est ça qui est curieux : ils ont immediatement été rechargés sur le *Baltic Lady*.

— Et où est-il parti ? demanda de Payns.

— Cadix, puis Le Havre. Il est arrivé au Havre il y a deux semaines.

Les containers avaient été déchargés en France depuis trop longtemps pour que l'on puisse les chercher et les saisir. La douane du Havre confirma l'importation de filtres à eau contenant du chlore en provenance d'Alexandrie *via* Cadix aux dates concernées. Les containers étaient restés quatorze heures en transit chez Atlas-HK, dont un employé confirma qu'ils avaient été expédiés par une certaine Gina Bolaro et chargés sur un train à destination de Reims. Il fut ensuite établi qu'il s'agissait de containers Hapag-Lloyd de six mètres de long. À partir de là, la piste se fit plus floue, truffée de faux noms, de faux documents et de fausses sociétés de transport terrestre. Les containers avaient déjà quitté la plate-forme de Reims, probablement rebaptisés sous d'autres appellations. Ils pouvaient être n'importe où en France ou ailleurs en Europe.

On frappa à la porte de la pièce sécurisée, et Anthony Frasier se joignit au petit groupe.

— Valley est en bas, annonça-t-il.

Ils descendirent tous au sous-sol du vieux fort, où la zone de détention occupait le peu d'espace non accaparé par l'armurerie, les ateliers des ingénieurs et la salle de sport. Ils entrèrent dans une pièce où neuf chaises étaient disposées face à un panneau vitré. Jim Valley se trouvait de l'autre côté, menotté à un anneau d'acier fondu dans la table à laquelle il était installé.

Briffaut s'équipa d'une oreillette et désigna de Payns :

— Alec et moi nous chargeons de l'interroger. Les autres, je veux que vous vérifiiez toutes les conneries qu'il nous sort et que vous me teniez au courant en temps réel, c'est compris ?

Valley avait le visage en piteux état : une lèvre éclatée, un œil enflé, un pansement maintenant son oreille gauche en place sur son crâne constellé de croûtes de sang. Il leva la tête lorsque Briffaut et de Payns le rejoignirent et s'assirent face à lui.

— Pour info, sachez que Templar m'a agressé par-derrière, dit l'ancien soldat. Je ne me suis pas trop mal défendu, vu les circonstances.

— Je n'ai aucune proposition à vous faire, lâcha d'emblée Briffaut. Vous savez comment fonctionne la Boîte : les traîtres restent des traîtres.

— Bien sûr, je suis au courant. Mais je vous signale que je n'ai fait qu'obéir à mon supérieur hiérarchique.

Briffaut hocha la tête ; il n'allait certainement pas contredire ce point.

— Vous n'auriez pas une clope ? réclama Valley.

Briffaut alluma une cigarette et la tendit au prisonnier.

— Pas de proposition en vue, donc, mais on peut imaginer qu'un traître sous-fifre nous aide à attraper le traître en chef, non ? Ça ne pourrait que vous servir.

— Non, je suis foutu, ricana Valley, tirant sur sa cigarette. Allez-y, ne traînons pas.

— Vous étiez de mèche avec Manerie.

— Oui, au bout d'un moment.

— C'est-à-dire ?

— Je lui ai servi de chauffeur pendant deux ans, ou parfois je l'accompagnais, à la place du mort.

— Comment l'avez-vous rencontré ?

— J'ai servi dans une unité qu'il commandait au Congo, il y a longtemps.

— C'est lui qui vous a fait intégrer la Boîte ?

— Ouais. J'ai commencé par des missions de reconnaissance et de soutien, mais je savais que Manerie me voulait à son côté à DGS. C'est quand toute cette histoire à propos de Mourad a éclaté que j'ai été plongé dans ce merdier.

— Qu'est-ce que « toute cette histoire à propos de Mourad » ? demanda Briffaut, allumant une autre cigarette, cette fois pour lui. Valley le regarda un moment, puis inspira profondément, donnant l'impression d'être accablé de regrets.

— Un ingénieur pakistanais spécialisé dans les fusées travaillait pour nous, apparemment. Manerie l'a vendu à un certain Mourad – une sorte d'agent de l'ISI qui agit également à titre privé.

— C'est Manerie qui vous a dit ça ?

— Manerie boit beaucoup. Il regrette certains de ses choix passés, vous savez.

— Pourquoi a-t-il fait appel à vous ?

— Mourad a acheté Manerie, mais dès que cet ingénieur a été dénoncé, Mourad a fait chanter Manerie – du moins il lui a fait comprendre que sa carrière pouvait être stoppée net.

— Qu'est-ce que ça a donné ?

Valley afficha un rictus :

— Manerie est monté sur ses grands chevaux, il m'a rappelé que nous avions mené des missions douteuses en Afrique, qu'on n'allait pas nous baiser aussi facilement. Il a eu une réaction assez macho, à vrai dire.

— Macho ? répéta de Payns. Tu as enlevé ma femme et mes gosses ! Pas mal pour un gros dur !

Valley considéra sa cigarette et hocha lentement la tête :

— J'avoue que ce n'est pas le fait d'armes dont je suis le plus fier. J'avais dit aux gamins que tout serait bientôt terminé, que je les reconduirais chez eux. Et soudain Templar a frappé comme la foudre. J'avais vraiment l'intention de les ramener chez eux, je le jure, mais bon, ça n'excuse rien.

— Pour que les choses soient claires, Mourad fait-il partie de l'ISI ? s'enquit Briffaut.

Valley acquiesça :

— Il leur loue ses services. Il a fondé une organisation terroriste, Sayef Albar. Ce type est redoutable.

Briffaut effleura son oreillette :

— Connaissez-vous sa véritable identité ?

— Mourad est un pseudonyme, pour autant que je sache. Je ne l'ai jamais rencontré, je l'ai seulement vu de loin. Il n'aime pas qu'on l'observe.

— Où Manerie le retrouvait-il ?

— Jamais au Pakistan. Ils se sont vus quelquefois en France, en Espagne et en Italie, mais en général ils échangeaient par téléphones démarqués. Un jour, Manerie m'a dit que Mourad se cachait sous le nez de tous ceux qui le recherchaient ; apparemment, il possède une société dans une ville en Europe, mais ne me demandez pas laquelle.

— Quel est son objectif ?

Valley haussa les épaules :

— Est-ce que j'ai l'air d'être le cerveau du groupe ?

— Je vais vous citer quelques noms, dites-moi ce que vous savez sur ces personnes. Youssef Bijar.

— Jamais entendu parler.

— Anoush al-Kashi.

— Inconnue au bataillon.

— Michael Lambardi.

— Lambardi ? s'esclaffa Valley. Alors lui, c'était un

vrai crétin. Quand il l'a contacté sur le ferry, Mourad s'est rendu compte que ce foutu Aguilar le dévisageait ! Ça a provoqué un sacré bordel !

De Payns ne put s'empêcher de réagir :

— Lambardi en est mort.

— Ce type a tenté de se faire trois millions d'euros en refourguant des passeports français authentiques à des terroristes, ricana Valley. Excuse-moi si ça te choque qu'il soit mort.

— Vous êtes au courant qu'ils ont essayé de tuer Aguilar, ce soir-là ? intervint Briffaut.

— Je l'ai su plus tard. Shrek a pondu un compte rendu aux petits oignons.

— Bon, et concernant David Lambardi ?

— Il est propriétaire d'une agence immobilière à Palerme – l'Agenzia immobiliare di Palermo. C'est un idiot utile.

— Pour qui ?

— Je crois que Mourad se servait de l'informatique de l'agence pour gérer sa logistique en Europe et pour effectuer des règlements – pas de grosses sommes, plutôt les frais de routine de Sayef Albar.

— Comment procédait-il ?

— Il avait quelqu'un sur place, une femme très futée…

Voyant son prisonnier hésiter, Briffaut se pencha en avant :

— Qui est cette femme, Jim ? demanda-t-il à Valley qui resta muet, comme s'il s'agissait là d'un point sensible. Vous êtes proche d'elle ?

— Je l'étais, soupira Valley. Elle s'appelle Heidi Winnen. On a plus ou moins… Enfin, vous voyez.

— Quel était son rôle ?

— Il y avait toujours de la paperasserie à réceptionner et à envoyer. Il fallait payer certaines personnes, et tout ça nécessitait une adresse. J'ignore les détails, mais c'est elle qui s'occupait de tout ça.

— Winnen est son véritable nom ? Elle n'emploie pas de pseudonyme ?

— Elle se fait également appeler Gina Bolaro. Elle me plaisait vraiment, vous savez…

De retour dans la pièce sécurisée, Marie Lafont n'eut besoin que de huit minutes pour obtenir la bio de Heidi Winnen, ainsi qu'une photo, qu'elle projeta sur l'écran mural à partir de son ordinateur portable.

— Cette femme est ingénieure chimiste et employée par Rotterdam Associates. Pendant ses études universitaires, elle a eu un petit copain, Nasim ul-Huq, étudiant en sciences fortement impliqué dans les activités politiques de l'Organisation de libération de la Palestine.

— Heidi s'est radicalisée ? supposa Briffaut.

— Ce n'est pas précisé, répondit Marie Lafont. Elle a travaillé un peu partout dans le monde pour d'importants fabricants d'infrastructures de réseaux de distribution de l'eau. Aujourd'hui, elle est responsable des opérations de Rotterdam Associates en France, en Allemagne et en Espagne. Et voici le plus intéressant : Nasim ul-Huq, son chéri de l'époque de la fac, est le propriétaire de cette société, dont le siège est situé à Paris.

— Ce Nasim ne se ferait-il pas également appeler Mourad ?

— On attend sa photo.

— Que vend Rotterdam Associates, exactement ? demanda de Payns.

— Cette entreprise installe des filtres à eau d'un genre nouveau, selon le principe de la désinfection par la chloramine.

— Par la chloramine ? Ils n'emploient pas de chlore ?

— D'après ce qui est indiqué ici, la méthode la plus récente pour obtenir de l'eau propre nécessite d'associer du chlore à de l'ammoniaque, répondit Marie Lafont, lisant le document qu'elle avait sous les yeux. C'est la dernière étape du processus de traitement de l'eau. Un lien renvoie à un article de journal qui raconte que Rotterdam Associates doit installer cette semaine le plus gros dispositif du genre jamais vu en Europe.

— Où ça ?

— À Saint-Cloud.

— La station de traitement des eaux de Saint-Cloud ? réagit de Payns. C'est tout près de Paris.

Frasier décrocha le téléphone fixe et composa le numéro de la DGSI.

— Claude ! aboya-t-il. La merde dont je t'ai parlé, c'est à Saint-Cloud. Ils visent Saint-Cloud !

Un silence.

— Oui, c'est ça, c'est la station qui approvisionne tout Paris, putain !

Une nouvelle pause.

— Entendu, reste en ligne.

Frasier coupa le micro de son appareil et considéra les autres :

— Malle veut que je contacte Saint-Cloud – il participera à l'appel. Que quelqu'un me trouve le numéro du directeur de la station.

La station Saint-Cloud était l'une des six usines de production d'eau potable que possédait la Ville de Paris et Eau de Paris, l'opérateur public en charge de la production et de la distribution de l'eau dans la capitale. Puisée dans des sources parfois lointaines, jusqu'en Normandie et en Bourgogne, l'eau était acheminée à Paris par des aqueducs, suivant une tradition lancée un peu plus de quatre siècles auparavant, sous les Médicis.

Marie Lafont fit défiler ses contacts sur son téléphone. Elle raccorda ensuite Malle à son mobile et composa un autre numéro. Ils durent patienter sept minutes pour avoir en ligne Jean-Pierre Thorens, le directeur des opérations de l'usine de traitement des eaux, à qui ils exposèrent la situation.

— Claude Malle à l'appareil, de la DGSI, dit Malle à Thorens, qui ne semblait guère inquiet. Je suis avec Anthony Frasier, qui travaille pour le gouvernement.

— Nos infrastructures sont dotées d'un système de sécurité qui dépasse largement les exigences de l'UE, lâcha Thorens avec dédain. Les Américains eux-mêmes nous rendent parfois visite pour s'en inspirer. Nous fournissons en eau toute la ville de Paris, nos installations sont on ne peut plus sérieusement contrôlées, avec le label sécurité nationale, monsieur Frasier.

— Je n'en doute pas, intervint Briffaut. Le problème est que nous redoutons la présence d'un saboteur au sein de la société Rotterdam Associates, qui doit installer de nouveaux filtres à chloramine cette semaine, c'est bien ça ?

— Aujourd'hui, en fait, précisa Thorens.

— Très bien. Vous ne me connaissez pas, monsieur Thorens, mais je travaille pour le gouvernement.

Je m'appelle Dominique. Je suis prêt à parier que parmi les techniciens et ingénieurs de Rotterdam Associates chargés de l'installation des filtres se trouve une certaine Heidi Winnen.

De Payns entendit leur interlocuteur pianoter sur un clavier.

— En effet, confirma ce dernier. Mais où est le problème ? C'est sans doute une employée de cette entreprise, vous avez parfaitement pu relever son nom sur leur site Internet.

— C'est elle qui doit saboter votre usine, insista Briffaut.

— Je crois que vous ne saisissez pas bien la situation, répliqua Thorens. Notre installation est hautement sécurisée. Pour accéder à la zone opérationnelle, tout sous-traitant doit fournir le nom des employés qu'il nous envoie, lesquels doivent produire leur passeport à leur arrivée. C'est une zone totalement hermétique.

— Leur passeport ? répéta Briffaut.

— Oui, et si le nom fourni ne correspond pas à celui indiqué sur le passeport, ils n'entrent pas. D'autre part, nous n'acceptons que des ressortissants français dans cette enceinte.

— Combien ? pressa Briffaut.

— Combien d'employés de Rotterdam Associates sont sur les lieux, vous voulez dire ?

— C'est ça.

Le directeur des opérations de l'usine tapota de nouveau sur son clavier, puis répondit :

— Sept. Je peux vous donner leurs noms, si vous le souhaitez : Marguerite Vernier, Nasim ul-Huq, Heidi

Winnen, David Keller, Clément Vinier, Pierre Bastiat et Antoine Aguirre.

Les membres de la DGSE échangèrent des regards, les yeux écarquillés, car cinq des noms donnés par Rotterdam Associates correspondaient à des identités fictives de la division Y.

N'ayant pas obtenu les cinq passeports attendus à Palerme, la bande de Mourad s'était-elle tout simplement adressée à son contact à DGS ? Qu'avait fichu Manerie ?

Briffaut rompit le silence de son équipe choquée :

— Je veux que vous ne modifiiez en rien votre comportement, monsieur Thorens, mais que vous retardiez l'intervention de ces personnes. Nous vous rejoignons au plus vite.

— Que se passe-t-il ? s'agaça Thorens. C'est une plaisanterie ou quoi ?

Depuis son bureau, Claude Malle se racla la gorge et intervint :

— Monsieur Thorens, sachez que l'ensemble de notre conversation est classifiée secret-défense et sous la protection de la loi française.

Thorens signifia qu'il avait saisi, puis Malle enchaîna :

— Le terme *Clostridium perfringens* vous est-il familier ?

— Oui, c'est une bactérie très nocive qui provoque…

— Une gangrène gazeuse, compléta Malle.

— Il ne faudrait surtout pas en introduire dans notre système de distribution d'eau, bégaya Thorens. La station de Saint-Cloud approvisionne Paris.

— J'en suis conscient. Selon nos renseignements, ces personnes ont remplacé la chloramine de leur dernier modèle de filtre par une souche modifiée de *Clostridium perfringens*. C'est bien ce type de filtre qui doit être installé à Saint-Cloud ?

Sous le choc, Thorens eut besoin de quelques secondes pour retrouver l'usage de la parole :

— Oui… et ce serait dévastateur.

Briffaut prit le relais :

— Bon, n'effrayez pas ces individus, ne les approchez pas. Vous avez des responsabilités à assumer, j'en ai conscience, mais tenez-vous à l'écart jusqu'à l'arrivée de la police.

## Soixante-cinq

La DGSI ordonna une intervention sous les ordres du colonel Thibaut Jenssins, qui dirigeait le GIGN, le groupe d'intervention de la gendarmerie nationale, basé à Satory, au sud de Versailles. Formé – entre autres – pour réagir aux menaces chimiques, biologiques et nucléaires, le GIGN était censé être le premier à intervenir. L'unité du colonel Jenssins serait soutenue par le Commandement des opérations spéciales[1], dirigé par le colonel Laurent Francisci.

Claude Malle, de la DGSI, n'accepta qu'avec une certaine réticence que Briffaut, de la DGSE, participe à l'opération, et exigea que son équipe reste en retrait sans intervenir.

— Vous deux, vous venez avec moi, ordonna Briffaut, désignant de Payns et Shrek.

Alors qu'ils sortaient de la pièce sécurisée, Marie

1. Le Commandement des opérations spéciales (COS) est un état-major interarmées qui regroupe l'ensemble des forces spéciales de l'Armée française sous une même autorité opérationnelle. Il est placé sous les ordres du chef d'état-major des armées et sous l'autorité directe du président de la République française.

Lafont tendit à de Payns une photo tout juste sortie de l'imprimante :

— Vous êtes le seul espion occidental à avoir vu Mourad en chair et en os : est-ce bien lui ? Là, en arrière-plan, en chemise blanche et cravate noire.

De Payns se saisit de la feuille A4 et découvrit un homme politique indien coupant un ruban lors d'une inauguration. Trois hommes étaient visibles en retrait, l'un d'eux se démarquant par sa taille et son allure soignée. On aurait dit un Errol Flynn pakistanais, mais sans moustache.

— C'est bien l'homme que j'ai vu à bord du ferry, confirma de Payns, l'index sur la photo.

Sous celle-ci, une légende précisait : « Nasim ul-Huq, ingénieur en chef, Rotterdam Associates. »

— On tient ce salopard ! s'emballa Marie Lafont, qui récupéra la photo et décrocha un téléphone.

Ils descendirent au rez-de-chaussée et gagnèrent l'armurerie, où ils se munirent de pistolets CZ et de fusils d'assaut HK 416. Alors que de Payns enfilait un gilet pare-balles, Templar les rejoignit, le nez et les pommettes couverts d'un plâtre blanc.

— On va où ? s'enquit-il.

— Frasier t'a demandé de venir ? s'étonna Shrek.

— Vous croyez vraiment que je vais vous laisser y aller sans moi ?

Après s'être équipés, ils sortirent en courant du Bunker, vers la pelouse sur laquelle Briffaut et Frasier attendaient que l'hélicoptère se pose.

— Je ne me rappelle pas vous avoir inclus dans mon équipe, Templar, lâcha Briffaut, tandis que le Caracal approchait.

— C'est vrai, patron, mais il faut bien que quelqu'un s'occupe de relever ces demoiselles quand elles trébucheront sur leurs talons aiguilles, se justifia Templar, son visage ravagé illuminé d'un grand sourire.

— Vous êtes blessé, je ne peux pas vous laisser participer à une intervention.

— Vous voyez bien que je suis pleinement rétabli, non ?

— Il vous faut plus de temps pour vous remettre d'une gueule de bois, en général, grommela Briffaut, secouant la tête, tandis que l'hélicoptère se posait. Et merde, allons-y.

Frasier regagna le Bunker afin d'assurer la coordination avec la DGSI. Pendant le court vol – il ne fallut que six minutes à l'hélicoptère pour parvenir à la station de Saint-Cloud –, il mit en relation Briffaut et ses hommes avec l'unité de Jenssins, si bien que de Payns perçut l'ensemble des échanges dans son casque.

Ils survolèrent le sud-ouest de Paris, qui vaquait à ses occupations comme si de rien n'était. Par radio, Jenssins signala au colonel Francisci que son unité du GIGN se poserait en premier et se déploierait.

— Il y a des civils, là-bas, et les terroristes sont armés d'un agent biologique qu'ils peuvent à tout moment verser dans le réservoir d'eau. Laissez-nous deux minutes.

— Compris, répondit Francisci, dont les hommes, en tant que forces spéciales du COS, étaient spécialistes de l'assaut et non experts en armes biologiques.

Briffaut demanda au pilote de se poser à l'écart, sur le parking de l'installation industrielle nichée dans une vaste zone verdoyante, puis il coupa son micro et s'adressa à ses hommes :

— Ne vous éloignez pas de l'endroit où se posera l'hélico, nous ne sommes là qu'en tant qu'observateurs ; merci de m'épargner des paperasses.

Sur la fréquence radio partagée par le GIGN et le COS, le colonel Francisci demanda à Thorens :

— Vous ne pouvez pas tout fermer ?

— Cela prendrait plusieurs heures, répondit le directeur de la station. On ne coupe pas l'approvisionnement de Paris en eau en tournant un simple robinet.

— On va atterrir, intervint Jenssins. Où sont les sous-traitants ?

— Les ingénieurs de Rotterdam Associates sont déjà à l'intérieur du périmètre de sécurité, mais il me semble qu'une partie de leur matériel est encore dans leurs camions, répondit Thorens.

— Je doute fort que ce soient réellement des ingénieurs, dit Jenssins. Ne vous approchez pas d'eux, ni des filtres. Nous nous posons.

De Payns aperçut en effet deux hélicoptères du GIGN touchant terre dans un champ, non loin du vaste parking des employés. Une structure massive, la station de traitement des eaux de Saint-Cloud, se dressait tel un mastodonte gris surgi de la végétation. L'hélicoptère de la division Y se posa derrière les deux appareils du COS chargés de troupes. À travers le hublot, de Payns repéra deux camions de Rotterdam Associates garés devant le bâtiment ; les pans amovibles latéraux de l'un étaient tirés, dévoilant des barils bleus de deux mètres de haut entassés. Un chariot élévateur s'en approchait.

Alors que de Payns et Shrek commençaient à suivre les forces spéciales qui se déployaient sur le côté de la structure, en direction de la zone de livraison, Briffaut les rappela :

— Vous me serez plus utiles en restant anonymes et en vie. Vous n'êtes plus à Islamabad, les gars.

Les échanges radio se multiplièrent tandis que les soldats du GIGN abordaient l'angle du bâtiment principal, face à la zone de livraison, puis des coups de feu se firent entendre, résonnant bruyamment dans les oreillettes – les tireurs visibles, à seulement soixante mètres des agents de la division Y. Partiellement dissimulés par un camion, trois individus avaient ouvert le feu depuis la zone de livraison, faisant voler en éclats des morceaux de béton – pour des ingénieurs en distribution de l'eau, ils étaient assez doués fusil en main. L'un d'eux s'affaissa, mortellement blessé, puis ses deux complices se réfugièrent dans le bâtiment. Les militaires se lancèrent à leurs trousses, disparaissant du champ de vision de l'équipe de la DGSE.

— J'aimerais bien jeter un coup d'œil là-dedans, patron, tenta Templar.

— Restez où vous êtes, ordonna Briffaut.

Un crépitement d'arme automatique bruyamment relayé par radio les fit grimacer. Les soldats du GIGN ne cessaient d'échanger en criant ; les instructions du chef d'équipe et les retours de ses hommes indiquaient qu'ils progressaient vers le fond du bâtiment.

Shrek attira l'attention de De Payns d'un coup de coude ; sorti par l'entrée principale du personnel, un homme de grande taille, entre deux âges, affublé d'une couronne de cheveux grisonnants rejetés en arrière se dirigeait vers eux.

— Tenez-vous tranquilles, tous les trois, ordonna

Briffaut avant de se glisser par la portière latérale de l'appareil pour empêcher l'intrus d'approcher ses hommes :

— Je peux vous aider, monsieur ?

— Thorens, se présenta nouvel arrivant, une main tendue. Jean-Pierre Thorens. Je suis le directeur opérationnel du site.

— Dominique, répondit Briffaut en lui serrant la main. Nous nous sommes parlé tout à l'heure.

— Que faut-il que je fasse avec mes employés ? Ils sont terrifiés.

— Que vous a dit le GIGN ?

— Ils ont foncé droit devant en nous demandant de rester à la réception, mais c'est dangereux ; on entend des tirs tout près de nous.

À travers la baie vitrée de la réception, de Payns aperçut en effet des civils qui s'agitaient, les yeux grand ouverts. De temps à autre, l'un d'eux sortait et courait vers le parking.

— Que se passe-t-il, exactement, là-dedans ? s'enquit Briffaut.

Thorens lui expliqua qu'au-delà de la zone de livraison se présentait un long espace ouvert où étaient regroupées cinq étapes successives de filtrage et de traitement de l'eau. Une grue à portique coulissait sur toute la longueur du bâtiment, et les soldats du GIGN se dirigeaient vers les deux immenses portes d'acier qui, tout au bout de cette zone, marquaient le début du périmètre de sécurité.

— C'est là que se trouvaient les employés de Rotterdam Associates, précisa Thorens. Ils s'affairaient sur le dernier système de filtrage, dans lequel l'eau est traitée par la chloramine avant d'être envoyée vers les canalisations parisiennes.

— Ils sont de l'autre côté de ces portes sécurisées ? s'étonna Briffaut. Vous avez laissé les ingénieurs de Rotterdam Associates entrer dans le système de traitement de l'eau ?

— Eh bien, oui, car ils avaient leurs passeports, qui ont tous été validés par notre contrôle. Je ne vois pas comment vos soldats vont pouvoir ouvrir ces portes, qui sont à l'épreuve des bombes, je crois.

Une déflagration retentit dans leurs oreillettes – sans doute l'explosion d'une grenade. De Payns n'était pas trop inquiet au sujet de ces portes blindées, car les hommes du GIGN étaient précisément formés pour aborder ce genre d'infrastructures vitales : ils disposaient de passe-partout ultra-perfectionnés et d'équipements de prise de contrôle manuelle dont les directeurs de tels sites ignoraient probablement jusqu'à l'existence. En réalité, il craignait davantage que des balles ne percent des barils bourrés de bactéries tueuses ou que les intrus ne les vident dans le réseau de distribution d'eau malgré l'approche du GIGN.

Considérant le bâtiment, il constata que les échos des tirs poussaient à présent de très nombreux employés à quitter la réception pour courir vers le parking, tandis que d'autres y restaient groupés. Quel que soit leur choix, ces gens faisaient des cibles faciles pour des tireurs, ce qui déplaisait fortement à de Payns. Il se tourna vers son patron :

— Il faut aider ces gens !

Bien que peu enchanté à cette perspective, Briffaut se rendit compte que la foule paniquait :

— D'accord, allez-y, mais n'ouvrez pas le feu.

De Payns sauta de l'hélicoptère, aussitôt imité par Shrek et Templar, puis tous trois s'élancèrent vers la réception. Un homme d'une trentaine d'années en sortit en courant et manqua de peu de percuter de Payns :

— Ce sont des coups de feu ? Que se passe-t-il ?

— Restez calme, lui intima de Payns en l'agrippant par le haut du bras. Y a-t-il des personnes armées parmi vos collègues ?

— Non. Les soldats sont entrés et la fusillade s'est déclenchée au-delà de la réception. Je suis en sécurité, ici ? demanda-il en considérant les armes des OT.

— Un peu plus si nous sommes là, dit Templar. Que se passe-t-il, à l'intérieur ?

De Payns se retourna et vit Briffaut qui les surveillait du regard depuis la portière de l'hélicoptère ; il renonça à entrer dans le bâtiment au moment où de nouveaux tirs se firent entendre, déclenchant des cris d'effroi.

Oubliant Briffaut, il se retourna et fut étonné de l'ordre avec lequel certains employés quittaient les lieux.

— Suivez-les, dit-il au jeune homme, désignant ces personnes traversant calmement le parking, vers la grande route. Marchez jusqu'au sentier, là-bas, mais sans paniquer.

Le parking était à présent rempli d'employés, dont beaucoup couraient. Malgré cette foule, il remarqua une femme en gilet jaune et casque de chantier qui s'éloignait dans le plus grand calme. De Payns s'en étonna : comment pouvait-on quitter une zone de fusillade sans même jeter un regard derrière son dos ? Tout échange de tirs était un phénomène bruyant, agressif, qui attirait forcément l'attention de tout témoin de la scène. Il était impossible de ne pas s'y intéresser.

Lorsque cette mystérieuse femme vira sur sa gauche, manifestement vers sa voiture, de Payns eut un léger sursaut, comme si on l'avait brusquement tiré du sommeil : ce profil ne lui était pas inconnu. Il avait vu ces cheveux blonds très récemment.

— Bon sang, c'est Heidi Winnen !

Épaulant son fusil d'assaut, fermement tenu à deux mains, il s'élança à toutes jambes, abandonnant Templar et Shrek. Voir un individu armé, en civil, courir à fond de train parmi eux déclencha des hurlements de terreur chez les employés. Alertée par ce tapage, Heidi Winnen se retourna alors que de Payns avait encore une trentaine de mètres à couvrir pour la rejoindre. Elle dégaina aussitôt un pistolet de sa ceinture et le visa. Il s'abrita derrière une Peugeot, non sans la garder dans sa ligne de mire.

— Ne bougez plus, Heidi ! cria-t-il tandis qu'elle se glissait derrière un fourgon, faisant feu à deux reprises sur lui.

— Voyez-vous ça. Les services secrets ! brailla la criminelle. Comment vous m'avez retrouvée, salopards ?

— On a bossé et on a eu de la chance, beugla de Payns, rejoint par Templar.

De son côté, Shrek était tapi derrière une autre voiture, sur leur gauche. Un autre véhicule étant garé entre leur cible et eux, de Payns envisagea un instant d'y courir. Il leva légèrement la tête pour évaluer la distance à parcourir pour l'atteindre, ce qui provoqua un nouveau tir de la terroriste. Le projectile se ficha dans la Peugeot.

— Vous êtes des grands malades, Heidi, cria-t-il

après s'être remis à l'abri, tandis que Shrek poursuivait sa manœuvre de contournement. Verser cette merde dans de l'eau destinée à la consommation…

— C'est de la science, monsieur Dupuis. Ou faut-il que je vous appelle Aguilar ?

— Vraiment ? Vous êtes intelligente, vous avez un diplôme d'ingénieur, vous pourriez faire ce que vous voulez, mais vous préférez empoisonner Paris ? Réfléchissez à ce que vous êtes en train de faire.

— Oh ! Mais j'y ai longuement pensé, merci bien, Aguilar, répondit Heidi Winnen, du tac au tac. Je suis exactement à la place que je souhaitais occuper.

— En empoisonnant toute une ville ? Vos parents doivent être tellement fiers !

— Je vais vous dire une bonne chose : l'Occident est un virus, un mal qui décime les autres cultures.

— L'Occident a aidé la plupart des autres cultures à hausser leur niveau et leur espérance de vie, sans parler des nouveaux horizons ouverts aux filles et aux femmes. Pas si mal, comme bilan.

— Ce n'est rien d'autre qu'un cancer, et nous sommes ici à son point d'origine ! brailla la Néerlandaise. Toute maladie se propage à partir d'un foyer ; la peste occidentale s'est répandue depuis Paris !

Tandis que de nouveaux tirs ébranlaient le bâtiment, dans leur dos, Templar se déplaça jusqu'à la voiture la plus proche sur sa droite. De Payns, quant à lui, tentait de faire parler Heidi Winnen, espérant ainsi gagner du temps :

— J'ai rencontré le concepteur de ce programme d'arme biologique à Islamabad, vous savez.

— Je suis au courant, dit la terroriste, qui fit un

mouvement pour jeter un coup d'œil de l'autre côté de son fourgon.

— Bijar m'a fait l'effet d'un individu totalement insignifiant. Avec des gens comme lui pour dirigeants, plus besoin de criminels !

— Vous êtes un marrant, Aguilar, répondit Winnen en rigolant. Cet homme est un génie, mais qu'est-ce qu'un type comme vous peut y comprendre ?

— Pas grand-chose, reconnut de Payns, maintenant son arme braquée sur l'arrière du fourgon.

La position des bottes de la jeune femme lui indiquait qu'elle cherchait à repérer Shrek.

— Cela dit, poursuivit-il, il y a une heure à peine, j'ai tout de même été assez futé pour établir la véritable identité de Mourad.

Heidi Winnen resta un temps sans réaction, ayant perdu son assurance.

— J'en doute fort, dit-elle enfin.

— Nasim ul-Huq, étudiant radicalisé à l'université d'Amsterdam. Il a certainement impressionné la jeune Heidi, avec toutes ses conneries sur la Palestine, pendant qu'Arafat se remplissait les poches grâce au pétrole iranien.

— Vous ne savez rien sur la Palestine ! s'emporta-t-elle, incapable de contenir sa colère. Vous autres Français, vous êtes encore plus menteurs que les Israéliens !

— Vous pensez vraiment que Nasim se soucie de la Palestine ? C'est un agent de renseignement pakistanais.

Un nouveau silence, puis :

— Menteur !

— Il vous a recrutée, Heidi. Dites-moi, vous a-t-il fait

profiter des millions de dollars qu'il touche en vendant l'héroïne des talibans ?

Une allée au-delà de l'endroit où se trouvait la Néerlandaise, un fourgon Iveco gris accéléra en direction de la sortie du parking. Voyant cela, Heidi Winnen se précipita vers ce véhicule. De Payns s'intéressa au chauffeur et croisa son regard ; il s'agissait de l'ancien étudiant radicalisé connu sous le nom de Mourad, le terroriste sur lequel il avait une première fois posé les yeux des mois auparavant, à Palerme.

La jeune femme courait trop lentement au goût de son chéri, qui ne leva pas le pied de l'accélérateur.

— Arrêtez-vous ! hurla de Payns, tandis que la course sans espoir de Heidi Winnen avait quelque chose de presque comique.

La jeune femme ralentit, troublée, puis soudain se figea et fit face à ses poursuivants.

— Non ! hurla Shrek.

Heidi Winnen ouvrit le feu, ce à quoi Templar riposta avec son fusil d'assaut. Elle mourut avant même de toucher le sol.

## Soixante-six

— On l'a eue, dit de Payns, haletant, surplombant le corps ensanglanté de Heidi Winnen.

— Mais Mourad est en train de se barrer, rappela Shrek.

Templar n'avait pas renoncé : à onze voitures de là, il était accroupi devant une moto, dont il trifouillait les entrailles, sous le réservoir d'essence. Shrek et de Payns le rejoignirent en courant. Au moment où il parvint à lancer le moteur de l'engin, Templar s'effondra et agrippa sa jambe.

— Et merde ! lâcha-t-il, en proie à une vive douleur.

S'agenouillant près de lui, de Payns constata qu'une balle s'était fichée dans sa cuisse droite. Il déchira le tissu du pantalon et découvrit une profonde blessure dans le muscle, d'où le sang suintait plutôt que de gicler, par bonheur.

— Aucune artère n'est touchée, cria Templar. Ne vous occupez pas de moi, chopez ce salopard !

Shrek enfourcha la moto, une Yamaha 1100, et tendit un casque à de Payns.

— Là-bas ! s'exclama ce dernier, le bras tendu.

Shrek embraya et fonça vers une autre moto, sur

laquelle de Payns chipa un casque et le transmit à son ami, qui l'enfila et tourna la poignée d'accélérateur.

— Une seconde, le retint de Payns en s'éloignant de la moto.

Un fourgon de l'équipe de soutien de la police était entré dans le parking, et des flics en combinaison de protection et masque en émergèrent pour se déployer. De Payns se glissa dans le véhicule et détacha deux badges fixés aux vestes d'uniformes suspendues à des crochets.

Klaxonnant sans interruption, de Payns et Shrek se frayèrent tant bien que mal un chemin parmi la foule d'employés curieux revenant sur les lieux après que Mourad eut filé en les esquivant. Enfin parvenus sur la route, les deux OT jetèrent un coup d'œil à gauche, puis à droite, et aperçurent le fourgon Iveco à l'est. Ils s'élancèrent à sa poursuite sur la D907. Dans une circulation assez dense, de Payns, à l'arrière de la moto, s'accrochait tandis que Shrek enchaînait les écarts à cent quarante kilomètres à l'heure parmi les véhicules afin de ne pas perdre sa cible de vue. Contrairement à ce que l'on voit dans les films américains, Paris n'est pas l'endroit idéal pour les courses-poursuites en voiture, du fait de sa circulation trop importante et de ses trop nombreuses ruelles. Le mieux est d'être à moto afin de conserver le contact visuel avec sa cible. La situation n'avait rien d'inhabituel pour Shrek et de Payns qui, comme tous les agents de la DGSE, savaient se déplacer efficacement à Paris en moto.

La voix de Briffaut jaillit dans l'oreillette de De Payns :

— C'était vous sur la moto ?

— Oui ! Shrek conduit.

— Qui est dans le fourgon ?

— Mourad !

— Merde ! pesta Briffaut. Il est seul ?

— Il est au volant. J'ignore s'il y a du monde à l'arrière.

— Où êtes-vous ? Je vous envoie un hélicoptère.

Tandis que de Payns donnait quelques indications à son patron, Mourad vira à droite à un carrefour. Shrek rétrograda, puis accéléra en évitant de justesse un petit embouteillage, ce qui lui permit de garder le contact visuel avec le fourgon.

Les deux véhicules poursuivirent leur route vers le sud, puis de nouveau vers l'est, jusqu'à s'engager sur l'A13, où le fourgon prit de la vitesse. Shrek accéléra à fond, si bien que de Payns ne vit plus que des taches floues à la place des véhicules qu'ils doublaient, la Yamaha fonçant désormais à cent quatre-vingts kilomètres à l'heure.

— Restez en retrait, c'est de la surveillance, rappela Briffaut par radio. Nous n'avons aucune autorité ici.

De Payns était plus que ravi de rester à distance du fourgon, dont ils ignoraient combien de passagers il transportait à l'arrière. Le projet d'attentat à l'arme biologique à présent mis au jour, leur mission consistait désormais à déterminer où se réfugierait Mourad, qui il rejoindrait, et qui lui offrirait un abri.

Le fuyard franchit la Seine, la Yamaha toujours à ses trousses. Face à eux se dressait la tour Eiffel.

Mourad ayant ralenti, Shrek en fit autant, conservant ses distances avec lui, discret mais vif. Le fourgon progressait maintenant à vitesse réduite sur la file de droite, comme si son conducteur s'intéressait aux ruelles latérales et aux allées de service. Soudain, il accéléra, s'engagea sur un rond-point, dont il prit la première sortie, puis il se hissa sur le trottoir, en une zone où le stationnement était autorisé. Shrek freina brusquement et immobilisa la moto dans ce même parking, derrière un camion – le casque de De Payns lui percuta le dos. Balayant le décor du regard, les deux espions constatèrent qu'une entrée de la station de métro Boulogne-Pont de Saint-Cloud était proche.

— Reste ici ! cria de Payns.

Sans ôter son casque, il observa Mourad, en blouson d'aviateur noir et jean, filer sur le trottoir et s'engouffrer dans le métro.

— Je ne bouge pas, obéit Shrek.

— Soyez prudents ! lança Briffaut par radio.

De Payns retira son casque et descendit de la moto, percevant le vacarme de l'hélicoptère de la police qui approchait.

Après s'être assuré que son CZ était calé dans la ceinture de son jean, il fonça vers le métro. Cette ligne étant l'une des principales à traverser la Seine vers l'ouest, le hall de la station était bondé lorsqu'il y parvint. Une foule d'usagers se massait pour franchir les tourniquets en nombre limité – l'embouteillage semblait plus important encore que dans les rues, à la surface. Traversant au pas de course le vaste espace, de Payns cherchait du regard un grand Pakistanais en blouson noir. Parvenu aux tourniquets, il se rendit compte qu'il lui serait impossible de contourner ou fendre la masse de voyageurs. Ne voyant plus Mourad d'un côté ou de l'autre du grand hall, il supposa que le terroriste avait filé vers les quais. Il s'inséra dans la file la moins longue, espérant trouver Mourad sur un quai ou tapi dans des toilettes.

Quand un grand type en sweat-shirt à capuche aux couleurs des L.A. Lakers le serra d'un peu trop près dans son dos, il ne s'y intéressa guère, n'y voyant qu'un Parisien impoli comme tant d'autres. La file n'avançait plus car un vieux monsieur était visiblement incapable de se servir de sa carte Navigo, pas assez vif pour franchir le tourniquet quand le bip se faisait entendre. Il procéda à plusieurs tentatives infructueuses, ce qui semblait contrarier la machine. Dans la queue, on marmonnait peu aimablement à l'encontre de cet « idiot » et de cet « Allemand » alors que le vieil homme finit par héler un employé du métro en levant la main. Perdant patience, de Payns voulut changer de file, mais il sentit alors le canon d'un pistolet s'enfoncer dans ses reins. Une voix marquée d'un net accent lui murmura à l'oreille :

— Reste calme.

Le grand type se hissa à la hauteur de l'épaule gauche de De Payns, toujours collé à lui. Son arme toujours braquée dans le dos du Français, dont il agrippait le coupe-vent par une manche, il le força à s'éloigner des tourniquets.

— Qu'est-ce que tu veux ? lui demanda de Payns, qui sentait le canon de l'arme dans sa chair tandis qu'ils revenaient sur leurs pas dans le grand hall.

— Une assurance, souffla la voix, sous la capuche.

Reconnaissant la voix de Mourad telle qu'il l'avait entendue sur la cassette, de Payns comprit que cet homme, qui avait conduit un fourgon en blouson noir, avait procédé à un désilhouettage.

— Une assurance pour quoi ?

La pression du pistolet se fit plus intense, contraignant de Payns à avancer. Alors qu'ils contournaient un couple en pleine dispute, l'agent de la DGSE pivota sur la pointe des pieds et abattit le tranchant de sa main gauche sous l'oreille droite de Mourad, à l'endroit précis où passait le nerf. Un coup de feu retentit lorsqu'il tenta de se dégager de l'emprise du pistolet. Il écrasa la cheville de Mourad d'un coup de pied, lui arrachant un cri de douleur puis, grâce à une prise sur le poignet, arracha le 9 mm au terroriste, lui déchirant les ligaments et brisant les os de l'articulation au passage. Le Pakistanais poussa un hurlement. Alors que de Payns avait désormais le SIG noir de Mourad en main, un barbu d'une trentaine d'années tenta de l'empoigner, ce qui le déséquilibra légèrement. Par réflexe, de Payns frappa cet homme à la hauteur de la gorge, lui fouettant involontairement le visage avec la cordelette d'attache du pistolet. Le barbu s'effondra à genoux, tandis que des hurlements de panique s'élevaient dans la foule ; de Payns comprit alors que ce deuxième agresseur n'avait rien à voir avec toute l'affaire ; ce n'était qu'un Bon Samaritain s'étant trompé de cible.

Conscient de son erreur d'appréciation, il se retourna vers Mourad, qu'il vit sauter par-dessus les tourniquets et courir, sa capuche blanche nettement visible dans la foule qui se dirigeait vers les quais. Il s'élança à sa poursuite et franchit les tourniquets, pour aussitôt être intercepté par une agente de la police des transports.

— Lâchez cette arme ! lui ordonna-t-elle, ne sachant pas vraiment si elle devait se focaliser sur de Payns ou sur le barbu qui gémissait à l'endroit où il s'était effondré.

Le SIG toujours en main, de Payns envisagea un instant de passer en force, en espérant rattraper Mourad, mais un autre policier intervint sur sa gauche et lui assena un coup de matraque sur la cage thoracique.

Haletant de douleur, il lâcha le SIG. Les policiers s'approchèrent de lui, armes braquées et menottes prêtes.

— C'est bon, je l'ai, dit la jeune policière, un genou calé dans le creux du dos de De Payns, tandis qu'elle lui passait les menottes.

— Le type en capuche blanche… balbutia de Payns à bout de souffle.

Quelque chose clochait avec ses côtes.

# Soixante-sept

La traque de Nasim ul-Huq se prolongea deux jours, la ville et sa périphérie grouillant de policiers, d'agents de renseignement et de militaires cherchant à piéger et capturer l'homme qu'ils appelaient Mourad. Les médias le décrivaient comme l'« Homme qui a coupé l'eau », tandis que le renseignement et les militaires y voyaient plutôt l'« Homme qui a tenté de tuer Paris ».

Les journaux s'en donnèrent à cœur joie, multipliant les articles racontant l'histoire de ce fils de riches Pakistanais ayant décroché un diplôme d'ingénieur avant d'intégrer l'ISI, qu'il avait ensuite quitté pour fonder Sayef Albar, groupe affilié à Al-Qaïda mais dont l'idéologie centrale consistait à accumuler de l'argent pour Mourad.

Les Parisiens virent l'eau du robinet réduite à un filet, le temps que les dégâts commis soient réparés et que l'on s'assure que les canalisations n'étaient pas contaminées. La véritable nature du projet d'attentat – à savoir que Mourad, par l'opération Cimeterre, avait voulu polluer l'eau potable parisienne d'une souche modifiée de *Clostridium perfringens* libérant une toxine epsilon de type D – était un secret bien gardé. En effet, l'empoisonnement de l'eau ou des réserves de nourriture avait de tout temps eu des effets psychologiques très néfastes. Dès lors qu'une population n'avait plus confiance en l'eau qu'elle buvait, sa ville était condamnée à brève échéance. Les grands pontes de la sécurité française firent donc ce qu'ils faisaient depuis des siècles : ils mentirent au peuple de Paris, pour son bien.

De Payns suivit le cirque des médias depuis son lit d'hôpital, où on s'occupait de ses côtes brisées. Il eut tout le temps de méditer sur le fait qu'après avoir si longtemps traqué Mourad, il avait fini par se faire fracturer les côtes par un flic trop zélé. Il s'interrogea également sur l'endroit où Mourad se terrait. Paris avait beau être immense, jamais il n'avait vu tant d'effectifs du renseignement et de la police focalisés sur un seul individu. La DGSE, la DGSI, le renseignement militaire, l'ensemble des forces de police du pays, Interpol, Europol et les douanes françaises unissaient leurs efforts. Des services de renseignement étrangers apportaient également leur aide, notamment les Américains, les Britanniques, les Allemands et les Israéliens. L'ISI, en particulier, avait compté parmi les premiers à se présenter à la CAT pour proposer son soutien.

Si les dirigeants de la DGSE avaient accueilli avec un grand sourire l'émissaire du service de renseignement pakistanais, Dominique Briffaut n'oubliait pas un instant qu'il dirigeait toujours l'opération Alamut, dont l'objectif était de mettre la main sur Mourad et Youssef Bijar, non seulement afin de maîtriser ces monstres et de les empêcher de nuire, mais également afin d'identifier – par toutes les drogues et tortures nécessaires – la liste de tous leurs contacts. La Boîte possédait l'expertise nécessaire pour arracher de telles informations, sans parler de sa motivation pour le faire. Des échos de l'enlèvement de la famille de Payns s'étaient propagés au sein de l'organisation, si bien que Mourad et Loup gris auraient aussi bien pu se coller une cible dans le dos. Mourad s'était volatilisé, hélas, et si on savait que Youssef Bijar résidait à Islamabad, le gouvernement pakistanais défendait bec et ongles son savant préféré et son centre de recherche. Les gouvernements russe, américain et français reprochaient à Islamabad d'héberger des terroristes, mais le Pakistan niait avoir connaissance de tels faits, réagissant de la même façon qu'il l'avait fait concernant Oussama ben Laden.

À Paris, la DGSI récupéra environ quatre-vingt-dix mille litres de produit contenant la bactérie modifiée au MERC, répartis dans des barils de cinq cents litres pourvus d'un ingénieux sceau en papier. Introduit dans ces récipients à la place de la substance à base de chloramine, ce produit, au lieu de purifier l'eau, l'aurait empoisonnée de la toxine bactérienne la plus mortelle jamais vue de mémoire d'homme. Après analyse de leur prise, les scientifiques militaires estimèrent que celle-ci aurait tué au moins deux millions de personnes et gravement handicapé le reste de la population parisienne.

Tandis que Templar et de Payns se remettaient de leurs blessures, Shrek continua de travailler sur l'opération Alamut. Trois jours après l'attaque de la station de Saint-Cloud, on lui signala un étrange témoignage à Palerme : le propriétaire d'un petit hôtel situé dans la vieille ville avait remarqué parmi ses clients un grand Pakistanais dont les agissements lui semblaient douteux.

Estimant que cet homme s'était présenté à lui sous un faux nom, le patron de l'établissement jugeait en outre qu'il ressemblait au terroriste dont le portrait avait été diffusé par toutes les chaînes d'information européennes – à savoir celui que l'on appelait Mourad.

Shrek se rendit dans cet hôtel et enquêta sur ce mystérieux client. Le patron lui fit voir la photocopie du passeport de ce dernier ; c'était un document pakistanais, au nom d'Amin Sharwaz.

Shrek empocha la photocopie et se jura de ne jamais révéler à Alec de Payns ce qu'il avait trouvé dans cet hôtel. Les employés du MERC seraient simplement ajoutés sur la Liste de ceux dont il faudrait s'occuper à l'avenir.

Les terroristes vont et viennent, mais la DGSE n'oublie jamais.

## Soixante-huit

Philippe Manerie plissa les yeux, ébloui par le soleil, lorsqu'il émergea du terminal des arrivées à l'aéroport international d'Islamabad. Il avait enchaîné plusieurs vols en une vingtaine d'heures, n'ayant pas eu le temps d'attendre un vol direct au départ de Paris. Il avait dans un premier temps filé à Rome, où il avait passé plusieurs heures en transit, et enfin il posait le pied en lieu sûr. Il possédait un compte bancaire aux îles Vierges britanniques, et avait glissé dans sa valise douze montres de collection dont la valeur globale s'élevait aux alentours d'un demi-million de dollars américains.

Il ne se sentait ni lésé ni fier de lui ; les choix qu'il avait faits lui avaient coûté son mariage et l'avaient embourbé dans une situation compromettante à Macao. Il pouvait toujours maudire la boisson et le jeu, néanmoins il avait su, au fond de lui-même, que cette fille était très jeune, et il n'avait pas dit non. Quand Mourad, un Pakistanais spécialiste du renseignement, lui avait montré les photos, la suite n'avait été qu'une formalité, mélange de chantage pour le maintenir pris au piège et d'argent pour l'inciter à collaborer.

Une Jeep Grand Cherokee bleue se gara à la hauteur

du terminal et sa portière s'ouvrit. Sa petite valise à la main, il s'engouffra dans l'habitacle et fut conduit dans une propriété située au nord d'Islamabad, en bordure du quartier diplomatique. Sur place, les deux hommes qui l'avaient accompagné le guidèrent jusqu'à une dépendance aux allures de motel, derrière un bâtiment administratif. Lorsque, un peu plus tard, il sortit pour fumer, il prit conscience que la clôture de l'enceinte semblait autant conçue pour prévenir des intrusions que pour empêcher qu'on s'en évade.

Il fut bien nourri et, le lendemain, un homme d'un certain âge assez costaud aux cheveux gris et vêtu en civil, malgré son allure militaire, l'interrogea dans une pièce climatisée.

— Appelez-moi Colonel, dit-il, souriant.

Le débriefing se prolongea une grande partie de la journée. Manerie se montra coopératif, non sans constater que le Colonel ne prenait aucune note, comportement surprenant dans le cadre d'un interrogatoire de la part d'un gradé du renseignement. En dehors de ce détail, cet homme faisait preuve d'un grand professionnalisme.

— Que comptez-vous faire de moi ? s'enquit Manerie, après le déjeuner, quand il jugea avoir noué quelques liens avec son nouveau collègue, qu'il supposait appartenir à l'ISI.

— Nous avons un projet spécial vous concernant, répondit le Colonel, sans entrer davantage dans les détails.

Le troisième jour, Manerie eut la surprise d'entendre le Colonel exprimer son souhait de discuter de ses actifs :

— Nous devons jouer cartes sur tables et nous faire confiance, vous en convenez ? dit le Colonel. Vous possédez un certain nombre de montres. Ont-elles été volées ?

Manerie aurait voulu répliquer « Cessez de fourrer le nez dans ma valise », mais estima plus prudent de s'en abstenir.

— Absolument pas ; ce sont des actifs mobiles.

— Si vous travaillez pour moi, il faudra que j'aie connaissance du contenu de vos comptes bancaires. Comprenez bien que si vous avez trahi la France, il est logique que je fasse preuve d'une extrême prudence.

La discussion se poursuivit un moment sur cette question, Manerie restant peu désireux de livrer les détails de ses comptes bancaires, si bien que le Colonel finit par ne plus insister.

Cette nuit-là, dans son lit, Manerie passa de longues heures à réfléchir à la façon dont il allait gagner de l'argent et vivre au Pakistan. Il lui était impossible de se réfugier ailleurs, car alors la Boîte le retrouverait et le tuerait, à moins qu'elle ne l'enferme jusqu'à la fin de ses jours dans une cellule à Évreux, afin de lui arracher petit à petit toutes les informations stockées dans sa mémoire. Et cela se finirait mal. Les gens comme lui n'étaient pas autorisés à exprimer leurs doléances au sein d'un tribunal.

Le lendemain, après le petit déjeuner, il prit place à bord d'un véhicule en compagnie du Colonel. Les deux hommes furent conduits en banlieue sud d'Islamabad, dans une vaste enceinte sécurisée. Manerie aperçut un panneau comprenant entre autres le mot « agricole ». Cet endroit lui fit l'effet d'un centre de recherche. Ils prirent place dans un ascenseur qui, plutôt que de s'élever, plongea en sous-sol, le témoin de la cabine s'illuminant au niveau B5.

— Il est temps pour vous de faire la connaissance de vos nouveaux collègues, déclara le Colonel.

Ils remontèrent un couloir qui empestait l'eau de Javel, puis Manerie se vit désigner une porte. En entrant dans la pièce, il fut empoigné par deux brutes. Il en repoussa une d'un coup de hanche, l'expédiant à terre, mais un autre individu se matérialisa et, à eux deux, ils plaquèrent le Français sur le sol en béton humide. Maîtrisé, Manerie fut attaché à une chaise boulonnée au sol. Il tenta de protester mais eut rapidement la bouche couverte de chatterton.

Face à lui, le Colonel s'était installé à un bureau. Sur sa droite, dans l'ombre, se trouvait un autre individu, lui aussi attaché à une chaise et bâillonné. Mourad !

Le cœur battant à tout rompre, Manerie tira sur ses liens et tenta de hurler à travers le chatterton.

Un autre personnage, d'une taille plus modeste et clairement civil, entra dans la pièce. Malgré sa panique, Manerie remarqua son gilet moutarde et son pantalon immonde.

— Bien, dit « Gilet moutarde ». Nous avons donc mis la main sur nos conspirateurs ?

Mourad contracta les muscles de ses bras, cherchant à se libérer, tandis que son visage prenait une teinte violette à force de vouloir crier malgré son bâillon.

— Après toutes ces années et tout cet argent dépensé, ces deux traîtres ont tout ruiné, déplora le Colonel.

— Il faut à tout prix déterminer ce qu'ils ont divulgué à l'ennemi, ajouta Gilet moutarde. Cela prendra peut-être quelques semaines, mais ils parleront, je vous le garantis.

Le Colonel adressa un signe de la tête à un homme en chemise noire posté dans l'ombre ; celui-ci se saisit d'une perceuse posée sur une table, s'approcha de Manerie et alluma son engin. Manerie sentit ses tripes se crisper lorsque la mèche chromée se mit à tourner dans la faible luminosité de la pièce, à quelques centimètres de son visage.

— Commençons par le commencement, dit le Colonel.

— Absolument, abonda Gilet moutarde, comme s'il n'était que question de déterminer qui distribuait avant une partie de cartes. J'ai quelques questions auxquelles j'aimerais obtenir des réponses.

Il arracha le chatterton du visage de Manerie, dont la peau picota un temps sous la violence du geste.

— Qui êtes-vous ? demanda Manerie, aucune autre réaction ne lui venant à l'esprit, un œil sur la perceuse et l'autre sur l'homme au gilet.

— Appelez-moi Professeur Bijar, répondit l'homme, qui alluma une cigarette avant d'arracher le chatterton bâillonnant Mourad. Bien, Mourad, mon cher ami, expliquez-moi donc par quel miracle vous avez échappé à la DGSE à la fin de mon opération.

— Je me suis enfui, coassa Mourad, comme s'il avait un crapaud coincé dans la gorge.

— Vous vous êtes « enfui » ? ricana Bijar.

— J'ai semé Aguilar dans le métro, précisa Mourad, la respiration saccadée. Les flics l'ont interpellé, j'ai eu de la chance…

— Oui, concernant votre fuite, mais qu'en est-il

du côté de la station de traitement des eaux ? Tous les membres du commando ont été abattus ou capturés, à l'exception de Mourad, ce petit veinard.

— La DGSE n'est pas intervenue seule, balbutia Mourad. Il y avait également des forces spéciales. Ils nous ont eus.

— Il est curieux que mon programme ait été neutralisé à la dernière seconde par les Français, vous ne trouvez pas ? murmura Bijar sur un ton légèrement menaçant.

Mourad haussa les épaules, moins paniqué que Manerie.

— Après Palerme, je vous ai averti qu'un nouveau risque était apparu. Mon visage n'était connu d'aucun service de renseignement jusqu'à ce que ce type, Aguilar, me voie à bord du ferry.

— C'est exact, intervint Manerie, voyant là une chance d'établir une relative crédibilité. Nous disposions d'un nom – Mourad – mais d'aucune photo ni d'aucun témoignage oculaire.

Bijar baissa les yeux, tirant sur sa cigarette, puis il tourna la tête vers Mourad :

— Expliquez-moi pourquoi vous ne m'avez appelé pour m'annoncer que le Français était Aguilar qu'après qu'il soit reparti du dîner. C'était un peu trop tard, non ?

Mourad haussa de nouveau les épaules :

— Je n'ai su qu'il se trouvait à Islamabad que lorsque Manerie m'en a avisé. Je vous ai alors aussitôt appelé. Vu l'heure, je pensais qu'il serait encore dans l'appartement, avec votre sœur et vous.

— Je ne fais pas partie de la division Y, rappela Manerie, cherchant à se faire voir sous un meilleur jour.

Ces gens sont très secrets et sont logés dans un bâtiment à part.

— Dans ce cas, comment avez-vous eu vent de ce dîner chez ma sœur ?

Manerie déglutit péniblement puis répondit :

— En tant que directeur de la sécurité de DGS, je recevais chaque semaine une copie de la liste des opérations en cours. J'y ai repéré un nom qui ne m'était pas familier – Alamut –, ce qui m'a incité à fouiner. J'ai trouvé dans le coffre d'un autre directeur un compte rendu évoquant un dîner à Islamabad. J'en ai aussitôt informé Mourad.

Bijar écrasa sa cigarette :

— Alamut… la vallée des Assassins. Ils sont vraiment malins, ces Français.

Le Colonel prit le relais.

— La DGSE a émis un rapport signalant que les cinq passeports que Mourad devait acheter à Aguilar ont bel et bien été détruits.

— Je confirme, dit Manerie.

Le Colonel s'adressa à Mourad :

— Comment vous êtes-vous débrouillé pour dénicher les cinq passeports français qui vous ont permis d'accéder à la zone ultra-sécurisée de la station de traitement des eaux de Saint-Cloud ?

Mourad désigna Manerie, qui répondit :

— Je lui ai fourni des passeports créés par la DGSE.

Le Colonel, qui était un grand professionnel du renseignement, en resta bouche bée :

— De faux passeports utilisés par les agents de terrain de la DGSE ? Les passeports de leurs légendes ?

— Oui, c'est ça, reconnut Manerie, embarrassé que

le Colonel lui-même juge cet acte indigne. J'ai dû agir au plus vite.

— Vous nous avez remis des passeports fabriqués par les services secrets français pour permettre un attentat terroriste à Paris ?

Manerie se voûta, tandis que le Colonel secouait la tête et poursuivit :

— Nous n'aurions certainement pas pu assurer votre sécurité ici, au Pakistan, dès lors que votre employeur aurait compris ce que vous aviez fait. Un autre point m'intrigue : ces passeports auraient pu vous valoir trois millions d'euros, pourtant vous nous les avez donnés.

— Je pensais être payé, mais je n'ai pas vu la couleur de cet argent.

Le Colonel se tourna vers Mourad :

— Parlez-moi un peu de votre compte bancaire à la DKB[1] de Munich, Mourad.

— Munich ? répéta Mourad, étonné. Je n'ai aucun compte bancaire à Munich.

— Intéressant... dit le Colonel, parcourant un document. Un compte au nom de Nasim ul-Huq a été ouvert à l'agence DKB de Munich, et un million et demi d'euros y a été déposé par Philippe Manerie.

— Quoi ? s'exclama Manerie. C'est faux !

— Les relevés bancaires ne mentent pas, dit le Colonel, agitant les documents. Vous avez viré cette somme depuis votre compte en Turquie il y a cinq jours – juste avant de quitter Paris, j'imagine ?

1. La Deutsche Kreditbank (DKB) est une des banques les plus connues en Allemagne.

En proie à des vertiges, Manerie comprit que ses anciens collègues, ces salopards, l'avaient piégé.

— Je n'ai aucun compte bancaire en Turquie, bafouilla-t-il. Vu mon passif, vous croyez vraiment que j'aurais ouvert un compte dans un paradis fiscal sous ma véritable identité ?

Le Colonel semblait ne plus l'entendre ; il passa à un autre feuillet :

— Dites-moi, Philippe, comment avez-vous fait pour quitter la France si facilement ? La DGSE n'a pas pour habitude de laisser ses traîtres filer et profiter de la vie sous des cieux plus cléments.

— J'ai enlevé la famille d'Aguilar, ce qui m'a permis de lui imposer de ne pas se lancer à mes trousses avant que je n'aie quitté le territoire national.

Le Colonel hocha la tête avec un air de vieux sage :

— Mais pourquoi trois millions d'euros ont-ils été versés sur votre compte bancaire par le gouvernement français ?

— C'est faux ! Pas sur mon véritable compte, en tout cas. Bon sang, trois millions ?

— D'après ce relevé, vous avez réceptionné le virement et immédiatement versé la moitié de cette somme à la banque de Mourad à Munich. Vous avez tous les deux cru pouvoir débarquer ici comme si de rien n'était, après avoir conclu ces accords financiers avec la DGSE, et nous mener en bateau sans craindre la moindre conséquence ?

Manerie considéra Mourad, lequel lui rendit son regard, tout aussi incrédule :

— Nous avons été piégés, dit Mourad.

— À moins que vous ne cherchiez à piéger le

Pakistan ? hasarda le Colonel. Vous ne seriez pas les premiers à l'avoir tenté.

Il fit un signe de la tête à son sous-fifre, et une grosse main plaqua du chatterton sur la bouche de Manerie. Mourad eut le temps de glapir un ultime « Non ! » avant d'être à son tour de nouveau bâillonné. Les deux prisonniers échangèrent un regard désespéré, les yeux exorbités ; les Français les avaient baisés tous les deux.

Le Pr Bijar reprit la parole :

— Messieurs, je suis navré, mais il va nous falloir l'ensemble des détails de vos comptes bancaires, ainsi que des aveux complets concernant vos accords avec la DGSE. C'est le minimum que vous puissiez nous offrir pour espérer notre pardon… et une mort rapide.

Manerie tenta de protester à travers son bâillon, sa voix réduite à un gémissement pathétique. Face à lui, la chaise de Mourad vacilla lorsque le terroriste chercha à se libérer de ses liens.

Bijar se leva, prêt à partir :

— Je vous laisse avec vos jouets, Colonel, mais n'oubliez pas que j'ai besoin de leurs organes principaux pour mes tests, je vous prie. Adieu, mes amis.

— N'ayez crainte, répondit le Colonel. J'ai prévenu nos alliés de la DGSE que nous avions dû arrêter leur ressortissant terroriste, dans le cadre de notre coopération, et je les ai invités à venir l'interroger. Cependant, ils ne seront pas là avant vingt-quatre heures. Comme d'habitude, ils arriveront certainement trop tard pour bavarder avec notre homme.

La brute en chemise noire actionna de nouveau sa perceuse et visa la cheville gauche de Manerie. La pointe de l'outil vit sa vitesse de rotation légèrement se réduire quand elle pénétra la chair et l'os, puis redevenir nominale lorsqu'elle passa au travers.

Avant de perdre connaissance une première fois, Philippe Manerie vit le Colonel retirer d'une pichenette un morceau de chair projeté sur son pantalon. Puis ses propres hurlements étouffés réclamant pitié se firent assourdissants, au point d'éclipser le vrombissement de la perceuse.

# Soixante-neuf

Le coup de matraque lui avait brisé deux côtes, et il souffrait en outre d'une brûlure sur l'intérieur de la cuisse gauche, due au coup de feu tiré par Mourad dans le métro. De Payns jouissait d'un congé de deux semaines, mais Briffaut lui réclamait un compte rendu des événements. Directement passé de l'hôpital au Bunker, *via* un IS, il s'installa pour rédiger les rapports finaux des opérations Falcon et Alamut.

Il avait à peine entamé sa rédaction lorsque Briffaut glissa la tête dans la pièce :

— Du nouveau, dit-il simplement en déposant un rapport O sur le bureau de De Payns.

Ce document très court indiquait que la ressortissante pakistanaise baptisée Corneille par la Boîte avait été torturée et tuée une semaine auparavant. On ignorait où se trouvait son corps, et ses enfants avaient été remis à leur père à Dubaï. Selon l'auteur du rapport, les cercles gouvernementaux estimaient que cet assassinat avait été commis sur ordre du propre frère de la victime, en représailles d'avoir invité un espion français à le rencontrer à Islamabad.

De Payns ferma les yeux et inspira profondément.

Il se remémora cette journée passée sur l'eau avec Corneille, qui lui avait confié qu'il suffisait d'avoir un père merveilleux pour vivre une vie merveilleuse. Elle n'avait pas été gâtée concernant son frère, déplora-t-il.

Après avoir rédigé et envoyé ses ultimes rapports, il avala quelques antalgiques, souffrant toujours terriblement des côtes. Il prit le métro puis, non sans s'être assuré qu'il n'était pas suivi, se présenta à 14 h 45 à l'école des garçons, à Montparnasse. Il salua Oliver et Patrick, puis embrassa Romy sans l'étreindre – ses côtes fracturées l'empêchant de lever les bras.

Voyant son épouse aux anges, de Payns ne put s'empêcher de la juger quelque peu indifférente à sa douleur, mais elle était incapable de réprimer sa joie.

— Je ne sais pas comment vous vous y êtes pris, monsieur de Payns, mais vous avez décroché le gros lot. Trois chambres, deux salles de bains, double séjour… et tout ça pour seulement deux mille euros par mois !

Elle brandit fièrement une clé.

Le nouvel appartement était une splendeur datant de la Belle Époque. Situé à un pâté de maisons de leur précédent logement, il disposait d'un jardin commun arboré à l'arrière du bâtiment. Il s'agissait d'un de ces appartements gouvernementaux très recherchés et, en principe, deux fois trop chers pour la bourse d'un simple OT.

— Qui s'est chargé du déménagement ? s'enquit de Payns, plus que jamais paranoïaque en termes de sécurité.

— Gaël, Guillaume et Dominique, répondit Romy.

— Briffaut ? Il s'est déplacé jusqu'ici et a porté des meubles ?

— Il a dit que ça te stresserait d'imaginer d'autres personnes que lui et tes deux collègues manipulant nos affaires, expliqua Romy, passant les bras autour du cou de son mari. Il a dit qu'il voyait ça comme une tâche d'ordre professionnel.

Les garçons regardaient *Bob l'éponge* tout en se préparant pour leur entraînement de football, enfilant chaussures à crampons et protège-tibias. Leur père leur intima de faire un saut aux toilettes avant de partir. Pendant qu'ils se trouvaient dans la salle de bains, il se saisit de la télécommande et passa sur Al Jazeera, découvrant la fin d'un reportage sur Islamabad ; des flammes et de la fumée s'élevaient dans le ciel, tandis que de nombreux camions de pompiers tentaient de contenir cet enfer.

— Dans la foule, certains émettent l'hypothèse d'un sabotage perpétré par l'Occident, relatait le journaliste. Cependant, le chef des pompiers de la ville estime que l'incendie s'est probablement déclenché dans un placard servant à entreposer du matériel de ménage.

Peu avant la fin du reportage, de Payns aperçut fugitivement à travers la fumée les mots « Société agrochimique pakistanaise » sur le portique de l'entrée noirci par les émanations. Il lâcha un ricanement.

Les garçons se précipitant vers la porte de l'appartement, il leur emboîta le pas mais fut intercepté par Romy.

— Je te ramène du lait ou du pain ? lui demanda-t-il.

— Du vin, plutôt, dit-elle, ponctuant sa réponse d'un baiser sur les lèvres. On pend la crémaillère, ce soir. Et tu es invité !

Ils filèrent à bord de la Polo de Romy. De Payns prit

la direction de l'ouest, tandis que Patrick tripotait l'autoradio.

— Papa, c'est quoi, un espion ? demanda Oliver.

— Pourquoi tu me poses cette question ?

— J'ai un copain, à l'école, qui veut jouer aux espions, mais je ne sais pas ce que c'est, expliqua Oliver en ajustant sa chaussette autour de son protège-tibia.

— Hmm… laisse-moi réfléchir dit de Payns en freinant à l'approche d'un feu rouge. Un espion, c'est quelqu'un qui découvre des choses pour son pays, des choses secrètes.

— Et les espions eux-mêmes sont secrets ?

— Oui, mon fils, gloussa de Payns. Il est possible que tu en connaisses un, mais tu ne sauras jamais que c'est un espion.

Oliver réfléchissant à cette réponse, Patrick en profita pour intervenir :

— Tu peux mettre la chanson de la lune, papa ?

De Payns sélectionna l'air en question sur Spotify, puis ils chantèrent en chœur *Bad Moon Rising*[1], de Payns faisant abstraction de ses côtes douloureuses. Il était heureux, aussi près d'une vie équilibrée qu'il pouvait l'espérer.

Le feu passé au vert, il écrasa l'accélérateur, un œil sur la route, l'autre surveillant minutieusement le rétroviseur.

---

1. Titre du groupe Creedence Clearwater Revival, que l'on peut traduire par « Lever de mauvaise lune ».

# Épilogue

Quoique plus modeste que l'énorme Oasis Resort situé sur la côte, l'hôtel offrait aux cadres bénéficiant d'une haute sécurité tels que Youssef Bijar un endroit où se détendre et jouir d'un repos bien mérité ; il était situé au Pakistan, sur le littoral de la mer d'Arabie. La Mercedes s'immobilisa sur l'aire de stationnement couverte. Le chauffeur – qui en réalité était un agent de sécurité de l'ISI – attrapa dans le coffre la valise du professeur, qu'il accompagna à la réception. Cet homme logerait dans le bungalow voisin de celui de Bijar, durant la semaine à venir, et il ne s'éloignerait jamais du savant. Lequel n'était aucunement agacé par ces dispositions ; vivant ainsi depuis de nombreuses années, il acceptait ces contraintes au nom de sa sécurité.

Il défit ses affaires et enfila une tenue de plage. Il rêvait de se baigner pour se débarrasser de la crasse accumulée au cours du voyage depuis Islamabad, et avait besoin de soleil et d'air marin. La pression de l'opération Cimeterre pesait sur ses épaules depuis huit ans, sans compter les années de travaux scientifiques ayant précédé le jour où les dirigeants de l'ISI avaient décidé de financer et de donner le feu vert au projet d'attentat à Paris. Les interminables séances de débriefing et de comptes rendus qu'il lui avait fallu subir après les événements parisiens l'avaient épuisé. La situation n'avait pas été facilitée par le fait que le gouvernement et les généraux n'aient été informés que de peu de choses concernant le MERC et le programme de *Clostridium perfringens* mis au point par Bijar. Le Colonel était une sorte de fusible, un intermédiaire ayant autorité pour distribuer financements et ressources et planifier une stratégie, mais son nom n'apparaissait dans aucun document officiel. Bijar avait donc vécu deux jours d'inquiétude, quand il avait été directement interrogé par les dirigeants de l'ISI et les agents de renseignement de l'état-major. Ce n'est qu'au cours du deuxième après-midi qu'il s'était rendu compte que ces gens se souciaient moins du sort de millions de Parisiens que des potentiels dégâts occasionnés pour la réputation du Pakistan, ce pays empochant des milliards de dollars en aides et en transfert de technologie de défense de la part des États-Unis et de l'Europe, sous prétexte qu'il constituait un rempart face au terrorisme. Quand Bijar eut prouvé à ces grands pontes que ni Mourad ni Manerie n'étaient plus en mesure de provoquer de gêne supplémentaire, l'ISI lui avait donné la permission de détruire le MERC et de transférer son programme en un autre lieu.

Bijar nageait dans l'eau claire et délicieuse, observant les monstrueux pétroliers glissant à l'horizon. Songeant combien sa sœur Anoush et leur père avaient autrefois aimé naviguer sur ces eaux du nord de l'océan Indien.

Il se rappela également la rage qu'il ressentait face à ce père qui n'approuvait pas ses choix de vie. Ces deux personnes, qu'il aimait tant mais qui l'avaient profondément déçu, avaient été tuées de sa main. S'il n'en était pas fier, il avait conscience que tout le monde n'était pas à même de comprendre l'amour et la foi que l'on portait à son pays.

Bijar se sécha sur la plage et adressa un signe de la tête à son garde du corps resté à l'ombre, sous les palmiers si nombreux sur cette côte. Garder à l'œil un scientifique comme lui se justifiait pour des raisons d'ordre pratique, se dit-il en se douchant dans son bungalow. Le MERC détruit, les disques durs renfermant les données des recherches et les cultures de bactérie modifiée étaient entreposés en un lieu exclusivement connu de Bijar et du Colonel. Mais seul l'un d'eux savait comment procéder pour modifier en arme biologique redoutable la souche de *Clostridium perfringens* isolée par ses soins.

L'après-midi venu, Bijar fit une sieste paisible, bercé par le clapotis des vaguelettes sur le sable. Il se réveilla peu après 17 heures, affamé. Il commanda par téléphone un dîner qui lui fut servi à 18 heures précises. Il avait beau être en vacances, il n'aimait pas se laisser aller. Il avait réclamé du curry de poisson, en souvenir de ses séjours d'enfance dans la région, ainsi qu'un verre d'eau. La mer d'Arabie scintillait, légèrement agitée, sa nuance vert pâle faisant l'effet d'une merveille de la nature. Il songea à l'opération Cimeterre et aux modifications qu'il apporterait la fois suivante. Le projet parisien avait été si près de réussir qu'il avait été choqué de découvrir sur CNN la tournure prise par les événements, les fusillades et l'intervention des forces spéciales françaises. La station de traitement des eaux de Saint-Cloud était un élément d'un système de distribution d'eau potable comptant parmi les plus importants au monde ; à quelques minutes près, elle avait failli accéder au statut d'infrastructure la plus meurtrière de la planète. Les personnes ayant survécu à l'ingestion d'une dose de bactéries sécrétant une toxine ETX auraient submergé les hôpitaux français, et la ville aurait perdu des millions d'habitants. Chaos, effondrement sociétal, défiance envers le gouvernement français, insurrection sans fin… Ils avaient presque touché au but.

Bijar ne connaîtrait pas un second échec. Il disposait d'une arme biologique fonctionnelle dissimulée en un lieu tenu secret, et il ne ferait plus appel à un agent privé tel que Mourad, dont les connexions siciliennes avaient été le maillon faible ayant ruiné l'ensemble de l'opération.

Sans oublier l'espion français qui se faisait appeler Aguilar. Le simple fait de penser à la façon dont ce Français arrogant avait séduit sa sœur et s'était immiscé au cœur même d'Islamabad pour dîner avec lui faisait accélérer son rythme cardiaque. L'audace des services secrets français était tout de même stupéfiante. Le jour où le Colonel et lui seraient prêts à lancer une nouvelle version de l'opération Cimeterre, ils feraient en sorte de ne pas s'exposer à la France ni à la DGSE.

Le serveur versa le verre d'eau commandé par Bijar, qui le remercia, non sans remarquer son teint assez pâle pour un Pakistanais, trait assez commun sur la côte.

Il revit en pensée sa sœur et son père trinquant ensemble en concoctant tel ou tel projet. « Je bois à ça ! » disaient-ils en riant. Bijar, lui, n'avait jamais avalé la moindre goutte d'alcool de toute son existence, ce qui ne l'empêcha pas de sourire en songeant à sa famille, puis de lever son verre en marmonnant pour lui-même :

— Je bois à ça.

Le serveur traversa la cuisine et gagna l'espace des livraisons, où se trouvaient les toilettes et les casiers des employés de l'hôtel. Il ôta rapidement sa tenue, qu'il jeta dans un casier, puis enfila des vêtements de ville. Il émergea du bâtiment sous un soleil radieux, non loin d'une Toyota Land Cruiser blanche dont le moteur ronronnait. Il en ouvrit la portière arrière et, effectuant délibérément des gestes lents afin de ne commettre aucune bêtise, scella la bouteille d'eau au moyen d'un bouchon de cire et d'acier inoxydable. Puis il la glissa dans un sachet militaire auto-isolant conçu pour le transport de matières dangereuses, qu'il déposa à son tour dans un récipient jaune vif pouvant contenir en toute sécurité des échantillons biologiques, chimiques ou nucléaires jusqu'à trois cents mètres de profondeur sous la surface de l'eau. Il s'essuya les mains et les bras avec une lingette désinfectante militaire du type de celles employées pour tuer les bactéries dans les hôpitaux de campagne de l'armée. Enfin, avec une autre lingette, il se nettoya le visage.

Il s'installa ensuite à l'avant du véhicule sur le siège

passager, alors que le conducteur accélérait pour sortir de l'enceinte de l'hôtel.

— Colis envoyé ? demanda Templar.

Shrek sourit :

— Déposé, accepté et affranchi.